INSEPARÁVEIS

O Fogo Amigo das Lembranças

Perseguição
(VOL. 1)

Inseparáveis
(VOL. 2)

Alessandro Piperno

INSEPARÁVEIS
O fogo amigo das lembranças

ROMANCE

Tradução
Marcello Lino

Ilustrações
Werther Dell'Edera

BERTRAND BRASIL
Rio de Janeiro | 2014

Título original: *Inseparabili*

Capa: Oporto design

Imagem de capa: Francesco Speranza / Getty Images

Editoração: FA Studio

Texto revisado segundo o novo
Acordo Ortográfico da Língua Portuguesa

2014
Impresso no Brasil
Printed in Brazil

Cip-Brasil. Catalogação na publicação
Sindicato Nacional dos Editores de Livros-RJ.

P735i Piperno, Alessandro, 1972-
Inseparáveis/ Alessandro Piperno; ilustrações Werther Dell'Edera; tradução Marcello Lino. – 1. ed. – Rio de Janeiro: Bertrand Brasil, 2014.
416 p.: il.; 23 cm. (O fogo amigo das lembranças; 2)

Tradução de: Inseparabili
Sequência de: Perseguição
ISBN 978-85-286-1850-1

1. Ficção italiana. I. Lino, Marcello. II. Título. III. Série.

CDD: 853
13-04138 CDU: 821.131.3-3

EDITORA BERTRAND BRASIL LTDA.
Rua Argentina, 171 – 2º andar – São Cristóvão
20921-380 – Rio de Janeiro – RJ
Tel.: (0xx21) 2585-2070 – Fax: (0xx21) 2585-2087

Atendimento e venda direta ao leitor:
mdireto@record.com.br ou (0xx21) 2585-2002

Inseparáveis

Para Filippo, meu irmão.

Esta vida é um hospital no qual cada doente é arrebatado pelo desejo de mudar de leito.

CHARLES BAUDELAIRE

Agora que venci um slam, sei de algo que a poucas pessoas no mundo é permitido saber. Uma vitória não é tão agradável quanto é dolorosa uma derrota.

ANDRE AGASSI

Sumário

Primeira parte

ACONTECEU!

Basta frequentar a si mesmo com assiduidade para entender que, se os outros se parecem com você, eles não são dignos de confiança.

Era o que Filippo Pontecorvo repetia para si mesmo havia muito tempo. Por isso, não ficou tão surpreso quando Anna, sua mulher, ao saber que o desenho animado do marido – produzido com alguns trocados e sem grandes pretensões – fora selecionado para a Quinzaine des Réalisateurs do Festival de Cannes, infligiu-lhe, em represália, a mais drástica greve sexual pela qual aquele estranho casamento já havia passado. Pena que toda essa conscientização não aliviasse o desconforto dele: quando muito, aumentava-o furtivamente.

Já fazia um mês e meio que Anna fomentava piquetes belicosos diante da próspera fábrica da intimidade do casal. E, embora para um sujeito como Filippo – com um fraco pelo desdenhado sexo conjugal – se tratasse de um verdadeiro castigo, aquela sabotagem nunca o havia deixado com tanta raiva como naquele dia de maio. Lá estava ele, na penumbra vespertina do quarto, enchendo a sacola militar com os seus andrajos em vista da partida para Cannes no dia seguinte. Sabe-se lá por que ele estava se sentindo enjoado como se estivesse se preparando para uma missão no Afeganistão.

Fora, chovia a cântaros. Dentro, Filippo sentia que estava se afogando. Havia alguns minutos que estava procurando se consolar com uma técnica por ele mesmo desenvolvida, tão testada quanto ineficaz. Consistia em fazer um balanço benévolo da vida: uma avaliação que, pelo menos na intenção de quem a realizava, deveria jorrar litros de otimismo irracional.

Bem, vejamos: ele tinha quase trinta e nove anos, uma idade perigosa, mas não ruim. Estava participando de uma importante festividade. Dispunha de um número invejável de calças camufladas, uma lembrança da única experiência luminosa da sua existência: subtenente dos fuzileiros no quartel de Cesano.

Embora, segundo os antiquados cânones da mãe, ele não tivesse conquistado quase nada na vida, Filippo não se sentia insatisfeito consigo mesmo. Pelo contrário, na sua opinião, soubera imprimir uma certa classe a toda aquela inércia.

Casar-se com a filha de um milionário havia sido um golpe de mestre. Anna, a esposa, cuidava da sua subsistência com a mesma irrefutável diligência com que a mãe o fizera por tanto tempo. Mesmo assim, embora o papel de manteúdo não o humilhasse mais do que tanto, ele não gostava que a maior parte dos amigos do casal considerasse sua união com Anna um casamento por interesse. A verdade é que Filippo havia começado a amar Anna Cavalieri muito antes de encontrá-la. E aquela era a coisa mais romântica que tinha acontecido para ambos.

As mulheres: outro capítulo do qual obter consolação. Filippo não era um sujeitinho como o seu irmão Samuel, todo frígido e entojado. Do tipo que, para render na cama, precisa de um bangalô cinco estrelas com vista para o oceano. Sejamos claros: eles nunca falaram de certos assuntos, mas algo dizia a Filippo que o irmãozinho havia devorado filmes demais com Fred Astaire e Gene Kelly para ser um garanhão. Ele, por outro lado, pelo menos naquele quesito, se virava muito bem: mesmo nas circunstâncias mais esquálidas e com as parceiras menos apetitosas.

Filippo evitou incluir – na lista das coisas das quais se orgulhar – o diploma em Medicina, obtido com muito custo graças ao aguilhão de uma espécie de vocação dinástica: o pai havia sido um oncologista pediátrico de fama internacional e a mãe era, havia anos, a geriatra mais em voga nos círculos de jogadores de bocha que orbitam Olgiata.

Além disso, absteve-se de incluir o período transcorrido em Bangladesh, nas fileiras dos Médicos Sem Fronteiras, uma aventura penosa em todos os sentidos, embora tenha fornecido a maior parte do material para o seu desenho animado.

Em compensação, reavaliou *in extremis* a assombrosa capacidade de imitar, com boa mão, os desenhos dos grandes e venerados mestres dos comics. Afinal, o primeiro reconhecimento verdadeiro da sua vida fora proporcionado justamente por aquele talento veleidoso. Se ele estava preparando uma sacola para ir a Cannes, era porque seu desenho animado não havia desagradado a Gilles Jacob, o lendário chefe do festival mais lendário do planeta.

Filippo saiu do quarto. Percorreu o corredor que dividia a área noturna da diurna, segundo o jargão de Raffaele, o badalado arquiteto que havia se ocupado da reestruturação da casa. O passo imperioso com o qual ele marchava rumo à cozinha muito revelava sobre a belicosidade das suas intenções alimentares. Um dos seus lanchinhos, algo que aplacasse a inquietação e recolocasse os neurônios em movimento.

A cozinha era o único espaço doméstico em que Filippo dera algum palpite. O desinteresse pelos bens materiais era algo que ele e a mulher compartilhavam: nada representava menos aquele casal de excêntricos desgarrados do que a casa em que moravam. Tanto que a compra do imóvel bem como a dispendiosa reestruturação foram um dos presentes imprevistos e não muito apreciados do doutor Cavalieri, o pai de Anna. Enquanto Filippo acolheu o presente com o fatalismo de sempre, Anna quase o recusou: o bairro (a cada ano um pouco mais exclusivo e um pouco menos intelectual) estava infestado de atrizes que suscitavam seu ódio homicida e que ela morria de medo de encontrar no supermercado.

A casa surgia em uma das ruas mais apartadas de Monteverde. Um palacete *art nouveau* amarelo-pálido vagamente amaneirado, mas totalmente apropriado para o pequeno bosque de magnólias em que estava imerso. O caro Raffaele, embora frustrado pelo desinteresse dos clientes em relação ao design de interiores, esforçou-se ao máximo para atribuir aos trezentos metros quadrados o requinte japonês que talvez fosse mais adequado para solteiros profissionalmente satisfeitos e sexualmente carismáticos. Nada de cortinas, paredes claras, chão coberto de tatames, escassez de ornamentos até chegar às raias do ascetismo monástico, uma tela Sony de setenta polegadas que sumia em uma parede superequipada e repleta de DVDs da esposa e de histórias em quadrinhos do marido.

Nenhuma daquelas escolhas estilísticas fora ditada nem avaliada por Filippo, pois, justamente, o único cômodo que lhe importava era a cozinha. Pelas suas propostas, dava para entender que Raffaele estava muito mais interessado na cor ácida do que na capacidade da geladeira Smeg. E isso Filippo não podia tolerar. Para ele, o que tornava uma cozinha digna de ter aquele nome era uma grande – por que estou dizendo grande? –, uma enorme bancada colocada no centro do cômodo e que despertasse a vontade de cozinhar para um batalhão.

E foi o que ele conseguiu.

Era exatamente à adorada bancada, com as dimensões de uma praça de armas, que Filippo estava pedindo ajuda para esquecer a sua insatisfação. Estava concentrado na preparação de uma dúzia de torradinhas. Acendeu o forno e cortou ao meio alguns brioches. Colocou-os sobre uma forma e cobriu-os de tomate, mozarela, pasta de enchovas, azeite, pimenta e manjericão. De vez em quando, atracava-se com o gargalo de uma Heineken. Havia ligado o rádio para ouvir um daqueles programas que falam de futebol durante a tarde toda.

Enquanto colocava, com um gesto habitual, a forma no forno embutido, Filippo percebeu que, se estava tão mal, a culpa era de Cannes. E pensar que ele havia se esforçado ao máximo para que aquela oportunidade não modificasse em um milímetro a autoimagem que levou uma vida inteira para ser construída! E por que deveria ser modificada? *Herodes e os seus Pequenos* – esse era o título do filme –, como toda boa obra de estreia, era apenas a crônica inorgânica, desengonçadamente camuflada, da sua experiência de assistente humanitário e médico em situações limite, temperada com uma série de grandiosas lorotas autopromocionais. O protagonista era um sujeito com barba inculta e calças camufladas extraordinariamente semelhante a uma versão sarada do próprio autor. Mais do que um médico, ele parecia um super-herói que lutava corajosamente, tentando restabelecer a ordem em um Terceiro Mundo obscuro e alucinado, no qual o Bem e o Mal se desafiam com o maniqueísmo típico das histórias em quadrinhos. De um lado, crianças desnutridas e brutalizadas; do outro, adultos exploradores.

As mil aventuras desse super-herói *sui generis* eram entremeadas por seus sonhos apocalípticos – a meu ver, um pouco didáticos demais –, nos quais eram enxertados célebres infanticídios: desde a tentativa de homicídio de Isaac até os mártires de Beslan. Além do mais, Filippo havia usado aquele filme para contar a sua própria história de maneira autoirônica e desmistificadora: até o irmão e a mãe faziam uma tenra aparição.

Tudo isso para dizer que ele teria de esperar alguns outros decênios antes de ter novamente algo interessante sobre o qual pontificar. E, visto que a diversão que o havia auxiliado durante a concepção daquela obra se esgotara, digamos, na sua realização, Filippo não tinha intenção alguma de produzir um segundo ou terceiro episódio. A ideia de empreender uma carreira na qual os primeiros passos foram tão cansativos, pelo menos para o seu gosto, não o atraía de forma alguma.

Fazia sentido infectar o bem-estar conquistado graças a uma longa indolência com o germe da ambição? Fazia sentido, após ter alcançado um grau de sabedoria que, ao longo de milênios, homens muito mais talentosos do que ele só souberam invocar, mandar às favas toda aquela sapiência?

Não, não fazia.

Então, era melhor se ater ao indefectível programa eleitoral: nada de orgulho, nada de ambição e, sobretudo, nada de dignidade a ser defendida. Ele vivia repetindo para si mesmo: no fundo, trata-se de um desenho animado escolhido para uma seção menos importante do festival. Uma coisinha de nada. Da qual ninguém se daria conta. Ele iria até lá para se divertir. Comeria uma lagosta à custa do produtor, uma tartare cheia de molho inglês, como era do seu gosto. Filmes dos melhores mestres do planeta aos montes e grátis. O autógrafo de Jodie Foster ou de pelo menos um dos irmãos Dardenne. E, se você jogar bem as próprias cartas, meu rapaz, talvez até consiga uma bela trepada. A Croisette está cheia de desajustadas dispostas a tudo! Em suma, mesmo em tais circunstâncias, Filippo conseguiu sair vitorioso naquele quesito em que a maior parte das pessoas fracassa: não dar importância demais a si mesmo.

Pena que o esforço para redimensionar o que estava acontecendo tivesse encontrado um inimigo jurado no comportamento de Anna, que, nos últimos meses, muito antes da recente greve sexual, havia multiplicado as ocasiões de conflito e, com a aproximação da partida do marido para Cannes, intensificara ainda mais a ração cotidiana de mau humor gratuito e de boicotes.

Ainda doía a lembrança de como, naquela manhã, Anna havia ousado acordá-lo. Antes de sair para os estúdios da televisão para atuar na enésima série imbecil, ela irrompeu em seu quarto (cômodos separados, desde sempre) e colocou sob seu nariz algo não exatamente perfumado enquanto gritava:

– Uma coisa assim, eu nunca tinha visto!

Acordando sobressaltado, Filippo viu, a poucos centímetros da sua boca, uma espécie de instalação artística, daquelas que fazem sucesso nas bienais de meio mundo: uma bandeja de cozinha sobre a qual conviviam, de maneira não exatamente serena, uma casca de queijo parmesão lambiscada, uma garrafa de cerveja cheia de guimbas de charuto e um tênis Adidas solitário, do qual despontava uma embalagem (aliás, vazia) de biscoitos Gentilini. O que qualquer um poderia ter confundido com uma obra pop que denunciava os desequilíbrios neuróticos do capitalismo avançado foi reconhecido por Filippo como os restos da longa sessão televisiva da noite anterior.

Talvez, em outras condições, ele tivesse reivindicado aquela obra-prima com o mesmo arroubo com que Michelangelo teria afirmado a paternidade do seu Davi. Mas, por acaso, de manhã cedo, pego de surpresa, submetido a um despertar brutal, seu senso estético ainda estava bastante entorpecido a ponto de levá-lo a avaliar a obra de arte com os olhos prosaicos da mulher. Bem, sim, ele tinha de admitir: do ponto de vista de uma mulher sem imaginação e cheia de rancor, aquelas relíquias eram realmente nojentas. No entanto, depois de ter sido acordado daquela maneira, ele não queria dar o braço a torcer. Girou a cabeça para o outro lado e fechou novamente os olhos. Uma atitude que a enfureceu ainda mais.

– Meu pai não gastou tanto dinheiro nesta casa para que você a deturpe com certas nojeiras.

Era a primeira vez, desde que eles se casaram, que Anna ousava jogar na sua cara, mesmo que de maneira implícita, o desequilíbrio econômico que havia entre os dois. Era a primeira vez que ela fazia com que ele se sentisse um parasita. Sem dúvida, a culpa era sempre e exclusivamente de Cannes. A ironia era que Anna se permitia chantageá-lo exatamente no momento em que o mundo tinha lhe dado a possibilidade (mesmo que ainda remota) de se emancipar dela.

E, poxa vida, pensar que ela é que o havia incentivado a transformar em alguma coisa a sua inconsistente vocação para desenhista de quadrinhos. Ela é que havia feito todos aqueles discursos sobre o fato de um ser humano não poder viver da maneira como ele vivia: fechado em casa, comendo, dormindo, vendo programas trash na TV e, nos intervalos, cultivando hipocondrias sedentárias. As pessoas não vivem assim. Ou pelo menos fazem de tudo para evitar aquela situação. Enfim, foi ela que encontrou a passagem certa no diafragma da sua proverbial inércia.

– Não estou pedindo para você se tornar o Matt Groening ou o Alan Moore – disse ela uma vez. – Só estou aconselhando que você se divirta. Já que você não consegue ficar sem desenhar, não faz outra coisa desde os seis anos de idade e quem entende do assunto diz que você tem talento...

O trabalho de convencimento não se limitou a encorajamentos genéricos. Aproveitando o espírito de organização herdado do pai, e através do seu funambulesco agente, Anna desencavou um produtor disposto a investir no talento do marido.

Então por que, justamente naquele momento – no momento em que havia acabado de exercitar com generosidade o ofício de caça-talentos e esposa-tiete; no momento em que, graças ao seu entusiasmo e abnegação, despontava uma esperança; no momento em que Cannes estava lhe dando razão –, ela não encontrava nada melhor para fazer a não ser fechar traiçoeiramente os portões do sexo e aproveitar qualquer pretexto para insultá-lo?

O misterioso contrapeso que regula o equilíbrio conjugal! Abale-o e você será destroçado.

No fundo, porém, até o mais generoso dos mentores, quando se sente superado pelo pupilo, pode perder as estribeiras. E, minha gente, estamos falando de Cannes. Um evento que Filippo, da sua cômoda poltrona de outsider, talvez consiga tratar com distanciamento. Mas que, para uma atrizinha como sua mulher, que rala no showbiz desde os quinze anos, para uma revanchista de primeira que, toda noite, antes de pegar no sono, fantasia uma ribalta que lhe permita superar qualquer sucesso que o pai jamais obteve, deixando para trás a penitenciária dourada das minisséries televisivas... Bem, para uma mulher desse tipo, Cannes é a Terra Prometida (Cannes não substituiria Canaã, então?).

E o fato de ele chegar lá na primeira tentativa, enquanto boceja, faz um lanchinho e dá de ombros, entre um charuto, um Averna com gelo e uma trepada, só serve para piorar a humilhação e a raiva.

Olhem bem para ele – Ana deve ter dito a si mesma desde que começou a ser tão intratável –, ficou ali, encolhido na sombra todos esses anos, como um gorila em um zoológico e, ainda por cima, à minha custa. Agora que Sua Excelência se digna a se entregar ao mundo, eis que o mundo se põe em alerta. Nada menos do que Gilles Jacob. Já perceberam? Inacreditável.

Eram quase sete e vinte da noite e, pelo menos para um sujeito apreensivo como Filippo, Anna estava muito atrasada. Aqueles eram os momentos em que ele sentia que mais amava a esposa: quando ela estava atrasada.

De repente, exatamente quando tirava do forno as torradas, desejou Anna com a desesperada depravação com a qual cobiçam o sexo os adolescentes aflitos por uma virgindade da qual, segundo eles, jamais se libertarão.

Com muita nostalgia, lembrou-se da primeira vez que a viu (pelo menos ao vivo): estava sentada no chão com as pernas cruzadas como uma pequena índia perto de um portão de embarque do aeroporto de Frankfurt. O vento salpicado de neve assobiava com impetuosidade cinematográfica do lado de fora do grande painel de vidro que dava para a pista. A julgar pelos trajes balneários, era fácil imaginar que ela estivesse voltando de uma viagem exótica. Antes mesmo de reconhecê-la, Filippo ficou surpreso com a sensação de inadequação denunciada por cada milímetro quadrado do seu corpo. Os cabelos longos e sedosos como os de uma polinésia, as têmporas bronzeadas e pulsantes parcialmente cobertas pelas hastes de grandes óculos escuros, os braços longos e finos como os de uma macaquinha, os chinelos amarelos de uma hippie repaginada, dos quais despontavam dedos dourados ligeiramente encolhidos. Depois de tanto tempo, Filippo se lembrava de cada detalhe com a mesma comoção. Assim como se lembrava do momento no qual sua admiração de connaisseur foi suplantada pelo espanto de ter à sua frente algo ao mesmo tempo familiar e exótico.

Ele já havia visto aquela garota. Não sabia quem era nem como se chamava. Também não podia imaginar que estava diante da filha neurótica de um multimilionário que, pouco tempo antes, dera os primeiros passos no mundo fabuloso das séries televisivas. Filippo sabia que não existe abordagem pior do que dizer a uma mulher que você já a viu em algum lugar, mas, ao mesmo tempo, tinha certeza de realmente já tê-la visto.

Depois, algo o pôs no caminho certo. Filippo reconheceu na pequena Touro Sentado as feições de uma desajeitada dançarina. Onde ela a havia visto? Até que, finalmente, veio a revelação. Ela havia participado, no papel de bailarina-cantora, de *Non è la Rai*, um programa muito popular, no início dos anos 90, entre garotinhas e velhos babões. Para Filippo Pontecorvo, tratava-se de um dos programas culturais de maior sucesso da história da televisão italiana. Uma intuição que, como todas as sacadas geniais, emanava a graça da simplicidade.

A ideia consistia em juntar em um enorme estúdio televisivo um número maravilhosamente despropositado de garotas na faixa entre os treze e os dezoito anos de idade. Isso, obviamente, sem antes ter verificado que as garotas em questão fossem desprovidas de qualquer talento ou vocação seja para o canto, a dança ou a interpretação. O único requisito era que elas se exibissem delicada e impudicamente na frente das câmeras. E, nesse quesito, elas realmente não tinham rivais.

Filippo se lembrava emocionado dos nomes: Miriana, Teresa, Pamela, o par mítico formado por Antonella-Ilaria... Lembrava-se da dicção errada, do jeito de andar incerto e cheio de volteios (ah, sublime sensualidade da imperfeição!). Lembrava-se dos choros histéricos. Dos discursos sem nenhuma lógica. Dos sorrisos falsos de cumplicidade dirigidos à câmera, que permitiam intuir, por trás da floreada charada da hipocrisia televisiva, um espírito muito mais humano de competição impaciente que se manifestava em gestos de inimaginável mesquinharia e maldade.

Que sonho! Que tempos!

Foi ali, no contexto do luxuriante paraíso islâmico oferecido gratuitamente aos telespectadores todos os dias logo depois do almoço, que Filippo viu pela primeira vez, de maiô, sua futura esposa, à época, com apenas quinze anos.

Um segundo após tê-la reconhecido, Filippo olhou à sua volta com circunspecção predatória para verificar se, por acaso, nos arredores, em meio à multidão de viajantes em trânsito, pairava a sombra de um acompanhador. Aparentemente, não.

O espetáculo oferecido pela natureza do lado de fora do vidro inspirava uma perplexidade bíblica. Faltavam quinze minutos para as três da tarde, mas parecia noite. Não se via nada além do bico do MD80 no qual, dali a uma hora, eles deveriam embarcar e que tinha cada vez mais o aspecto de um golfinho aturdido que olha para você de dentro de um aquário. Era bem provável que não o deixassem decolar. Que nenhum avião decolasse do aeroporto de Frankfurt naquele dia.

Talvez fosse por aquele motivo que a pequena polinésia estava tão agitada. Ela se levantava, voltava a se sentar, mudava de posição o tempo todo. Tirava os pés do chinelo de dedo. Torturava um anel de prata no indicador. E, sobretudo, teimava em mexer no celular.

Desligava-o e religava-o. Abria o aparelho, retirava o chip, esfregava-o na camiseta e o reinseria. Não tinha jeito, não funcionava. E aquilo a estava exasperando.

– Tente com o meu.

Foi assim que Filippo iniciou, oferecendo-lhe um Nokia todo escangalhado.

Segurando as hastes, ela deslocou os óculos de alguns milímetros sobre o nariz para esquadrinhá-lo com os olhos mais negros e desconfiados que o haviam até então fixado.

Conhecer muito bem o efeito que você causa nos homens: foi isso que tornou aqueles olhos tão cautelosos? Para ela, ser abordada em um lugar público era um incômodo frequente. Mas aquele sujeito devia estar realmente desesperado. Era véspera de Ano-Novo. Estavam todos agitados com a ideia de ter de passar a noite de São Silvestre acampados em um *hub* superlotado. E ele queria dar uma de galã?

– Não se preocupe. Ele sempre faz isso, mas nunca me deixa na mão. Obrigada – respondeu ela, falando do celular com as mesmas palavras que poderia usar para um namorado.

E Filippo entendeu que a coisa certa a ser feita era também a menos ousada: dar marcha a ré. Voltou para o seu lugar, proibindo categoricamente a si mesmo de olhar para a única coisa que lhe interessava naquele momento. Exatamente quando ele conseguiu parar de lançar pequenos olhares intermitentes para a garota, ouviu uma voz contrita agredi-lo pelas costas.

– Retiro o que disse. Desta vez, ele me deixou na mão. Se a sua proposta ainda estiver de pé... Alguém deve vir me buscar. E não consigo ligar.

Filippo notou com prazer um tom menos formal. Sem se fazer de difícil, tirou do bolso da calça o celular rejeitado alguns minutos antes. Ela o arrancou das suas mãos com o gesto ávido de uma drogada em abstinência. Afastou-se alguns passos. Digitou o número com uma rapidez impressionante. E, mais uma vez, deu aos passageiros do voo AZ1459 Frankfurt-Roma uma demonstração plástica da precariedade do seu estado emocional. Começou a andar para a frente e para trás diante de um balcão da American Express adornado por uma mirrada árvore de Natal. Balançava a cabeça como um judeu que está rezando. Levantava excessivamente a voz e a abaixava de maneira igualmente vertiginosa. Era evidente que o alguém que deveria ter ido pegá-la estava lhe dando uma bronca. Porque ela choramingava, justificava-se como uma menina de oito anos. Mas, ao mesmo tempo, dava mostras do seu gênio, desferindo e recebendo golpes com a ousadia de um boxeador profissional. Tudo, aparentemente, com um grande dispêndio de forças físicas e emotivas. De vez em quando, sentindo-se evidentemente culpada, a pequena polinésia lançava um olhar para o seu benfeitor e levantava o indicador como se quisesse dizer: "Desculpe, só mais um segundo..."

Vários segundos se passaram antes que ela voltasse com ar culpado e devolvesse o celular.

– Acho que o descarreguei.

– O carregador está na minha bolsa.

– Você também vai para Roma?

– Se continuar assim, acho que não vou a lugar algum.

– É o que eu também estou achando.

– É por isso que você estava tão agitada ao telefone?

– Meu pai. Sempre a mesma coisa. Às vezes, acho que seu único interesse é fazer com que eu me sinta uma incapaz.

– O que você fez de errado?

– Sei lá. Por um instante, fiquei com medo que ele quisesse me culpar por essa droga de tempestade.

– Agora, pelo menos, sei com quem devo ficar zangado.

– Sabe, ele é a típica pessoa que nunca erra. Só viaja quando está sol.

– Ele viaja muito?

– Muitíssimo.

– O que ele faz?

– Ganha dinheiro.

– Belo trabalho!

– Ganhar muito dinheiro é a coisa que ele mais sabe fazer, a não ser me repreender e acompanhar a previsão do tempo.

– Parecem três ótimas ocupações.

– Nem tanto assim. O problema é que a autoconfiança proporcionada pelo dinheiro pode ser realmente desagradável para quem está por perto.

– Uma teoria interessante. Que, aliás, explica por que sou escravo do Prozac – disse ele para mudar o rumo da conversa.

– Por quê?

– Porque não tenho um tostão.

– Sério?

Agora que ela havia tirado e pendurado os óculos no decote, deixando os olhos, digamos, nus, Filippo estava se perguntando se as lentes escuras não serviam exatamente para proteger a perturbadora honestidade do seu olhar. Olhos que, com a precisão de um sismógrafo, pareciam feitos para registrar em tempo real qualquer imperceptível desmoronamento psíquico. Naquele momento, por exemplo, expressavam algo suspenso entre alegria, empatia e participação.

– Sério o quê?

– Você é mesmo escravo do Prozac?

– Tenho cara de quem brinca com uma coisa assim?

– Como posso saber? Acabamos de nos conhecer... Enfim, você toma Prozac ou não?

– Não apenas Prozac. Está vendo esta bolsa? É uma farmácia. Antidepressivos, estabilizadores de humor... Uma vida regulada pelos harmônicos princípios ativos da farmacologia. As pílulas da felicidade. Não sei como as pessoas conseguem viver sem elas.

– Sabia que você fala de um jeito estranho?

– Isso incomoda você?

– Não, pelo contrário, me diverte, mas é estranho, exaltado.

– Não fique zangada comigo. É culpa do Prozac.

– Você está gozando da minha cara. Você não leva jeito de quem se entope de Prozac.

– E você não tem cara de quem sabe qual é o jeito de quem se entope de Prozac.

– Aí é que você se engana... De qualquer forma, as calças militares não me parecem muito adequadas para o papel, se você me permite.

– Agora, é você que está enganada. O Prozac é ecumênico, democrático. Ganha adeptos em qualquer lugar, até mesmo entre homens muito mais importantes do que eu. Parece que Sylvester Stallone não vive sem.

– Por que nunca consigo entender se você está falando sério?

– Juro, acabei de ler uma entrevista com ele no avião, na revista da Lufthansa. Uma revista séria, teutônica. Eles não mentem nunca! Parece que Stallone não sobe em um avião sem os seus comprimidinhos. É assim que ele os chama: "os meus comprimidinhos". Você não acha meigo para um homem como ele? Você o imagina inchado de esteroides e anabolizantes, mas ele é escravo do Prozac. Sabe, é um apoio de verdade, para pessoas como eu, saber que, mesmo nas altas rodas...

Naturalmente, não havia nenhuma entrevista em que Sylvester Stallone confessava algum tipo de dependência. Porém, Filippo realmente estava passando por um período ruim. A virulência do enésimo ataque de hipocondria o havia levado, algumas semanas antes, a subir em um avião, voar até Tel-Aviv e se instalar na casa de Joshua Pacifici, um primo por parte de mãe que ele mal conhecia. Que figura o tal Joshua! Dispunha de recursos energéticos infinitos. Durante o dia, trabalhava como guia turístico para abastados judeus americanos e, à noite, era disc jockey em uma casa noturna à beira-mar. Para Filippo, foi uma alegria se deixar contagiar pela vivacidade hipercinética de Joshua. Assim como foi revigorante mergulhar em uma experiência israelense. Ele verificou em campo como o fato de acordar toda manhã em um lugar que, de um momento para outro, pode ser incinerado por uma bomba atômica modifica instantaneamente o seu ponto de vista: diante do risco nuclear, até mesmo uma doença fatal autodiagnosticada esmaece. Pena que foi só aterrissar em Frankfurt para que o fatalismo benéfico conquistado nas terras dos Profetas fosse mandado para o inferno.

Naquele momento, foi anunciado outro conspícuo atraso que irritou todos os passageiros que estavam esperando o voo e que deixou a garota perturbada.

– Sempre a mesma história. Meu típico azar. Imagine: briguei com o meu namorado, larguei-o na Argentina embora ele continuasse a gritar que, se eu fosse embora, ele nunca mais queria me ver, e tudo para passar o réveillon com o meu pai. Nunca passei um réveillon sem ele. Algo me diz que, se não passamos o réveillon juntos, algo terrível pode acontecer com ele! Sou meio bruxa. Sinto certas coisas se mexendo dentro de mim...

Filippo não disse nada. Deixou que ela continuasse a delirar. Avaliou os indubitáveis ensejos românticos proporcionados pelo fato de estar preso, na noite de réveillon, em um aeroporto, com uma garota tão bonita quanto nervosa.

– Posso pedir seu telefone pela última vez? – perguntou ela cada vez mais preocupada.

Então, Filippo teve a oportunidade de vê-la mais uma vez perdendo as estribeiras ao telefone com o pai. Falava com um tom exageradamente animado, como se fosse o último telefonema da vida de ambos. Ainda bem que, daquela vez, depois de ter desligado, seu humor havia decididamente melhorado. O pai a acalmara. Aconselhou-a a procurar um lugar para dormir. O aeroporto de Frankfurt certamente dispunha de um serviço hoteleiro. Ela e Filippo deram uma volta pelos hotéis das redondezas, que, naturalmente, estavam lotados. Por volta das sete horas da noite, encaminharam-se novamente para o portão de embarque. O aeroporto parecia um acampamento. As pessoas, já conformadas em passar o réveillon ali, farreavam com algumas garrafas improvisadas compradas no free shop.

Depois de ter se rendido à ideia de não partir, deixando de ficar agitada, Anna (sim, ela disse que esse era o seu nome) começou a falar ininterruptamente do pai, do relacionamento mórbido que a ligava àquele homem carismático e surpreendentemente endinheirado. Talvez incentivada pela vontade de competir ou pelo conforto de se encontrar diante de um adepto do mesmo clã, Anna falou de todos os remédios que, ao longo da sua jovem vida, teve de tomar, e como, ao contrário do seu companheiro de desventuras, ela os odiava. Falou até das suas internações psiquiátricas. Parecia sentir prazer em não poupar aquele interlocutor ocasional de nenhum detalhe. Filippo se perguntou se ela estava se comportando daquela maneira porque tinha certeza de que nunca mais o veria novamente. Se ele estava desempenhando o papel do clássico desconhecido ao qual, no compartimento de um trem, revelamos o segredo mais inconfessável de nossas vidas.

De vez em quando, em meio à profusão de revelações íntimas, Anna fazia algumas perguntas. Filippo respondia rapidamente. Anna ficou especialmente contente ao ouvir que ele ainda morava com a mãe. Ela estava cercada de homens que procuravam independência e emancipação da família de origem: ali estava um que não se envergonhava de amar a mãe pelo menos tanto quanto ela, Anna, amava o próprio pai. Filippo notou que não havia nada que ele pudesse contar sobre si mesmo sem que ela se apropriasse imediatamente daquela informação para relatar uma experiência pessoal sua. Tratava-se de uma modalidade dialética realmente exasperante, mas que importância podia ter? Ela era tão bonita...

À meia-noite, acampados em um cantinho perto do balcão da American Express, brindaram com duas garrafas de cerveja. Lá fora, a tempestade não dava sinais de amainar. Dentro, o ar era morno e deliciosamente viciado. Anna finalmente cochilou. Filippo, então, não podendo levar a cabo o que teria tentado fazer se eles estivessem em um quarto de hotel, contentou-se em tirar da bolsa folhas e lápis. Começou a desenhá-la de perfil, em primeiro plano, de três quartos, de corpo inteiro. Enquanto isso, ria com o olhar triste e uma expressão emburrada. Não fez outra coisa a noite toda; depois, foi sua vez de adormecer.

Ao raiar do dia, acordando de sobressalto, Filippo se deparou com dois imprevistos. Um belo sol que expandia seus cálidos raios invernais sobre as pistas completamente cobertas de neve. E Anna que examinava seus desenhos. Por um instante, Filippo temeu que ela estivesse com raiva. Que pedisse satisfação do que poderia ser considerado um prelúdio de *stalking*. Mas ele logo percebeu que Anna estava tão radiante quanto a luz lá fora. Imediatamente, ela começou a agradecer, repetindo que era a homenagem mais carinhosa que já havia recebido.

Sete anos haviam se passado desde a primeira vez que eles acordaram juntos com todo aquele chamego recíproco. Desde então, muitas coisas aconteceram. Agora, Filippo conhecia Anna mais do que desejava. Contudo, ele gostava de relembrar aqueles desenhos. Foi graças a eles que Anna o amou como nunca mais conseguiria amá-lo. E, àquela altura, Filippo também sabia o motivo: nada, até aquele momento, havia aplacado o insaciável narcisismo da sua mulher como o encontro com o seu devoto retratista pessoal. Portanto, não era tão estranho ela ter se casado com aquele retratista no final das contas.

Onde ela tinha se metido? Já eram sete e meia!

A chuva caía com tanta violência que dobrava os crepitantes ramos das magnólias. A sirene de um alarme distante, disparado pelo temporal, não parava de apitar de maneira cada vez mais frenética. Pela janela semiaberta, entravam lufadas de um úmido perfume de primavera violada.

Cada vez mais angustiado, Filippo tentou ligar para o celular de Anna. Nada. Desligado.

Exatamente naquele momento, o telefone de casa tocou. Filippo tinha certeza de que era ela. Era Rachel, sua mãe, que parecia ter um talento especial para ligar para os filhos quando eles estavam esperando com impaciência o telefonema de alguma outra pessoa. Geralmente, a desilusão acarretada por essa intempestividade materna se transformava, no filho que estivesse do outro lado da linha, em um legítimo desejo de liquidá-la ou, se necessário, maltratá-la.

– Meu amor?

– O que foi, mãe?

– Eu queria saber se você precisa de uma carona para o aeroporto amanhã de manhã.

– Não, obrigado. Meu voo é às oito. Preciso estar lá uma hora antes. Para me levar ao aeroporto, você teria de ficar acampada aqui fora esta noite.

– Olhe que não me custa nada. Àquela hora, não tem tráfego algum.

– Mas, para mim, custa. Não quero que você acorde de madrugada.

– Gosto de acordar de madrugada.

– Mamãe, por favor...

– A Anna vai levar você?

– Você sabe que a Anna não gosta de voltar sozinha do aeroporto.

– Por que não?

– Por que o falcão-de-peito-vermelho tem o peito vermelho? Anna é assim mesmo.

– Tudo bem, mas não precisa ficar irritado. Então, como você vai?

– Sei lá, vou pegar um táxi.

– Ficou rico?

Filippo sabia, antes mesmo de tê-la pronunciado, que a palavra "táxi" teria provocado a reação indignada de Rachel. Mas, no momento, não soube inventar outra resposta. O táxi fazia parte da lista negra de confortos extravagantes e proibidos, que incluía outros artigos de amplo consumo, como bebidas e castanhas do frigobar de um hotel ou pipoca e doces vendidos no intervalo do cinema.

Deve ter sido por causa da lavagem cerebral a que foi submetido na infância que Filippo cedeu ao impulso de mentir para a mãe como um menino em idade escolar.

– Não sou eu que pago o táxi, mas a produção.

– E eles têm dinheiro para jogar no lixo?

– Que saco, mãe! Pense um pouco nos taxistas também. Não estamos falando de Aga Khan. Eles também precisam chegar ao fim do mês.

– E a mala?

– O que tem a mala?

– Já fez?

– Estava fazendo.

– Não se esqueça dos envelopinhos de Buscopan. Só falta você...

– Mãe, preciso desligar.

– O que você vai vestir na noite de gala?

– Que noite de gala?

– Li que vai ter uma noite de gala.

– Quem você está achando que eu sou? Sean Penn? Ninguém me convidou para nenhuma noite de gala. Vou lá, digo duas merdas e volto.

– Você se sente mais adulto falando palavrões?

– Eu me sinto mais adulto quando ficamos sem nos falar pelo menos dois dias seguidos.

– Leve pelo menos a gravata e o mocassim... Nunca se sabe.

– Eu sei que você queria me ver todo arrumado que nem a bichinha.

– Você sabe que não gosto quando você fala dele assim. A propósito, falou com ele?

– Com quem? Com a bichinha?

– Já disse para não falar assim dele... A única coisa que eu não poderia suportar depois de morta é que vocês dois não se dessem bem. Se, quando eu não estiver mais aqui, vocês começarem a brigar como os filhos do tabelião, venho puxar o pé de vocês à noite...

– Bem, ali havia uma bela bolada a ser dividida. Com você, acho que não vai ser o caso. Não faz sentido se digladiar por migalhas.

O comentário foi seguido de um pequeno intervalo de silêncio. Será que Rachel havia ficado ofendida?

– E acho que este não é um bom momento para o seu irmão.

– Em que sentido?

– Não sei. Ele está sempre nervoso. Por que você não tenta falar com ele? Se você ligar, ele vai ficar contente. Vive dizendo que você nunca liga...

Enquanto Rachel tentava lhe injetar sorrateiramente a dose cotidiana de culpa (na verdade, era bastante improvável que Semi tivesse reclamado da displicência telefônica, aliás totalmente infundada, do irmão mais velho), a atenção de Filippo era arrebatada pelo inconfundível ruído metálico de chaves atrás da porta de casa.

– Mamãe, desculpe, mas a Anna chegou. A gente se fala amanhã.

– Está bem. Lembre-se de me mandar uma mensagem quando aterrissar.

– Até amanhã, mamãe.

Ele olhou novamente para o relógio. Uma hora e meia de atraso. Filippo, com uma cerveja em uma mão e uma torrada lambiscada, última sobrevivente da sua fúria bulímica, na outra, foi em sua direção.

Ele sabia que deveria resistir ao impulso de repreendê-la e até mesmo de pedir explicações por um atraso tão leviano. Quando finalmente se viu de frente para ela, ficou petrificado.

Tendo como pano de fundo a entrada da casa, lá estava uma heroína trágica. Por favor, não pensem em Medeia nem em Clitemnestra, mas em alguém mais contemporâneo, no meio do caminho entre a ciganinha tristonha que pede esmola no sinal de trânsito e a adolescente magrebina que escapou por um triz do naufrágio. Nem mesmo na minissérie sobre a filha arrependida de um integrante da Camorra, Anna havia alcançado semelhante intensidade dramática. Os longos cabelos negros pingavam como um parapeito, mas ela parecia não se importar. Estava ali, catatônica como se tivesse testemunhado um homicídio. O que havia acontecido? Filippo engoliu com dificuldade, junto com o último pedaço da torrada, um dos seus comentários ressentidos. Como era difícil ter de lidar com o histrionismo sofrido da esposa! Subir de vez em quando na asa-delta das suas hipérboles neuróticas podia ser uma experiência estimulante, às vezes até alegremente destemida, mas ficar ali todo santo dia acabava provocando uma náusea insuportável.

– Posso saber onde você estava? – foi a coisa mais gentil que ele conseguiu perguntar.

– Acabei de brigar com Piero.

Depois, Anna deixou que o temporal comentasse as suas palavras com o rimbombo beligerante de trovões distantes. Logo depois, acrescentou:

– Agora, definitivamente.

Era a terceira vez nas últimas semanas que Anna brigava "definitivamente" com Piero Benvenuti, o seu agente. E não apenas seu, mas também de um monte de outros mestres de cerimônias por ele pomposamente definidos como "artistas", embora nenhum tivesse jamais segurado um pincel.

Piero era uma mistura perturbadora, e afinal engraçada, de cinismo e sentimentalismo. Um talentoso corretor de canastrões sem talento. Um profissional que se dedicava com obstinação aos seus agenciados para que eles obtivessem os contratos mais convenientes e as ribaltas mais populares, mas que, por um déficit incorrigível de simpatia, custava a entender o itinerário peculiar que a vanglória percorria dentro de cada um deles.

Porque, mais cedo ou mais tarde, sempre chega o momento em que o apresentador excessivamente remunerado de programas de auditório descobre dentro de si a paixão pela interpretação. Ou em que a *starlet* conhecida pela sua estatuária imobilidade cede à tentação do demônio da dança... Por que todos naquela merda de mundo – do qual Piero se considera uma espécie de gênio da lâmpada – decidem ser o que não são? A insatisfação crônica dos seus artistas não é menos misteriosa e irritante do que a ingratidão que, a longo prazo, quase todos acabam manifestando em relação ao destino e, sobretudo, em relação àquele diligente e imaginativo, porém não onipotente, gênio da lâmpada. E apesar de ter chegado à conclusão, no fundo consoladora, de que a incontentabilidade é o vício peculiar dos artistas (uma espécie de deformação romântica sem a qual não seriam o que são), Piero continua a sofrer toda vez que um dos seus agenciados despeja em cima dele a frustração por ser incompreendido.

Naquela tarde, Piero devia ter sofrido muito, visto o teor das acusações que Anna certamente tinha feito. Havia semanas que Filippo assistia ao espetáculo da raiva crescente da esposa em relação ao agente. Obviamente, quanto mais Anna se conscientizava de tudo o que Piero soube fazer por Filippo e não soube fazer por ela, mais enfurecida ficava.

E pensar que ela e Piero haviam se dado bem logo de cara. A colaboração profissional entre os dois iniciara aproximadamente um ano antes que Filippo e Anna se casaram. E, se naquela época Filippo já não conhecesse bem os processos psíquicos e os consequentes comportamentos da futura esposa, poderia até ter temido pelas núpcias iminentes. Nada de estranho. Era assim que Anna funcionava. De repente, ela se apaixonava por alguém. E, a cada vez, a intensidade dramática era surpreendente. Naquele período, foi a vez de Piero, seu novo agente. Bastava que houvesse no mundo um homem cujos interesses correspondiam aos seus para iludi-la e, assim, nesse árido descampado de lágrimas, pudesse acontecer a união perfeita mencionada por Platão.

Anna ficava ao telefone com ele pelo menos três horas por dia. Não escondia nada de Piero e cobrava dele uma transparência igualmente impudica. E Piero, desconsiderando os escrúpulos deontológicos bem como a cautela imposta pelo bom senso, revelou-lhe todas as próprias mazelas conjugais. Carla, a esposa, não o excitava mais. Já era como uma irmã. Aliás, uma irmã tremendamente ciumenta.

Pobre Piero. Como ele podia imaginar que as suas confidências privadas seriam divulgadas por Anna nas mais improváveis ocasiões mundanas? Pois bem, seus problemas de cama com a mulher tornaram-se o assunto preferido de Anna e também o pretexto para que ela, durante as longas refeições com os amigos, além de não tocar na comida, nem sequer levantasse o garfo.

Os companheiros nem tinham tempo de se sentar à mesa e Anna já começava a lenga-lenga: "Imagine que Piero, o meu agente..." Depois de ter exposto a questão, ela esperava que cada um fizesse um comentário tão saboroso quanto o presunto deixado intacto em seu prato.

Enfim, Piero devia ficar com aquela megera ou deixá-la? Anna, veja só, era favorável à separação. E ficava mal cada vez que alguém, sem nunca ter visto Piero, dizia que era melhor não se intrometer em certos assuntos particulares e que, de qualquer maneira, sempre era bom torcer pela integridade de velhos casais consolidados.

As razões pelas quais Filippo tolerava tudo isso não eram lá tão complexas. Antes de mais nada, é necessário dizer que os arroubos de Anna resolviam a sua vida, pois ela tendia a transformar o novo pupilo em confidente privilegiado. Filippo tinha certeza de que, se não fosse pelo eficiente cordão sanitário constituído pelo amigo íntimo do momento, o seu teor de vida de marido distraído e hedonista teria corrido sério perigo. Depois, havia a costumeira e velha questão da dignidade e do decoro. Filippo adorava se ver como um homem ao qual certas coisas não interessavam. Os comensais imaginavam que Anna tinha uma relação com o misterioso homem do qual ela não conseguia parar de falar? Ele, comendo silenciosamente e apartado, fazia o papel de corno alegre? Problema deles! Filippo teria muita dificuldade em explicar àquele bando de filisteus com o qual a mulher o obrigava a jantar a sua excitação ao se distrair com a imagem vívida de um homem enxuto e nervoso como Piero trepando com Anna.

A lua de mel de Anna e seu agente coincidiu com um fato fúnebre: a morte repentina da sra. Benvenuti, a venerada mãe de Piero. Anna, embora tivesse visto a senhora em questão uma única vez, e nem a tivesse achado muito simpática, mostrou-se, no mínimo, inconsolável. No funeral, entre os bancos de uma pitoresca igrejinha em uma praça da ilha de Ponza, em um daqueles dias de fevereiro que se tornam soturnos por causa de um céu, se possível, ainda mais tempestuoso do que o mar, muitos dos presentes acharam que Piero não fosse filho único e que a bela garotinha desmaiada na segunda fila fosse uma irmã secreta destruída pela dor. Teria sido difícil explicar aos inocentes ilhéus que Anna Cavalieri vivia com a mesma intensidade a morte de qualquer progenitor, como se fosse um ensaio geral da iminente catástrofe que, mais cedo ou mais tarde, levaria embora seu pai. Filippo sabia muito bem que, para entender a atitude da mulher, era necessário atribuir o peso certo ao fator exibicionismo, tão relevante na vida de qualquer ator profissional e, portanto, também na sua. A mensagem que Anna queria lançar para o mundo era que, a despeito do drama que estivesse se consumando, ela era a pessoa mais autorizada para ser a sua sofrida protagonista.

Não foi por acaso que seu ódio pela mulher de Piero chegou ao ápice exatamente nos dias logo após o funeral. Segundo Anna, a maneira como Carla leu as passagens do Evangelho, fingindo não conseguir seguir em frente por causa do desespero, era realmente indecente. E Piero, uma vez, havia dito que Carla sempre detestou a sogra. E que, cada vez que ele ia visitar a mãe, a esposa ficava irritada. Então, como ela se dava ao direito de bancar a arrasada?

Filippo não teve como não olhar estarrecido para a mulher: como, diante do próprio comportamento, era possível que Anna acusasse Carla de afetação? Sem contar que Carla tinha muito mais direito! Todavia, também naquela situação, Filippo preferiu ficar calado.

Até que a celebridade de Piero, como a de todos os seus predecessores, sofreu uma queda junto à sua exigentíssima companheira. Quando pôde medir o grau de infidelidade ao qual só um famoso agente era capaz de se entregar tão despudoradamente e quando, aliás, entendeu que Piero nunca teria deixado a mulher, Anna começou a falar mal dele (obviamente, em público). Depois de tantas lisonjas amorosas, depois de tantos elogios solenes, surgia impetuosa a desilusão.

E pensar que ela havia avisado: se ele ficasse com uma mulher daquelas, embruteceria. Agora, olhem só para ele. Era quase irreconhecível: quanta superficialidade, quanta vulgaridade! Só o afeto que ela ainda tinha por Piero a impedia de mudar de agente. Embora a última ninhada de *starlets* que ele havia imprudentemente começado a agenciar a tenha realmente deixado em crise. A ideia de fazer parte da mesma escuderia daquelas pistoleiras amadoras era, para Anna, um grande constrangimento. Ao qual, todavia, ela conseguiu se acostumar. As coisas nunca teriam desmoronado se Piero não tivesse se interessado tanto pela situação da mais improvável das suas aquisições...

De fato, como definir de outra maneira, senão como impagável, o trabalho que Piero havia realizado para Filippo? Piero foi a primeira pessoa a quem Anna revelou uma amostra do enorme, maníaco e inorgânico material artístico acumulado pelo marido ao longo da vida. Entregou-o nas mãos do seu agente uma noite depois do jantar. Piero era um dos convidados de uma daquelas festas que aconteciam no terraço durante o verão, nas quais Anna adorava se cercar de amigos excêntricos e inimigos prestigiosos. Festas que só davam certo quando Filippo, animado por uma extemporânea condescendência, dignava-se a preparar banquetes inesquecíveis. Pois bem, na noite em questão, o chef se superou.

Ao final do jantar, enquanto os convidados começam a se volatilizar, Anna põe a pasta nas mãos de Piero.

– São do Filippo. Dê uma olhada, por favor. É coisa boa.

Piero sente vontade de rir. Não somente porque está bêbado, empanzinado e chapado, mas porque, se tem uma coisa da qual seus princípios exclusivistas não o deixam duvidar, é que o cozinheiro, responsável pelo maravilhoso banquete, não pode ter sido agraciado pelo Pai Eterno com algum outro tipo de talento que não o culinário. Lá vamos nós outra vez: alguém que sabe cozinhar espaguete com camarões-vermelhos e butarga não deveria querer fazer outra coisa. E é por isso que Piero, ao aceitar de Anna a pasta cheia de esboços, não consegue evitar que transpareça a sisuda superioridade geralmente reservada às hordas de amadores, muitas vezes aparentados com algum dos seus artistas, que, a certa altura, se dirigem a ele para obter uma ribalta que, pensando bem, não merecem.

O que Piero não pode saber é que, nessa questão, a opinião de Filippo coincide mais ou menos com a sua. Assim como também não pode saber que, embora desenhe desde sempre e não consiga ficar sem desenhar, Filippo nunca acreditou que as suas histórias em quadrinhos pudessem servir outro patrão que não fosse aquele que as concebeu. Mas, acima de tudo, o que Piero não pode saber é que a iniciativa de lhe entregar aqueles desenhos não partiu do próprio autor, que, há três horas, está dormindo no quartinho, solitário, arrependido de ter cozinhado para todos aqueles babacas. (Meu Deus, que nojo ele tem dos amigos da mulher!) A iniciativa é de Anna. Uma iniciativa arriscada. Uma autêntica violação. Talvez o único ato capaz de fazer com que o marido mais imperturbável do mundo perca seriamente o controle.

A Piero, bastaram as quarenta e oito horas utilizadas para se desintoxicar do veneno que estava no seu corpo para mudar de opinião a respeito de Filippo e dos seus desenhos. A mais espetacular guinada de cento e oitenta graus.

– Minha querida, seu marido é um gênio – disse ela a Anna depois de ter passado as últimas horas (de depuração) observando as “obras-primas” de Filippo.

Sejamos sinceros: ele não entendia nada daquilo. Não lia histórias em quadrinho desde que tinha quatorze anos. Não tinha experiência naquele ramo. Mas sabia que não conseguia parar de olhar para aqueles desenhos. Eles o faziam rir e chorar, suscitavam indignação e fascínio. E quem diria que o energúmeno de camiseta branca e calças militares podia ser tão espirituoso? Ou que o indivíduo rabugento, que só era mencionado quando se falava do seu bolo de carne com favas ou do talento com que conseguiu abocanhar um dos melhores partidos em circulação, tinha vivido tantas aventuras.

– Seu marido esteve realmente em todos esses lugares? Como ele conseguiu ver tantas coisas assim? África, Austrália... E também todas as crianças... Como ele as desenhou? Minha querida, aquelas crianças são de partir o coração, igual ao Bambi! Mais do que o Bambi! Você já pensou nisso? Já está tudo aqui, uma história que se sustenta, um romance!

Sim, Piero ainda não sabia muito bem o que fazer para tentar promover os desenhos de Filippo, mas, de uma coisa, tinha certeza: faria algo.

E, de fato, fez.

Jogou-se de cabeça naquele projeto. E, desde então, não parou de desenfornar novas ideias para garantir, pelo menos potencialmente, um público cada vez mais amplo para Filippo e suas criações. Só para ter uma ideia, foi Piero que teve a intuição de transformá-las em filme. ("Meu caro, *graphic novel* cheira a derrota!") Por que se contentar com uma *graphic novel* para punheteiros espinhentos se aquele material tinha tudo para ser um filme?

Com a sua tarimba, não foi difícil para Piero desbaratar as objeções do novo agenciado, que, após se recuperar com dificuldade da raiva em relação à mulher – culpada de ter-lhe surrupiado os desenhos para colocá-los na mão de um desconhecido –, não perdia a chance de manifestar ao seu agente o temor de não estar à altura de uma empreitada daquele nível. Piero não era a pessoa certa para demolir uma a uma todas as incertezas do seu recalcitrante pupilo. Aquela modéstia depunha a seu favor, como ele continuava a dizer a Filippo durante os longos telefonemas que começaram a acontecer entre os dois. Era um indício de seriedade, da sua capacidade de não perder o controle e de não se dar ares, mas também era um sinal da sua maturidade artística etc.

A retórica de Piero, a sua eloquência, o entusiasmo manhoso tão contagiosamente otimista, ao exagerar todos os prognósticos mais róseos, conquistaram até o cínico Filippo. Que, com o tempo, aprendeu a perdoar em si mesmo a credulidade e a vaidade que jamais teria perdoado nos outros, passando a confiar em Piero.

O resto foi simplesmente a história dos últimos meses, que, no dia seguinte, chegaria ao ápice (seguido, provavelmente, pelo início do declínio) na apresentação de *Herodes e os seus Pequenos*, o primeiro filme de animação daquele total desconhecido chamado Filippo Pontecorvo na Quinzaine de Cannes.

Pena que, em todo aquele tempo, a grande apoiadora do louco projeto, a primeira e imaginativa promoter do marido, tivesse dado um jeito de enervar-se. Àquela altura, as duas únicas coisas em que Anna conseguia pensar eram a fantasiosa abnegação com que Piero se dedicara ao seu marido e a praxe operacional a ela reservada.

– Mas por que você não pegou um táxi? – perguntou Filippo para procrastinar o máximo possível o momento em que ela revelaria o motivo da briga com Piero.

– Eu peguei. Mas, depois, fiquei aqui embaixo discutindo com Piero e não me dei conta de que estava chovendo.

– Como não se deu conta? Você está toda...

– Ele teve a pachorra de me oferecer para o ano que vem uma daquelas...

Anna certamente estava fazendo alusão a uma minissérie, mas tamanho era o seu transtorno que ela nem sequer conseguia mencioná-la.

– Há anos digo que não quero mais fazer aquelas merdas, que mereço um papel sério em um filme sério com uma produção séria.

– Desculpe, mas, se você não está a fim de fazer, não faça!

– Claro, para ele, é fácil falar. O nosso artista sabe como preservar a própria integridade. Quer me dizer como vamos sobreviver se eu também parar de trabalhar alegando razões artísticas?

Se não fosse alérgico às questões de princípio, Filippo até poderia ter ficado ofendido. No entanto, a única coisa que conseguiu fazer foi se aproximar mais um pouco, tirar das garras de Anna o celular molhado, já quase imprestável, e perceber que ela estava com as mãos ardendo.

– Meu Deus, você está pegando fogo!

– Acho que estou com febre.

O melodrama estava ganhando contornos cada vez mais oitocentistas. Lá estava ela, a heroína enfraquecida, emaciada, ensandecida e, também, febril. Então digam, deuses do céu, se vocês não querem que o coitado em abstinência faça o que jamais acreditou ser capaz de fazer: possuir a mulher à força. Sério? Ele nunca havia pensado nisso? Para ser sincero, já havia pensado, sim, muitas vezes. Sob a forma de uma fantasia onanista, mas não exclusivamente: às vezes, também quando eles trepavam. O que ele podia fazer se os finíssimos pulsos de Anna, seus pés tenebrosamente torneados e cada milímetro quadrado do seu corpo, pelo menos para quem sabia escutar, emitia constantemente um grito de alarme para proclamar a própria fragilidade, surtiam nele um efeito mais forte do que o de qualquer Viagra ou Cialis? E, sobretudo naquela noite, o que ele podia fazer se, na Pocahontas ensopada que tremia de frio e de desdém na frente da porta, não havia nada que não representasse para Filippo uma insustentável provocação sexual e um sorrateiro convite para dar vazão à sua brutalidade?

– Venha cá. Tire a roupa, se enxugue e vá para a cama. Enquanto isso, vou preparar alguma coisa quente.

– Não, me deixe – ela disparou quase com tom de nojo. – Vou ficar um pouco aqui sozinha.

Com passos silenciosos, sem se importar com o rastro d'água no chão, ela se arrastou até um dos caríssimos sofás cor de avelã do Piemonte, que o arquiteto, antes de escolher, certificou-se de que eram suficientemente confortáveis. E se jogou sobre as almofadas. A tensão na sala de estar estava em perfeita contraposição com o temporal que caía lá fora e que, de repente, parecia ter amainado. Sim, era como se a mulher tivesse levado o temporal para dentro de casa.

Após ter se atirado no sofá, Anna não parava de tirar o calcanhar ensopado de dentro da sapatilha para, em seguida, voltar a calçá-la. Agarrou com as mãos uma longa mecha e a torceu como se estivesse posando para Degas. Filippo sabia que aquele silêncio, no caso de Anna, não era normal. Ela não gostava de ficar calada. Ou, mais exatamente, não conseguia. Mais alguns instantes e ela iria se esconder em seu quarto, onde daria vazão a uma longa série de telefonemas a um punhado de confidentes que costumava incomodar tagarelando sobre tudo o que não funcionava na sua vida.

Mas, naquela noite, ele não permitiria que ela fosse embora. Filippo estava tão seguro de si que até estava disposto a ouvi-la.

– Então, me explique o que há de errado nessa nova proposta.

– Para você, não tem a menor importância mesmo.

– Claro que tem.

– Não, você logo se chateia. Começa a bocejar e eu não dou conta.

– Prometo que, desta vez, não vou bocejar.

Filippo logo descobriu como era difícil manter certas promessas. Anna estava falando havia alguns minutos, amontoando um fato em cima do outro com certa exaltação, e ele já não aguentava mais. Daquela vez, não era simplesmente tédio, mas também desconforto. Não havia nada na lamuriosa dissertação de Anna sobre as inadimplências do seu agente que, aos seus ouvidos, não soasse sinistramente assim: "Não consigo acreditar que você esteja de partida para Cannes. Não, não consigo aceitar a ideia de que você esteja prestes a fazer o que eu cobiço desde sempre. Não, não consigo acreditar que isto esteja acontecendo graças ao meu agente!"

Que desastre!

Você luta a vida inteira para evitar que certas coisas aconteçam. Entrega-se à indolência por anos a fio para não se ver um dia envolvido na ferocidade tacanha da competição humana. Então, assim que você faz alguma coisa, até mesmo sua mulher se volta contra você. O dado cômico é que ela não o odeia pelo que você obteve. Mas pelo que pode vir a obter. Pela oportunidade que conquistou. Tudo bem, você não tem muitos méritos. É suficientemente honesto para admitir. Aqueles desenhos não são ruins, mas não vamos exagerar... E, de qualquer maneira, você merece tudo aquilo tanto quanto outras pessoas que se gabam muito mais do que você!

Foi assim que Filippo, depois de alguns minutos assentindo como um psicanalista às voltas com seu paciente mais descomedido, fez o que, em cinco anos de casamento e um de noivado, achou que nunca seria possível: pulou em cima dela. E o fez com a energia de um homem excitado que tem más intenções em relação a uma mulher praticamente indefesa.

Fez aquilo não tanto por achar que era a coisa certa a fazer, mas porque sentiu que não podia agir de outra maneira. Sua intenção era tapar a boca de Anna para que ela mudasse de assunto. Ele estava farto da sua mesquinharia e achava realmente deplorável que ela o odiasse por um sucesso ainda não alcançado. Fez aquilo porque havia meses que desejava fazê-lo. E porque ela nunca fora tão desejável. Fez aquilo porque ela estava com febre e ele imaginou o extenuado desfalecimento no qual aquela doce macaquinha precipitaria nos dias seguintes: o pescoço ardente, o cheiro de remédios e torradas, lençóis desarrumados, suor pantanoso... Fez aquilo porque, por um instante, intuiu o que passa pela cabeça do mais bestial dos estupradores.

Mas, acima de tudo, fez aquilo assumindo riscos e perigos, e, naturalmente, sem nutrir nenhuma ilusão de que a sua empreitada pudesse ter sucesso. De fato, o fiasco foi tão completo quanto a sanção foi imediata, evidente e indignada.

– Me larga! Disse para você me largar. Sinto nojo de você. Seu pervertido!

– Desculpe, meu amor – disse ele, soltando-a imediatamente: era assim que a récita do fauno estava prestes a chegar indecorosamente ao fim.

Mas já era tarde demais. Ela estava de pé, gritando coisas horríveis para ele. E ele estava ali, tomando cuidado para não tocá-la e não se aproximar; estava ali, tentando acalmá-la sem parar de se justificar. Mas a única coisa em que ele conseguia pensar era quanto tudo aquilo custaria em termos de abstinência sexual.

▪ ▪ ▪

Poucos minutos depois, os dois cônjuges estavam a uma distância segura um do outro. Anna havia se acalmado, mas não tinha intenção alguma de relevar.

– Não está vendo como eu estou? Nem minhas lágrimas tocam você?

– É que não entendo por que você está chorando.

– Como assim? Meu marido acabou de tentar me violentar!

– Vamos, não fale assim.

– E o que eu devo dizer então?... E também todo o resto. Minha carreira é um fracasso total. Além do mais, me vejo sitiada, feia, gorda...

– Meu amor, você não é gorda. É magra como um palito.

– Não disse que *sou* gorda, mas é como me sinto. Se as coisas continuarem assim, vou precisar de outra internação. Mas você não se importa. Só pensa em me molestar.

– Eu não molesto você. Valorizo.

– Um estuprador profissional não faria melhor.

– Faço isso pela sua autoestima.

– Deixe a minha autoestima em paz! – ela gritou enxugando as lágrimas com um gesto melodramático. – Eu e a minha autoestima não nos vemos há muito tempo... E eu conheço o seu jeito. Para você, qualquer coisa serve.

– Você fala como se fosse um defeito. Deveria me agradecer. Com todos os eunucos que giram à sua volta...

– Está vendo? Eu tinha razão. Você não consegue mesmo me escutar. Não se interessa nem pelo que eu sou nem pelo que eu faço...

– Como você pode dizer isso? Claro que me interesso pelo que você faz e diz...

– Mas é só eu começar a falar dos meus problemas que você fica impaciente, agitado. Ou, então, fica com tesão. É constrangedor.

– Você acha constrangedor ser desejada pelo seu marido?

– Acho insultante que as suas taras sempre se manifestem nos momentos mais inoportunos...

– Mais inoportunos? Mais inoportunos, cacete? Mas se já faz quase dois meses que...

– E não comece a gritar. Você sabe que eu fico com medo quando você faz assim. Sei que é o que vocês fazem na sua família. Dizem coisas horríveis. Gritam e pulam no pescoço uns dos outros. Não medem as palavras...

De repente, Filippo se sentiu incomodado pela própria condescendência. Que diabos estava acontecendo com ele? Por que, em vez de continuar a abanar o rabinho, ele não punha as cartas na mesa, como sempre havia feito? Onde tinha ido parar o sarcasmo? Por que não encontrava uma maneira brilhante de dizer a Anna que estava de saco cheio das suas paranoias? Se tinha uma coisa que sempre o enchia de orgulho era a atitude com a qual confrontava os caprichos da mulher. Sim, porque, em perfeita contraposição ao homem da sua época, Filippo Pontecorvo tratava a esposa à moda antiga.

Onde estava a tal moda antiga naquela noite? Será que, ao não se entregar, Anna tinha modificado o seu caráter? Ou será que Filippo queria que ela perdoasse o que já apelidara pomposamente de "tentativa de estupro"?

– Pronto, estou aqui. Foda-se todo o resto, sou todo ouvidos... E juro que vou me comportar direitinho.

E, de fato, durante certo tempo, conseguiu escutá-la e se comportar direito. Aliás, de certa maneira, Filippo naqueles momentos ficava vidrado. Sejamos claros: ele não prestava atenção no sentido literal de cada palavra, mas não tirava os olhos dela.

Anna começou a falar novamente daquelas minisséries.

Ela estava explicando ao marido que, tudo bem, davam muita audiência. Pagavam bem. Garantiam uma notoriedade que era impensável para a maior parte dos atores sérios. O barman que toda manhã servia o seu ginseng na leiteria embaixo de casa antes que ela fosse para os estúdios a tratava como se ela fosse Julia Roberts. Mas corresponder aos padrões do barman não era menos degradante do que os papéis que lhe eram atribuídos por diretores e produtores.

Tudo culpa do pai. Disso, ela não tinha dúvida. Era o grande preconceito que, a seu ver, a perseguia. Não a levavam a sério porque era bonitinha, porque havia trabalhado na televisão desde os primeiros anos da adolescência e porque o pai era um homem tão importante que se tornava incômodo. Só Deus sabe como aquele pai prejudicou a sua carreira. Por outro lado, apesar de conhecer muita gente, ele nunca moveu uma palha para ajudá-la. Ia contra os seus princípios. Se ele tivesse pelo menos tentando ajudar a filha, sua carreira de atriz certamente não teria sido tão esquálida.

– Lá vem você de novo com esse "esquálida". Por que você diz "esquálida"? – perguntou seu fã mais irredutível desde os tempos distantes de *Non è la Rai*, já totalmente enfraquecido pela excitação.

– Você faz ideia do quociente de inteligência das pessoas que veem aquilo?

– Aviso que você está me ofendendo.

– Pronto, está vendo? Com você, não dá mesmo para falar sério...

Mas o que ele podia fazer se era tão entusiasta daquelas minisséries? Se não perdia um capítulo sequer? E nem mesmo as reprises à tarde? Sim, talvez, em um ponto, Anna tivesse razão: ela sempre fazia o mesmo papel.

Os anos passam, mas eles, obstinados, continuam a lhe oferecer papéis de garotinhas: a filha cheia de intuição do heroico e obscuro delegado, a noviça que é uma espécie de mascote da freira detetive, a namoradinha do herói da resistência que, no quarto capítulo, é trucidada pelos glabros e histéricos nazistas e que, graças aos céus, no sexto capítulo reaparece (nos embaçados flashbacks da sua desesperada mãezinha) nas sucintas vestes de uma ingênua menina de escola.

Que maravilha!

O que Anna não percebia era que Filippo compartilhava a paixão pelas suas minisséries e pelos papéis que ela interpretava com um monte de outros depravados em circulação por aí. Não havia newsgroup na internet dedicado a Anna Cavalieri ao qual, ao longo dos anos, Filippo não houvesse se inscrito com entusiasmo, embora, infelizmente, fornecendo dados pessoais falsos. Havia um fã-clube para cada detalhe anatômico da sua mulher: um para a efébica bundinha digna de uma criança renascentista, outro para o desejo inalcançável daqueles seios que pareciam os de uma garota de doze anos, havia ainda os fetichistas das mãos, os partidários dos pés, uma confraria que, desde que Anna sacrificou as madeixas em nome de um corte joãozinho adequado para o papel de noviça, decidiu não pagar mais o imposto relativo à televisão estatal... Um bando de depravados que passava a vida (provavelmente tão triste e inerte quanto a de Filippo) a postar na internet detalhes de fotos tiradas de revistas ou trechos de filmes no qual a nossa heroína dava o melhor de si. Infelizmente, aquelas imagens se revelavam sempre granuladas. Todavia, embora seja difícil explicar para quem não é do ramo, era exatamente a má qualidade que as tornavam ao mesmo tempo tão suspeitas, íntimas e comoventes.

Certamente, a posição de Filippo em relação aos colegas de recreio era complicada, embora indubitavelmente privilegiada: ele conhecia de cor o que aqueles cibernautas anônimos desejavam ardentemente. Mas, infelizmente, não podia abrir o jogo. A ideia de tantos homens babando pela sua mulher partia o seu coração de tanta comoção: mas um prazer daquele tipo era mutilado pelo fato de ele ser obrigado a guardá-lo para si. Às vezes, ele até sentia a tentação de dividir com os colegas de mouse os filminhos particulares que, desde o início da greve sexual da esposa, fizera às escondidas com o celular. Eles teriam enlouquecido pelo curta-metragem não autorizado, com a duração de 37 segundos, no qual Anna Cavalieri cochila no sofá usando apenas uma diminuta regata com listras brancas e roxas e calcinhas de lamber os beiços. Se ele tivesse compartilhado aquele vídeo com os amiguinhos, eles provavelmente teriam lhe oferecido uma espécie de presidência honorária. Mas era igualmente previsível que ele teria perdido Anna. E posso garantir que foi somente por causa dessa trágica perspectiva que Filippo, pelo menos até aquele momento, se absteve de oferecer à humanidade aquele inigualável presente.

– Talvez, minha querida, você só precise ver as coisas de outro ponto de vista. Você é uma profissional que faz o próprio trabalho da melhor maneira possível. Você não gosta do que faz, mas sabe como fazê-lo bem. É verdade, poderia fazer muito mais se tivesse uma chance. Porém, neste momento, ninguém está disposto a lhe oferecer uma oportunidade. Mas pense em todas as pessoas que amam você, que gostariam de estar no seu lugar. Talvez o fato de trabalhar há tantos anos tenha feito com que você se iludisse achando que estava no auge da carreira. Mas não é verdade. Você é muito nova. Sabe-se lá quantas oportunidades...

Era o que pontificava o velho sábio. Talvez esquecendo a lição mais terrível que aprendemos depois de um tempo casados: há momentos em que, por mais que você se esforce em dizer ao cônjuge as palavras mais bem-intencionadas, meigas e persuasivas, elas sempre são as menos apropriadas.

– Por que você nunca entende nada?

Essas foram as últimas palavras que Anna pronunciou antes de sair correndo para se trancar no quarto.

Uns quarenta minutos mais tarde, quando o telefone tocou outra vez, Filippo esperou do fundo do coração que fosse sua mãe. Ele estava precisando muito de alguém para maltratar!

Era o pai de Anna.

– Boa-noite, Filippo.

Nada a declarar: o sogro era realmente educado. E o melhor de tanta educação era que, mesmo sem nenhuma afetação, mostrava certa gravidade.

– Boa-noite.

– Filippo, lamento incomodar a esta hora... É que... Falei com Anna ao telefone há alguns minutos e ela parecia transtornada.

Por um instante, Filippo receou que o sogro, que até aquele momento se distinguira pela capacidade de zelar pela vida da filha sem nunca invadir a vida do genro, estivesse ligando para repreendê-lo.

– Ela me disse que vocês se desentenderam, mas isso, naturalmente, não me diz respeito... Filippo, confesso que estou preocupado e gostaria de perguntar... Você por acaso notou algo de estranho na Anna nos últimos tempos?

Era como perguntar a um astronauta em órbita no espaço se, por acaso, ele não estava vendo algum corpo celeste.

Filippo se sentiu tentado a revelar àquele experiente e magnânimo senhor as próprias mazelas de marido rejeitado. Ao mesmo tempo, estava em busca de uma frase capaz de demonstrar sua apreensão de marido atencioso.

– Digamos que, hoje, ela voltou para casa um pouco mais molhada do que de costume.

Foi a melhor coisa que conseguiu conceber, ou seja, uma daquelas frases que deveriam ser entendidas em sentido literal, mas que parecem brilhantemente elaboradas para fazer alusão a significados metafóricos recônditos.

– Entendo o que você quer dizer – disse o pai de Anna.

Mas a verdade era que o dr. Cavalieri, para desempenhar da melhor maneira o papel de pai, tivera de abrir mão muito tempo antes da legítima pretensão de entender alguma coisa, deixando-se levar pelas caudalosas torrentes da irracionalidade.

Ao longo de uma turbulenta infância, Anna fez de tudo para desorganizar a sua vida. E pensar que, naquela época, ele tinha certeza de possuir os instrumentos para enfrentar qualquer desafio. Foi obrigado a reconsiderar: não havia modo de dar conta de maneira independente de uma filha tão instável emocionalmente. Anna, desde o início, não poupou nada nem a si mesma nem ao seu couraçado progenitor. Uma verdadeira calamidade para um indivíduo cujos princípios eram firmes e banais a ponto de tornar inconcebível qualquer mal-estar que não estivesse diretamente ligado a problemas primários: comida, moradia, trabalho (e sexo, mas este é melhor colocar entre parênteses). Até parecia que Anna, tendo assumido aquele comportamento, havia se contraposto propositalmente ao tipo de filha que um pai como ele, depois de tanto trabalho, julgava merecer. Todavia, as dificuldades da sua pequerrucha, totalmente indecifráveis para ele, fizeram com que o dr. Cavalieri se apegasse desesperadamente à filha.

Muitos anos antes, ele por pouco não pulou no pescoço daquele presunçoso psicanalista que, como se nada fosse, disse que a sua menininha de onze anos precisava ser internada. O dr. Cavalieri teve de se controlar. Ainda mais porque havia sido ele mesmo que, naquela manhã, se interpôs entre a filha e a janela da qual ela decidira se jogar. E imaginem o trauma que não deve ter sido ouvir de um luminar de merda – que manteve a menina sedada e sob observação durante uma semana – que talvez a pequena Anna tivesse começado a pirar depois de ter ouvido o pai chamar ao telefone a secretária de "querida".

– Quem disse que esse é o problema?

– Anna, naturalmente.

– Mas, professor, garanto que não havia nada de ambíguo – apressou-se em explicar o sr. Cavalieri cheio de vergonha. – Conheço Ines há trinta anos. De vez em quando, eu a chamo assim. Mas posso garantir que...

– E eu repito que a questão não é essa.

– E qual é a questão, professor? Diga-me, por favor...

– A questão é que o senhor deve se conscientizar de que sua filha não é capaz de suportar a ideia de dividir o seu afeto com outra mulher.

– E a minha esposa, então?

– Esqueça a sua esposa.

– E por que eu deveria esquecê-la?

– Entenda, dr. Cavalieri – e a essa altura a voz do luminar deixara transparecer uma ponta de escárnio –, que sua esposa não tem importância alguma nesta história.

Quantas vezes Anna tinha repetido para Filippo a frase pronunciada com tanto rigor pelo primeiro médico que a internou?

Sua esposa não tem importância alguma nesta história.

Só Deus sabe como Anna adorava aquela frase, que correspondia a tudo o que ela sempre quis ouvir: a mãe não era uma coprotagonista no infinito melodrama edípico do qual ela era a indiscutível estrela.

– Posso perguntar se Anna jantou? E, em caso afirmativo, o que ela comeu? – perguntou o sr. Cavalieri.

Vai começar tudo outra vez, pensou Filippo desconsolado. O indigesto assunto anorexia surgia no horizonte.

Ele se sentiu tentado a trazer para a discussão, como provocação, a famigerada criança do Terceiro Mundo, aquela que é evocada todas as vezes que queremos culpabilizar uma criança sem apetite. Mas havia algo a mais: Filippo, cerca de dez anos antes, havia feito parte de um projeto de luta contra a desnutrição das crianças bengalesas. Ele gostaria de ter dito ao dr. Cavalieri que aquele era o único transtorno alimentar do qual ele podia se ocupar.

Depois, teve o impulso de desviar sarcasticamente o assunto para a deliciosa receita de almôndegas com aipo e cogumelos que ele mesmo havia experimentado naquela noite para se libertar da sensação de opressão causada pela enésima briga com Anna.

Mas preferiu deixar de lado também aquele assunto. E usou as almôndegas para uma mentira não muito verossímil.

– É mesmo? Ela comeu até almôndegas com aipo? – perguntou o dr. Cavalieri incrédulo. – Mas se ela é vegetariana...

– O senhor conhece a sua filha. Sabe como ela é volúvel.

– Mas ela sempre disse que não digere proteínas animais.

Filippo tinha certeza de que Anna digeria as proteínas animais muito melhor do que ele digeria os interrogatórios do sogro sobre a dieta da sua esposa.

– Filippo, você não está zombando de mim, não é? Você não brincaria com uma coisa dessas.

De repente, Filippo percebeu como o tom de voz daquele homem podia ser implicitamente intimidador. É claro, ninguém ganha tanto dinheiro sem pôr em campo toda a crueldade de que é capaz. A sobriedade é apenas o traje elegante vestido pela ferocidade. E pensar que, ouvindo-o falar ao telefone de maneira tão submissa, ninguém imaginaria que o dr. Cavalieri tivesse ido parar na lista dos "Italianos dos quais nos orgulhamos" elaborada por um famoso jornal milanês, acompanhada por um artigo que relembrava os pontos altos da aventura daquele formidável *self-made man.* A intuição original havia sido a inserção de uma palmilha, por ele mesmo patenteada, nos graciosos sapatos italianos que enlouquecem os anglo-saxões em todas as latitudes. Sim, tudo começou assim. Agora, não havia downtown, aeroporto ou outlet no planeta em que não despontasse a grife Cavalieri.

– Por favor, Filippo, me acalme. Diga que você está cuidando de Anna da mesma maneira que eu cuidei durante tantos anos – estava dizendo o dr. Cavalieri com certa agitação. – Tranquilize-me. Demonstre que você se preocupa com o mal-estar de Anna tanto quanto eu.

A poucas horas da partida para Cannes, em plena madrugada, Filippo ainda não havia conseguido pegar no sono. Estava no quarto, na frente do computador, batendo papo com outros desesperados e insones idólatras de Anna Cavalieri.

Naquele exato momento, enquanto digitava um comentário entusiasmado sobre as fotos que acompanhavam uma recente entrevista concedida por Anna à revista *Glamour*, o objeto daquelas sofisticadas imagens e daquelas fantasias noturnas coletivas se materializou atrás de Filippo. Traiçoeiramente. E começou a gritar com ele.

– Não, não, não... isso me dá medo.

Filippo, com um movimento brusco, abaixou a tela do laptop. A única peça de roupa que Anna estava usando naquele momento era uma das velhas camisas azuis que ele não usava mais e que chegava até os joelhos da sua mulher. Observando-a engolida por aquela camisa, Filippo sentiu uma forte ternura, no entanto, percebeu que poderia exibir toda a fleuma que não fora capaz de ostentar na briga de algumas horas antes, aquele ar de despudorada superioridade que tanto a enfurecia.

– Do que você tem medo, querida?

– Por favor, Filippo, diga que não é verdade. Diga que meu marido não olha minhas fotos na internet. Diga que isto não está acontecendo comigo.

– Tudo bem, se é o que você quer ouvir: *isto não está acontecendo com você!*

Ela o olhou com ódio. Nada a exasperava mais do que as vezes em que o marido não aderia ao seu registro melodramático.

– Depois, você diz que as coisas entre nós não funcionam. Que fujo e recuso você. Mas como você acha que eu me sinto em relação a essa coisa? Acha que é fácil para uma mulher que tem uma relação tão complicada com o próprio corpo? Para uma mulher que sofre com essa espécie de narcisismo pervertido? Uma mulher que não suporta ver fotos suas, nem mesmo as que estão em porta-retratos na escrivaninha do pai? Uma mulher que...

Aí está o seu problema, meu amor. Agora que você teria o direito de ficar furiosa, de armar o maior barraco, você só consegue ficar fazendo elucubrações e se autoanalisar: a relação com o seu corpo, as suas fotos, o seu narcisismo, o seu pai... que saco!

– Por que você não diz nada? Como acha que estou me sentindo? Tente se colocar no meu lugar!

– Então, vejamos. Vou me colocar no seu lugar. Entro no seu quarto e vejo você seminua que olha toda excitada as minhas últimas fotos e as comenta com outra centena de garotinhas cheias de tesão. Bem, minha querida, para mim, seria o paraíso. Está vendo? Você tem toda a sorte...

– Filippo, acho que não vou conseguir superar isso com tanta facilidade.

Ao volante do seu Ka vermelho todo sujo e esculhambado, Filippo não parava de olhar com apreensão crescente para a revista francesa cuja capa celebrava o seu sucesso.

Ele havia aprendido precocemente a desconfiar da felicidade. O exemplar de *Les Inrockuptibles* comprado de manhã no aeroporto Charles de Gaulle deveria tê-lo transformado no homem mais feliz do mundo. Todavia, já ao tirá-la do mostruário, ele foi tomado por uma sensação de incongruência e perigo.

Portanto, não era tão absurdo que, exatamente no momento em que todos o queriam, ele estivesse se dirigindo de mansinho para a casa da mãe. Como se, depois de ter se apropriado de um sucesso tão fragoroso a ponto de ainda sentir o seu zumbido no ouvido, redimindo de uma só vez uma vida igualmente repartida entre complacência, hipocondria e desencanto, Filippo não tivesse outra opção a não ser voltar para onde tudo havia começado.

Embora tivesse acabado de voltar de Paris, a cidade em que *Herodes e seus Pequenos* estava fazendo um sucesso incompreensível, Filippo

les inRocKuptibles
Le Nouveau Rossellini
se nomme Filippo Pontecorvo
Entretien exclusif avec l'auteur révélation de Cannes

já havia conseguido brigar com Anna. Que, desde o último bate-boca ocorrido na véspera da partida do marido para Cannes, passara da fúria a um laconismo telefônico cada vez mais sentido.

Naquele dia, chegando de táxi diretamente do aeroporto, ele ficou surpreso ao encontrá-la em casa como se o estivesse esperando. Por que ela não tinha ido para as gravações?

Além do mais, parecia estar de bom humor, até mesmo feliz em vê-lo. Talvez estivesse grata por ele, nos últimos tempos, ter evitado cuidadosamente informá-la do que estava acontecendo em sua vida. Duas semanas antes, ele ficou contente de anunciar que, no final das contas, *não* havia vencido a Caméra d'Or em Cannes, embora, na véspera, os bookmakers o apontassem como vencedor. E, também durante a triunfal passagem por Paris, ele se absteve de esfregar na cara de Anna a magnitude do seu sucesso.

Quando o viu, Anna abraçou-o com a teatralidade de uma menina que dá as boas-vindas ao pai que está voltando de uma longa viagem. Em seguida, cada vez mais agitada, perguntou se ele não queria tomar um bom banho, que ela mesma prepararia.

– Sua mãe me deu de presente uma caixa fabulosa de sais do mar Morto – acrescentou cada vez mais bem-humorada.

– Obrigado. É exatamente o que estou precisando.

Pouco depois, enquanto o barulho regenerador de água corrente provinha do banheiro, Anna se aninhou na cama ao lado de Filippo, que já havia adormecido.

– Vamos, não durma, conte-me tudo.

Filippo contou apenas o estritamente indispensável. Mas o bastante para dar uma noção da grande mudança que estava prestes a virar de cabeça para baixo a sua vida; a vida *deles*!

– A propósito, você falou com Piero? – perguntou Anna.

– Ele me ligou ontem à noite e hoje de manhã. Eu não estava com vontade de atender.

– Por quê?

– Você não o acha realmente petulante às vezes?

– Ele só está contente. Contentíssimo. Diz para todo mundo que você é um gênio, que ele percebeu logo de cara.

– Você sabe o que ele queria?

Piero, ao que parece, queria dizer que eles haviam sido convidados para ir à casa de Bernardo Bertolucci. O Mestre tinha visto o filme de Filippo em uma sessão particular e ficado tão impressionado que quis conhecer o autor. Seu agente contatou Piero, que, por sua vez, tentou (em vão) transmitir o convite a Filippo.

– Já pensou? Bernardo Bertolucci quer nos conhecer!

Filippo estampou no rosto um sorriso amarelo. Mais do que a possibilidade de conhecer Bernardo Bertolucci, o que o deixava feliz era ter Anna ali ao seu lado, na cama. Fazia muito tempo que aquilo não acontecia. Ela estava usando um cardigã de lã por cima de uma das suas camisetinhas justas e de um legging cor de bronze. A sua pombinha sentia sempre tanto frio! Aquilo aumentava em Filippo o desejo de protegê-la das intempéries.

– Quando seria?

– Hoje à noite.

– De jeito nenhum.

– Por quê?

– Hoje à noite, não, querida. Desculpe. Não aguento. Você não sabe como foram os últimos dias para mim. Eu estava sonhando em ficar um pouco em casa com você. O que você acha? A gente fica por aqui mesmo; um belo banho, um jantarzinho e, se Deus quiser...

– Por favor, vamos.

– Por que você faz tanta questão de ir?

– É uma ocasião importante, uma honra.

– Já estou cheio, enjoado, de tantas honras.

– Garanto que o fracasso é muito mais enjoativo. E preciso confessar que poderia ser uma oportunidade para mim também.

Foi mais ou menos depois de ouvir essas palavras, pronunciadas, aliás, com tom de humildade, que Filippo fingiu estar indignado. E aproveitou a situação para se levantar, calçar os sapatos e sair andando rumo à porta de casa.

– Posso saber o que deu em você? – perguntou ela, seguindo-o até a sala de estar.

– Já entendi tudo.

– O que você entendeu?

– O dengo, o banho, os sais do mar Morto.

E bateu a porta atrás de si.

Naquele momento, dentro do carro, ele era capaz de reconhecer que a sua indignação havia sido, no mínimo, um pretexto. No final, Anna não lhe disse nada. Obviamente, ela estava louca para ir jantar na casa de Bertolucci. Obviamente, se ele tivesse se recusado a ir, ela teria começado a deplorar a sua indolência, a sua falta de generosidade, a sua maldita misantropia. Mas, pelo menos até aquele momento, Anna não havia feito nenhuma pressão nem usado uma daquelas suas chantagens conjugais do tipo: "Você nunca faz nada por mim."

Se Filippo não tivesse ido embora, talvez o resultado tivesse sido aquele, mas era necessário admitir que, até aquele momento, Anna havia sido irrepreensível.

Por que ele reagiu daquela maneira? E por que estava correndo para se refugiar de mala e cuia no quartel-general da mãe, que, depois de mais de quarenta anos, continuava ali, no mesmo lugar, acolhedor e inexpugnável, no número oito da ilha número três em Olgiata?

Filippo era vítima de uma ansiedade isolacionista que podia vagamente lembrar aquela que, muitos anos antes, havia impelido Leo, seu pai, exposto a uma fama decididamente mais infame do que a do filho, a se esconder no porão de casa, privando o mundo da sua presença pelo resto da sua vida.

Evidentemente, os homens Pontecorvo têm uma queda por certas reclusões teatrais autoimpostas! Mas por que complicar tanto as coisas? Do que era necessário fugir? Que sentido fazia nivelar o que, mais de duas décadas antes, havia destruído a respeitabilidade do professor Pontecorvo (uma acusação de assédio sexual em relação a uma garota de doze anos) com o que estava acontecendo com ele: um sucesso inesperado que traria dinheiro, mulheres e autoestima (nessa ordem)?

Não fazia o menor sentido.

Filippo era o primeiro a saber. Assim como também sabia que aquela comédia era dirigida, antes de mais nada, a uma autoconsciência melodramática e, só em um segundo momento, ao seu público. Como agora ele tinha um público, Filippo ficava feliz em interpretar o drama do artista desinteressado que considera a glória um aborrecimento.

Contudo, é necessário esclarecer que tal glória – fresquíssima e ainda não utilizada – havia premiado um narcisismo que, a despeito das aparências, nunca entrou em acordo com a dura realidade de trinta e nove anos de fracasso. Sabe-se lá por que, naquele momento, Filippo achava que nunca houve um só dia em sua vida no qual ele não tivesse dedicado alguns minutos à contemplação da própria excêntrica grandiosidade. Até mesmo depois de ter sido descoberto pelos franceses, Filippo, embora gostasse de se mostrar estupefato e esquivo, se perguntava por que eles haviam demorado tanto tempo para perceber.

No entanto, havia uma coisa que ele queria acrescentar ao final daquela entrevista interior que estava dando a si mesmo desde o momento em que entrara no carro: da mesma maneira que, quando não era ninguém, ele continuava a repetir que era ótimo não ser ninguém, agora que ele estava se tornando alguém, era um prazer se achar um impostor.

Já a poucos quilômetros de Olgiata, Filippo ficava imaginando os dias que o esperavam na casa da mãe. Descanso, comida, charutos, uísque e muita, muitíssima televisão. Sentia antecipadamente o prazer proporcionado pelo momento em que tiraria de um velho esconderijo os videocassetes de alguns episódios de *Non è la Rai* para usá-los da única maneira nostalgicamente possível.

E tudo isso enquanto a mãe ficava rondando à sua volta consternada, Anna se fazia de ofendida em algum outro lugar e os franceses continuavam a incensá-lo. A vantagem de ter realizado uma obra de sucesso é a consciência de que, por mais que você fique vagabundando indecorosamente, ela estará se esfalfando no seu lugar todo santo dia como um mordomo de confiança.

Filippo pôde medir a relevância de tal sucesso na última noite em Paris, quando, movido por uma perniciosa curiosidade, inseriu o próprio nome no Google, o mais respeitável juiz da reputação universal. E ficou embasbacado diante de quinhentos e quarenta e três mil resultados. Era fantástico saber que, agora, lá fora, havia um monte de gente que, mesmo sem conhecê-lo pessoalmente, digitava o seu nome. Como se, de repente, o seu nome significasse alguma coisa.

Além disso, pegara o hábito, havia alguns dias, de desligar o celular e religá-lo algumas horas depois para ver quantos telefonemas e mensagens havia recebido naquele intervalo. Era evidente que o tráfego telefônico havia aumentado exponencialmente. A maior parte das pessoas que o procuravam era constituída pelos seus pretensos mentores, que queriam ouvir agradecimentos pela clarividência com que apostaram nele. Era isso que, toda vez, depois de verificar a lista das chamadas perdidas e das mensagens, o induzia a desligar novamente o celular com desdém. Filippo estava entendendo que, se a derrota é órfã, o sucesso tem mil pais.

Na estrada leste de Olgiata, na frente da cancela com listras vermelhas e brancas que o dividia do condomínio onde ele havia nascido, Filippo se dirigiu ao segurança usando a hipócrita máscara do inconsolável, como se quisesse fazer o ensaio geral da comédia que daria de presente à mãe. Evidentemente impermeável ao seu charme, o homem se limitou a perguntar:

– Aonde o senhor vai?

– À casa da minha mãe. Sou Filippo Pontecorvo.

Estranhamente, ao ouvir seu nome, aquele sujeito não esbugalhou os olhos. Sem dúvida, ele não lia o *Le Monde*. Sem dúvida, não era um dos quinhentos e quarenta mil cibernautas a seus pés!

Então, Filippo quis acrescentar com tom condescendente: "Sabe, eu morava aqui." Como se não estivesse falando com um homenzinho hirsuto que, por baixo do uniforme, deixava transparecer um crucifixo e uma regata, mas com uma das jovens tietes de Lyon ou Grenoble que, àquela altura, Filippo julgava certamente ter.

A vinte quilômetros por hora, nas estradas sinuosas do condomínio que ele conhecia como a palma da mão, Filippo gostaria de ter desfrutado com um devaneio olímpico o verde, os arbustos, as flores, as paliçadas... Mas foi a nostalgia que tomou a dianteira.

Que enorme privilégio poder crescer em um lugar como aquele! Hectares de paraíso terrestre à disposição de dezenas de garotinhos baderneiros. Um clima de permanente tribalismo que, se não fosse pela sóbria tutela dos adultos, poderia ter degenerado em uma ferina oligarquia infantil.

No final dos anos 70, a Itália voltou repentinamente a se tornar um lugar perigoso. Desde a remota época da Segunda Guerra Mundial, o país não vivia uma guerra civil tão sanguinária. No entanto, lá dentro, entre as fronteiras daquele oásis, as coisas funcionavam de maneira totalmente diferente: a vida transcorria leve. O único antagonismo concebível era aquele, ainda por cima leal, exibido pela falange dos garotos empenhados em se desafiar em partidas de futebol que não tenho dificuldade em definir como lendárias.

A geração do Baby Boom produziu uma superpopulação de jovens. Nenhum casal tinha menos do que dois filhos. Meninas e meninos, irmãs e irmãos, primas e primos. O melhor é que ele e Semi não deixaram que toda aquela liberdade passasse em branco. Melhor ainda: desfrutaram-na. Até o momento em que aquela desagradável história com o pai, surgida da maneira mais inesperada e rocambolesca, quebrou o equilíbrio que sempre regulara suas existências imaturas, Filippo e Semi viveram a infância que todos sonham ter. Depois...

Depois, foi uma história totalmente diferente.

Ao ver o filho mais velho, com uma expressão funérea, entrar sorrateiro na sala de estar pela porta-balcão como um ladrão, Rachel quase teve uma síncope.

– Meu amor?

O saltimbanco ficou feliz porque o velho número do filho fujão ainda funcionava muito bem com o costumeiro e impressionável público. Filippo ainda nem havia respondido e a expressão facial de Rachel passou do susto à apreensão, para depois fixar-se na resignação que teria acompanhado as horas seguintes: a sacola militar que o seu garotão estava carregando significava que aquela não era a enésima fuga dos ônus conjugais. Um ato que, para uma mulher à moda antiga como Rachel Pontecorvo, representava o gesto de revolta por excelência, disseminado de maneira excessiva entre a geração dos seus filhos.

Benditos rapazes, sempre se esquivando da vida adulta e enveredando pelos atalhos mais frívolos. Se dependesse da vontade de Rachel Pontecorvo, já teria sido instituída havia certo tempo uma espécie de corte marcial destinada a julgar os crimes cometidos pelos homens e mulheres do seu tempo contra o Senso de Responsabilidade. Adultérios, separações, disputas por filhos, divórcios, picuinhas de advogados, pensões alimentícias, apartamentos imprudentemente adquiridos graças a empréstimos com taxas variáveis que o adúltero sempre acabava por ceder ao consorte traído para se reapropriar da imaturidade perdida, conseguindo, de fato, só se responsabilizar pelas contas de uma vida miserável, passada em uma quitinete para solteiros.

Não era aquele o grande drama da sua época?

Rachel era suficientemente antenada para saber que, em 99 por cento dos casos, havia sexo envolvido. E, embora não gostasse de se considerar uma beata, sempre manifestara em relação ao Eros o distanciamento que lhe impossibilitava compreender o significado dramático do termo “pulsão”, ainda mais quando associado ao adjetivo (para ela bastante desprezível) “incontrolável”.

E não era culpa sua se, aos direitos invocados pelas pessoas (direito ao trabalho, direito ao prazer, direito de ter um filho apesar de a natureza ter decidido que você não pode tê-lo, já que, na sua veneranda idade, o melhor que pode acontecer é você se tornar a avó daquele diabinho), ela sempre preferiu a obstinada prática dos deveres. Não havia nada que a irritasse mais do que quem não estava disposto a se sacrificar em nome de um compromisso a ser respeitado. Ora, qual academia é melhor do que a conjugal para treinar a própria propensão ao sacrifício? Entregar-se ao desânimo a partir da primeira (ou até mesmo a partir da décima primeira) dificuldade era tal prova de falta de caráter que Rachel, ao reconhecê-la em um dos seus filhos, sentia uma desilusão tão lancinante a ponto de preferir guardá-la para si. Deixando-a decantar na escuridão ou fazendo-a transparecer apenas em pequenos boicotes, como deixar de telefonar ao filho de castigo por três dias consecutivos: gestos escandalosos, dos quais só ela se dava conta e, por conseguinte, era vítima.

A verdade é que Rachel não se achava suficientemente inteligente para enfrentar os filhos. Aqueles dois eram astutos demais para ela. Desafiá-los abertamente significava entrar em um beco sem saída no qual a esperavam palavras complicadas (moralismo, convencionalismo, hipocrisia) que, se avaliadas com um pouco de distanciamento, eram um insulto explícito à sua inteligência e à qualidade da sua instrução.

Porém, naquele dia, o confronto era inevitável. Embora aquela fosse no mínimo a quarta vez, em cinco anos de casamento com aquela *shoté*,[1] que o filho e a sua maldita sacola militar apareciam

[1] "Destrambelhada" em jargão judaico-romano. (N.A.)

na sua casa às seis da tarde, Rachel obviamente ainda não havia conseguido se acostumar.

– Está tudo acabado! – suspirou Filippo, jogando-se na poltrona Frau com os braços descascados.

Aparentemente, aquela velha poltrona e o modo de se lançar em cima dela nos momentos de impasse não eram as únicas coisas que Filippo herdara do pai, mas também o vício da dramatização.

– Vamos, meu amor, você sabe que nunca entendo se você está falando sério...

– Não, velhota, não aconteceu nada. Só estou farto de ser casado com uma psicopata... Vou esperar que o surto dela passe.

– Mas por que vocês não conversam? Por que, em vez de ir embora todas as vezes como um maluco, você não tenta pelo menos...

– Vamos deixar uma coisa bem clara: não fui embora. Ela me pôs para fora – ele mentiu para encerrar logo a discussão.

– Não acredito.

– Então, não acredite. Mas você sabe que a casa é dela. É tudo dela. Ela pode fazer o que bem entender. Ela e o pai. Eles me compraram em um leilão.

– Não fale assim.

E, na voz de Rachel, alguma coisa vibrou. O fato de a família da nora ser tão assustadoramente mais solvente do que ela a humilhava de maneira profunda. Mas, em nome de um bem superior, ela se recuperou e voltou a argumentar:

– Conheço os defeitos da Anna, mas...

– Mamãe, você a odeia.

– Não fale bobagem. Eu não odeio ninguém. Imagine se...

– Você a despreza... E, levando em consideração o que ela andou fazendo nos últimos meses, receio que você tenha razão...

– Imagine se eu seria capaz de desprezar a mulher do meu filho!

– E se eu tivesse me casado com um dos filhos de Saddam Hussein. O primeiro casamento gay do Iraque livre?

– Quer parar de bancar o idiota? É verdade, Anna tem muitas coisas que eu não entendo, mas só porque ela é muito complicada... Mas eu também sei que ela não é uma garota insensível a ponto de expulsar o marido só porque a casa está no nome dela.

– Eu juro. Ela não fazia outra coisa a não ser esfregar na minha cara a escritura.

– Já disse para você parar com essas bobagens!

– Pense o que quiser.

– Você sabe, meu amor, que, em certos momentos, dizemos o que não pensamos.

– Está vendo por que venho para cá? Porque, com você, posso sempre contar: você sempre diz a banalidade errada no momento certo.

Rachel engoliu a grosseria com dolorosa perplexidade, como se o filho a tivesse esbofeteado do nada. Afinal, se havia um defeito que ela era a primeira a reconhecer em si mesma era certa suscetibilidade. Uma deformação de caráter que, todo ano, no início de setembro (seu mês favorito), ela se empenhava em consertar, mas que, todo ano, em outubro, ela tinha de reconhecer, a contragosto, como o pilar de sustentação da própria estrutura emocional.

Daquela vez, a emergência a levou a adiar a cara emburrada até momentos melhores. Filippo, por sua vez, conhecendo-a certamente melhor do que a si mesmo, entendeu, um segundo antes de terminar a frase, que o seu sarcasmo havia superado por alguns palmos o nível de tolerância da mãe. Então, um pouco por culpa, um pouco por cálculo oportunista, utilizando um tom de voz mais doce, com leves inflexões queixosas, apressou-se em acrescentar:

– Se você soubesse... Aquela louca...

Mas Rachel queria saber da louca da nora tanto quanto queria saber de qualquer outro louco em circulação. Rachel era o contrário de intrometida. Era uma inimiga jurada da fofoca: o mundo era um lugar complicado e perverso demais para suscitar realmente a sua curiosidade. O que também explica por que ela não deu continuação ao pequeno interrogatório. Para exprimir tudo o que ela tinha no corpo, bastou que se aproximasse da velha poltrona Frau e acariciasse a nuca do filho.

Naquele momento, embora ela estivesse se esforçando ao máximo, os olhos de Rachel diziam que ela não conseguia ver em Filippo o que ele havia se tornado, mas, quando muito, apenas o que ele fora: um menino difícil e carente de atenção. Ela não gostava de vê-lo naquele estado de espírito, assim como não suportava vê-lo vestido daquela maneira. Mas como? Aquele suéter deformado com decote em V que deixava transparecer uma camiseta rota, as calças camufladas, os tênis Adidas sujos... Parecia um mercenário de licença. Ele ainda tinha um rosto tão bonito, o seu menino com quase quarenta anos: as bochechas rosadas, os olhos azuis, os traços de uma criança. Então, por que ele não fazia a barba?

Filippo, por sua vez, acostumado à linguagem corporal da mãe, pegou um de seus antebraços roliços com o gesto hábil do açougueiro que, diante de uma cliente, examina um pedaço de contrafilé. Pena que, ao contrário do precioso pedaço de carne, ele se viu manipulando uma massa flácida cuja superfície fazia pensar sobretudo na epiderme de um frango depenado.

Havia muitos anos que Filippo procurava naqueles antebraços uma verdade qualquer, que, na maioria das vezes, se revelava tortuosa!

Naquele momento, quando finalmente já estava se desesperando, os braços da mãe lhe falaram. E, meu Deus, a mensagem soou forte e clara nos sentidos de Filippo. Falava de um irrevogável declínio orgânico. De mais nada. Da única coisa que ele, naqueles dias de glória, não podia lhe perdoar. Uma eventualidade que ele já havia levado em conta, é claro, mas que, em sua implacável manifestação, se revelava, como todos os acontecimentos naturais, perfidamente constrangedora.

Devia haver na sua mente de homem adulto uma espécie de filtro através do qual ele concebia a mãe acorrentada ao intransponível limiar dos quarenta anos. Uma idade magnífica para as mães, uma idade magnífica para as mulheres: os últimos fulgores da feminilidade conjugados ao máximo de vigor e eficiência. Mas o fato é que Rachel, não obstante fizesse de tudo para não demonstrar, não tinha mais quarenta anos havia algum tempo. E parecia que, ao longo do quarto de século transcorrido desde então, ela não tinha conseguido fazer nada melhor do que assemelhar-se capciosamente às senhoras de cabelos azulados que a eufemística hipocrisia contemporânea cataloga como "mulheres maduras".

Ao se aproximar ele próprio dos quarenta anos, era natural que Filippo comparasse o modo como, naquela veneranda idade, diante de uma bobagem como um sucesso imprevisto, ele estava arquejando no pântano lodoso da indecisão e a energia com que a mãe, no esplendor da meia-idade, conseguira sair do mar tempestuoso no qual fora atirada pelas circunstâncias.

Estou falando dos meses em que a respeitabilidade de Leo Pontecorvo foi destroçada por um caso judiciário escabroso e nojento, diante da qual o pobre Leo mostrou sua total incapacidade. E, embora Rachel, pelo menos durante a longa crise, não tenha demonstrado grande iniciativa própria, deixando que o marido mofasse no porão como um pedaço de gorgonzola, a partir daquele dia em agosto qual uma equipe de energúmenos com luvas de borracha levou o cadáver de Leo, foi como se ela tivesse despertado de um feitiço.

Foi então que mostrou aos filhos o que significava ter colhões. Uma demonstração de virilidade realmente preciosa, considerando-se o exemplo oferecido pelo pai nos meses precedentes. É necessário dizer que tanto Filippo quanto Semi eram muito pequenos e estavam traumatizados demais para perceber com clareza como foi ensandecida a perícia, digna de um serial killer, com que a mãe, em tão pouco tempo, deu cabo de qualquer vestígio capaz de atestar que Leo Pontecorvo havia um dia existido.

Em primeiro lugar, deixou os filhos na casa de amigos. Depois, aproveitando a ausência dos pequenos, concebeu e iniciou a grande obra: reequilibrar um inteiro organismo familiar expelindo até a recordação do tumor que o fizera adoecer.

O primeiro a pagar o pato foi o Jaguar do marido. A propriedade do elegante sedã azul-escuro foi transferida para Herrera Del Monte, o pitoresco advogado que, apesar de não ter conseguido livrar o sr. Pontecorvo das confusões, ainda tinha, em relação a Leo (e, portanto, em relação aos seus herdeiros), um conspícuo crédito.

Depois, chegou o momento dos cortes draconianos: despedir Telma, a empregada; tirar os garotos, pelo menos temporariamente, do tênis e da natação; abolir qualquer capricho pessoal: cabeleireiros, massagens, cremes antirrugas, sapatos, teatro, cinema.

Para enfrentar as maiores dívidas, Rachel apresentou ao banco os documentos para hipotecar um dos dois apartamentos que o pai havia lhe deixado e que ela lutaria até a morte para não vender, pois, como dizia uma esplêndida tautologia daquele rigoroso homem: "Se você vende, não é mais seu."

Saldada boa parte das dívidas, surgiu o problema do pagamento em dia das prestações e, ao mesmo tempo, da garantia para os filhos (e para si mesma) de um teor de vida semelhante ao que eles estavam acostumados.

Foi mais ou menos nessa época que o seu empreendedorismo assumiu, pelo menos aos olhos dos filhos, uma aura lendária. Para começar, tirou do fundo de uma gaveta o pergaminho que atestava que, a seu tempo, ela havia se formado com nota máxima em Medicina. Em seguida, ligou para Max, um velho amigo do marido, chefe de um departamento de cardiologia, para ver se ainda podia exercer a profissão. Como boa cê-dê-efe que sempre foi, passou na difícil prova de admissão para a especialização em geriatria. Nos quatro anos de especialização, Rachel deu duro para sobreviver, administrando os trocados que sobravam após o pagamento das dívidas e complementando o orçamento com biscates.

Após obter o diploma de especialização, foi finalmente contratada em um asilo de velhos e, logo em seguida, abriu, no mesmo porão em que o marido havia morrido, o consultório geriátrico que, havia duas décadas, atendia os velhinhos da região. Aquele período, tão difícil para os Pontecorvo, coincidiu com os anos em que Samuel cursou o ensino médio.

Quando os dois rapazes entraram na faculdade, o teor de vida da família, embora longe do cintilante bem-estar proporcionado antigamente por Leo, havia se estabilizado no padrão de um confortável lar burguês.

Com essa prova de exuberância, teve início a segunda vida de Rachel Pontecorvo e dos seus filhos. Aquele era o tipo de Mulher

Maravilha que sua mãe foi quando os perfumados antebraços ainda eram firmes!

Apesar da prática com super-heróis adquirida graças à sua profissão, quando Filippo pensava na mãe nos anos logo após o início da viuvez, só conseguia enxergá-la com as roupas de sempre: calças de fustão e um twin-set com um quente tom outonal.

E por acaso aquele não era o uniforme de um super-herói?

Era como se Rachel tivesse feito de tudo para imprimir ao seu erotismo a menor pretensão possível, depurando-o da retórica que torna tão desconfortáveis e cafonas os uniformes do Super-Homem e do Capitão América. No entanto, seu superpoder era menos versátil e extraordinário do que o deles. E, sem dúvida, consistia na capacidade de ter uma prestativa onipresença. Embora, naqueles anos, os dias de Rachel fossem literalmente abarrotados de compromissos, Filippo não se lembrava de nenhuma ocasião em que ela não tenha respondido "presente" a um dos frequentes pedidos de ajuda dos filhos. Porque a empresa Raquel Pontecorvo, como o serviço de quarto de algumas grandes redes hoteleiras, não fechava nunca, funcionava vinte e quatro horas por dia. Tudo bem, ela nem sempre estava no melhor da sua forma (vocês conhecem alguém que esteja?), mas era *sempre* possível contar com Rachel.

Filippo ainda se lembra da noite em que, voltando de uma festa em uma casa de fazenda nos campos da Toscana, seu carro, com outros quatro amigos tão de fogo quanto ele, entrou em pane. Quem dera um daqueles fanfarrões meio bêbados tivesse tomado uma iniciativa! Naturalmente, só naquele momento, às três e meia da madrugada, em uma estrada perdida no meio de um bosque, em pleno mês de fevereiro, veio à tona que ninguém tivera a coragem de revelar à mamãezinha e ao papaizinho que o programa da noite previa uma festa a duzentos quilômetros de Roma. Uma autêntica imprudência para uma corriola que havia acabado de receber suas habilitações.

– Se eu ligar para o meu pai, vou levar a maior bronca! – diz um deles.

– Nem me fale. É melhor eu encontrar um lugar para me esconder pelo resto da vida – intervém outro.

Nem o cara que tem um dos primeiros e rudimentares celulares Motorola em circulação, que o pai põe na sua mão toda vez que ele sai, tem coragem de usar aquela geringonça para a finalidade devida.

Então, sobra para Filippo. Cabe a ele ligar para Rachel, acordá-la, matá-la de medo. E ela não perde tempo com repreensões. Nada disso. Em um intervalo que, na lembrança de Filippo, não parece ter sido mais longo do que um instante, lá estava ela despontando da neblina dentro do seu velho e mítico Land Cruiser.

Logo dá instruções para que os rapazes (cerimoniosos demais para o seu gosto) empurrem o carro do filho até uma pequena clareira. Ela se ocupará mais tarde de vir buscá-lo com um dos seus homenzinhos de confiança. Depois, põe todos dentro do seu carro (aqueles cagões!) e os leva para casa, um por um. Meu Deus, mãe, aquela noite fiquei tão orgulhoso de você! Todos aqueles bundões tinham ambos os pais vivos. Mas olhavam para você como se você fosse uma coisa especial, única. E pensar que os pais deles eram todos figurões e as mães tinham um verdadeiro talento para gastar o dinheiro do marido.

Depois de ter levado todos os amigos do filho para casa, Rachel parou no bar de sempre perto da entrada secundária de Olgiata. A claridade de uma aurora invernal incerta custava a se insinuar por entre a neblina, cada vez menos densa, porém. Enquanto devorava o croissant quente e saboreava o cappuccino pelando, Filippo foi invadido pela tepidez que só o cansaço acompanhado de felicidade pode suscitar. Ele estava prestes a ir para a cama. Enquanto isso, sua mãe teria preenchido as quinze horas sucessivas com compromissos, sem um instante de trégua, percorrendo os trinta quilômetros que separavam Roma de Olgiata até seis ou sete vezes só pela manhã.

Qual havia sido o preço de toda aquela disponibilidade? De repente, Filippo, massageando os antebraços da mãe, se pegou fazendo essa pergunta a si mesmo: quem sabe toda atividade não ficou simplesmente marcada em seus antebraços, como no famoso romance em que os atos desprezíveis cometidos pelo protagonista ficam brutalmente registrados em um velho retrato escondido no sótão?

Por um instante, passou pela cabeça de Filippo a ideia de que o preço que Rachel pagou, inscrito na carne como uma vistosa tatuagem, fosse o mais salgado de todos. Que ela, depois da morte de Leo, não tivesse se despedido apenas da confortável vida de senhora rica, mas também das discretas oportunidades eróticas que poderiam ter se apresentado a uma graciosa viúva quarentona.

Foi assim que a sexualidade da mãe – o clássico pensamento em cujos meandros nenhum filho gostaria de se aventurar – preencheu o horizonte emotivo de Filippo. Estranho, parecia que ele estava pensando naquilo pela primeira vez em toda a sua vida. Era como se, diante dos antebraços, que já não tinham mais nada de apetitoso e que, todavia, nunca lhe pareceram tão preciosos, Filippo tivesse se conscientizado de que a mãe abolira da sua vida o desejo bem antes que ele se extinguisse por si mesmo. E a coisa bizarra era que Filippo não conseguia decidir se tal abolição era louvável ou se, entre todas as escolhas de Rachel, era simplesmente a mais perversa.

Sem dúvida, mesmo sob esse aspecto, a vida de Rachel se parecia com a de um super-herói. Dedicação incondicional à causa, abstinência, castidade, solidão, a outra metade da cama gélida e vazia como uma tumba.

Não seria talvez o mínimo que cobramos da Mulher Maravilha?

Filippo, sem conseguir entender se a viscosa piedade que o invadira sorrateiramente estava dirigida a si mesmo ou aos deteriorados antebraços maternos, atalhou:

– Enfim, você vai me dar asilo ou vou precisar cair fora?

Só então notou, empilhados desordenadamente sobre a mesa de mogno, em meio a outras bugigangas rachelescas, os recortes de artigos de jornal que, nos dias anteriores, celebraram o sucesso absurdo obtido pelo seu garotão na França.

O QUADRINISTA ROMANO QUE ENFEITIÇA OS PARISIENSES
La Stampa

DEPOIS DE QUASE TER VENCIDO A CAMÉRA D'OR EM CANNES, FILIPPO PONTECORVO DESBANCA AS BILHETERIAS FRANCESAS
Il Corriere della Sera

FILAS DEBAIXO DE CHUVA DIANTE DO BALZAC E DO ARLEQUIN PARA ASSISTIR À LADAINHA DE FILIPPO PONTECORVO
La Repubblica

O CINEASTA ITALIANO QUE COMOVEU CARLA BRUNI
Vanity Fair

Então, as suas empreitadas haviam chegado até aqueles remotos rincões? Claro que sim. E, a julgar pelos recortes, deviam ter causado um rebuliço e tanto no ecossistema daquela discretíssima Cornélia. Era estranho que só então Filippo percebesse que, nos últimos dias, todos, exceto a mãe, haviam pedido que ele fizesse relatos detalhados do que havia acontecido na França: a tímida Rachel não se sentiu à vontade de perguntar nada.

Até Semi ligou de um dos seus lugares improváveis.

O telefonema havia acontecido algumas horas antes. Filippo acabara de entrar no táxi que o levaria do aeroporto até sua casa quando o celular começou a vibrar histericamente e a tela se iluminou com a escrita SEMI CEL:

– Quem é, a nossa bichinha? – Filippo berrou, suscitando a resmungona indignação do taxista. Que talvez tivesse sido mais indulgente se soubesse que o palavreado de baixo calão era muito necessário à comunicação de Filippo e Samuel Pontecorvo. Trocar insultos e vulgaridades: aquele era o modo viril usado pelos dois irmãos desde tempos imemoráveis para expressar o carinho mútuo!

– Imagine, eu estava cagando, na paz de Deus, folheando um jornalzinho em cirílico sem entender porra nenhuma, quando vi essa cara de babaca sorrindo na página de entretenimento...

– E daí?

– Quero que você me conte tim-tim por tim-tim tudo o que aconteceu na última semana. Ou seja: desde o momento em que você pisou no aeroporto Charles de Gaulle até o boquete acadêmico da Carla Bruni.

Tanto Samuel, que o havia pronunciado, quanto Filippo, que o havia assimilado, sabiam que o *copyright* daquela expressão – "Quero que você me conte tim-tim por tim-tim" – pertencia ao finado pai. Se você tirava uma boa nota na escola ou fazia um gol de cabeça no primeiro jogo do campeonato escolar, Leo exigia que você fizesse um relato rico e detalhado do acontecido, usando sempre o mesmo *incipit*: "Quero que você me conte tim-tim por tim-tim."

Filippo e Samuel nunca falavam do pai. Era uma lei não escrita à qual aqueles dois órfãos maduros se atinham escrupulosamente havia vinte e cinco anos. O único lugar em que Leo continuava a existir era em certos circunlóquios, em certas palavras peculiares, em certas construções sintáticas fantasiosas que ele costumava usar excessivamente e que os filhos interiorizaram e usaram para moldar sua comunicação codificada. No fundo, o rico arquivo de citações – tiradas de livros, filmes e desenhos animados – que constituía o centro nevrálgico da intimidade de Filippo e Samuel Pontecorvo era suficientemente abrangente para conter até os tiques linguísticos de Leo.

Havia outra maneira mais eficaz para manter o pai vivo sem pronunciar o seu nome?

O fato é que Filippo, ali, no táxi que o levava de volta para casa, preso no barulhento tráfego romano, ao telefone com o irmão e em comunicação telepática com um pai que não existia mais havia séculos, foi afogado pelo tsunami da ansiedade retrospectiva. Era como se, de repente, após dias de caos e inépcia, ele tivesse, em um único instante, se conscientizado da enormidade do que estava lhe acontecendo. Como se, até aquele momento, tivesse aceitado o pandemônio suscitado na França pelo seu longa-metragem de animação com um distanciamento sonambulesco.

Filippo acabara de saber que não havia vencido a Caméra d'Or quando a assessoria de imprensa da distribuidora o convocou para ir a Paris: a revista *Les Inrockuptibles*, depois da proeza de Cannes, queria dedicar a capa a Filippo. Uma oportunidade imperdível. O nosso sonâmbulo, embora ao registrar todas aquelas novidades tenha sentido um pouco de náusea, correu para Paris.

Porém, não obstante a boa vontade, não houve um momento durante a triunfal estadia parisiense em que Filippo tenha conseguido se libertar da irritante sensação de ter sido beneficiado por uma troca de pessoas cuja vítima era um homem certamente mais merecedor do que ele.

Será ele mesmo o almofadinha hospedado na suíte júnior do Hôtel de Sers, desfrutando, na sua banheira, do panorama de uma nesga enjoativa de Paris? Ele, o figurão transportado em um Audi A5 ao longo dos ensolarados bulevares? Ele, o reservado cineasta que, no palco montado diante da tela de um grande cinema da cidade, não sabe onde pôr as mãos diante da ovação de pelo menos quinhentos parisienses? Ele, o sedutor que, na noite antes de ir embora, recebe no quarto a visita de Charlotte, a intérprete quatro-olhos que o auxiliou naqueles dias, e que, como se nada fosse, desabotoa as suas calças para executar um boquete meloso com vista para a Torre Eiffel?

Sim, claro. Devia ser ele mesmo. Mas, então, por que as sensações mais vívidas que sobreviveram àquele *tour de force* eram o gosto defumado do *club sandwich* pedido no meio da noite para aliviar a angústia e a sensação de perigo evitado que o invadiu ao entrar no avião para voltar para casa?

Resumindo, foi necessário que Semi aparecesse para que as lembranças dos últimos dias entrassem milagrosamente em foco, induzindo-o, aliás, a ter pensamentos desmedidamente sentimentais. O que será que papai teria pensado de toda aquela confusão? Só Deus sabe como ele teria se divertido e quanto teria se orgulhado. Paris que coroa seu filho. Sim, justo Paris: a cidade em que Leo viveu, a cidade que Leo tanto amava... Existe algum motivo mais virtuoso para que você tenha sucesso do que levar seu pai às lágrimas de tanto orgulho? Existe algum motivo mais justo para que você se comova do que a consciência de que seu pai, que adoraria se deleitar com o seu sucesso, não pode mais desfrutar de coisa alguma há um quarto de século?

Bem, Filippo foi acometido por perguntas lacrimogêneas desse tipo na sala de estar de Rachel ao ver os artigos que ela havia recortado em sua homenagem e que, provavelmente, enriqueceriam a volumosa pasta na qual a sra. Pontecorvo guardava todas as coisas importantes que haviam acontecido à humanidade desde a sua chegada ao mundo. De repente, Filippo foi tomado por uma tenra piedade em relação a Rachel.

– Então, meu amor, está na hora de você ligar para Anna! Vamos, eu digito o número para você.

Rachel era a mulher com quem Filippo havia vivido mais tempo. Ele tinha vinte e oito anos quando voou do ninho. Por isso, sabia perfeitamente que os dias passados com ela seriam marcados por aquele tipo de lamúria e de pedido. Uma série infinita de "Vamos, ligue para a Anna, eu digito o número para você" e "Vamos, por favor, não seja infantil"... Mas, naquele momento, ele não estava dando a mínima.

O gesto patético de Rachel ao conservar os recortes de jornal além da discrição ao evitar fazer uma alusão que fosse ao significado daqueles artigos convenceram Filippo de que ele havia ido para o lugar certo: de fato, não havia no mundo outra criatura viva tão capaz de garantir que ele ainda não valia absolutamente nada, apesar do que diziam os exagerados franceses com os seus *formidable, génial, drôle* e *prophétique*.

Até que, em um sábado no início do verão, ao raiar do dia, Anna vai pegá-lo. Como em um roteiro, Rachel se mostra pelo menos colaboradora com a nora. Leva o café ao quarto do filho. Acende o abajur. Por um instante, Filippo pergunta a si mesmo se não está na hora de ir para a escola.

Enquanto isso, a mãe enche a sua sacola de camisas e cuecas passadas. Depois de arrancá-lo do histórico beliche que ele antigamente dividia com o irmão menor e fazer com que ele se vista, escolta-o como um condenado à morte até o carro da esposa, estacionado do lado de fora do portão, impingindo-lhe o sermão de sempre sobre deveres e responsabilidades. Como se, no lugar de um filho em meio a uma crise conjugal, Rachel estivesse se dirigindo a um chefe de governo acusado de alta traição.

Anna está ali, perambulando no acesso à garagem. Está usando horríveis *fuseaux* com listras horizontais que exaltam a sua magreza e grandes óculos escuros parecidos com os que ela estava usando em um aeroporto nevado durante um memorável réveillon. Filippo intui que, ao contrário dele, Anna vem de noites atormentadas. Opta por ficar calado porque teme que qualquer coisa que disser naquele momento, semiadormecido, poderá ser usada contra ele quando estiver acordado. A única frase que consegue articular é:

– O que vamos fazer com o meu carro?

É Rachel que responde:

– Não se preocupe, meu amor, dou um jeito de devolvê-lo o quanto antes.

Filippo não sabe decidir se prefere o perfume que paira no habitáculo do carro de Anna ou a paisagem atrás da janela. Com a cabeça apoiada no vidro, ele se abandona ao quadro épico do campo romano em seu ápice. Deve ter sido em uma manhã como aquela que Turno e Enéas se enfrentaram. Uma macia colcha de serração azul da qual despontam magicamente azinheiras seculares e casebres de pedra.

Quando Filippo acorda, não está em casa. Mas no estacionamento de um motel. Motel Ranch, mais precisamente.

– O que estamos fazendo aqui?

A sua lacônica esposa não responde.

Dá para perceber que o varapau do porteiro, com um sotaque eslavo, reconheceu Anna. Em circunstâncias normais, a situação seria terrivelmente lisonjeira para ela. Mas, naquela manhã, ela está pensando em outras coisas. Tem intenção de dar a Filippo o que há muito tempo está guardando para si. Embora esteja em um esquálido motel de periferia, basta ver como ela tira os *fuseaux* com um gesto rapidíssimo para que o marido se sinta novamente em casa. A partir daquele momento, tudo é um comovente reconhecimento mútuo.

Antes de mais nada, o egoísmo. Naquele momento, o egoísmo infantil de Anna atinge níveis paradoxais. Fica ali, toda concentrada em si mesma. Vocês sabem aquelas dóceis moças um pouco antiquadas que fazem todos os esforços para proporcionar prazer de uma maneira (sejamos sinceros) até um pouco patética? Bem, Anna é incapaz de semelhante altruísmo. Comporta-se como um animalzinho vicioso em busca da posição mais congenial. É inútil explicar como podem ser entusiasmantes algumas das suas extemporâneas relutâncias.

A pequena não quer ser distraída e a sua busca da perfeição torna-se ainda mais titânica por causa da proverbial inquietude. Ela só faz mudar de posição. Obrigando-o a dar saltos-mortais. Todavia, por ser uma moça bem-educada, filha de um pai íntegro, ela adora as posições tradicionais. Quando você fica por cima (a famosa papai-mamãe), ela se encolhe como um bebê com frio: aquele é o sinal da plena entrega.

Para não falar do momento do orgasmo. Sendo que "momento" não é a palavra certa. Estamos falando de uma boa quantidade de segundos. Uma leve vibração que parece provir de um centro nevrálgico inatingível que, aos poucos, contagia cada centímetro do seu corpo. O estrondo grave e distante que anuncia o maremoto. É aí que você intui realmente como ela é frágil e sensível, coitadinha. Cabe dizer que, na hora H, ela não emite nenhum som especial. Naquele momento específico (e só nele), ela se envergonha. Sabe-se lá por que ela é tão desengonçada quando se trata de exprimir verbalmente o grau do seu prazer. Seria bom se o seu rosto naqueles instantes grandiosos assumisse a mesma expressão extática de quando a noviça da série sobre as freiras detetives percebe em sua cela a presença de Nossa Senhora. Mas, na vida real, lembra mais o rosto da filha do comissário no momento em que acredita que o pai, sequestrado pela máfia, foi assassinado. Sim, há algo de comovente naquele seu jeito de se entregar. Um São Sebastião que acolhe, com verdadeiro fatalismo, as flechas que chegam de todos os lados.

Pois bem, se você sai incólume do formidável espetáculo daquele orgasmo, se você consegue não gozar diante daquela comovente exibição de discrição e delicadeza, então, chega a parte boa para você. Porque, se antes de gozar Anna se ocupou de si mesma, um segundo depois ela se mostra solícita em relação ao parceiro.

Depois do egoísmo, chega, até para ela, o momento do altruísmo. Um instante depois de se apropriar da sua ração regulamentar de prazer, ela está pronta a se consagrar a você. O que ela realmente não consegue conceber é que você não goze na sua boca. Sei que não se trata de algo muito original. Sei que não existe vídeo na internet que não celebre diariamente essa prática que enlouquece os japoneses. Mas isso só prova como Anna está em sintonia com o próprio tempo.

E tudo seria realmente perfeito se o costumeiro espírito competitivo não se intrometesse. O problema é que ela é que deve fazer você gozar. A boca e as mãos dela, quero dizer. Ai de você se tentar dar uma ajudinha tocando em si mesmo! Para ela, isso é um ultraje à sua feminilidade e um insulto ao seu orgulho! É ela que deve conseguir. Cabe a ela escalar sozinha aquela montanha. E é nesse momento, nesses instantes decisivos, que Anna dá uma prova do seu espantoso nervosismo: chacoalha e chupa o dito-cujo com toda a gana que habita o seu corpo. A ponto de maltratar e machucar. E o seu ímpeto é tão descontrolado que, certas vezes, prolonga-se muito além do orgasmo... Até que você a faça parar com um gesto delicado.

O epílogo é dos mais imprevisíveis. Ao contrário de 99 por cento das moças, Anna não pede para ser afagada nem tranquilizada. Não pede a parodística prova de uma ternura que, naquele momento, você não está sentindo de forma alguma. Ao final da corrida, Anna está tão satisfeita e deprimida quanto você. Só lhe resta afastar-se, sair trotando como um caubói que, depois de ter salvado a cidade, foge – abençoado pela feroz luz do crepúsculo – em direção a uma nova aventura solitária.

Mas não no sórdido quarto do Motel Ranch. Naquele dia, Anna ficou ao lado de Filippo. Com um bem-vindo excesso de zelo, afastou-se só por um instante para ir pegar na bolsa um belo charuto Cohiba, daqueles que o pai oferecia ao genro depois do almoço.

– Serviço de quarto – disse Filippo divertido.

– Você é um ser tão elementar – respondeu Anna toda cheia de si. E foi a primeira frase que disse ao marido desde que eles se viram.

– Diga lá: por que você me decepciona sempre, em tudo, menos nesta circunstância primária?

– A minha força – respondeu Anna educadamente, como se estivesse se preparando para falar do assunto que ela mais conhecia – é que, ao contrário de muitas outras mulheres menos neuróticas, eu não tenho tabus. E o motivo é muito simples: não dou importância alguma ao meu corpo. Porque, para mim, o meu corpo simplesmente não existe.

"Aos quinze anos, tive uma relação com o melhor amigo do meu pai. Eu tinha acabado de sair da minha segunda internação e um bom tempo passaria antes que eu voltasse a controlar plenamente o meu corpo. Você conhece essa história, não? Entendi que era chegado o momento de me internar quando, uma manhã, antes de ir para a escola, olhando-me no espelho, não vi nenhuma imagem refletida. Você não imagina o susto! Comecei a gritar. De qualquer maneira, a internação, o tratamento e os remédios me ajudaram. Mas não a ponto de devolver completamente o corpo que uma espécie de encanto havia roubado de mim.

"Devo ter intuído naquele momento que o fato de não ter um corpo pode, às vezes, ser vantajoso. Por exemplo, impede que você sinta toda aquela ansiedade para preservá-lo. E talvez essa tenha sido a razão para eu ter me entregado a um homem da idade do meu pai. Sem sentir a existência do próprio corpo, você pode demonstrar grande docilidade e perversão. Foi o que aconteceu comigo no caso do amigo do meu pai. Ele podia fazer de mim o que queria. Parecia até uma indelicadeza negar-lhe alguma coisa.

"Sabe, como muitos homens experientes, ele era louco pelo meu traseiro. Para ele, o bumbum era tudo. Uma religião. A bunda de uma garota de quinze anos. Era tudo o que ele queria. Bem, só me restava virar de costas de dar-lhe as boas-vindas, sem tantas nove-horas. E quer saber de uma coisa? Sempre achei comovente a maneira como vocês, homens, desejam certas partes específicas de nós, mulheres. Vocês são como crianças. Negar o que vocês mais desejam é como negar a um filho o brinquedo preferido. Uma crueldade da qual não sou capaz!"

Essas palavras serviram como provisão para um período da vida de Filippo Pontecorvo que se prenunciava precursor de felicidade. Na última semana de junho daquele bizarro ano de 2010, a epidemia francesa tinha, digamos, atravessado o túnel do Monte Branco para contagiar as redações de Cultura&Espetáculos de influentes jornais da nossa terra, e Filippo recebeu pencas de SMS que o parabenizavam genericamente por um motivo indeterminado, já que o filme só seria lançado na Itália no outono e, portanto, ninguém ainda tivera a possibilidade de vê-lo e avaliá-lo.

Mas não eram certamente aqueles absurdos atestados de admiração que tornaram tão desconcertantemente agradável a estada de Filippo em sua própria casa. Mas o reconhecimento de que a pessoa cujos hormônios mais foram transtornados pelo tumulto que o acometera era justamente Anna. Que, depois de ter encerrado a greve sexual em um esquálido quarto de hotel, não havia mais feito birra.

Apesar de não ter hesitado nem um instante para se aproveitar da imprevista disponibilidade carnal da esposa, Filippo preferiu não indagar sobre a natureza oportunista daquela mudança de rota. Assim como, nas semanas anteriores, havia digerido (mesmo protestando veementemente) as recusas sempre mais insuportáveis de Anna, naquele momento, ele estava desfrutando o maná da sua generosidade, desesperado com a possibilidade de aquele novo caminho só durar até o fim do verão.

E talvez porque o sexo fosse a única seara que os dois cônjuges nunca ousaram contaminar com as escórias das respectivas neuroses, Filippo achava que as coisas entre eles nunca tivessem funcionado tão bem. Então, iludiu-se achando que aquele poderia ser o verão da tranquilidade.

De fato, no início, foi o que pareceu: o verão no qual se espera a transformação de um sucesso anunciado em um sucesso conclamado. O verão no qual Filippo testa novas receitas realmente saborosas para os amigos da mulher, que, por sua vez, não o tratam mais como o chef da casa, mas como um grande artista com aptidão para cozinhar. O verão no qual Filippo descobre até que ponto é eletrizante a ideia de ter realizado alguma coisa.

Então, em uma terça-feira no início de julho, aconteceu aquele telefonema.

Foi Anna que atendeu. Filippo, na sala de estar, estava vendo pela décima vez o episódio de *Os Simpsons* no qual o palhaço Krusty, arrependido por não ter feito *bar mitzvah*,[2] pede ajuda a Bart e Lisa para se reconciliar com o intransigente pai rabino. Ao pegar o fone, Filippo ainda tinha estampado no rosto um divertido sorriso

---

[2] Cerimônia que celebra a entrada na idade adulta do jovem judeu aos treze anos de idade. (N.A.)

de admiração pela genialidade de Matt Groening e pela própria capacidade de reconhecê-la quando ouviu a voz do produtor, que dizia:

– Escute, meu caro, você tem dois minutos? Preciso falar de uma coisa séria.

Filippo, então, retirou-se para o pequeno cômodo que, depois que ele havia se tornado um figurão, passou a ser chamado de "o meu estúdio".

– O que foi?

– O que estou prestes a dizer é extremamente delicado, Filippo. Mas prometa que você não vai se preocupar; provavelmente, é só uma bobagem. Portanto, não vá tirando conclusões erradas...

– Vamos, termine os preâmbulos e fale logo o que está acontecendo.

– Estão chegando estranhos boatos da França.

– Que boatos?

– Parece que, nos últimos dias, alguns sites islâmicos na internet publicaram opiniões ferozes sobre *Herodes*.

– Você está falando de críticas arrasadoras? É por isso que está com essa voz funérea? Porque, depois de tantos consensos, estão aparecendo as primeiras críticas?

– Não Filippo, não estou falando de críticas arrasadoras. Estou falando de conteúdos intimidadores. Ou, para ser franco, ameaças.

– Ameaças? Quem eles estão ameaçando?

– Você, é claro. E, em segundo lugar, nós, que permitimos que você chegasse a um público tão vasto.

– Você está brincando?

– Infelizmente, não. Ontem à noite, não preguei os olhos.

– E só está me ligando agora?

– Eu queria ter certeza. Não queria causar alarme por nada.

– Então, quer dizer que agora tenho motivo para ficar alarmado?

– Na verdade, acho que não é nada realmente alarmante. É só uma chateação. Aliás, estou convencido de que você não está correndo perigo algum.

– Pela sua voz, você não parece estar convencido de nada.

– Já disse, não preguei os olhos. Hoje de manhã, fiz todas as verificações. Falei com o distribuidor, com as autoridades francesas, até contatei um tradutor para entender o teor das ameaças.

– E...

– Estão furiosos, Fili. Estão realmente furiosos. A boa notícia é que, ao que parece, trata-se de sites insignificantes, quase desconhecidos das autoridades. Portanto, talvez não haja nenhum prosseguimento. Ponto final.

– Ou, então, talvez eu venha a morrer.

– Vamos, não exagere. Não é o que eu estou dizendo. Aliás, queria que você ficasse tranquilo porque a situação está sob controle. Estamos trabalhando para que a notícia não saia nos jornais. Você sabe como funciona: em certas circunstâncias, o pior é a publicidade.

– Mas dá para saber por que eles estão com raiva de mim?

O que tanto perturbou aqueles exaltados foram trinta segundos de filme, poucos fotogramas. Os milhões de fãs de *Herodes e seus Pequenos* certamente se lembram bem das cenas que foram tema de tantos debates acalorados nos jornais e nos palcos televisivos. Cenas inócuas, capazes, porém, de suscitar a ira dos fundamentalistas... sobre os quais o narrador desta história, desprovido da coragem de Filippo Pontecorvo, prefere não se pronunciar. Em algumas circunstâncias, a lei do silêncio é o melhor seguro de vida.

– Vi novamente pelo menos trinta vezes aqueles trinta segundos de filme. Mas não consigo realmente entender.

– Parece uma loucura total. Uma loucura do cacete! – gritou Filippo.

Ele já não estava mais escutando o produtor havia alguns instantes. Estava enfurecido. Não sabia o que odiar mais: a obscura fúria assassina que, sabe-se lá por qual motivo, queria pôr fim aos seus dias ou o modo melífluo com que o produtor manifestava a sua incapacidade, desfiando discursos de bom senso iluminista. Por um segundo, passou pela cabeça de Filippo a ideia de que o tal produtor, famoso pela sua avidez, pudesse até estar contente. Que grande oportunidade publicitária! Não era nada mal: um Salman Rushdie novinho em folha que brotava espontaneamente no seu jardim, justamente naquele cantinho que você não havia semeado.

Depois, Filippo pensou novamente nos fotogramas incriminados, o motivo pelo qual certas pessoas queriam a sua pele. E pensar que ele quase os eliminou. No final da última projeção, pouco antes de autorizar o lançamento do filme definitivamente, ele se perguntou se aqueles trinta segundos não eram pretensiosos. Eram a narrativa de um sonho do protagonista. Uma ostentação de erudição em relação a terras exóticas... Mas, depois, com a vaidade do principiante, ele decidiu mantê-los. Mas uma coisa deve ser admitida: a vaidade sempre encontra maneiras criativas para que você se arrependa de ter lhe dado crédito.

– Talvez ainda estejamos em tempo de nos livrar deles – disse Filippo impulsivamente.

– Do quê?

– Daqueles trinta segundos.

– Bem, eu não ousaria pedir isso a você. Mas... sim, seria uma boa ideia. Uma demonstração de boa vontade.

Mais uma vez, Filippo aguentou a irritante disparidade entre as convicções íntimas do produtor e o teor conciliante das suas palavras. Ele poderia até usar as suas inesgotáveis reservas de vaselina, mas não modificaria a realidade: as apostas já haviam sido feitas. Àquela altura, aqueles trinta segundos já haviam sido vistos e comentados. Suprimi-los não serviria de nada. O maior presente dado por Deus aos fundamentalistas é a estupidez: o prazer é exatamente esse, ater-se coerentemente a certos princípios sólidos. A todo custo. Aquele infiel falou uma besteira das grandes? Pisou na bola? Logo vai ver do que somos capazes.

Quando Filippo desligou, a casa, com a qual nos últimos tempos havia feito as pazes, voltou a se manifestar aos seus olhos da maneira mais lúgubre. Ele teria pagado qualquer preço naquele momento para ter uma esposa normal. Uma mulher equilibrada e direita que pudesse ouvir as suas confidências e reconfortá-lo. Um ventre macio sobre o qual apoiar as bochechas ásperas de barba. Infelizmente, no outro cômodo, estava Anna. E Filippo precisava de qualquer coisa, menos assistir às manobras que ela usaria para se apropriar daquela história. A loucura dos fundamentalistas já era suficiente. Acrescentar mais loucura não parecia uma boa ideia. Não, ele não diria nada a Anna.

Filippo voltou para a sala de estar. Pegou o controle remoto do DVD. Interrompeu a pausa. O *bar mitzvah* frustrado do palhaço Krusty não tinha mais graça. Aliás, ouvir bonequinhos amarelos falando de cerimônias hebraicas e pais inflexíveis causava-lhe profundo desconforto.

Desligou a TV.

Ele precisava inventar alguma coisa para superar aquele estado de angústia. Ligou o laptop sobre a mesa. Entrou no Google. E, nos minutos seguintes, tentou de tudo para acessar os sites islâmicos que estavam com raiva dele. Descobriu até outro site que fazia a transliteração dos nomes próprios do nosso alfabeto para o alfabeto árabe. Digitou o próprio nome. Obteve uma grafia enigmática, colou-a na linha de pesquisa do Google. Clicou. Surgiu certo número de sites (oitocentos e trinta) escritos naquele estranho alfabeto. Acessou os primeiros quinze. Que frustração ver o seu nome em um alfabeto desconhecido, ainda mais se assediado por tantos ouros sinais terrivelmente ameaçadores! Em um instante, a internet – o mundo mágico com fronteiras indefiníveis –, que até algumas horas antes parecia um lugar tão favorável a Filippo, tornou-se aos seus olhos uma selva viscosa e inviolável, um milhão de vezes mais vasta do que a floresta amazônica, onde as leis de convivência estabelecidas pelos homens haviam sido abolidas pelo clique simultâneo de milhões de dedos.

Sim, aquele lugar e a sua potência realmente davam medo.

Era aquele, no final das contas, o presente do verão que deveria celebrar o seu triunfo: as boas e velhas consequências a pagar? Meu Deus, que estupidez a sua de não ter previsto tudo aquilo! Por que se surpreender? Não há presente algum pelo qual, no final, não tenhamos de pagar a conta. Como logo ele, filho daquela jansenista chamada Rachel Pontecorvo, pôde se esquecer disso?

Foi assim que Filippo finalmente encontrou alguém em quem descontar. Ele não podia descarregar a própria raiva nem nos assassinos que logo estariam no seu encalço, nem no seu produtor, nem em Anna. Mas podia descarregá-la em cima de Rachel, e como! De repente, Filippo entendeu os motivos de quem o ameaçava. Quando você está frustrado, é essencial encontrar alguém com quem implicar até a morte. Eles implicavam com ele. Ele implicava com a mãe.

O que não era novidade: de que mais servia Rachel a não ser para absorver a raiva dos filhos?

"É tudo culpa da mamãe", pensou Filippo. E logo se sentiu melhor.

Segunda parte

O PENDULAR DO CÉU

O mínimo que se espera de um hotel com todas aquelas estrelas na entrada é que, no cômputo dos confortos garantidos (produtos de beleza Hermès, lençóis de cetim, vista zen), haja lugar também para uma boa dormida.

Daquelas que você dava quando jovem.

Mas alguma coisa devia ter dado errado se Samuel Pontecorvo, às cinco da manhã – depois de três horas emaranhado em algo que lembrava vagamente a vigília e em quase nada se parecia com a inconsciência restauradora –, se encontrava no banheiro, tomado por uma angústia sem precedentes.

Fazia sentido vestir as calças, descer até o saguão e protestar contra a má qualidade do sono? Embora os recepcionistas dos dias anteriores tivessem demonstrado como podia ser gentil sua britânica hipocrisia, daquela vez, ele corria o risco de ser considerado louco.

Mexeu por alguns segundos no nécessaire, do qual retirou uma caixa desastrosamente vazia. O fim do estoque de Pasaden só jogou mais combustível na crise de ansiedade em andamento. Semi tinha tal respeito por aquela droga legalizada que, ao longo dos anos, aprendera que uma parte do prazer em consumi-la habitualmente estava em controlar o seu aprovisionamento e administrar a sua dependência. Saber que ela estava li, ao alcance da sua boca, era quase melhor do que ingeri-la. Havia sido receitada por um médico (fazia um século) para aliviar a ressaca de uma desilusão amorosa:

– É uma molécula japonesa, talvez um pouco velha, mas sempre eficaz.

Velha coisa nenhuma! Era mais do que eficaz! Semi continuou a consumi-la mesmo quando os chifres da garota adúltera já haviam parado de atormentá-lo.

O problema era que, nas últimas semanas, ele teve mais do que um motivo para abusar da dose. E, naquele momento, quando todas as células do seu corpo pediam para serem consoladas, ele se via desprovido da habitual panaceia. Com a depravação do viciado, começou a lamber avidamente as pequenas cavidades da cartela. Mas o único efeito produzido por aquele gesto dissoluto foi fazer com que ele se sentisse ainda mais ridículo e maluco.

Calma, o negócio é só ficar calmo. Reorganizar as ideias.

Pronto: era normal que, àquela hora, em plena abstinência de Pasaden, a matéria cinzenta se empantanasse em clichês deprimentes como aquele que acabou de ser transcrito! A última coisa de que Semi precisava, de fato, era a lucidez. Era mil vezes melhor esquecer tudo o que havia acontecido nos últimos dois dias do que ficar ali, analisando tudo minuciosamente. Por mais que tentasse ser irônico, não havia maneira de atribuir ao acontecimento um mínimo de tolerabilidade. Pelo amor de Deus! Se estar diante de um sujeito com um hálito pestilento apontando um revólver para o seu saco não é um beco sem saída, digam-me vocês o que é um beco sem saída. É bem verdade que não é possível saber o medo que dá ter um revólver apontado para o seu saco antes que algo assim aconteça. E agora que Semi sabia, era só ele voltar a pensar na cena para que os seus intestinos tremessem em um desprezível espasmo de colite.

A cautela ritualística de sentar-se no vaso sanitário causou-lhe a ilusória sensação de ter reencontrado a calma. Estava fazendo um calorzinho gostoso lá dentro (imagine, a setecentas libras a noite). O barulho do chuveiro que viola o silêncio da noite soa sempre como um sacrilégio. Ou, pelo menos, como um ato de impenetrável indelicadeza. Pelo menos, era a opinião de Semi ao pensar que, do outro lado da parede do banheiro, na mesma enorme cama em que poucos momentos antes havia sido travada a batalha entre ele e os seus mais obscuros presságios, Silvia estava dormindo. Coitada da minha amada, vamos deixá-la descansar. Ontem, ela estava exausta.

Semi perguntou a si mesmo se a piedade com que pensava na moça que tinha ido passar o fim de semana com ele em Londres, e que estava ao seu lado havia quase quinze anos, não revelava o prazer e a hipocrisia da sua autocomiseração. Ou se, mais simplesmente, em um acesso de falso moralismo, ele não conseguia deixar de sentir pena de Silvia por tudo o que havia feito, e que, presumivelmente, continuaria a fazer com ela: mentiras, traição, a reparadora proposta de casamento... isso só para início de conversa. E, depois, todo o resto.

Ao sair do banheiro, deu uma topada no carrinho sobre o qual apodreciam os restos do apressado jantar da noite anterior, que exalavam um cheiro equívoco de geleia de framboesa e ketchup rançoso.

Já fazia muito tempo que, para ele e para Silvia, aqueles carrinhos suntuosamente preparados representavam o delicioso ápice de uma vida errante e paramatrimonial. Estranho: Semi sempre pensou que, para um casal de verdade, o apogeu por excelência deveria ser aquele em que o homem goza dentro da mulher exatamente quando ela está prestes a gozar. Não era aquele o romantismo conjugal ao qual era imprescindível aspirar? Será que, para eles, toda a alegria de estar juntos se esgota na irrupção dos rangentes carrinhos que transportam os alimentos bons, ascéticos e repugnantes dos hotéis cravejados de estrelas? E que aquele estridor de rodinhas faz as vezes do orgasmo compartilhado?

Semi sabia que tudo aquilo acontecia por sua causa. A única culpa de Silvia era que, na sua docilidade, adequara-se aos ritmos e às ausências de um futuro marido cada dia mais parecido com um maldito eunuco.

Trate de lambê-la! É o que faria um homem de verdade a esta altura da história. Não consegue comê-la? Bem, pelo menos demonstre que, para você, o fato de ela ser mulher é uma coisa interessante. Vamos, bichinha, não fique aí petrificado: puxe as cobertas, mova delicadamente com um dedo a calcinha que separa você daquele tesouro e acorde-a como ela merece! Faça o que deve ser feito, o que há muito tempo você não faz. Sim, talvez no início ela se assuste; por alguns instantes, se mostrará indignada; se você não tomar cuidado, ela até pode dar uns chutes. Mas, depois, superado o constrangimento, deixará que você chegue ao destino. Por algum motivo absurdo, ela ama você. E você deve recompensá-la, não?

Sei que não é fácil: faz muito tempo que vocês não transam. Aliás, pensando bem, vocês transaram tão poucas vezes que quase dá para relembrar todas elas, uma por uma. Na verdade, o que você mais lembra é ter sido invadido por uma sensação de exultante alívio nas ocasiões em que chegou até o fim. O problema, meu rapaz, é que as pessoas não trepam para chegar ao fim, mas para desfrutar por mais tempo possível o intervalo entre o momento em que se despem e o momento em que voltam a se vestir. As pessoas normais não pensam em um coito concluído como em um perigo evitado.

* * *

Movendo-se com cautela no escuro, Semi chegou até a grande janela protegida por uma pomposa cortina. Abriu uma fresta – uma seteira de luz fraca no fúnebre mar de veludo – e deu uma olhada lá fora. Àquela hora, Canary Wharf, o bairro hi-tech do East End, à beira do Tâmisa, mostrava o seu aspecto de ficção científica. O céu tinha a cor de um mirtilo maduro. Uma enorme chata deslizava no rio, carregada com toneladas de lixo industrial salpicado de neve rala que parecia açúcar de confeiteiro.

Se estivesse sozinho, já teria acendido as luzes e a TV. Teria exorcizado os maus pensamentos com um pouco de barulho. Teria se enfiado debaixo do chuveiro durante uns vinte minutos. E talvez tivesse até reunido coragem para se jogar da janela.

E pensar que foi ele mesmo, um mês antes, que insistiu para que Silvia fosse encontrá-lo em Londres. É que, naquela época (sim, seu reflexo era dizer "naquela época", como se um século se tivesse passado), o magnífico investimento em seu lote de algodão uzbeque, embora já fosse um pouquinho complicado, ainda prometia bons resultados.

Por isso, ele insistiu. Eles se encontrariam em uma zona neutra. Seu avião na volta de Tashkent aterrissava em Londres. Era ali que ele a esperaria. Tinham muito a festejar: quinze anos juntos, o casamento iminente e um negócio que, se fechado, pagaria todas as despesas em que incorreriam. Ela, para satisfazê-lo, faltou ao aniversário do chefe do escritório de advocacia em que trabalhava. Aquilo, para uma mocinha diligente e ambiciosa como Silvia, deve ter sido um belo sacrifício. E para quê? Para o enésimo fim de semana romântico. Uma patacoada pretensiosa e inflacionada!

Desde que, mais ou menos três anos antes, exasperado por causa de um trabalho cada vez mais arriscado e irritante, Samuel Pontecorvo largou o cargo de senior advisory manager no Citibank de Nova York e, para voltar definitivamente para a Itália, aceitou a oferta para entrar como sócio minoritário de um trader de algodão em uma próspera empresa, o número das suas viagens pelo mundo havia aumentado exponencialmente. Apesar de poder ficar muito mais tempo com Silvia, Rachel e Filippo do que quando morava em Nova York, não havia como fugir de todas aquelas viagens pela chamada "rota do algodão", como uma espécie de novo Marco Polo.

Por outro lado, Jacob Noterman, o seu sócio-mentor, havia sido bem claro a esse respeito desde o início:

– Não faz sentido negociar algodão da maneira como a maioria dos meus colegas faz: sentados na frente de uma tela, seguindo as oscilações do mercado. Esse é um trabalho que deve ser feito em campo. À moda antiga! É necessário ir lá onde o produto nasce. Conhecer as técnicas de manufatura. Negociar pessoalmente com aqueles filhos da puta. Ficar cara a cara com eles, sentir seu mau hálito, blá, blá, blá...

Discursos desse tipo encontraram terreno fértil no coração de um rapaz que havia passado os dez últimos anos da sua existência interpretando dados no computador, criando cenários virtuais, vendendo e comprando papéis sem valor. É claro, o preço a ser pago por essa nova vida aventureira eram os tempos mortos passados em aeroportos, estações ferroviárias, hotéis e táxis. Para não falar dos atrasos acumulados, dos imprevistos meteorológicos, das greves, dos controles de segurança, dos alarmes de atentado, das bagagens extraviadas.

Com o tempo, Semi aprendeu a tornar aquela inevitável rotina um pouco menos extenuante. Começou a desprezar os viajantes ocasionais e a fazer só o contrário do que eles fariam. Já era capaz de preparar uma malinha funcional que nem mesmo a mais pedante funcionária de aeroporto poderia obrigá-lo a despachar. Tinha uma ideia bastante precisa de quais eram as empresas aéreas e redes hoteleiras que devia escolher ou evitar. Reconhecia à primeira vista o tipo de bar de aeroporto em que era pouco aconselhável pedir um Manhattan.

Nos momentos de empolgação, Semi se sentia como um heroico globetrotter do século XXI: o indivíduo dinâmico e saltitante com o qual sempre sonhara. Mas, nos momentos de cansaço, temia ser a versão contemporânea de um caixeiro-viajante, só um pouquinho menos patético em relação aos seus precursores.

Foi para reduzir ao mínimo aqueles impasses que Semi, já havia algum tempo, começara a pedir com frequência que Silvia o encontrasse no meio do caminho. Para tornar as suas viagens juntos ainda mais inesquecíveis, Semi adquiriu o costume, completando do próprio bolso o orçamento da empresa, de reservar hotéis do nível do Four Seasons em que eles estavam pernoitando.

O dado realmente desanimador era que, daquelas exorbitantes viagens, o que sobrava para Semi – pelo menos era o que ele achava naquele momento, a poucos minutos das seis da manhã, sentado na enésima poltrona ergonômica do enésimo aveludado Four Seasons – era uma terrível confusão. Ele tinha a impressão de que não apenas os hotéis, mas também as cidades em que surgiam aqueles hotéis, se pareciam de uma maneira perturbadora. Pensando bem, Semi tinha dificuldade em isolar o cheiro de fritura de Xangai do cheiro de Cingapura, Hong Kong ou Tóquio; também não era capaz de lembrar o que distinguia o *waterfront* de Vancouver, Estocolmo e Londres, para o qual estava olhando angustiado naquele momento.

Ao final de um dos longos dias em uma nova cidade, encolhido no grande leito arrumado por uma eficiente camareira depois de eles terem jantado em um bom restaurante, algo dizia a Semi que, se ele tivesse dado à futura esposa o que era devido e merecido, aquela empreitada, retrospectivamente, teria por si só tornado toda a permanência naquele lugar muito mais memorável. Pois é, se ele tivesse respeitado mais a natureza, não estaria com a cabeça tão confusa.

E isso o levou a concluir melancolicamente que, tudo somado, se o revólver que havia ameaçado os seus testículos dois dias antes tivesse atirado, o estrago não teria sido muito grande.

Aliás, teria resolvido um belo problema.

O apito de um SMS se revelou mais torturante do que a explosão interna do disparo frustrado. Quem podia ser àquela hora? Com todas as companhias telefônicas que Semi teve de usar nas semanas anteriores, talvez fosse uma mensagem retardatária que finalmente chegava ao destino. A atividade frenética do seu celular era considerada por Samuel Pontecorvo a demonstração de que ele amava a vida, e de que tal amor era correspondido. O fato de ele estar tremendo só de pensar em verificar a identidade do remetente era muito revelador sobre o rumo que sua existência havia tomado recentemente. A hipótese mais animadora era que a companhia telefônica inglesa estivesse lhe dando as boas-vindas com atraso. Todas as outras hipóteses oscilavam no espaço perigoso que divide o angustiante do aterrador.

Não, não podia ser Ludovica. Ela não ousaria. E tão cedo assim. Ela sabia que aquele fim de semana era de Silvia. Nessas coisas, ela não dava mancada. Era estranho, mas, ao contrário de outras garotas na mesma posição, Ludovica tinha um respeito quase religioso pela rival. Um respeito que não diferia muito da circunspecção que Semi sentia em relação a Marco, o namorado de Ludovica. Por isso era tão comum que os encontros que deveriam ser clandestinos entre um homem de trinta e sete anos quase casado e uma garota de vinte e um também sentimentalmente comprometida se transformassem em um surreal jogo de casais entre dois apaixonados acuados e dois fantasmas à espreita.

Tanto Semi quanto Ludovica sabiam que, se não tivessem expulsado o quanto antes as sombras julgadoras de Silvia e Marco daquela relação secretíssima e neurótica, a diversão nunca teria atingido o ápice desejado. Mas também sabiam que a presença de Silvia e Marco fazia parte da diversão, garantindo, por assim dizer, uma longevidade dramática a um caso que, embora tivesse poucos meses, parecia existir desde sempre.

Quando, no último encontro no lugar de sempre, ele comunicou, com tom burocrático e um toque de prazer sádico, a data do casamento com Silvia, Ludovica, em vez de jogar na sua cara o pingado descafeinado, permaneceu impassível. Depois, disse:

– Fico feliz por você... quer dizer, por vocês.

E Semi não sentiu naquelas palavras sequer uma vírgula de sarcasmo. Por um instante, receou que ela estivesse prestes a se congratular. Demorou alguns instantes para entender que o tom submisso e decoroso com que Ludovica pronunciara a frase "Fico feliz por você" teria sido muito mais adequado para exprimir o que ela provavelmente estava pensando, ou seja: "É o que eu esperava." Sim, deve ter sido o que ela pensou com todo o ímpeto de que era capaz. Era o que diziam os olhos que fizeram todo o esforço possível para não se abaixarem, e a mão que, só para segurar alguma coisa, agarrou a asa da xícara de café, mas sem conseguir levantá-la.

Será que era culpa de um fatalismo inato o fato de Ludovica ter suportado um golpe como aquele com tanta elegância? Por que ela era a primeira a saber que tudo já estava escrito?

Estava escrito que Semi não teria deixado Silvia depois de todos aqueles anos para não partir seu coração; e que Ludovica não teria deixado Marco pelos mesmos motivos. E além de estar escrito, também era a coisa certa a ser feita. Era a conduta que os espectros ludibriados de Silvia e Marco pretendiam de seus parceiros adúlteros e penitentes. Ludovica não se surpreendeu por Semi ter pedido Silvia em casamento justamente naquele momento em que ele havia descoberto que estava indissoluvelmente ligado a outra mulher, porque aquele era o comportamento irracional e autoagressivo que ela mesma poderia ter adotado.

Pois bem, ela devia ter intuído imediatamente que Semi, pedindo Silvia em casamento exatamente naquele momento, depois de ter usado de subterfúgios por tanto tempo, só estava ratificando, de maneira solene, que o seu amor por Ludovica permaneceria para sempre impossível. Estranho era ela ter entendido tudo aquilo antes de Samuel. E talvez, com a sua postura conciliadora, Ludovica quisesse fazer com que Semi compreendesse que ela poderia ter feito com ele algo parecido com o que ele acabara de fazer com ela.

Dentre os vários motivos pelos quais aquela garotinha conseguiu prendê-lo de maneira tão implacável, apertando botões secretos que ninguém antes dela sequer soubera tocar, estava a capacidade de dar vazão – margeando o abismo do ridículo sem nunca nele cair – a um sentimentalismo ao mesmo tempo delicioso e anacrônico.

Onde ele foi arrumar uma mulher como aquela?

Quando ela entrou na sua mira, Semi não teve dificuldade alguma em reconhecê-la. Ela estava ali, apartada, no pequeno saguão do Museu dos Quadrinhos em Lucca, apoiada desengonçadamente em uma estátua do Superpateta, que tinha a mesma expressão dela: de alguém que se sente no lugar mais errado do universo. Não havia nada naquela garotinha que não o tivesse impressionado: o formato mestiço dos olhos, a macia juba de cabelos negros presos que dava a impressão de estar prestes a ceder. Estava vestida como Samuel sonhava que uma mulher deveria se vestir, ou seja, da maneira como as mulheres não se vestem mais há muito tempo. Havia algo de colonial nas calças de linho cor de corda do mesmo tom dos sapatos, bem como na camisa branca levemente cinturada com uma gola à Robespierre, sobre a qual caía com descaso um colete de um turquesa um pouco menos vivo, mas do mesmo tom da pashmina de seda amarrada ao pescoço.

Era como se uma heroína dos musicais que Semi adorava tivesse se materializado no lugar mais inesperado. Uma daquelas jovens em technicolor que vivem em águas-furtadas de papel machê e que, quando devem exprimir entusiasmos ou contrariedades, se põem a cantar e a dançar acompanhadas por orquestras invisíveis.

Tentem imaginar a surpresa de Semi ao ver a garota dos seus sonhos desencostar-se do Superpateta, com o qual forma um belo casal, e vir ao seu encontro com uma expressão no mínimo constrangida. Pena que não é Semi a suscitar nela um temor tão reverencial. Mas a pessoa que o acompanha: Filippo.

Os dois irmãos estão em Lucca. Semi não quis deixar Filippo sozinho em um evento que tem tudo para se revelar um aborrecimento inútil. Um assessor cultural (talvez a categoria humana mais patética em circulação), depois de ler as crônicas que relatavam o sucesso francês de Filippo Pontecorvo, teve a grande ideia de organizar um encontro público no Museu dos Quadrinhos de Lucca em um sábado no final de junho. Filippo aceitou o convite porque ainda não tinha tido tempo de aprender a dizer não.

Ninguém apareceu. Só a estranha garota que, ao se aproximar deles, tinha no rosto o mesmo embaraço iluminado de quem havia acabado de encontrar Walt Disney em pessoa, acompanhado do seu entourage.

Logo atrás dela, surge o assessor: esbaforido, consternado. E não faz outra coisa senão inventar desculpas patéticas sobre greves ferroviárias, festivais simultâneos de blues, erros da assessoria de imprensa... Mas dá para ver que, no fundo do coração, ele está furioso com os seus concidadãos. Pela enésima vez, eles devem ter preferido algum divertimento balnear a uma das iniciativas que ele organiza especialmente para enriquecê-los espiritualmente.

– A moça está entusiasmada. Estamos conversando há algum tempo sobre *Herodes e seus Pequenos*. Imagine, ela já o viu duas vezes. Ela trabalha para... Desculpe, para qual jornal você trabalha mesmo?

– Na verdade, trabalho para um site...

– Um site?

– Sim, um site. O nome é Artecomunque.it – ela especificou, cada vez mais pisando em ovos, obviamente desesperada por trabalhar em um site com um nome tão improvável.

Aquele deve ter sido o momento mais difícil. E não só para ela. A palavra "azar" abençoava com a sua irrefutabilidade o encontro daqueles quatro indivíduos em um museu de província sitiado por um calor feroz.

– Meu nome é Ludovica Giacometti. Sim, Giacometti, como o escultor. Sabe, vi o seu filme em Paris. Achei uma das coisas mais incríveis com a qual já me deparei. Fui eu que pedi à redação do "Artecomunque" para entrevistá-lo. Eles ficaram empolgados... E, bem, aqui estou eu... Não se preocupe, quando o filme for lançado, você vai ser molestado por gente com muito mais títulos e credibilidade do que eu.

Depois de dar todas aquelas informações a seu respeito e sobre o próprio trabalho, ela corou. E Semi perguntou a si mesmo o porquê daquele rubor. Talvez tivesse se arrependido de ter usado um verbo ambíguo como "molestar"? Ou percebeu ter confirmado implicitamente que aquele evento que estava prestes a terminar antes mesmo de começar havia sido, no mínimo, um fiasco?

E lá estava também aquela voz, que parecia lutar consigo mesma para se estabelecer em modulações médias, nem agudas nem graves demais. E não era apenas uma questão de tom, mas também de volume. O início de uma frase podia ser pronunciado de maneira estentórea para, depois, perder-se aos poucos em um sussurro. Geralmente, eram sempre as últimas sílabas as prejudicadas. Quanto mais ela falava, mais perdia a confiança em si mesma. Aquilo era timidez. Uma peça de antiquário. Ainda mais porque quem a estava exibindo não era uma pálida professora ginasial de óculos e com o rosto abatido, mas uma garota bonita e elegante que, a julgar pela delicadeza da pele, mal devia ter vinte anos.

Foi então que Semi se sentiu no dever de socorrê-la.

– Por que não comemos alguma coisa?

– Que ótima ideia – abençoou o assessor.

– Os meus pais estão me esperando para o lanche, eles têm uma casa aqui perto... – disse a garotinha, mas dava para perceber que estava louca para se juntar ao grupo.

– Desculpe, mas e a sua entrevista? – perguntou o assessor, que, tremendo ao pensar que não restaria nem um vestígio do evento por ele organizado, não estava disposto a deixar escapar o relato feito pela senhorita fulana de tal do site sei lá das quantas.

Alguns minutos mais tarde, estavam na parte externa de um restaurante, protegidos por um pequeno exército de guarda-sóis brancos, sentados em volta de uma mesa coberta por uma daquelas toalhas exasperantemente quadriculadas.

Desde então, muitos meses haviam passado. E Semi nem sequer se lembrava das doutas e apropriadas perguntas que Ludovica Giacometti havia feito a Filippo. A única coisa que Semi ainda sabia de cor era a entrevista oficiosa à qual o irmão do entrevistado submeteu a entrevistadora durante todo o almoço e também mais tarde.

Do fragmentado interrogatório infligido por Samuel, veio à tona que Ludovica Giacometti devia ser filha (única, aliás) de alguém muito importante cujo nome a interrogada, por conta de uma discrição inata, mas refinada pela educação, não revelou. Ela morava em Milão com os pais. E era óbvio que as casas na região de Lucca, em Milão e também nos arredores da rue du Bac em Paris (que ela havia sido forçada a mencionar) não eram as únicas que a família Giacometti possuía mundo afora.

Naquele verão, o motivo para Ludovica não sair do *buen retiro* toscano (no qual havia passado todos os meses de agosto de uma infância que ela julgava muito mais remota do que realmente era) se resumia à urgência em terminar a monografia de graduação sobre o difícil relacionamento entre Vasari e Pontormo. Semi notou que, ao pronunciar o nome de Pontormo, Ludovica olhou para o céu e fez um pequeno trejeito com a boca, talvez em sinal de respeito, ou então para se distanciar um pouco do tal maneirismo toscano, pelo qual nutria o tipo de veneração que, segundo o decoro, não deve ser ostentado.

Semi percebeu que ela manifestava aquele pitoresco tique também quando falava do filme de Filippo e dos exemplos que, segundo ela, o haviam inspirado. Por mais que fizesse de tudo para disfarçar, ela era uma fã de histórias em quadrinhos. E de maneira mais eclética e consciente do que Filippo. Assim como era evidente que ela havia percebido (muito antes do próprio autor) que *Hércules e seus Pequenos*, de Filippo Pontecorvo, era uma obra de extraordinária originalidade.

Todas essas competências fizeram com que Semi pensasse que Ludovica tinha uma vida tremendamente solitária. Uma loucura, uma garota tão bonita, tão jovem, tão rica... que fica aqui, com a cabeça enfiada nos livros. Uma mocinha que, apesar de estar claramente adiantada em seus estudos universitários, não larga o osso nem no verão. Pelo contrário, aumenta os esforços em prol de algo tão cansativo e fantasioso: obter um diploma o quanto antes. Uma mocinha que, em junho de 2010, julga que não pode haver nada de mais premente na vida do que terminar uma monografia de graduação em História da Arte. Tão obcecada a ponto de se isolar no campo para não permitir a si mesma as distrações a que teria direito em virtude da sua idade, da sua condição e do seu aproveitamento acadêmico. Porque, para ela, o que é mais importante descobrir naquele abafadíssimo verão é o motivo que fez com que Vasari, na segunda edição das suas famosas *Vidas*, atacasse tanto um sujeito solitário e introvertido como Pontormo. Sim, Ludovica morre de vontade de descobrir o que Pontormo fez para deixar Vasari tão emputecido.

E dá para perceber que ela torce por Pontormo, e não apenas porque, objetivamente, ele era um pintor muito melhor do que Vasari (talvez o melhor da sua geração), mas também porque a neurótica introversão do pobre artista solitário é muito tocante. E ela quer descobrir a todo custo o segredo daquela neurose. Porque está convencida de que existe um segredo. Da mesma maneira como Semi está convencido de que, na obstinação do questionamento de Ludovica a respeito de Pontormo, existe algo tremendamente desequilibrado.

Semi pensa em todas as garotas que, como ela, naquele mesmo instante, estão se divertindo em veleiros de três mastros nas enseadas de Formentera. Porque é no convés de barcos assim que garotas daquele tipo se encontram em junho. É lá que estão e merecem estar.

Só Deus sabe quantas garotas daquele tipo ele havia conhecido em Londres em meados dos anos 90, nos três anos em que, depois de ter se formado, cursou um MBA. Foi naquela época que Samuel as viu atuando. No melhor de sua forma. Garotas jovens e de boa condição que, até aquele momento, viveram com a família e, de repente, se libertavam como se fosse chegada a hora do tão esperado recreio. Enquanto frequentava assiduamente a pós-graduação para aprender um ofício que, pelo menos nas suas intenções, garantiria certa prosperidade, Semi via aquelas garotas dedicarem um empenho igualmente louvável para não perderem sequer uma oportunidade de devassidão.

O fato é que, em Londres, em 1996, o adjetivo "devasso" havia perdido sua aura transgressiva, se não por outro motivo, pelo menos porque, quando a libertinagem se torna norma, nenhuma desobediência aos chamados bons costumes pode ser considerada uma violação. Por isso Semi achava que entregar-se a temerárias licenciosidades representava, mais do que um gesto de rebelião contra a moral vitoriana, uma prova de conformismo. Sexo. Álcool. Entorpecentes. Relações homoeróticas. Amontoamentos em discotecas. Swing. Tudo isso era a praxe à qual era aconselhável se ater se você não quisesse ser considerado careta e pouco antenado. Sim, Semi viu muitas daquelas garotas – todas bonitinhas e impecáveis, cheias de propósitos virtuosos, decididas a tirar o maior proveito profissional possível do estágio em um banco ou em um escritório de advocacia – chegarem a Londres, dividirem uma casa com uma amiga em Chelsea, South Kensington ou Belgravia e, em um piscar de olhos, perderem completamente o controle. No papel de veterano da cidade, até ajudou algumas a se estabelecerem. O que lhe causaria vários constrangimentos.

Quando, por exemplo, um caro amigo perguntou se ele não podia por acaso ajudar sua namorada a achar uma casa perto de Notting Hill, Semi se revelou bastante eficiente no papel de corretor de imóveis, mas não foi um bom acompanhante. De fato, não quis revelar ao amigo que, desde a chegada a Londres, a futura consorte havia perdido não apenas todas as inibições, mas também toda a cautela para ocultar sua inédita audácia.

A garota se chamava Gaia Cittadini. E era uma daquelas lourinhas com pele cor de mel que enchiam os corredores da escola de ensino médio de Semi. Que assistira com certo incômodo, entremeado de preocupação, à progressiva degeneração dos costumes de Gaia, que chegou ao ápice quando ela lançou um desafio à coinquilina australiana para ver quem, em uma noite de sábado, pagava mais boquetes no maior número de homens. Foi assim que, em poucos meses, Londres transformou uma moça romântica como Gaia Cittadini!

E depois? Que fim ela levou? O que foi feito dela dez anos mais tarde? Estava se prostituindo? Será que havia se tornado uma cafetina de alto nível? Uma viciada em último grau? Nada disso. Era como se aquele personagem boêmio não tivesse deixado nenhuma marca. Obviamente, o vício praticado em Londres em 1996, ao contrário do que acontecia um século antes, não deixava nenhum sinal visível no corpo nem no espírito. Todos os boquetes que Gaia havia generosamente prodigalizado não deixaram nenhuma marca depravada em seus lábios. Hoje, Gaia Cittadini é uma mãe. Aquela rainha do sexo oral mora hoje com o atlético marido e uma prole loura na cobertura mais burguesa do bairro mais burguês de Roma, levando uma vida não muito diferente da que as mulheres da sua família sempre levaram.

Alguns anos depois, em Nova York, quando, após o MBA, ele foi contratado por um banco de investimentos, Semi pôde constatar que todo o Downtown Manhattan havia sido colonizado por um exército de clones de Gaia Cittadini que manifestavam a mesma avidez por curtição demonstrada pela matriz original em Londres. A única diferença era que aquelas garotas não eram europeias, mas, principalmente, americanas. Com toda a hipocrisia que o fato de ser americano comporta.

Quando pensava a respeito, Semi sentia orgulho de ter resistido, durante os anos em Londres e Nova York, ao fascínio degenerado daquelas garotinhas cheias de dinheiro, impaciência e, sobretudo, disponibilidade. Não há como negar, houve algo de heroico na sua sobriedade. Nenhum outro homem no seu lugar teria resistido. E, de fato, todos à sua volta caíam. Enquanto a maior parte dos seus amigos que ainda viviam em Roma passava a vida traindo as companheiras na hora do almoço, ele, intrépido, sempre conseguiu permanecer fiel a Silvia, até mesmo quando eles se viram divididos por um oceano inteiro e seis horas de fuso horário.

Samuel gostava de dizer a si mesmo que aquela prova de caráter dependia da intuição segundo a qual, em duas metrópoles e em uma época tão promíscua, não havia nada mais escandaloso do que a fidelidade. Assim como ela gostava de pensar que havia sido o respeito sagrado em relação à "corrida do ouro" empreendida desde o primeiro ano de universidade que o havia mantido concentrado até mesmo em um contexto no qual a distração parecia uma necessidade taxativa para todos.

O problema é que Semi, ao celebrar seu temperamento de homem fiel, mentia a si mesmo. A verdade bruta (sempre há alguma no fundo!) é que, no meio, estavam os seus problemas com o sexo. Que, ao contrário do que é geralmente admitido, começaram antes da chegada de Silvia na sua vida e, portanto, antes que ele fosse estudar em Londres ou trabalhar em Nova York. A época feliz da sua sexualidade, que ele adorava fantasiar, era, justamente, uma fantasia. Não houve momento algum em que as caprichosas intermitências do seu aparelho reprodutor não fossem motivo de mortificação para Samuel Pontecorvo e para as parceiras em causa. Samuel conhecia por experiência própria a humilhação do fiasco erótico, assim como alguns anoréxicos conhecem a repugnância suscitada pela mais apetitosa iguaria. E sabia muito bem o que significava ter embaixo do próprio corpo uma garota louca de desejo e que você não é capaz de satisfazer.

A impotência. Qual caprichoso deus da mitologia grega inventou um suplício como aquele? Trata-se de algo que põe em discussão tudo, não apenas uma questão trivial como a própria masculinidade, mas até as bases do amor-próprio e do chamado respeito por si mesmo.

Então, temos de admitir: é para não ficar gaguejando justificativas patéticas (ainda mais em outro idioma) que Semi se manteve a uma distância segura do delírio sexual que arrebatava Londres e Nova York nos anos em que, pelo menos de um ponto de vista cronológico, a sua potência sexual deveria ter chegado ao auge, seguido por uma inexorável decadência.

E é assim que a sua distância das garotas, a sua fidelidade coagida em relação a Silvia, logo se transformou em outra coisa. Tornou-se inadvertidamente hostilidade. Ele não suporta aquelas garotas. Talvez porque o façam se lembrar de como ele é incapaz de usá-las. Elas têm o poder de exasperá-lo. Quem sabe talvez esse seja o verdadeiro castigo dos impotentes? O desejo está sempre ali, imóvel e intacto. Não desiste. Aliás, só se autoalimenta, um fiasco após o outro, uma abstinência após a outra. Anda de braços dados com a sensação de permanente escárnio. Da qual extrai linfa e inspiração. Para, depois, tornar-se crônica.

Sim, porque os impotentes, a despeito do que possa ser dito, não têm menos tesão do que as pessoas com uma vida sexual plenamente satisfatória. Os impotentes são como os diabéticos: a natureza tirou deles a possibilidade de nutrir-se de alguns alimentos deliciosos, mas, por Deus, não os poupou desse desejo. Pelo contrário, sacralizou esse maldito anseio! Na verdade, não há nada que não funcione no aparato hidráulico do impotente. Os impotentes são capazes de ereções vertiginosas e de fragorosos entusiasmos sexuais. Pelo menos, estou falando dos impotentes que eu conheço, cujo principal problema é exatamente esse: quando finalmente chega o momento de pôr as ereções vertiginosas e os fragorosos entusiasmos a serviço da natureza, algo fatalmente emperra. Algo que eu não saberia posicionar anatomicamente: no pau? No coração? No cérebro? Não, não sei onde. A única coisa que sei é que, quando o impotente se encontra diante das colunas de Hércules da intimidade feminina, alguma coisa não funciona como deveria. O impotente desiste do lance, como um vil jogador de pôquer que não se contenta nem mesmo com uma sequência real, condenando, tanto a si mesmo quanto a parceira, a um constrangimento intolerável. Por isso, eu diria que a impotência é, antes de tudo, um problema de sincronia. O impotente não é alguém que não consegue chegar ao destino de jeito nenhum. Mas alguém que não consegue chegar ao destino no tempo certo.

E é exatamente esse o tipo de constrangimento que Semi, durante os anos londrinos e nova-iorquinos, não quer sentir, nem infligir a ninguém. A única pessoa à qual continua a infligi-lo com uma determinação quase absorta é Silvia (talvez porque, com ela, o caldo já tenha entornado, ou talvez porque até mesmo o ser humano mais descrente precise se iludir algumas vezes). Assim, toda vez que Semi volta a Roma por alguns dias ou que Silvia vai encontrá-lo em Londres ou Nova York, o casal interpreta o penoso roteiro de sempre.

– Sabe o que mais me incomoda? – perguntou Silvia com a voz doce da última vez em que Semi tentou cumprir o seu dever, antes que ambos, em um acordo tácito, pusessem uma pedra em cima do assunto sexo.

Naquela época, ele ainda estava morando em Nova York. Era o final de maio quando Silvia, depois de ter vencido seu primeiro processo importante, foi encontrar com Semi nos Estados Unidos. Ele tirou da garagem seu SUV Lexus, com o qual os dois pombinhos foram até um bed&breakfast escondido no bosque, a poucas centenas de metros da praia de East Hampton. E, pelo menos antes que eles entrassem debaixo das cobertas, tudo estava correndo magnificamente bem. Chegaram logo depois do almoço, o momento certo para desfrutar de uma tarde cintilante. Tomaram banho em uma piscina bem aquecida. Depois do banho e de um descansinho, com o qual Silvia tentou aliviar o *jet lag*, foram comer no Uncle George, um velho restaurante local. Consumiram um cremoso *clam chowder*, um prato de caranguejos e uma garrafa de sauvignon.

Na cama, como sempre, começaram os problemas.

E pensar que Semi havia se preparado para aquele encontro com o destino. Adotara todas as precauções necessárias. Fazia cerca de uma semana que não se masturbava. E, a propósito de masturbação, daquela vez, hesitou em iniciar a prática sozinho no banheiro, de modo a se apresentar diante de Silvia com a ferramenta já em forma. Além disso, levando em conta as experiências passadas, Semi dera um jeito para que o quarto estivesse totalmente escuro e ele não pudesse ver os olhos de Silvia cheios de desconfiança irônica e afetuosa. Naturalmente, Semi estava com a boca e a garganta em chamas, já que, algumas horas antes, havia aspergido sobre a sopa molho de pimenta ("faz bem à ereção", dissera um amigo).

Naturalmente, nenhum daqueles ingênuos exorcismos surtiu o resultado esperado. Esperado? Não, não é a palavra certa. O impotente não espera. O impotente é desesperado por natureza. E há quem diga que essa falta de confiança é a sua verdadeira condenação. Enfim, como previsto, nada saiu como pretendido. E o roteiro impunha que o jovem casal acendesse o abajur e começasse a falar a respeito pela centésima vez.

– Sabe o que mais me incomoda? – ela iniciou, fazendo com que a voz não traísse nenhuma hostilidade evidente. – O que mais me incomoda, Semi, é que você está pensando em mim. Mas deveria estar pensando em si mesmo. Não acredite nas bobagens que as revistas escrevem. Para se divertir na cama, é necessário ser egoísta. E você só fica pensando em como é cansativo para mim. Mas, para mim, não é, Samuel. Eu posso ficar sem. Nós, mulheres, podemos ficar sem. Eu só queria que você fizesse com que eu me divertisse de uma maneira alternativa. Que não se rendesse logo. Mas, para você, é trepar ou nada. Vamos nos divertir de outra maneira. Deixa comigo.

– Por que todas as vezes você me diz todas essas baboseiras? Não seria mais decente se ficássemos calados – ele retrucou depois de tirar o travesseiro de cima da cabeça.

Estava prestes a acontecer novamente: Semi estava tentando jogar em cima de Silvia o peso de uma culpa que não era dela.

– Não são baboseiras. É a verdade.

– Só fico me perguntando por que você ainda perde tempo comigo.

– Não é tempo perdido. Eu te amo. E você sabia que estamos juntos há mais de dez anos?

– Dez anos? Dez anos disto? Cacete, você é uma heroína. Santa Maria Goretti.

– Vamos, tivemos os nossos momentos.

– Ah, sem dúvida. Fiz com que você passasse os melhores anos da sua vida adulta ao lado de um homem que termina as próprias noites escondendo a cabeça embaixo do travesseiro porque sente vergonha.

– Você me proporcionou dez anos maravilhosos. E, sabe, você não vai acreditar, mas certos casais têm problemas que são o inverso dos nossos. A secretária do meu chefe me confessou outro dia que, à noite, precisa fingir que dorme. O namorado dela é um tormento.

– Obrigado, isso me consola.

– Não estou aqui para consolar você. Não sou a sua consoladora. Espero pelo menos ter conquistado um papel mais excitante na sua vida.

– Quer saber o que eu tenho a dizer, Silvia? Pode me trair. Vá trepar com quem quiser. Você tem todo o direito. Até o Tribunal da Rota Romana permitiria. Certamente, não sou eu que devo explicar que existe uma fórmula jurídica para definir os homens como eu. Nós não cumprimos nossos "deveres conjugais". Entendeu? São deveres. Não são direitos. Não são oportunidades. São deveres. "Meritíssimo, não é culpa minha se o traí. O seu descumprimento das obrigações me exasperou." Você é uma grande advogada, tenho certeza de que se sairia bem em uma situação desse tipo...

– Por favor, meu amor, não comece agora com os seus sermões. Vamos tentar enfrentar a situação de maneira séria e racional. Pelo menos uma vez!

– O que você quer dizer? Que eu a enfrento de maneira frívola e irracional? A diferença entre nós dois é que você pode encontrar outro homem, mas a minha deficiência, pelo que sei, é permanente.

– A sua deficiência? Que palavras fortes hoje! Vamos, não fique aí filosofando. Talvez só esteja na hora de agir. Quer dizer, estou acostumada assim. Se tenho um problema, eu o enfrento... Pensamento-ação!

– Ah, está vendo então que é um problema? Está vendo que é um problema para você também?

– Claro que é um problema. É evidente que é um problema. Se não fosse, você não estaria tão mal e eu não ficaria tão preocupada com você.

– Que seja. E qual seria para você a maneira racional de enfrentar a ironia de um pau que sobe sempre, menos quando deveria subir?

– Bem, antes de mais nada, questionar alguns fatos. Por exemplo: quem diz que ele é obrigado a subir quando, como você diz, "deveria subir"? Quem diz que ele *deve* subir? Talvez o problema é que ele não goste de se sentir obrigado a fazer as coisas. Talvez seja um anárquico. Um libertário. Um anticonformista... Alguém como você.

– Vou logo avisando que sou o único autorizado a antropomorfizar o meu apetrecho. A atribuir-lhe sentimentos humanos e escolhas conscientes. Você deveria se dar por satisfeita de recebê-lo no seu corpo de vez em quando.

– Sabe, eu e ele já passamos por tanta coisa juntos que, a esta altura, já o considero quase um irmão.

– Um irmão de desventuras.

– Sim, algo do gênero. Para mim, ele é uma pessoa da família. Tanto eu quanto ele chegamos à conclusão de que o problema é você. Você é o desmancha-prazeres. É essa cabeça que só faz pensar, que não se abandona. Por que você nunca nos deixa sozinhos?

– Fico feliz que vocês dois se entendam tão bem. Se dependesse de mim, eu o arrancaria e o entregaria a você. E, finalmente, vocês poderiam sair em lua de mel.

– Deixe-o onde ele está. É fundamental para mim que ele fique com você. A diversão é exatamente essa. A simbiose.

– Se tem uma parte do meu corpo que não sinto em simbiose comigo, é exatamente essa. Sempre fez exatamente o contrário do que eu queria. Não me poupou de nada. Parece que sente prazer em me deixar constrangido.

– É como Kennedy dizia: não pense no que seu pau pode fazer por você. Pense no que você pode fazer pelo seu pau.

– A frase não era bem essa.

– Eu acho que era. E ele entendia de pau.

Geralmente, era com uma piada assim que eles terminavam as longas glosas dedicadas às suas inadimplências. Samuel e Silvia falavam do pênis dele como se fosse uma criança manhosa a ser endireitada, um filho indolente e indisciplinado que não fazia os deveres e, de manhã, se recusava a tomar o Ovomaltine. E tudo era selado com um longo e frustrante abraço em que ambos acabavam adormecendo.

Mas, naquela noite nos Hamptons, não. Naquela noite, os dois intuíram que era necessário acrescentar alguma coisa. Dar um passo à frente. Por mais dramático que pudesse parecer.

– Então, vejamos. O que eu deveria fazer por ele? – perguntou Semi.

– Deixe-o respirar. Não o estresse. Você o trata como uma mãe apreensiva. Deixe que ele vá conhecer o mundo. Que ele tenha as suas aventuras.

– É um convite ao adultério?

(É aonde tínhamos chegado?)

– Pensei muito a respeito... se isso puder ajudar, por que não? Talvez ele mereça uma hora de ar fresco, depois de todos estes anos.

Então, a conversa que havia começado com ele decidido a convencê-la de que ela tinha o direito (garantido por lei) de traí-lo terminava com ela dizendo que, no fundo, ele tinha o direito (garantido pelo bom senso) de experimentar algumas outras mulheres. Semi se sentiu triste e decepcionado. Aquilo que aparentemente se apresentava sob as vestes submissas de um gesto de amor pareceu-lhe uma espécie de sanção de um desamor irreversível. Isso mesmo: se Silvia o incitava a ir para a cama com outras, era porque, aos seus olhos, ele já havia perdido qualquer prestígio erótico. O que, vamos deixar bem claro, em virtude das premissas, era perfeitamente compreensível e, não obstante, intolerável. Silvia sempre fora muito possessiva em relação a ele: um dos motivos para ter sofrido com a longa separação dos dois havia sido o ciúme. Aquilo fez com que ele se sentisse um homem desejável, que ela o queria para si. Mas, àquela altura, aquele homem já estava morto. Ou talvez ela tivesse simplesmente entendido que ele nunca existira. E, para Semi, esse era o golpe de misericórdia. Ele podia suportar tudo, menos a indulgência de Silvia naquele campo. Por outro lado, se ela estava se mostrando tão indulgente em relação ao homem com quem estava havia tanto tempo, era mais do que provável que já tivesse concedido a mesma indulgência a si mesma. Era mais que provável que ela o tivesse traído já havia algum tempo. Certamente, era o que teria feito qualquer mulher na flor da idade que tivesse tido o azar de se meter com um meio homem como Samuel Pontecorvo. Como ele nunca aventou a hipótese de que Silvia poderia ao menos pensar em traí-lo? Claro que era possível. É assim que são os homens. Sempre acham pouco plausível, se não até absurda, a ideia de serem traídos.

Aquele convite para traí-la, que talvez ela tivesse utilizado como uma distração, havia aberto um sulco muito mais profundo do que Silvia podia imaginar. Pela primeira vez desde que se conheciam, Semi teve um acesso de ódio em relação a Silvia. Não foi por acaso que, desde aquela noite nos Hamptons, quatro anos antes, ele nunca mais tivesse sequer tentado tocá-la.

E, embora não pudesse saber o que, naquele ínterim, Silvia fizera do hipócrita convite à traição feito pelo namorado impotente, Semi sabia muito bem o que ele mesmo havia feito do convite de Silvia.

Muito tempo depois da conversa no quartinho do B&B de East Hampton – quando já não morava mais em Nova York havia um bom tempo, tendo mudado de trabalho e de cidade, transferindo-se para um prático apart-hotel em Milão na região de Corso Buenos Aires –, Semi lembrou-se de repente das palavras de Silvia e do convite explícito para que ele a traísse, o que encerrou de fato a discussão. E, imbuído daquele convite deixado no sótão por tanto tempo, resolveu aproveitar a sua hora do recreio.

Agora que a hora do recreio se dilatou, tornando-se um semestre de atormentada clandestinidade e de enganos infames, Semi só deseja que ela se expanda por um tempo indefinido. E o fato estranho é que começou a desejá-lo desde o primeiro encontro com Ludovica.

Ela propôs que eles se vissem em um bar em Brera, daqueles que, depois das cinco, ficam cheios de trintões barulhentos que exibem impunemente nós de gravata grandes como bolas de tênis. Às três da tarde, estava praticamente vazio.

Quando ele chegou, com pontualidade perfeita, diga-se de passagem, Ludovica já estava lá com um livro entre as mãos, mas ele não a localizou imediatamente. Escolheu uma mesa afastada. Vendo-a, foi ao seu encontro. Ela se levantou com a prontidão de uma garota de escola ao ver a professora entrar na sala de aula. Mais uma vez, Semi ficou entusiasmadamente impressionado pelo modo como ela se vestia: calças de fustão marrom e um paletó de veludo cotelê com ranhuras largas cor de caramelo sobre um suéter de gola rulê de lã merino de um diáfano tom azul-celeste. Os sapatos eram a coisa mais surpreendente, tão semelhantes aos que ele, recém-chegado do escritório, estava usando naquele dia: um modelo Chruch's, mas, diferente dos seus, de camurça marrom-escuro.

Se alguém tivesse ouvido a conversa dos dois sem vê-los, poderia tê-la confundido com os comentários de um velho professor com a jovem assistente depois de um seminário. A voz de Semi tinha uma inflexão irônico-paternalista, enquanto a de Ludovica era irresoluta. Cada afirmação parecia uma pergunta. E as perguntas eram pronunciadas com tamanho tremor e insegurança a ponto de resultarem quase inaudíveis. Além disso, ela se obstinava a usar um tom formal. Uma estranheza comportamental que, em parte, o divertia, em parte, o excitava e, em parte, o ofendia. Por que ela estava fazendo aquilo? Por timidez ou para deixar logo claro que não havia ambiguidade alguma naquele encontro? Mas, se não havia, por que ela tinha escolhido uma mesa afastada, perto do banheiro?

É necessário dizer que Semi conseguiu obter o encontro com um argumento que, mesmo a um quilômetro de distância, parecia um pretexto. Como ela, durante o almoço em Lucca, falou com Filippo do primeiro número de *O Quarteto Fantástico* da Marvel, conseguido com esforços infinitos, Semi, que não dava a mínima para histórias em quadrinhos, aproveitou o gancho para mandar um SMS, já durante a viagem de volta, perguntando se não poderia ver o raro exemplar. Antes mesmo de ter uma resposta, escreveu novamente para explicar que ele também morava em Milão: se ela voltasse à cidade por alguns dias, eles poderiam se encontrar. Ludovica demorou uma semana para responder àqueles primeiros SMS e, só no final de agosto, concordou em encontrá-lo. Mas, depois, Semi ainda teve de esperar mais três semanas antes que o encontro acontecesse.

Mas ali estava ela, vestida de maneira fantástica, sem parar de mudar de posição na cadeira, tomada por um constrangimento que chegava às raias da paranoia. Depois, sacou da bolsa o exemplar cuidadosamente embalado em papel celofane e o apoiou sobre a mesa. Samuel perguntou:

– Posso?

– Pois não, sinta-se à vontade!

– Se você continuar a ser tão formal, vou ter de fazer o mesmo.

– Sim, eu sei. Tem toda a razão – respondeu ela, abaixando a cabeça em sinal de rendição, como se o tom zombeteiro de Semi a tivesse envergonhado profundamente. – O senhor sabe que, quando esse número foi lançado... – continuou Ludovica, segurando a revistinha e assumindo um ar incoerentemente professoral.

– Não tem jeito! Você não consegue mesmo. Bem, então vou começar a chamar você de "senhorita".

– Por gentileza, não faça isso.

– Acho que vai ser necessário, se você não parar...

– Não faço de propósito. Tenho muita dificuldade em ser um pouco mais informal com as pessoas.

– Até mesmo com os seus amigos?

– Não, com eles, não. O que isso tem a ver?

– E os seus amigos são tão diferentes assim de mim?

– Eu não saberia dizer.

– Então, vamos fazer de conta que sou seu amigo. Senão...

Semi percebeu que, na própria voz, insinuara-se uma nota levemente antipática. Era como se aquela garota tão fina e cerimoniosa lhe inspirasse sentimentos cheios de insana agressividade. E aquilo não o desagradava nem um pouco.

Naquele momento, foram interrompidos por um garçom com o aspecto corado e escoriado de um alcoólatra em último grau: grandes costeletas brancas, sobrancelhas bastas.

– O que posso lhe servir? – disse a Ludovica com a tenra deferência que os velhos servidores reservam para as princesas.

A Semi, pareceu evidente que o garçom a conhecesse desde sempre. Que a tivesse visto crescer ou algo do gênero.

– A madame está bem? – perguntou o garçom, referindo-se obviamente à mãe de Ludovica.

– Está fora do país.

– Quando ela voltar, mande minhas lembranças.

– Claro, Roberto.

– O que trago para vocês?

– Café – respondeu Samuel.

– Para mim, um descafeinado longo com uma gota de leite frio – especificou Ludovica e, como se quisesse justificar o pedantismo do pedido, acrescentou: – Adoro café. Eu viveria só de café, mas, infelizmente, sofro de esofagite crônica e o seu consumo é altamente desaconselhável. O problema é exatamente esse: adoro o que me faz mal.

Aquela consideração se depositou na parte mais atenta da consciência de Samuel. Ele levou aquela frase para casa e ficou pensando e repensando a respeito. Até dormiu com ela na cabeça durante algumas noites seguidas. "Adoro o que me faz mal." Realmente, uma frase linda. Uma frase reveladora.

Nos encontros sucessivos – mesmo lugar, mas na hora do almoço –, Semi não conseguia deixar de pensar naquela frase toda vez que Ludovica, por engano, o chamava de senhor e, logo em seguida, se corrigia, ou então toda vez que ela pedia algo excepcionalmente elaborado para evitar os alimentos que lhe eram nocivos: alho, aspargos, queijos, frios. Ludovica pertencia à primeira geração de jovens obcecados pelas intolerâncias alimentares. Todavia, era estranho que uma moça tão pudica não tivesse nenhum comedimento para externar suas deficiências físicas, assim como era insólito ela não fazer outra coisa a não ser interrogar o próprio corpo, satisfazendo suas exigências e idiossincrasias.

Já no primeiro encontro, logo pararam de falar de histórias em quadrinhos. Ludovica percebeu, depois de poucas frases, que Semi não entendia nada daquilo, o que, em vez de desiludi-la, causou-lhe imenso prazer; como se desmascarar de uma vez por todas a natureza pretextuosa daquele primeiro convite estimulasse seu narcisismo.

No quinto encontro, Semi chegou atrasado. E, tendo esquecido o celular no apart-hotel, não pôde avisá-la. Quando entrou correndo, viu Ludovica, no lugar apartado de sempre. Ainda estava usando o casaco cor de ferrugem, como se tivesse acabado de chegar ou como se estivesse prestes a ir embora. Parecia uma menina de castigo. Daquela vez, ao contrário de todas as outras, nem sequer fez menção de se levantar. As olheiras que geralmente adornavam seus olhos pareciam ainda mais escuras, como se ela tivesse chorado.

– Achei que você não viesse mais – sussurrou.

A saia-calça que chegava até os joelhos amplificava a impressão de uma estudante de castigo.

– Por que eu deveria faltar?

– Por causa do seu irmão.

– Do meu irmão? O que ele tem a ver com isso?

– Achei que, agora que todos falam dele, eu não...

Obviamente, percebendo como era extravagante o que estava por dizer, Ludovica parou. Mas Semi sabia aonde ela queria chegar. Agora que *Herodes*, lançado também na Itália havia apenas duas semanas, ostentava uma bilheteria digna de um blockbuster, o irmão daquele novo superastro estaria autorizado a descumprir seus compromissos e ser mal-educado. Até mesmo faltar a um encontro sem sequer avisar. Era o que ela havia pensado sem ter tido a coragem de se expressar por completo. Uma maneira realmente estranha de conceber as relações interpessoais. Porém, agora que Semi começava a conhecê-la, aquilo era algo absolutamente típico de Ludovica.

Parecia provir de um mundo no qual o mérito e a competição tinham uma importância tão exagerada que o sucesso passara a ocupar um prestígio quase repressivo. Semi se perguntou se um espírito de competição tão ferino havia sido inculcado em Ludovica pelos pais, que a incitaram excessivamente a estar à altura do que haviam lhe dado, ou que, ao contrário, tendo proporcionado à filha tudo o que era possível, não esperavam nada.

As duas respostas poderiam ter explicado por que ela, embora estudasse para desempenhar um dia uma atividade bem pouco remuneradora como crítica de arte, se esforçasse tanto para se formar o quanto antes com uma monografia tão trabalhosa e que ela julgava estar acima das próprias forças. Isso também explicava por que ela idolatrava os pais, os professores, qualquer um que exercesse autoridade sobre a sua pessoa. Qualquer um que pudesse elogiá-la ou puni-la. Semi se perguntou se não era aquele o motivo para ela aparentemente se agarrar a ele com mais morbidez toda vez que era tratada de maneira áspera. E se, por fim, aquele não era o verdadeiro motivo para ela ter tanta vontade de tratá-lo de maneira formal. Talvez ela não precisasse de um interlocutor, mas de uma espécie de divindade. Sim, talvez aquele fosse o seu segredo.

Por exemplo, já depois do primeiro encontro, Ludovica começou a mandar de vez em quando alguns SMS. Semi notou que, quando ele, ocupado por um compromisso de trabalho, deixava passar certo tempo antes de responder, ela, por reflexo, respondia: "Que alívio! Achei que você não quisesse mais me ver." Por que reagir de uma maneira tão descomposta a um atraso de poucas dezenas de minutos? Como era possível que uma garota como Ludovica se sentisse oprimida por tamanho terror de ser abandonada? Quem a havia deixado naquele estado? E por que, para Samuel, aquele comportamento era, se possível, ainda mais sedutor do que a sua peculiaridade no modo de se vestir, de falar, de pedir alimentos? E até mesmo do que a sua beleza?

Algumas vezes, Semi amava imaginá-la atrás da escrivaninha, dedicando-se à revisão da sua monografia, com os óculos sobre o nariz e o lápis na boca, verificando a cada dez minutos o celular para ver se ele havia respondido. Sabe-se lá por que essa imagem o arrebatava.

– Você tem orgulho dele? – perguntou Ludovica.

– Dele quem?

– Do seu irmão.

– Claro que sim.

– Sua mãe está contente?

– Imagino que sim.

Semi não gostava do rumo pelo qual aquela conversa estava enveredando. Todas aquelas perguntas sobre o irmão. Por um instante, pensou que Ludovica o percebesse como um indivíduo respeitável só porque ele era o irmão caçula de Filippo Pontecorvo (e nunca a palavra "caçula" pareceu tão vexativa como naquele momento). E como ele não suportava a ideia de conceber pensamentos malévolos em relação ao irmão mais velho, deslocou toda a agressividade repentina para aquele ser indefeso que cometera o erro de colocá-lo diante da própria mesquinhez.

– Escute aqui – disse Semi –, daqui a algumas horas, vou pegar um avião para Tel-Aviv.

– Eu sei, você tinha me dito. Mas ainda resta bastante tempo.

– Nem tanto assim. Você sabe como eles são, é necessário chegar pelo menos três horas antes.

– Mas até mesmo você que é...

– Eu que sou o quê?

– Bem, você sabe o que é.

– Não sei. Diga você.

– ... judeu.

– Está vendo? Não era tão difícil. De qualquer maneira, eles não estão nem aí se eu sou judeu ou não. Ai de quem confia nos judeus. Sempre pode existir o ódio de si mesmo.

Samuel sabia que Ludovica adorava o fato de ele ser judeu. E que, no mundo, havia um monte de mulheres dispostas a amar um homem só por ele ser judeu. E, por conseguinte, um monte de homens que descobriam de repente uma genealogia judaica. Uma vez, Filippo contou que, nos primeiros tempos, disse a Anna que havia militado nas unidades especiais israelenses. E o mais incrível é que ela acreditou e ele tirou daquela credulidade uma extraordinária vantagem sexual.

– Desculpe, mas, primeiro, você chega atrasado e, agora, diz que precisa ir embora logo.

– É que preciso passar no apart-hotel para pegar a mala. Preciso chamar um táxi.

– Eu levo você.

– Você?

– Minha garagem fica aqui perto. Levo você com o meu carro. Não sou uma grande motorista, mas também não sou péssima. Dirijo um pouco devagar, mas que importância isso tem? E, se não confiar em mim, você mesmo pode dirigir.

– Não, Ludovica. Acho melhor não. O aeroporto de Malpensa fica muito longe. Não quero que você volte quando já estiver escuro – respondeu Semi. E foi então que, sem nunca antes ter pensado a respeito, achou que podia acrescentar: – E, escute, não sei se é o caso de continuarmos com estes encontros...

Ludovica empalideceu.

– Por que você está dizendo isso? O que eu fiz? Aconteceu alguma coisa? O que eu disse antes não era uma bronca. Juro. Era só para que você entendesse... Ou melhor, esqueça o que eu disse. Esqueça a minha proposta. Se não quiser, não levo você. Achei que fosse uma gentileza, mas, se você não quer...

Enquanto ela dirigia o Polo verde-escuro rumo ao aeroporto com a falta de jeito de quem não dirigia havia muito tempo, Semi ainda estava pasmo consigo mesmo e com a sua amiga. Por que ele disse que não a queria mais ver, que aquela era a última vez, embora não fosse de forma alguma o que desejava? E por que ela, em vez de mandá-lo tomar banho, teve uma reação tão apreensiva? Era como se, de repente, o desequilíbrio entre eles tivesse se acentuado ainda mais. Então, era tão fácil assim? Era suficiente ameaçá-la para tê-la na palma da mão? Semi sentiu-se dotado de um poder terrível.

– O que Marco diria do fato de você me levar ao aeroporto?

– Marco não sabe que você existe.

– Por que você não contou?

– Você contou a Silvia?

– Não, não tive oportunidade.

– Pois é. Eu também não tive.

– Então, Marco não sabe que eu existo? Interessante, realmente interessante.

– Por que interessante?

– Isso me dá uma bela vantagem estratégica em relação a ele.

– Vocês não estão competindo...

– É o que você pensa.

Ludovica abriu um sorriso que revelava como ela gostava de ser disputada.

– Então, você esconde coisas do Marco?

– Não deliberadamente, mas acontece.

– Conte-me outro segredo. Alguma outra coisa que Marco desconhece, mas que você pode contar para mim.

– Não consigo pensar em nada.

– Vamos, uma coisa secreta que você não confessaria a ele. Certamente, existe algo. Alguma coisa muito mais escabrosa do que me levar ao aeroporto.

– Infelizmente, a minha vida não é nada escabrosa.

– Não acredito. Todos têm um segredo escabroso.

– Se você não me disser o seu, não digo o meu.

– Tem certeza de que quer saber?

– Claro que tenho. E saiba que sei manter uma promessa. Se você me disser o seu, eu digo o meu.

– Tudo bem, lá vai... Não sou um grande amante.

– E o que isso significa? Que droga de segredo é esse?

– Quer dizer que é de domínio público?

Ludovica riu.

– Não, não quero dizer que é de domínio público. Mas que é um dado relativo. Que não cabe a você dar notas. Que eu poderia dizer exatamente o contrário de mim mesma, mas que isso não significaria nada.

– Você está falando isso só porque não quer me revelar seu segredo escabroso. Você me engambelou.

– Pelo contrário, não é um problema para mim. Se você quiser mesmo saber. Tudo bem, então segura essa: sou uma maníaca sexual.

– Bom para o Marco.

Ele ficou aturdido e até mesmo um pouco ofendido com o que ela havia dito. Como todas as pessoas que têm problemas sexuais, Semi não era tão indulgente com aqueles para quem o sexo era uma sã obsessão.

– Marco não sabe. Acho que desconfia. Mas não sabe.

– A conversa está ficando interessante. Como ele não sabe? Quer dizer que você o trai?

– Nunca o traí.

– Você fala como a heroína de um romance. Como se vocês tivessem quarenta anos de vida conjugal.

– Nada disso. Estou falando tranquilamente: estou com ele há anos e nunca o traí.

– Então, como se manifesta essa sua mania?

– Como? – E aqui Ludovica esperou alguns segundos antes de responder. – Sozinha.

– Como assim sozinha?

– Por que você quer me obrigar a explicar uma coisa tão constrangedora?

Agora, tentem imaginar a maravilhosa surpresa de Semi ao descobrir que, no mundo, existe uma moça de vinte e um anos, bonita de tirar o fôlego, elegante e etérea como a heroína de um musical, cujo apego a ele chega às raias da devoção e que compartilha com ele o mesmo amor insano e mórbido pela masturbação. Uma garota que, por ela, treparia só com a mente. A tal ponto que prefere buscar o prazer sozinha do que exigi-lo do seu vigoroso namorado de vinte e cinco anos.

Sim, tentem se colocar no lugar de um sujeito como Semi que encontra uma moça como Ludovica no momento da sua vida em que ele parou de esperar que um encontro semelhante fosse possível. Uma garota com a qual trocar as próprias morbosidades.

Um milagre. Uma revelação. A alma gêmea ao seu alcance. Semi está desconcertado. Semi está no sétimo céu. Semi não consegue acreditar.

Naturalmente, perdeu o avião para Tel-Aviv. Mas embarcou em outro muito mais perigoso para uma viagem cem vezes mais excitante. Ele e Ludovica foram parar no quarto de um Sheraton perto do aeroporto. E o mais incrível é que, lá dentro, não fizeram sexo. Nada disso. Não da maneira como os adultos fazem no primeiro encontro. Digamos apenas que, em um contexto tão íntimo, satisfizeram uma série de desejos e continuaram aquele interrogatório recíproco. Ludovica explicou que, com Marco, o que ela mais gostava de fazer era sexo oral. Então, Semi tentou, com extrema delicadeza, pedir que ela o fizesse também com ele. Ela se recusou e ele não insistiu.

Em compensação, Ludovica começa a oferecer mil outros detalhes sobre a história da sua vida íntima. Começou a se masturbar aos quatro anos. E, desde então, não parou mais. Lembra com uma imensa vergonha as repreensões da babá porque ela se entregava demais a certas práticas solitárias. E como, por puro espírito de sobrevivência, teve de inventar um modo discreto para fazer aquilo sem que aquela velha careta percebesse. E como, ainda hoje, às vezes o faz (com a discrição aprendida em campo) enquanto Marco dorme.

As revelações não acabam mais. Diz também que, com Marco, é difícil, porque ele, no quesito sexo, tem ideias muito mais espartanas, às quais ela às vezes deve se submeter, mas sem particular entusiasmo... E o melhor é que todas as explicações dadas por Ludovica são acompanhadas ou, por assim dizer, determinadas, nos encontros sucessivos, por comportamentos que são ao mesmo tempo incoerentes e consequentes.

Neste momento, eu gostaria de chamar ao banco das testemunhas o carro de Semi, pelo menos aquele que ele tinha na época (um BMW Z4, o carro perfeito para uma bicha arrivista). Porque só aquele carro poderia contar os extenuantes e reiterados minuetos de que foi testemunha. Uma espécie de dança, não muito diferente de certas refinadas artes marciais, cujo segredo reside em se provocar mutuamente e não se tocar. Uma arte marcial que os faz enlouquecer, que os leva até o limite que divide o desejo da frustração. Uma dor, portanto, uma dor que agrada a ambos. Porque ele encontrou a mulher que não lhe pede nada. E ela encontrou o homem que não lhe pede nada.

Aqui estão eles, Adão e Eva estéreis, que ofegam no prazer que não são capazes de proporcionar um ao outro, dentro de uma BMW estacionada em uma rua lateral a poucos quarteirões do apart-hotel em que Semi mora há aproximadamente três anos. O fato de estarem naquele carro, com o risco de que alguém os surpreenda em suas solipsistas safadezas, e de não estarem mais prudentemente entocados no apart-hotel de Semi ou, como da primeira vez, em um hotel, revela muita coisa sobre a hipocrisia e o prazer perverso de ambos em procrastinar infinitamente o momento de chegar aos finalmentes.

Por outro lado, o que você faz dos "finalmentes" sendo um aficionado dos prólogos? Eu me pergunto se hoje em dia não é esse o horizonte extremo da depravação. Talvez seja a inibição, e não o seu contrário, que faz de nós seres realmente dissolutos. É bem verdade que não existe maneira mais eficaz de honrar o desejo do que mortificá-lo sem parar de provocá-lo. É difícil entender esse raciocínio para quem não está dentro daquele carro. Assim como é difícil compreender quanto a duplicidade e a hipocrisia podem ser excitantes para esses dois pervertidos.

Se é verdade que ela gosta tanto de fazer sexo oral em Marco, por que se recusa a dispensar um tratamento análogo ao homem do qual, segundo ela mesma, não pode abrir mão? Ao homem com o qual troca pelo menos uma centena de SMS por dia? Ao primeiro homem a que dá bom-dia de manhã e ao último a que deseja boa-noite antes de adormecer como uma criança? Ao homem que se masturba na frente dela e diante do qual ela não consegue deixar de fazer o mesmo?

Ludovica acha realmente que Marco aceitaria de bom grado o que acontece dentro desse carro só porque ela recusa ao amante o servicinho oral continuamente suplicado? É realmente tão louca a ponto de acreditar em uma fábula desse tipo? Ou talvez não seja essa a questão. Talvez, para Ludovica, seja a costumeira questão de princípio. E, portanto, como toda questão de princípio, se trata de algo obtuso e irracional. Todavia, Semi sabe muito bem que a obtusidade e a irracionalidade fazem parte do prazer celestial de estar com Ludovica. Que Ludovica não existe sem a sua formidável obtusidade e a sua desconcertante irracionalidade. As suas regras. As suas neuroses.

As suas impossibilidades. As suas interdições. Todas as coisas que não pode fazer e todas as coisas que deve fazer. Para Semi, não há nada em tudo isso que não seja maravilhoso. É por isso que ele não consegue se afastar, nem se cansar, dela. Ou, pelo menos, esse é um dos motivos.

Com a experiência obtida em campo, Semi entendeu que o amor surte nele o mesmo efeito que certas canções da parada de sucessos, que, em uma primeira audição, criam a ilusão de uma revelação. Você tem tanta certeza da genuinidade do encanto daquelas cançõezinhas que não tem escrúpulo algum em reescutá-las, até dez vezes seguidas se necessário – dane-se, afinal parecem feitas para que você não se canse nunca. Toda vez que começa a ouvi-las novamente desde o início, você se surpreende. Até que algo começa a se partir. Até que o entusiasmo começa a vacilar. Até que acontece um milagre incômodo: o que sempre foi tão fresco, de repente parece opaco, repugnantemente maçante. Como aquilo pôde acontecer? Você não sabe. Mas sabe que aconteceu. E parece uma verdadeira gozação. Talvez uma gozação necessária – pelo menos porque dará uma chance a outras canções igualmente bonitas e efêmeras –, mas que faz com que você se torne cínico.

Nos seus trinta e sete anos de vida, Semi se apaixonou um punhado de vezes. E o roteiro não mudou de uma vírgula sequer em relação ao roteiro há pouco descrito. Como se a grande dança do amor e do desamor tivesse de se esgotar a cada vez nos passos obrigatórios de sempre.

Então, é normal que Semi pergunte a si mesmo se o sentimento persistente que o liga a Ludovica e vice-versa não depende da natureza antipática dos seus encontros sexuais. Talvez ele só pense em Ludovica justamente porque ela não faz sexo oral com ele, e talvez ela não pare de pensar em Semi porque ele acabou de pedir a mão de outra. E talvez ele tenha pedido a mão de outra mulher exatamente para que ela não se canse dele, ou em retaliação por ela se recusar a fazer sexo oral com ele. E talvez ela, transtornada pelo fato de ele ter pedido a mão de outra, se decida a fazer sexo oral com ele. E assim por diante, infinitamente...

Porém, apesar de todas essas complicações de caráter, até aquele momento, Ludovica nunca falhou em sua impecável confiabilidade e boa criação. Semi aprecia a diligência (de novo, a sua tenra obtusidade!) com que ela respeita o pacto que existe entre eles. Quando Semi está com Silvia ou Ludovica está com Marco, a comunicação entre os dois amantes deve ser interrompida instantaneamente. Sim, a serenidade do casal oficial deve ser garantida por um "silêncio de rádio". Seria tão grave rompê-lo que, até o presente momento, nenhum dos dois ousou.

É por isso que Semi, pegando finalmente o celular depois de ter tergiversado até demais, tinha a certeza de que Ludovica não podia de forma alguma ter rompido aquele preceito inviolável, embora, da última vez em que havia falado com a amante, alguns dias antes, diante do portão de embarque do voo para o Uzbequistão, ela tivesse parecido claramente perturbada.

O céu de Londres estava tão lívido quanto o rio. Semi agarrou o celular. Olhou a mensagem que quase acordou Silvia. Dizia: "Estou procurando você há quatro dias nenhuma resposta ligue precisamos conversar!"

O estilo era tão inconfundível que nem era necessário verificar a identidade do remetente. A peremptoriedade da expressão, a pontuação parcimoniosa, o tom imperturbavelmente intimidador, o horário louco e sem escrúpulos em que foi concebido... tudo dava a entender que os furiosos dedos que o haviam escrito pertenciam à mão de Jacob Noterman, o trader de algodão para o qual Semi trabalhava já havia três anos.

O teor da mensagem dizia inequivocamente que Jacob sabia. Sabia da confusão que o seu pupilo havia arrumado no Uzbequistão. Sabia, dia após dia, que era cada vez mais improvável sair daquela confusão incólume. Sabia da quantidade impressionante de dinheiro que aquele negócio perdido custaria. E, se ele sabia, todos os outros naquele ambiente também deviam saber. Ainda mais porque, tratando-se de um ambiente relativamente pequeno (o comércio mundial de algodão está nas mãos de uma centena de pessoas que se conhecem e fazem negócios entre si), Jacob devia ter entendido sobretudo que, àquela altura, a credibilidade de Semi, o sócio minoritário jovem e de confiança da Noterman&Fils, o cavalo no qual ele havia imprudentemente apostado, estava prestes a se espatifar.

E isso devia tê-lo enfurecido.

Jacob era o pai de Eric, o rapaz com o qual Semi havia dividido o apartamento nova-iorquino, em Downtown, durante os oito anos em que trabalhou para o Citibank.

Embora corressem boatos de que Jacob Noterman espalhara pelo mundo uma prole numerosa e variegada, o único filho legítimo que as circunstâncias haviam lhe dado, nascido do segundo casamento com uma dondoca milanesa, não correspondia de forma alguma ao que Jacob gostaria de considerar o filho ideal. Tratava-se do meigo e desmiolado Eric. Um lourinho miúdo cujo organismo era poluído por extravagantes ambições artísticas e por um coquetel letal de álcool e Special K (que ele, como velho conhecedor, adorava misturar com cocaína).

Semi o havia conhecido em Londres, exatamente no ano em que Eric estava prestes a se mudar para Nova York. Quando Semi entrou no Citibank e precisou encontrar um lugar onde morar em Manhattan, Eric o acolheu como *roommate*. E foi uma bela solução para ambos. Não havia nada que Semi, o virtuoso, pudesse invejar em Eric, o devasso. E vice-versa. E essa era uma grande vantagem. Porque cortava pela raiz qualquer possível competição e, ao mesmo tempo, sanava (normalizando-a) qualquer eventual incompreensão. Eric não teria emulado por nada no mundo o teor de vida do seu coinquilino romano. Levantar todo dia às seis da manhã? Usar terno cinza, gravata, sapatos pretos? Enfiar-se em um metrô fétido para chegar antes de qualquer outra pessoa aos escritórios do Citibank em Manhattan? E ficar lá dentro até de madrugada se necessário? Estamos brincando? Não, era uma abnegação que não agradava a Eric.

Por outro lado, nada estava mais em contraste com a ideia de bem-estar e realização de Semi do que o estado de entorpecimento alucinado em que Eric entrava graças à ingestão de toda aquela ketamina. Todavia, isso não impedia que um entendesse os motivos do outro. Eric via muito bem que o amigo estava totalmente envolvido na corrida do ouro iniciada desde o tempo da escola, quando começou a colecionar boletins cada vez mais impecáveis. Eric sabia que, para Semi, Wall Street representava o que o Klondike havia representado para o Tio Patinhas: o ponto de partida de uma ascensão irrefreável.

Da mesma maneira, Semi sabia que Eric tinha uma conta em suspenso com o capitalismo. Não porque tivesse lido Marx ou alguns dos seus arrojados epígonos. Mas simplesmente porque odiar o capitalismo era um ótimo modo para ter, indiretamente, raiva do pai. Não era por acaso que o pretexto mais frequente para que Eric se entorpecesse fosse Jacob.

Muito antes de encontrá-lo pessoalmente, Semi pôde avaliar a nefasta influência que aquele homem forte e fanfarrão era capaz de exercer sobre o seu delicado herdeiro. Os telefonemas de Jacob para Eric deixavam no ar um cheiro forte de humilhação infligida e constrangimento sofrido. Toda vez que Semi, voltando à noite para o pequeno apartamento em Sullivan Street, encontrava Eric sentado em um canto ao lado da geladeira, com a cabeça apoiada contra a parede, sabia que o amigo havia acabado de receber um longo telefonema no qual o pai devia ter reiterado toda a sua desestima e todo o seu desprezo.

Quando Jacob passava por Nova York (mais ou menos a cada três meses) convocava o filho para ir ao Ruth's Chris, um restaurante de carnes em Midtown que o velho adorava. Três ou quatro dias antes do encontro, Eric começava um programa pessoal, em sua maior parte ineficaz, de desintoxicação. Parava (ou pelo menos tentava parar), da noite para o dia, de beber e se drogar.

– Meu pai tem uma espécie de antidoping incorporado – dizia ele a Semi. – É só ele me olhar e já sabe a quantidade de merda que tenho no corpo.

– Posso garantir que não é necessário um grande superpoder – comentava Samuel com sarcasmo.

Como eu estava dizendo, nem sempre aquelas limpezas extemporâneas garantiam os efeitos esperados. Na melhor das hipóteses, ou seja, quando Eric conseguia andar na linha, a lucidez conquistada fazia com que ele caísse em um estado de prostração absolutamente inadequado para enfrentar uma refeição com o pai. Na pior das hipóteses, Eric, exasperado, acabava se drogando um instante antes de sair e, ao chegar ao lugar do encontro, era quase inevitável que Jacob dissesse frases de exemplar dureza.

– Suma da minha vida. Aqui dentro, todos me conhecem e me respeitam. Não quero que pensem que me dou com drogados.

Levando em consideração o retrato tétrico que Eric havia pintado do pai, Semi teve uma espécie de desilusão estética quando finalmente o viu diante de si. Não havia nada nele de tão sensacional e monstruoso. Era um homem. Um dos muitos em circulação. Sobretudo naquela cidade. Não havia nada que o distinguisse de tantos outros robustos exemplares da sua geração, que passaram a vida a obter sucessos e a colecionar uma variada série de falsos troféus, como vinhos de qualidade e carros de época.

Ele falava o inglês fluente, incorreto e duro de um alsaciano que aprendeu o idioma já adulto, em campo. Semi, embora tenha evitado falar com Eric a respeito, gostou de Jacob. Talvez porque tivesse um fraco pelos arrogantes e prevaricadores. Ainda mais se os prepotentes em questão pareciam viver com o único objetivo de alimentar e saciar (com um único gesto) apetites pantagruélicos. A simpatia que ele sentia por aquele homem tinha algo a ver com o seu aspecto físico. Havia algo ferinamente simiesco na postura de Jacob Noterman, algo que parecia dar razão aos darwinistas mais aguerridos. Semi tinha certeza de que as robustas escápulas daquele senhor eram recobertas por uma importante manta de pelos. Além disso, era incrível que tornozelos tão finos pudessem suportar o peso de um busto carenado e grande como um viveiro. E, a propósito de incongruências, era realmente difícil que um só rosto pudesse abrigar olhos tão irônicos, lábios tão voluptuosos e uma pele dura como a sela de um cavalo.

O terno cor de antracite devia sem dúvida ter sido feito sob medida, já que as mangas cobriam inteiramente braços dignos de um gibão, longos a ponto de quase tocar os joelhos. Semi se perguntou se eram aqueles membros anormais e oscilantes que davam aos passos de Jacob a cadência rítmica de um jogador de basquete. Ou se o andar de valentão era apenas uma expressão ginástica da sua arrogância.

Mais uma vez, Semi constatou como a natureza podia ser malvada com certos pais e filhos. A dessemelhança entre Eric e o pai era tão perfeita que, em um estranho paradoxo, parecia certificar sua estreita consanguinidade com aquele macaco satisfeito. Só um filho realmente teimoso podia conseguir o milagre de se distinguir de forma tão radical do próprio pai. Ao longo dos anos, Semi teve vários amigos com pais tão incômodos quanto Jacob Noterman, tanto que, certas vezes, ele achava que todos eram assim. E aprendeu que, por mais que, aos olhos dos trêmulos filhos, eles parecessem montanhas misteriosas e inexpugnáveis, na verdade, na maioria das vezes, não passavam de pais, ou seja, indivíduos desprovidos pela natureza de capacidade empática e de cautela misericordiosa.

Sim, Jacob Noterman fazia parte daquela categoria de pais tanto quanto Eric fazia parte de uma categoria muito difundida de filhos fracos. Aquele era o fascínio, o problema, a condenação deles. E era o que Semi havia intuído desde a primeira vez que os viu um diante do outro.

O primeiro encontro entre Semi e o seu futuro chefe foi favorecido por uma típica cisma de Eric.

– Vá comigo – pediu Eric uma noite, entrando repentinamente no seu quarto.

Semi estava deitado na cama, vestindo somente uma cueca samba-canção quadriculada. Estava friccionando os cabelos com uma toalha. Tinha acabado de voltar do escritório depois de um dos seus dias. Estava chovendo a cântaros e, ao voltar, molhou-se tanto que achava que nunca mais precisaria beber água. Agora, custava a crer que seu devasso *roommate* estivesse pedindo que ele o acompanhasse até o Chris para o encontro trimestral com o pai.

– Nunca pensei.

– Por favor. Vá comigo. Ele sempre diz que quer conhecer você.

– Você está brincando, não é?

– Não, Semi, não estou brincando. Hoje não estou dando conta. Sempre que me acostumo com a ausência dele, revê-lo é um trauma. E ele não facilita a minha vida. Sabe por que ele me leva sempre àquela porra de restaurante de carnes?

– Por quê?

– Porque sou vegetariano. E isso, ele não suporta. Então, me provoca. Fica me repreendendo, me humilha e, enquanto isso, devora aqueles horríveis pedaços de carne gordurosa e mastiga na minha cara como se fosse um animal.

– Naturalmente, não passou pela sua cabeça que talvez ele simplesmente goste de filés. Para você, qualquer coisa que aquele homem faz, até mesmo comer um prato de carne, deve ser necessariamente uma provocação?

– Está vendo só? Sou paranoico. É por isso que você precisa ir comigo. Para manter sob controle a minha paranoia. Por favor. Não consigo enfrentá-lo sozinho. Hoje, não. Faz quatro dias que não tomo nem uma cerveja. Estou quase desmoronando...

– Não consigo acreditar que você está me pedindo isso. Você tem ideia de como está o tempo lá fora?

– Vamos, o que custa? Eu garanto: para quem não é filho, pode ser interessante e simpático, ou pelo menos pitoresco. Você vai ver, ele vai ficar falando de como os chineses são incríveis e nós, antiquados...

A profecia de Eric se realizou. Jacob soube ser realmente interessante e simpático com o inesperado convidado do filho. E pouco importa que o tenha sido da maneira como sabem ser interessantes e simpáticos os homens como Jacob Noterman, ou seja, fazendo e falando demais. O que conta é que a noite se revelou agradável para todos. Para Semi, que conheceu um homem estimulante. Para Jacob, que pôde exibir-se diante de um público novo em folha. E, para Eric, que, com o pai distraído por um convidado bem-recebido, foi poupado da habitual cornucópia de insultos e reprimendas.

Semi entendeu que o motivo para Jacob sempre ir comer no Chris era o mais clássico para homens como ele: não havia ninguém lá dentro que não o tratasse como um patrão, mais do que como um cliente de prestígio. Era um daqueles restaurantes de carnes nova-iorquinos cuja decoração parece ter sido inspirada pelo interior de um velho galeão da marinha britânica. Tal impressão era corroborada pela luz quente e difusa que parecia emanar de cem velas acesas. Semi ficou surpreso com o fato de os garçons, cuja cortesia era temperada por uma máscula arrogância de tipo irlandês, chamarem Jacob de "Mister Noterman", e não pelo apelativo, muito mais adequado às circunstâncias, de "almirante Nelson" ou "comodoro". Para dar uma ideia da grandiosidade, digo apenas que até o menu tinha as dimensões de um velho código renascentista.

Ao escolherem o que comer, pai e filho mostraram mais uma vez como eram diferentes. Jacob, evitando consultar o cardápio, pediu um coquetel de camarões e o seu filé Porterhouse com o tom peremptório de quem não poderia ter pedido outra coisa. Eric, por sua vez, depois de revirar o volumoso menu por quase cinco minutos, tendo também de suportar a impaciência dos tamborilantes dedos paternos, optou por uma insulsíssima salada de abacate.

Depois, o show começou.

A primeira coisa que Jacob fez para impressionar o amigo do filho foi anunciar, como se fosse a coisa mais normal do mundo, que, no dia seguinte, almoçaria com Ralph Lauren. Depois, deliciou-se com o efeito sensacional produzido por aquele nome no rosto do seu jovem convidado. Que evitou desiludir às suas expectativas.

– O senhor é mesmo amigo de Ralph Lauren?

– Conheço o Ralph há quase cinquenta anos. O pouco que ele sabe sobre algodão deve a mim. Na época, éramos dois garotos. Ele era bonito, gentil, tímido, ambiciosíssimo. Tinha ideias um pouco confusas sobre os negócios, mas muita vontade de aprender. Podem dizer qualquer coisa a seu respeito, menos que ele não conquistou o sucesso. Sabe quanto ele ganha só com roupas de cama?

Aquela era uma pergunta típica de Jacob Noterman. Era já a terceira que ele fazia desde que se sentaram à mesa. A sua especialidade era fazer perguntas cujas respostas você não tinha como conhecer. Semi se perguntou se aquela modalidade de conversação servisse para dar maior ênfase dramática às informações que Jacob estava prestes a revelar ou se era uma técnica (grosseira, aliás) para que você cometesse um erro sobre um assunto que, afinal de contas, não era obrigação sua conhecer. Semi respondeu com simplicidade:

– Não faço a menor ideia, dr. Noterman.

– Não me chame de "doutor". Não sou doutor. Odeio os doutores. Pode me chamar de Jacob... De qualquer maneira, se você faz questão de saber, aquele filho da puta ganha meio bilhão de dólares por ano. Porém, apesar do império que construiu, continua a dar ouvidos a bons conselhos. Sobretudo se são grátis e oferecidos por um velho amigo obcecado por negócios. Por isso, vez por outra, sente a necessidade de me ver. E eu, devo dizer, nunca recuso o seu convite.

O dado perturbador de homens como Jacob Noterman é que o triunfalismo que usam para falar do próprio talento nos negócios parece ter contaminado todos os outros pensamentos sobre qualquer assunto. Julgam que o fato de terem obtido um sucesso tão brilhante no trabalho os autoriza a emitir opiniões sobre todo o conhecimento humano. Foi ele mesmo que confessou: se havia uma opinião a ser dada, ele nunca se esquivava. Talvez por isso o seu bordão preferido fosse: "Não, não concordo com você." E, ao dizê-lo pelo menos cinco ou seis vezes durante uma única refeição, a sua intenção certamente não era ofender nem denegrir. Queria apenas explicar como estavam as coisas. Queria que você percebesse que não havia assunto sobre o qual ele não soubesse muito mais do que você. Até mesmo sobre o mercado acionário, matéria não menos incontrolável e misteriosa do que o estudo sobre as placas terrestres e os seus movimentos telúricos, Jacob Noterman se pronunciava com devastadora irrefutabilidade.

E nada o comovia mais do que alguém como Samuel Pontecorvo, um rapazote que, só porque tinha feito bons estudos, só porque trabalhava em um banco de investimentos havia alguns anos, só porque vestia todas as manhãs um terno cinza e sapatos pretos e passava o dia com outros rapazes de terno cinza e sapatos pretos, se achava suficientemente esperto para explicar para você, que tinha anos de estrada, como o mercado se comportaria daqui até o fim do mundo.

Semi demorou pouco a entender que, embora Jacob Noterman não fosse o capeta descrito por Eric tantas vezes, devia realmente ter sido difícil lidar desde os seus primeiros dias na Terra com um homem tão interessado nas próprias opiniões e tão pouco interessado nas opiniões alheias. Um pai que só sabe dizer não. Um pai que acha que você não acerta uma. Um pai que perde a paciência todas as vezes que você tenta exprimir uma ideia diferente da dele.

Aquela virilidade nas convicções, Semi pensou, era realmente anacrônica. Não havia mais ninguém no mundo que se gabasse tanto das próprias proezas e que tivesse uma opinião tão alta da própria pessoa. Hoje em dia, era quase falta de educação ser tão entusiasta de si mesmo. Todavia, a sua energia era exatamente do tipo paroxístico que Semi havia sonhado em encontrar em cada esquina de Nova York, mas que, ao contrário, só havia encontrado raramente.

Quando um dos lépidos garçons pôs diante do focinho de Jacob seu prato preferido, Semi acreditou ter identificado uma misteriosa correspondência entre aquele enorme paralelepípedo de carne bovina que continuava a fritar na manteiga e o rosto conservado de um velho comerciante de algodão que já havia visto e vivido muita coisa.

Não havia dúvida alguma de que o show montado por Jacob naquela noite era totalmente dedicado a Semi. Era evidente que ele havia gostado do rapaz. Oh, finalmente um amigo do filho de quem ele gostava! Não os *goyim*[3] de sempre, meio bichas e meio artistoides, dos quais Eric se cercava. Mas um bom rapaz judeu com a cabeça no lugar. Um sujeito normal, que comia carne como as pessoas normais, vestido decentemente (só algumas extravagâncias excessivas), com os cabelos em ordem e as unhas limpas. Um rapaz gentil, educado, respeitador da autoridade e, sobretudo, um soberbo ouvinte (qualidade que não deve ser subestimada).

Parecia até que Jacob havia apreciado todos aqueles dons ainda mais porque os julgava alternativos aos defeitos do seu Eric, ao seu estilo de vida incoerente e desregrado. Bastava pensar na bolada que o filho o fez gastar para obter aquele diploma inútil em Columbia. Direção e Técnicas de Montagem. Que porra de disciplina era Direção e Técnicas de Montagem? Quem era idiota a ponto de fazer

[3] Plural de *goi*, que em hebraico significa "povo", "nação", usado também no sentido de gentio, não judeu. (N.A.)

com que o próprio pai gastasse tanto dinheiro para aprender tudo sobre direção e técnicas de montagem? Obviamente, só aquele inútil do seu filho.

Que, daquela vez, porém, tinha dado uma dentro: levando para jantar um amigo direito. Alguém com quem era possível falar sobre tudo, especialmente sobre a economia mundial. Alguém que ouvia com autêntico interesse as suas elucubrações sobre Ralph Lauren e os seus chineses.

A partir daquele primeiro jantar, toda vez que Jacob passava por Nova York, fazia questão que o filho se apresentasse para o jantar no Chris com Semi. O fato é que Jacob, entre as muitas qualidades que atribuía a si mesmo, também incluía a compreensão das pessoas no primeiro encontro. Se um dia ele parasse de achar graça no mercado de algodão, poderia se reciclar como headhunter. Sim, venderia aos chineses a sua brilhante capacidade de entender as pessoas. Sentia-se infalível. A autoestima e a opinião que Jacob tinha da própria intuição eram tão altas que, quando olhava para alguém com benevolência, não conseguia sequer imaginar a possibilidade de uma desilusão. Como se a desmedida confiança que tinha em si mesmo superasse a descrença congênita e arraigada em relação ao próximo.

Por isso, quando teve a ideia de abrir uma filial milanesa da sua empresa e quis que o filho largasse os sonhos de glória e fosse para Milão para trabalhar para ele, Jacob se lembrou de Semi. Convocou-o ao restaurante de sempre. Fez com que Eric não estivesse presente e formulou uma proposta de emprego.

Oficialmente, Jacob poria parte da empresa nas mãos do filho. Na verdade, Eric deveria dividir o poder com Semi. Além disso, no dia em que se aposentasse, se comprometia a ceder a Samuel a cota da Noterman&Fils necessária para torná-lo sócio em pé de igualdade com Eric. Não lhe desagradava que, um dia, quando ele não existisse mais, um amigo bom e de confiança como Samuel Pontecorvo cuidasse, ao mesmo tempo, do seu inerte filho e da sua próspera empresa. Jacob sabia: de cara, não podia oferecer a Semi o mesmo que um grande banco de investimentos. Mas, a longo prazo, oferecia ao rapaz a possibilidade de ganhar dinheiro comprando e vendendo mercadoria de verdade, pesada, perfumada. Ele poderia criar algo que fosse seu. Poderia manusear dinheiro que fosse seu, cuja proveniência ele conhecia. Nada de papel sem valor, meu rapaz, este é um negócio à moda antiga. E Semi não devia pensar que se tratava de um negócio moribundo. É verdade, a indústria têxtil estava em crise. Mas apenas para quem não tinha um senso de estratégia. Só para quem não estava disposto a levantar a bunda e ir fazer negócios lá onde eles surgiam.

A Noterman&Fils não tinha nada a temer. As pessoas nunca deixariam de usar camisas de algodão. O comércio de algodão era eterno. Só era necessário adaptar-se aos novos mercados. Os chineses, rapaz. Você terá de se acostumar a negociar com os chineses. E Jacob tinha certeza de que ninguém faria aquilo melhor do que um rapaz ambicioso como Samuel, alguém que, embora ainda jovem, havia acumulado muita experiência... Etc.

Não era a oferta de trabalho que Semi estava esperando havia tempo. Pelo contrário, era a oferta de trabalho que, até algum tempo atrás, ele teria declinado com um sorriso condescendente. Mas, naquele ínterim, alguma coisa havia mudado. E Semi não saberia dizer se havia sido maior a mudança epocal acontecida na Bolsa ou a que se iniciara dentro dele.

Após a crise econômica sem precedentes de 2008, um cataclismo que, em um só dia, varreu do mapa um colosso como o Lehman

Brothers, o ar que se respirava era péssimo. Samuel entendeu que a recessão pairava sobre milhões de indivíduos inermes e cordiais observando que, por exemplo, os restaurantes da moda (Indochine, Cipriani...), nos quais até pouco tempo atrás era necessário fazer reservas com dezenas de dias de antecedência, começaram, quase da noite para o dia, a sempre ter lugares vagos.

Semi, que havia pouco tempo se tornara senior advisory manager, tinha a impressão de que, mais do que uma promoção, aquela fosse uma roubada. A sua paranoia dizia que tal cargo de responsabilidade fora oferecido a ele depois que outras pessoas, mais qualificadas e experientes, o recusaram. Ou talvez o que o tornara idôneo para uma posição tão estratégica fosse o que até então havia sido uma desvantagem profissional, ou seja, o seu bom caráter ou o que alguns poderiam definir pejorativamente como a sua condescendência. Uma qualidade não muito bem vista no seu ambiente, mas que, nos momentos em que era necessário um pouco de sã diplomacia, podia se revelar útil.

Algumas noites, antes de ir dormir, Semi tinha a impressão, bastante exaltada, de ser um náufrago solitário em uma jangada no meio da tempestade do século. Trabalhava na seção North American Private Banking do Citibank (algo semelhante a estar à mercê da tempestade mencionada acima), e se ocupava de wealth management. O que significava ter de lidar com clientes grandes, importantes, exigentíssimos e ferozes. Estava ficando evidente que a carga de pressões que ele devia suportar era superior às suas forças. No último biênio, o índice Standard&Poor's havia caído mais de 40 por cento. Um massacre. E Semi tinha a sensação de que cada ponto percentual perdido por aquele maldito índice tirava uma camada de sua pele e um ano de sua vida.

Com a sua intuição, Jacob acertou na mosca, pôs o dedo na ferida. Semi estava de saco cheio de títulos, obrigações, derivados e, sobretudo, daqueles malditos CDOs, ABSs e subprimes que, dia após dia, se pareciam cada vez mais com papel higiênico sujo. Ele não aguentava mais ter de tranquilizar milionários ensandecidos com argumentos tão genéricos e evasivos que não seriam capazes de convencer sequer um adolescente ingênuo, muito menos aqueles tubarões ávidos por carne humana. Estava cansado de ter de responder cotidianamente ao seu country manager, um holandês de uma ferocidade inimaginável. Estava cansado de ter de incitar, chegando quase a usar ameaças, os personal advisors que dependiam dele a fim de que tentassem salvar o que não tinha mais jeito. Mais de uma vez, Semi, acordando cheio de ansiedade de manhã, depois de noites assombradas por pesadelos numéricos, teve a vangloriosa impressão de que o destino do mercado global dependesse inteiramente dele.

Não, aquilo não era vida. Ou, pelo menos, não era o que ele havia imaginado tantas vezes, antes de chegar a Nova York.

Era como se a euforia respirada por Semi desde o dia em que desembarcou em Nova York, recém-pós-graduado e cheio de vontade de se destacar, tivesse dado lugar a um pânico permanente. A sensação de força e oportunidade inspirada pela vista matinal do Citigroup Center nos primeiros tempos – o singelo arranha-céu que se ergue ágil e imponente em Midtown, cuja ponta parece ter sido cortada por uma faca de manteiga – foi substituída por uma sensação de vertigem vagamente ameaçadora da qual Semi não conseguia se livrar ao longo do dia. Cada vez com mais frequência, ele acordava às três da madrugada e dava uma olhada na abertura das Bolsas europeias no laptop deixado prudentemente ligado. E tinha ataques de desespero.

Não, aquilo não era vida. Ainda mais porque ele não tinha garantia alguma de que sairia ileso do terremoto. O seu antigo chefe, um rapaz de Nova York, a pessoa que Semi substituíra, fora mandado embora da noite para o dia. Porque havia cometido um erro considerado inaceitável pelos seus superiores. Mas será que aqueles chefes faziam ideia da quantidade de decisões que eles eram obrigados a tomar durante o dia? Será possível que eles não entendiam que, em uma conjuntura como aquela, o erro era fisiológico e estrutural? Claro que entendiam. Pena que não se importassem. E só porque a coisa mais importante era tirar o próprio da reta e jogar a responsabilidade em cima do primeiro subalterno. Àquela altura, a abnegação não tinha mais nada a ver. Era tudo uma questão de resistência e sorte. Um terreno de confronto no qual Semi, o Combatente, não se sentia à vontade.

O único motivo de consolação era sentir-se parte de um desengano coletivo. Muitos foram os rapazes italianos que cresceram com o mito de Gordon Gekko, o lendário protagonista do filme de Oliver Stone (como não adorar seus famosos suspensórios?), e que, no final do milênio precedente, invadiram as quitinetes de Downtown. Pertinazmente convencidos de que, graças ao novo caminho seguido pelo capitalismo financeiro, um dia, em uma luxuosa cobertura no Central Park, contariam aos netos americanos a história de como se tornaram asquerosamente ricos.

E os italianos não foram os únicos. Havia ingleses, franceses, alemães, indianos, coreanos... Sim, chegaram de todos os cantos do mundo: emigrantes de luxo com os mesmos sonhos de glória, suscitados pelo mesmo encantamento global. Tinham a idade de Semi. Nasceram nos anos 70, o que significava que viram os mesmos filmes, leram os mesmos livros, comeram o mesmo número de Big Macs.

Pelo que Semi podia ver, eram a primeira geração na história da humanidade a utilizar os aviões com a mesma displicente frequência com que os pendulares da geração precedente utilizaram ônibus e trens. "Os pendulares do céu", era assim que ele os chamava. Rapazes para os quais tomar café da manhã em Paris, beber um aperitivo em Milão e jantar em Nova York, tudo no mesmo dia, eram simplesmente a regra. Rapazes que sabiam perfeitamente que não há nada melhor do que insônia e cocaína para resolver o velho problema do *jet lag*. Pois bem, para esses rapazes, Manhattan era apenas o centro propulsor do qual tudo se irradiava. Se você quisesse ir para outros lugares, era dali que você devia partir.

Semi morava em Nova York desde 2000 e, é claro, teve seus bons momentos, mas, àquela altura, estava exausto. Já fazia um bom tempo que não aguentava mais pensar vinte e quatro horas por dia na mesma coisa: como salvar a própria pele. E já fazia algum tempo que não se divertia mais com o fato de estar cercado de pessoas que cobravam o que ele não tinha condições de dar. E a adrenalina produzida pelo terror de ser mandado embora ou de causar ao seu banco um dano acachapante era, para ele, um tormento, e não um estímulo. Ele não se sentia mais especial quando ligava para Silvia sexta-feira à noite, no último minuto, para dizer: "Meu amor, infelizmente, o avião hoje vai decolar sem mim... sim, eu sei, meu tesouro, eu tinha prometido que... mas a culpa não é minha... sim, preciso ir a Connecticut encontrar um cliente meio enjoado... um pé no saco. Vamos, já troquei a reserva para semana que vem..."

Porque, depois, também chegou a saudade. Aquele sentimento preguiçoso e anacrônico que um pendular do céu nunca deveria ter o atacou de repente pelas costas. Não, não era verdade, como haviam dito, que Nova York tinha o poder de anular a saudade de qualquer lugar de origem. Com Semi, estava acontecendo o contrário. Aquela maldita cidade só criava novos pretextos para que ele sentisse falta de Roma, da Itália e das coisas que havia deixado para trás. Ele nunca teria acreditado que era possível se sentir tão sozinho e perdido. A violência da metrópole na qual havia escolhido viver o estava devorando. Toda aquela gente que não fazia outra coisa além de subir e descer, subir e descer. Toda aquela fumaça fedorenta. O vento gélido do inverno, o calor escaldante do verão. Semi precisava de tepidez. Só um pouco de tepidez. Queria Silvia, queria Filippo. Queria a mãe. Queria uma refeição normal, estava farto daqueles nojentos pratos chineses para viagem. Tinha sushi saindo pelas orelhas.

Sim, Semi só tinha trinta e cinco anos e estava exausto.

E tinha também a questão econômica. Desde que fora promovido, Semi ganhava mais ou menos dez mil dólares por mês e o seu contrato previa um conspícuo bônus por metas. Metas que ele duvidava cada vez mais que fosse possível atingir. Havia também os benefícios: o Lexus, o plano de saúde, o cartão de crédito empresarial. Não, ele não tinha do que reclamar. Contudo, no fim do mês, não sobrava quase nada. Aquela merda de cidade parecia ter sido feita para depenar certos rapazes com dinheiro no bolso. O aluguel do apartamento nova-iorquino, as manhãs de sábado passadas na Apple Store perto do Central Park, a prestação do leasing do carro que deu a Silvia em seu último aniversário. E também os restaurantes, os seus adorados e malditos musicais da Broadway, os fins de semana nos Hamptons ou na Flórida, as passagens aéreas para a Itália (e alguém como ele, com o seu currículo, viajava de Business. A ideia de que um amigo o flagrasse na Econômica causava-lhe arrepios de vergonha).

E, por fim, havia a compulsão de gastar que o acometera quando começou a ganhar bem. Uma verdadeira farra consumista. Ele só vivia para encher o cartão de crédito de gastos absurdos e inúteis. Roupas que nunca usava, sapatos, gravatas, relógios de marca, engenhocas tecnológicas, recentemente, até mesmo uma Harley Davidson apinhada de acessórios que foi tirada da garagem cinco vezes no total... Por que se surpreender? Não havia um colega que não desse vazão às tensões a que o trabalho o expunha cultivando alguma fixação. Havia quem fosse obcecado por sexo, cocaína ou comprimidos, massagens, comida, esportes, malhação ou por alguma forma desconhecida de colecionismo. Pensando bem, não havia ninguém que não tivesse sido contagiado por uma mania.

Esse era o contexto ambiental e psicológico no qual Semi estava atolado quando recebeu a proposta de Jacob.

– Você tem alguns meses para pensar – disse o pai de Eric.

E, durante todo aquele tempo, as coisas para Semi só pioraram. Uma manhã, ele até ficou com medo de que o chefe o tivesse convocado para despedi-lo em nome de todo o banco pelo qual ele cuspia sangue havia uns bons anos.

E, acima de tudo, naqueles meses, Semi teve a possibilidade de raciocinar sobre as vantagens oferecidas pelo novo trabalho. Ele poderia voltar para a Itália. Voltaria a ter tempo livre. Poderia assumir um compromisso sério com Silvia. Uma casa, uma família, um lar que parecesse normal. Não estaria sempre ansioso. Teria um único chefe ao qual se reportar, e não um milhão deles. E, com o tempo, se fizesse tudo direito, ele é que seria o líder.

Uma empresa sua, com um bom histórico, que se ocupava havia meio século de uma mercadoria de utilidade pública. Tudo bem, o pendular do céu teria de passar por um redimensionamento. Tudo bem, a corrida do ouro sofreria uma suspensão momentânea. Mas será que ele estava tão seguro assim de que, se ficasse em Nova York, as coisas melhorariam? Quem garantia que, mais cedo ou mais tarde, ele não acabaria como seu último chefe, demitido da noite para o dia?

Algumas vezes, entrando no escritório ao amanhecer, ele tinha a terrível sensação de ser um burocrata pago para administrar desajeitadamente – junto a outros parasitas da sua laia – o desmoronamento de um imenso império. E se tratava de uma sensação realmente melancólica. De uma sensação antitética ao impulso de despreocupada onipotência que aquele mesmo escritório havia suscitado no início da sua aventura.

Até que Samuel, dilacerado pelas dúvidas, acabou escolhendo a opção que pareceu mais cômoda. Aceitou a oferta de Jacob.

Desde então, passaram-se quase três anos. Três anos cheios de satisfações e experiências interessantes, transcorridos na construção de uma reputação em um ambiente pequeno e aguerrido. Três anos nos quais o pendular do céu, seguido do seu novo pigmalião, pôde conhecer gente estranha e países remotos. Três anos que não o fizeram lamentar o que havia deixado para trás. Três anos durante os quais convenceu Jacob não apenas a delegar grande parte das suas obrigações, mas a pensar que ele, Samuel, seria o seu sucessor. Três anos que poderiam ter sido o prólogo da felicidade se Semi, traído por uma repentina impaciência e um excesso de avidez, não tivesse se atirado em uma empreitada arriscadíssima sem paraquedas. Se, atraído por um negócio que lhe parecia tão fácil quanto a Jacob parecia complicado, não tivesse agido por conta própria.

E eis que, de repente, o novelo do tempo tinha aparentemente sido rebobinado até a posição de três anos antes. O que Semi estava vivendo havia algumas semanas lembrava muito o estado de espírito dos últimos meses em Nova York.

Embora, na verdade, fosse muito pior.

Em Nova York, nem no momento em que as coisas ficaram realmente ruins, Semi chegou a pensar que não houvesse alternativa. O risco mais terrível que ele correu em Nova York foi uma demissão sumária. A perda do emprego. Uma situação humilhante, que talvez o tivesse colocado em uma posição realmente difícil. Nada mais do que isso. Em Nova York, nenhuma das pessoas que podiam materialmente despedi-lo teriam posto em dúvida a sua honradez. E, para mandá-lo embora, ninguém teria ousado ameaçá-lo com um revólver.

Talvez o que estava acontecendo fosse apenas uma preciosa lição de antropologia: eis a diferença entre barbárie e civilização. Não é uma questão de rancor. O nível de rancor que as pessoas podem atingir é sempre o mesmo: em todas as épocas, em todas as latitudes. O que distingue a barbárie da civilização é a atitude dessa última ao imprimir uma forma requintada à violência bruta.

E, pensando bem, não havia nada de requintado no modo como aquele sujeito havia remexido no bolso do paletó preto tipo Armani como se estivesse procurando os óculos; nem no modo como havia sacado, como se fosse a coisa mais normal do mundo, um revólver. Semi certamente não se deixou enganar pelo ambiente asséptico que serviu de pano de fundo àquela cena: o enésimo lobby do enésimo InterContinental.

Era ali que Samuel deveria ter encontrado o seu contato, um tal Olim Aripov (suposto primo do ministro das Relações Exteriores).

Foi ali que Semi o esperou durante toda a manhã, sentindo a ansiedade crescer dentro das vísceras.

Tinha aterrissado na tarde do dia anterior, em meio a uma nevasca. Por um instante, enquanto o Tupolev balançava nas nuvens carregadas, Semi esperou que o avião caísse. Durante a noite, a temperatura despencou para uns dez graus abaixo de zero. Não havia nada naquele dia em Tashkent que não tivesse um aspecto hostil e inóspito. Exceto o grande saguão estofado de tecidos e carpete.

Semi receava ter alguma dificuldade em reconhecer Aripov. Só o tinha visto no Skype. Um homenzinho careca, com feições tártaras e a pele castigada pelo sol. Mas que, apesar de tudo, transmitia certa segurança, algo quase infantil. Talvez por causa da voz doce, aflautada, ou talvez por causa do seu inglês elementar. Era aquele o sujeito que Semi esperou durante mais de quatro horas, tentando várias vezes contatá-lo ao celular. Para enganar a espera enervante, tomou umas cervejas, várias xícaras de chá e uma meia dúzia de cafés. E, embora estivesse apertado para ir ao banheiro, resistiu estoicamente em seu lugar. Enquanto isso, repetiu para si mesmo pelo menos cem vezes seguidas as frases que havia preparado. "Não é assim que devemos nos comportar. Não é assim que funciona", diria. "Não é assim que fazemos negócios na minha terra." E ao repeti-las tantas vezes, entendeu como eram falsas. Se havia alguém que, dadas as circunstâncias, se comportara de modo errado, se havia alguém que pecara por ingenuidade, se havia alguém que não fizera as coisas direito, bem, aquele alguém era ele. Ele e mais ninguém. Dar todo aquele dinheiro de sinal. Endividar-se até a raiz dos cabelos para conseguir todo aquele dinheiro. Hipotecar a casa que Rachel havia passado para o seu nome. Não, não foi um comportamento profissional. Em Nova York, por muito menos, ele teria levado um chute na bunda.

– Mister Pontecorvo.

Semi entendeu imediatamente que o galalau à sua frente, além de não ser Aripov (a não ser que Aripov, naquele meio-tempo, tivesse engordado uns trinta quilos e feito um transplante de cabelos grisalhos), havia, com aquele lúgubre "Mister Pontecorvo", esgotado todo o inglês que conhecia. O que significava que não estava ali para conversar.

– *Yes, I'm Samuel Pontecorvo... I'm waiting for Mister Aripov... I had an appointment with Mister Aripov... Do you know where he is... Could you tell me please...*

Até que ficou claro para Semi que nada mais restava do negócio da sua vida além do revólver que o lacônico homem das estepes repentinamente apontou para os seus testículos.

Terceira parte

1986–2011: O FOGO AMIGO DAS LEMBRANÇAS

O espectro ameaçador do Natal tornava ainda mais explícito que, naquele ano, na casa Pontecorvo, todo o conceito de norma havia sido submetido a uma revisão radical.

O ano de 1986 estava chegando ao fim da maneira mais imprevisível: fazia cerca de cinco meses que Leo Pontecorvo, acusado de ter trocado cartas depravadas com a namorada do seu segundo filho, Samuel, havia se refugiado no porão. Desde então, nenhum contato entre o recluso e as pessoas do andar superior. Porém, era como se Rachel, no meio de um bombardeio, em vez de pegar seus filhos e dar no pé, tivesse ficado ali, verificando se o colarinho de suas camisas estava em ordem.

De fato, desde o final de novembro, Rachel não perdia nenhuma ocasião para mencionar a festa que os Ruben organizavam todo ano no início das férias natalinas em sua mansão distante alguns metros, uma dúzia de quebra-molas e uma centena de anos da casa Pontecorvo.

Tudo era ainda mais estranho porque, embora nunca tivesse impedido que Filippo e Samuel participassem da comemoração, Rachel nunca gostou daquela festa. Assim como não gostava de quem a organizava, de quem dela participava e de qualquer pessoa que falasse com entusiasmo a respeito.

No entanto, eram dias em que, na sua bem dissimulada petulância, ela aproveitava cada pretexto para fazer perguntas pleonásticas aos filhos sobre a festa, com medo de ouvir de repente um "Não, mamãe, este ano, não quero ir", pronunciado com tom resolutamente definitivo por um dos dois. Uma frase que, dadas as circunstâncias, causaria certo desconforto.

Filippo e Samuel, por outro lado, teriam certamente se surpreendido ainda mais com a mudança de opinião da mãe se aquele tivesse sido um ano como tantos outros, nos quais as coisas teriam procedido mais ou menos assim.

Em uma manhã de sábado, logo ao acordar, seriam comunicados, por uma Rachel chateada, que não iriam à escola. Os dois irmãos, sem necessidade de nenhuma piscadela recíproca, dariam um sentido retrospectivo às trovoadas ouvidas na noite anterior no quarto dos pais. Obviamente, o pai e a mãe estavam no meio da costumeira briga do mês de dezembro: Leo queria usar o dia de folga do hospital para levar os filhos para fazer compras e aproveitar para dar a cada um deles um blazer a ser usado na festa dos Ruben. Rachel duvidava que um blazer fosse uma justificativa adequada para faltar à escola e tinha certeza de que os Ruben não mereciam tanta atenção.

Até mesmo sobre uma questão crucial como os interlúdios recreativos dos garotos, assim como sobre todo o resto, marido e mulher tinham ideias discordantes. O ardor de Rachel ao julgar que nenhum lazer justificasse a perda de um dia de escola não era menos intenso do que o ímpeto com que Leo afirmava que ainda não haviam inventado um compromisso acadêmico tão premente a ponto de preterir a diversão mais fútil. Aquele devia ter sido o assunto do confronto na noite anterior. E, se Leo havia saído vencedor, era porque, no final, devia ter apelado para o único argumento ao qual a mulher era sensível: *ele* nunca estava com os garotos. *Ela* os via muito mais. E era inacreditável que, em nome de um obtuso regulamento escolar, ela o impedisse...

Esse era o chantageador ás de copas que Leo, a um centímetro da derrota, devia ter atirado sobre a mesa de jogo. Obtendo, no último momento, uma vitória cujo efeito colateral seria o mau humor da mulher nos dias seguintes.

Sabe-se lá por qual alquimia meteorológica os sábados de dezembro em questão sempre se revelavam radiantes: não tinha uma vez sequer em que o retângulo de céu emoldurado pela janela do quarto dos garotos não exibisse um azul tão forte a ponto de parecer que havia acabado de ser pintado. Em um contexto como esse, não era tão incongruente assim que o pai entrasse no quarto sem avisar e usando roupas esportivas, cuja cor oscilava entre o amarelo girassol e o marrom tabaco, e intimando impaciente os filhos:

– Vocês estão prontos?

Ali, na soleira da porta, ele parecia satisfeito. Com os seus quase cinquenta anos, com a sua exuberância física, com o cheiro complexo que arrastava atrás de si: limão, charuto apagado, café bebericado. Satisfeito por estar prestes a jogar pela janela um monte de dinheiro para comprar dois blazers que seus filhos usariam no máximo três vezes; e, mais do que tudo, satisfeito porque a ideia abstrata e absolutamente benévola de si mesmo que ele gostava de cultivar estava sendo confirmada pelo espelho que havia sido colocado ali para causar nos garotos a ilusão de que o quarto deles era o maior da casa.

Aquelas manhãs de compras com Leo se revelavam mais vertiginosas do que qualquer outra. Mal dava tempo para cruzar o portão em um sentido e lá estavam eles cruzando-o de novo no sentido inverso. O butim trazido do fulminante saqueio realizado em uma Roma ofegante e eufórica estava amontoado na pilha de sacolas que Leo, assim que chegava em casa, adorava esvaziar na frente de Rachel para provar seu infalível bom gosto.

Geralmente, o desfile virtual improvisado por Leo para a cética esposa atingia o ápice, como na melhor das tradições, na exibição das peças preciosas: lá estavam, finalmente, um do lado do outro – gêmeos anãos –, os blazers que permitiriam que, naquele ano como nos outros, Semi e Filippo não fizessem feio na casa Ruben.

Bem, era mais que provável que, naquele Natal – o Natal de 1986 –, Filippo e Samuel fossem obrigados a usar mais uma vez os blazers do ano anterior.

Repercorrendo de trás para a frente os meses passados por Leo no porão, não era a acusação em si, por mais horrível que fosse, a coisa mais estranha. Mas o fato de ele, em todo aquele tempo, não ter sentido a necessidade de pôr o nariz fora do seu *buen retiro* para correr e se desculpar com os habitantes do andar de cima. E que, aliás, nenhum deles tivesse reunido a coragem de cobrir a distância das escadas que os separava do recluso para pedir esclarecimentos sobre o que ele havia feito. Era incrível que uma família tão propensa ao vanilóquio, diante do primeiro assunto interessante, se entrincheirasse em um mutismo no mínimo obtuso.

Percebo que dizer isso pode parecer leviano, mas temo não errar ao dar a culpa à TV. Se a notícia sobre o que Leo havia feito (ou pelo menos sobre o que aquela garotinha o acusava de ter feito) não tivesse sido alardeada inesperadamente em uma bela noite de julho pelo locutor do fidedigno telejornal das oito da noite, e não tivesse pegado tão de surpresa a família reunida em torno da mesa da cozinha para a refeição noturna, talvez (só me resta conjecturar), as coisas tivessem seguido outro rumo.

Não é possível entender essa história sem levar em consideração o contraste entre o horror entregue em domicílio pela TV e o romântico pôr do sol que estava acontecendo ao vivo do outro lado da janela aberta. Foi esse contraste – o trauma desse contraste – que tornou inevitável a fuga de Leo para o porão e natural o fato de ninguém ter pensado em segui-lo: nem naquele momento nem mais à frente.

Enquanto isso, Rachel, na linha de frente enquanto o marido se refugiava na retaguarda, estava às voltas com um verdadeiro cerco. Havia o maldito telefone que não parava de tocar, como se quisesse dar conta do formidável número de conhecidos diante da TV. Havia um aturdimento pessoal e devastador por causa de uma traição ao cubo que a sua fantasia de garota honesta nunca lhe teria permitido imaginar. E, sobretudo, havia os filhos (o que ela diria a Semi?), que ali estavam, esperando que ela fizesse, ou pelo menos dissesse, alguma coisa.

Embora ela não tivesse encontrado nada a ser dito, no final, foi obrigada a fazer alguma coisa. Exatamente o que teria feito qualquer fêmea de mamífero diante dos filhotes em perigo. Agarrou-se a eles. Abraçou-os para protegê-los de uma ameaça ao mesmo tempo vaga e específica. Mesmo sabendo que aquele abraço não era menos inútil do que a solidária e instintiva necessidade de tocar a mão do passageiro ao lado quando o avião está caindo.

Depois, com a ilusão de que os havia entorpecido com duas canecas de chá de camomila, levou-os para a sua toca e os pôs ao seu lado na parte da cama de casal que se tornara desgraçadamente órfã. Nenhuma pergunta. Nenhum soluço. O tétrico silêncio tomou conta de tudo e o mormaço de uma noite de julho os envolveu e ensopou.

Em seguida, chegou o despertar em uma casa idêntica a si mesma, é claro, mas na qual nada mais parecia igual a antes.

Em uma manhã no final de novembro, cinco meses depois do início oficial da catástrofe, Rachel, acordando sobressaltada, percebe com angustiante precisão como é irracional o fato de o marido estar lá embaixo, de castigo, por todo aquele tempo, enquanto ela, aqui em cima, continua a viver como se nada tivesse acontecido.

Levantando a cabeça do travesseiro, Rachel percebe que, se aquela situação gangrenou, a culpa é sobretudo sua. Agora, ela sabe (na verdade sempre soube), é seu dever dar o primeiro passo. O marido não é do tipo que dá o primeiro passo. Da mesma maneira que pode ser empreendedor (chegando quase a ser imprudente) no exercício da profissão médica ou na escolha de um prato exótico em um restaurante, Leo é preguiçoso para todo o resto.

De repente, Rachel entende o motivo para ter acordado tão angustiada: até a noite anterior, tinha certeza de que sabia o que passava pela cabeça do marido. Sentia, por assim dizer, o arrepio da sua humilhação, a angústia pueril da vergonha elevar-se como o vapor de um vulcão vindo do porão no qual ele havia se retirado para expiar... Essa consciência dera-lhe força. E também a ilusão de que podia controlar a distância (ela, a rainha do controle).

Hoje de manhã, algo mudou.

É como se, de repente, fosse impossível para ela se colocar no lugar do marido, impossível conceber a ideia de que Leo está lá embaixo e até mesmo de que ele ainda possa existir. É como se, entre eles dois, durante uma única noite, houvesse se insinuado a superstição com todos os seus temores irracionais.

Escrevi "durante uma única noite", mas acredito que se trate de uma imprecisão. Na verdade, Rachel acabou de entender que a superstição sempre existiu. O problema é que, só esta manhã, encontrou a coragem para encará-la.

O que a impediu, em todos esses meses loucos, de ceder ao impulso de pegar o touro pelos chifres? De descer as escadas, abrir a porta e pronunciar as palavras fatídicas: "Tudo bem, agora chega. Vamos conversar a respeito"?

Embora não consiga determinar os motivos profundos de tanta ignorância, parece que, toda vez em que uma oportunidade se apresentou, um novo inconveniente se interpôs entre ela e o marido com uma pontualidade zombeteira. Pensando bem, os últimos meses foram uma contínua alternância de ilusões e desilusões. De propósitos e fracassos...

Como quando *ele* deu um sinal de vida.

Sim: ele aparece na cozinha uma tarde e, como se nada fosse, diz que precisa de um monte de dinheiro para pagar um advogado. Ela mal consegue murmurar um "tudo bem" e ele vai embora, quase como se estivesse convencido de ter dito tudo o que havia a ser dito. Rachel, impulsionada por uma estranha esperança, logo encarrega Telma, a empregada filipina, de pôr a mesa para quatro pessoas na sala de jantar.

Quando, mais tarde, ao se sentarem à mesa, os garotos veem o lugar a mais, não perguntam nada, mas Rachel intui a perturbação dos filhos. Durante um tempo, os três ficam ali, mudos, esperando. Rachel ainda está convencida de que Leo vai subir, de que o encanto da sua reclusão se partiu com o pedido de ajuda sob a forma de uma solicitação de dinheiro. Tanto que Telma pergunta:

– Então, o que eu faço, senhora?

Rachel pensa por um instante, depois, olha para o relógio, dá uma espiadela no rosto implorante dos garotos e, por fim, diz:

– Vamos esperar mais alguns minutos.

Dez se passam e lá está Telma novamente, preocupada porque a comida vai esfriar. Dessa vez, Rachel não tem como não se render:

– Pode servir.

Mas quando vê Samuel emburrado cortar sem vontade a fritada de abobrinhas, entende como errou ao dar crédito a uma esperança patética.

Um dia (alguns meses depois), Rachel sente que está na hora de tomar a iniciativa. Chega, as coisas não podem continuar daquela maneira. Começa a sentir vergonha dos filhos. Fica grata por eles não perguntarem nada. Embora tenha certeza de que, se perguntassem algo, talvez a situação se desbloqueasse. Sente muita saudade da vida anterior e uma vontade louca de sair daquele pântano!

Então, naquele dia, depois de ter deixado os garotos na casa de alguns amigos no campo, durante o trajeto de carro até Roma, só pense em como, durante o fim de semana, vai dar fim naquele pesadelo.

Chega em casa. Está usando um suéter de lã shetland e jeans. Come sem vontade um prato de massa preparado por Telma. Toma um café. Depois, espera que Telma termine de lavar os pratos e vá dormir. Então, prepara uma bandeja com gruyère, mozarela e tomates, um pão com azeitonas e uma fatia de torta caprese. Coisas que Leo adora. Está tudo pronto, a bandeja já está em suas mãos quando Rachel é acometida por um ataque de ansiedade. Apoia a bandeja. Põe água no fogo para fazer um chá. Não deve tomar café, está agitada.

Para bebericar o chá, senta-se, liga a TV, abaixa o volume. Acabou de pegar novamente a bandeja quando, sabe-se lá por qual motivo absurdo, na TV surge um sujeito parecido com Leo. Não, não é parecido com Leo, é Leo. Por um instante, Rachel pergunta a si mesma se ela, do lado de cá da tela, e o marido, do lado de lá, não são os protagonistas de um fenômeno sobrenatural. Nada disso, ela não está sonhando. No canal três estão transmitindo um aprofundamento sobre o processo de Leo Pontecorvo. A desagradável história de Leo continua a gozar de uma popularidade indecente. Mas não é esse o lado mais perturbador da questão. Em relação a certas coisas, Rachel já está calejada. O pior é que aquele sujeito sentado na cadeira dos réus em um tribunal de justiça só tem em comum com Leo alguns vagos traços somáticos e, naturalmente, os dados pessoais. Aquele que está na TV é um Leo velho, apagado, severo, vestido com uma espécie de agasalho ridículo. Usa um boné de pescador. A barba, que deixou crescer naquele meio-tempo, é híspida e grisalha.

Será possível que, em poucos meses, ele se transformou naquilo?

Rachel apoia novamente a bandeja e corre para desligar o televisor. Mas não basta: a imagem transfigurada de Leo não a deixa em paz. Continua a atormentá-la. A ideia de que não é mais Leo que está do outro lado da porta, mas aquele velho abatido com um boné ridículo, a aterroriza. E, justamente naquele momento, entende (aliás, lembra) o motivo para tê-lo deixado apodrecer lá embaixo.

A incongruência. Não existe outra palavra. Leo não tem realmente nada a ver com o que aconteceu com ele.

Rachel relembra o primeiro encontro dos dois na universidade. Ela, inexperiente caloura de Medicina, reconhece na cátedra aquele rapaz (sim, tem dificuldade para defini-lo como "homem") que expande a sua sabedoria de maneira tão calorosa e brilhante. Sabe que ele se chama Leo Pontecorvo, que é alguém naquele ambiente, rebento de uma daquelas famílias judias romanas que se dão ares.

Lembra que o viu apenas uma vez no templo, por ocasião de um casamento, e que pensou que seria lindo se casar com um sujeito daqueles. E lá estava ele, na cátedra. Apesar de ser muito jovem, o professor novato emana tal paixão e respeitabilidade que todos os alunos ficam encantados. Rachel se pergunta se o seu segredo está no porte elegante ou no distanciamento aristocrático. Ou em ambas as coisas juntas? Ele é muito bonito, muito elegante, muito educado, muito irônico. É nesse momento que Rachel se apaixona, compartilhando esse sentimento com outra dezena de garotas do seu mesmo curso.

Mas foi ela que o fisgou. Casou-se com ele. Deu-lhe dois filhos. Aprendeu a conhecer tudo o que funcionava e o que não dava muito certo nele. De vez em quando, Rachel, antes que aquela desagradável história manchasse tudo, gostava de se imaginar como uma companheira de curso, na época também apaixonada por aquele jovem professor, que lhe perguntava: "Afinal de contas, como é ser casada com Leo Pontecorvo?"

Rachel sentia como uma pergunta do gênero a teria deixado em crise. Como teria sido difícil explicar àquela velha colega por que ela, Rachel Spizzichino Pontecorvo, tinha a impressão de amar Leo um pouco mais a cada hora. Não, o porte elegante não tinha nada a ver, para não falar do brilho intelectual. Tudo bem, a riqueza tornara a sua vida mais confortável e livre, nada mais do que isso, e os mil reconhecimentos profissionais obtidos pelo marido a encheram de orgulho, pelo menos por algumas horas. Mas como explicar à amiga que tudo aquilo era apenas o estojo que guardava o seu amor por Leo? O motivo do seu amor era tão ridículo que ela tinha dificuldade em confessá-lo até para si mesma. Rachel amava Leo porque ele era bom. Sim, era o melhor indivíduo que ela jamais conhecera. E o melhor era que ele não sabia. Todavia, não havia em circulação uma criatura com sentimentos tão exemplares. Leo era incapaz de sentir inveja, não sabia o que era ressentimento. Era alérgico a qualquer pensamento equívoco e obscuro. Tinha horror de maledicência. Leo confiava nas pessoas. Leo amava as pessoas. Leo era o primeiro a recorrer a um plano B quando se encontrava diante de um beco sem saída. E talvez fossem todas essas coisas que faziam dele um grande médico, um terapeuta capaz de transformar o próprio insensato otimismo em iniciativa. Que o tornavam um marido, e sobretudo um pai, fantástico.

E essa era a questão: como era possível que um homem desse tipo tivesse se metido em uma situação tão equívoca? Como era possível que um pai como aquele tivesse trocado cartas com a menina de doze anos que namorava o seu filho? Será que ele conseguiu enganar por todo aquele tempo as pessoas que tinha o dever de proteger? Como ele pôde levar para casa toda aquela nojeira?

Culpado? Inocente? Rachel quase nem levantava essa questão. De qualquer maneira, a grande traição, a verdadeira traição, já havia se consumado. E era uma traição até mais grave do que um adultério qualquer com uma garotinha qualquer. Era a traição de si mesmo. Ou, aliás, a traição da imagem dele que Rachel havia demorado uma vida para criar para si mesma.

Pois bem, basta que ela veja Leo na TV naquele estado para sentir mais uma vez, com violência renovada, a sensação de incongruência que a impediu até aquele momento de dar um passo em sua direção. Basta que ela o veja na TV tão assustadoramente diferente de si mesmo para sentir mais uma vez a humilhação do engano, a raiva da traição.

Só lhe resta deixar a bandeja no lugar de sempre e ir para a cama. Fracassou mais uma vez.

Passam duas semanas desde aquele enésimo fiasco quando Rachel, no auge da inquietação, decide se levantar da cama. Escancara as janelas e, como toda pessoa influenciada pelas condições meteorológicas, procura uma consolação na nitidez do céu. O mês de novembro foi tempestuoso. Sobretudo nos últimos dias, aquele mesmo céu que agora parece tão inócuo descarregou um oceano de chuva suficiente para matar a sede de todo o continente africano.

Rachel vai até a cozinha e o vê.

Adormecido na escada que desce até o porão, como se estivesse montando guarda diante do sepulcro no qual o pai se enterrou, está Filippo, com a respiração pesada de quem está dormindo com dificuldade.

– E você?

– Peguei no sono – ele diz, espreguiçando-se.

– Na escada? Com este frio?

– É, na escada, com este frio. É proibido?

– Não, meu amor, não é proibido. Só é um pouco estranho.

– Aqui dentro, tudo é estranho.

– Você não consegue dormir na sua cama, mas aqui sim?

– É, aqui, sim. O que posso fazer?

– Não podia ter ido dormir comigo?

– Não estava a fim.

– Você sabe que pode me acordar quando quiser. Acabo pegando no sono novamente... Imagine, seu irmão faz isso quase todas as noites.

– Eu não disse que fiquei com medo de acordar você. Disse que não estava a fim de dormir com você.

Eis a resposta daquele seu filho pedante.

Quinze anos. Essa é a idade de Filippo. E parece que os usou para refinar a rude eficácia da sua franqueza.

– Sei que, quando começo a roncar...

– Não é isso, mamãe.

(É sempre tocante ser chamada de "mamãe" quando você menos espera.)

– O que é, então?

– Nada.

– Vamos, diga logo. Só quero entender. – E se aproxima para abraçá-lo com um gesto instintivo inspirado pela ternura em relação ao corpo do filho enrijecido de frio por causa de uma noite passada fora da cama. Ele, com um desvio digno de um jogador de rúgbi, evita o contato. E Rachel fica na posição um pouco engraçada de certos rapazes tímidos que, ao levar para casa uma garota depois do primeiro encontro, decidem beijá-la quando ela já está com um pé fora do carro.

– Vamos, diga qual é o meu erro – ela o desafia, tentando imprimir à voz um tom brincalhão.

– Você quer mesmo saber?

– Claro que sim.

– Você erra tudo.

E, para que ela entenda que ele não está brincando, Filippo, depois de pronunciar aquela frase, abandona teatralmente a cena.

Em suma, assim começa aquele dia de fim de outono, o dia da Grande Conscientização: com um vento que assobia fora da janela e o filho que põe fim a uma discussão surreal com uma afirmação radical e ofensiva.

Quando tinha a mesma idade com a qual agora se debate Filippo, Rachel muitas vezes tinha fantasias a respeito dos filhos que teria. Toda vez, dizia a si mesma que não haveria nada que ela não faria por eles. Teria um comportamento totalmente diferente do comportamento dos seus pais. Rachel Spizzichino – no dia em que se casasse com o sr. Príncipe Encantado, que (certamente) a estava esperando lá fora – não seria uma mãe mais ou menos.

Trinta anos mais tarde, Rachel deve reconhecer que a vida deu-lhe de presente aquele rapazinho difícil e intratável, que não se parece em nada com o filho que ela havia tão genericamente imaginado. O filho parido pela sua fantasia de adolescente era uma cria tão passiva e carente de carinho que nunca teria recusado os serviços postos à sua disposição pela sua mamãezinha. Obviamente, Rachel ficou tão dominada pela ideia de tudo o que teria dado ao filho que não teve força para conjecturar que ele poderia manifestar a mais filial das recusas. Não levou em consideração a maior violência que um filho adolescente pode fazer: recusar a sua ajuda, jogá-la na sua cara. Lá estava ele, Filippo, bem inserido no papel do asceta raivoso e julgador que não dá a mínima para a sua generosidade de mãe fabulosa.

– Você erra tudo.

Foi o que ele disse, de cara amarrada. E o problema é que escolheu a pior das manhãs, na qual ela não sabe de onde tirar forças para dizer que ele está enganado. No quarto, encontra mais uma vez à sua espera a ausência de Leo.

Geralmente, aquelas crises a atacam quando ela abre os olhos, no dramático limiar que separa o sono da vigília, no momento em que as noções de tempo e espaço parecem precipitar uma na outra, quando a consciência cultiva a ilusão extemporânea (seguida de uma terrível desilusão) de que os seus entes queridos, mortos há décadas, ainda gozam de ótima saúde. São aqueles os instantes em que Rachel está mais vulnerável.

A verdade é que ir para a cama à noite sem Leo não é tão assustador quanto acordar e não encontrá-lo ali. O fato de abrir os olhos e constatar que, não, ele não está lá – como se tivesse partido para uma longa viagem ou como se tivesse morrido – causa-lhe um tormento tão macabro que Rachel precisa virar a cabeça para o outro lado. Não serve de nada: o fantasma caçoador dos despertares de antigamente não vai embora. Está sempre ali, no ar, e, por mais que ela faça de tudo para ignorá-lo, ele não para de sussurrar em seus ouvidos como eram emocionantes (especialmente nas recordações) as manhãs em que ela se esgueirava para fora da cama prestando atenção para não acordá-lo...

Geralmente, é só Rachel entrar debaixo do chuveiro para deixar para trás os pensamentos ruins: o jato de água fervendo arrasta consigo todos os resíduos supérfluos de sentimentalismo e desespero.

Ao sair do banheiro de roupão, o seu olhar corre mais uma vez para fora da janela, detém-se mais do que o necessário no venerando plátano no fundo do jardim que, agitado por lufadas repentinas, parece um velho ranzinza que está tendo um ataque histérico. Desvia o olhar, só para se deparar com as imperturbáveis roupas de Leo penduradas no closet. Sabe-se lá por que aquelas roupas fora de estação, embora não tenham sido tiradas dali durante meses, justamente hoje se revelam tão loquazes. A conspiração das coisas.

Enquanto se veste rapidamente, em um ímpeto rachelesco de resoluções, decide que, antes do Natal, dará um jeito de se livrar das roupas de Leo. E, por alguns instantes, ilude-se de que isso é suficiente.

Mas, naquela manhã, tudo está destinado a não ser suficiente.

Ao sair do quarto bem-vestida, mal penteada e sem maquiagem, Rachel se depara com o filho menor, com ar desanimado e ainda de pijama.

– Você ainda está assim?

– Estou doente.

– Você não parece doente.

– Acho que estou com febre.

– A febre não é uma opinião. Vamos pegar o termômetro. Se você estiver com febre, veremos o que fazer.

– Não adianta o termômetro. Estou dizendo que estou com febre. É uma coisa que eu percebo.

– Pena que a desconfiada da sua mãe precise de provas científicas indiscutíveis. Infelizmente para você, esta mãe tão pedante estudou Medicina...

– Você não é médica de crianças.

– E quem é criança aqui?

– Aos treze anos, você é uma criança.

– Aos treze anos, você é um rapaz.

– Pode pôr o termômetro, estou me sentindo muito mal – diz ele com ar de desafio.

Naturalmente, a prova do termômetro dá uma resposta reconfortante em relação à saúde de Semi, mas decididamente decepcionante no que diz respeito ao seu estado emocional. A tal ponto que, logo depois de a mãe ter verificado a leitura inequívoca do termômetro, ele começa a choramingar, um comportamento que não é tipicamente seu.

– Mas eu estou passando mal... Mamãe, juro que estou passando mal... Não posso ir à escola...

E Rachel achou que ele estava autenticamente desesperado. Tanto que, pela terceira vez naquela manhã, precisou sufocar o impulso de cair em prantos. Tal impulso fez com que ela tomasse o atalho emocionalmente mais ágil e racionalmente mais comprometedor: aliviar o filho da obrigação escolar.

– Mas, amanhã, chega de história! Combinado?

A reação triunfal de Semi àquela sua inédita concessão foi, para Rachel, o último golpe, o mais feroz. A julgar pela sua expressão, parecia que a mãe tinha salvado a sua vida. Talvez o filho não tivesse mentido: talvez – a despeito das oraculares indicações fornecidas pelo mercúrio – ele estivesse realmente passando mal. E, ao ter tal pensamento, Rachel sentiu alguma coisa se desintegrando dentro de si. Sim, evidentemente, aquele era o dia das revelações incômodas.

A ideia do que os filhos haviam sofrido assumiu na sua mente uma plasticidade inaudita. Por um instante, ela achou que compreendia o que devia ter passado, durante aqueles meses, nas imaturas e volúveis cabecinhas dos seus meninos. E Deus sabe como essa lucidez a aterrorizou.

Ir à escola toda manhã com a estrela amarela da infâmia na manga do paletó. Foi a isso que ela os obrigou quando, em agosto, depois de mil hesitações, decidiu que eles não mudariam de escola devido a uma irrefutável questão de princípio: quem não tem do que se envergonhar, nem do que ser perdoado, não foge como um criminoso!

Meu Deus, de repente, todo aquele bom senso pareceu-lhe insensato e malvado. Como era pomposa aquela ostentação de dignidade!

Como ela pôde se deixar envolver pela ideia desequilibrada de normalizar o que era tão assustadoramente inormalizável a ponto de não ter avaliado com a gravidade necessária as catastróficas repercussões que aquela sua escolha (cheia de rigor e imbecilidade) teria produzido em seus filhos? Será que o terror de encarar a verdade havia anestesiado todos os seus recursos empáticos? Era aquele o fim da "mãe do século"?

E pensar que ela havia percebido os sinais.

Rachel estava pensando novamente na aventura anômala vivida durante a primeira entrevista do trimestre entre pais e professores, no final de outubro. Por mais incrível que possa parecer, não havia ocasião social, nem mesmo a mais exclusiva, que lhe desse mais satisfação do que a reunião de pais e mestres que acontecia na metade de cada trimestre na escola em que, no final das contas, ela havia decidido matricular Filippo e Semi.

O instituto surgia em um belo, embora decadente, edifício de travertino no bairro Trieste e, dez anos antes, havia sido a imperturbável testemunha de confrontos entre os facínoras da extrema direita e seus homólogos da esquerda (na efervescente primavera de 77, as escadas da escola haviam se transformado em um altar manchado de sangue jovem).

O que restava de uma brutalidade tão obtusa era o emaranhado de escritas enviesadas que adornava as paredes da entrada: em sua maioria, slogans banais, elaborados em um italiano burocrático e melodramaticamente intimidador que poucos dentre os novos estudantes poderiam, ou nem sequer desejariam, decifrar.

É estranho como, de uma geração à outra, o interesse dos garotos pela marca das mochilas e a obsessão das garotas pelo laquê e o rímel suplantaram de maneira tão radical qualquer utopia revolucionária. Uma transformação que, se por um lado surtiu um efeito positivo na ordem pública, não teve o mesmo impacto na instrução média dos estudantes. Como se, com a vontade de quebrar a cabeça do inimigo político, também tivesse desaparecido a vontade de ler livros bons ou ruins. O que privou definitivamente os professores, até os mais preparados, de qualquer charme social ou respeitabilidade natural.

Por isso, não era surpreendente que a professora de italiano de Filippo, a mais temida, recebesse os pais durante as entrevistas com um lenço Hermès amarrado em volta do pescoço. Era claro que aquela mulher – uma daquelas graciosas quarentonas que aspiram com todas as fibras do corpo ao status de "bonita" – queria que as igualmente grifadas mães dos seus alunos soubessem que o fato de ela ter optado por passar a vida atrás de uma cátedra não era determinado por uma questão de necessidade, mas pela exigência bem mais nobre de enganar de alguma maneira o tempo.

O motivo para ela ser tão respeitada pelos alunos (e por seus toscos pais) estava exatamente na capacidade de se colocar no mesmo nível deles, enfrentando-os, por assim dizer, de igual para igual. Eis por que o seu sarcasmo, não deturpado por um ressentimento social, era fascinante até mesmo aos olhos de quem era sua vítima. A sua especialidade era pronunciar julgamentos sumários implacáveis, sem nunca perder as estribeiras nem demonstrar que aquilo tivesse alguma importância para ela. Bastou isso para fazer dela a professora mais apreciada da escola por parte de uma população estudantil que, evidentemente, apesar de várias revoluções inúteis, continuava a achar a inflexibilidade e o motejo mais veneráveis do que qualquer gesto compreensivo e misericordioso. Todas a chamavam de "a Senhora", e não dava para entender se o epíteto fizesse alusão à sua "nobre" distinção ou ao fato de ela dedicar todo ano, de maneira excessiva, algumas aulas à Monja de Monza.

E, a propósito dos seus julgamentos sumários, a sequência de 3 com que, no ano passado, a Senhora havia liquidado as redações de Filippo dizia tudo o que, para ela, havia a ser dito a respeito do garoto. A Senhora não era uma daquelas professoras dispostas a ver nos alunos mais do que eles mesmos estivessem dispostos a mostrar. E, se havia um aluno que, em certos âmbitos, não pecava por exibicionismo, esse aluno era Filippo Pontecorvo.

Para ele, aliás, a passagem do primário para o ginásio havia sido tão traumática quanto a promoção de um jogador de futebol medíocre do time de juniores para o time principal. Era como se, de repente, o mundo à sua volta tivesse começado a correr e a jogar para valer. O resultado de tal mudança foi que, no final do quarto ano do ginásio, Filippo estava em recuperação em quatro matérias.

E, pelo que Rachel soube na primeira reunião com os professores, o novo ano havia começado com prognósticos ainda mais nefastos. Mas, se aquele fosse o problema, ela até poderia aceitá-lo ou tentar resolvê-lo. Porém, a questão era outra. Rachel ficou petrificada diante do comportamento totalmente insólito dos professores em relação a Filippo.

A começar pela Senhora.

Quando Rachel entrou na sua austera saleta, a professora, levantando-se, mostrou uma solicitude totalmente em contraste com a sua indolência. Para completar, a primeira frase que pronunciou soou despropositadamente afetuosa:

– Ah, sra. Pontecorvo, que prazer em vê-la!

Rachel não sabia o que pensar diante do calor emanado por aquele picolé de casaco de pele. E o resto da entrevista continuou na mesma atmosfera cheia de indulgência.

Sim, Filippo está indo mal, muito mal, talvez até pior do que no ano passado. As suas redações são péssimas. As arguições são de dar pena. Mas é necessário compreendê-lo. E só Deus sabe que ela compreende. As alusões da Senhora ao que Filippo deveria ter sofrido nos últimos meses foram veladas na forma, mas explícitas no conteúdo. E Rachel saiu da entrevista humilhada e enfurecida.

Seu filho é um cretino e um desmiolado. Mas, por ser também o filho de um molestador de meninas, quem se importa com isso? Tudo é desculpado. Esse era, mais ou menos, o teor do que a Senhora havia dito a Rachel. A mesma coisa que todos os outros professores a fizeram escutar, um depois do outro.

E não é tão estranho assim que o mal-estar sentido durante as entrevistas, que Rachel fez de tudo para esquecer, volte à sua mente justo agora, quando o filho mais estudioso, com um aproveitamento escolar impecável, fica feliz por não ter de ir à escola. Tudo isso alguns minutos depois de ter ouvido o outro filho, que passou a noite em uma escadaria que leva ao porão, dizer de cara amarrada que ela erra tudo.

Se ela mesma quase precisou fugir daquela maldita escola, Rachel não ousa imaginar o que Filippo e Semi podem ter sofrido. O fato de eles nunca terem dito nada não significa coisa alguma. A grotesca e insensata lei do silêncio que paira sobre toda a família está assumindo dimensões paroxísticas. Filippo estava certo ao dizer: “Aqui dentro, tudo é estranho.” Ninguém fala de nada. Tudo está em suspenso. Ninguém consegue dar um passo.

Ela deveria descer e ajeitar as coisas. O marido deveria subir pelo mesmo motivo. Mas ninguém faz nada. Vivem todos como vítimas de um malefício. Um feitiço que deixou imune o resto do mundo. Que, fora daquele portão, segue em frente, impávido, com o seu cinismo, com o seu amor desmedido pela fofoca, com as suas malvadezas.

E foi a esse mundo que Rachel entregou os próprios filhos. Achando que eles podiam se defender da mesma maneira que ela aprendeu a se defender. Mas a diferença é que ela é adulta, pode suportar os olhares dos curiosos, os comentários inoportunos da Senhora, as piscadelas que as vendedoras do supermercado lançam umas às outras quando ela passa. Aliás, com o decorrer da semana, Rachel começou a sentir um sutil orgulho ao enfrentar a maldade dos outros de cabeça erguida.

Mas e os seus filhos? Ela pode exigir deles uma postura análoga? Nada disso! Eles, não. Não estão equipados. São indefesos, estão totalmente à mercê. E a culpa é toda sua. A culpa é dessa mãe que não soube estar à altura das próprias expectativas. A culpa é dessa mulher orgulhosa, obtusa e cega que só sabe errar.

Naquela manhã de novembro, Rachel entende que deve apoiar ainda mais os filhos. Está aterrorizada pela ideia de que eles possam encontrar no isolamento uma forma de proteção, como ela mesma fez, como o seu marido (com tanto extremismo!) fez. O isolamento pode se tornar o verdadeiro inimigo dos seus filhos. Ela precisa defendê-los da quimera da solidão social.

E, se pelo menos nisso a festa natalina dos Ruben pode ajudá-la, bem-vinda seja a festa na casa dos Ruben.

A fila de árvores de Natal dispostas como coloridos guardas suíços ao longo da rua que levava até a porta da mansão dos Ruben explicava bastante bem por que Rachel tinha tanta raiva da dona da casa. Não era porque Rachel se reconhecia naquela categoria de judeus que tem uma arraigada desconfiança em relação a tudo o que não é judeu (ela, pelo menos oficialmente, detestava os "fechados" muito menos do que seu pai os havia detestado). O que ela não perdoava naquelas árvores de Natal era o fato de terem sido adornadas de maneira tão pirotécnica por uma judia de carteirinha. E, para Rachel Pontecorvo, não ser judeu era uma coisa muito mais digna do que ter vergonha de sê-lo. A vergonha, sobretudo depois do que foi feito com os judeus, não era perdoável. Ainda mais no caso da sra. Ruben, cujos pais, pelo que Rachel sabia, foram trucidados pelos nazistas. Pois bem, o fato de a cada ano a sra. Ruben montar para o único filho – o neto que aqueles pobres mártires nunca conheceram – aquela festança com o único objetivo de celebrar publicamente o seu afastamento do judaísmo era considerado, na visão de Rachel, um ato levianamente sacrílego do qual ela preferia manter distância.

Esse era o motivo oficial jogado na cara do marido toda vez que ele pedia uma justificativa para a antipatia em relação à mãe de um garoto esplêndido como David. Ao qual se juntava, com certa discrição, o motivo oficioso, que, como tal, doía muito mais e estava muito mais próximo da realidade.

Tal motivo tinha o rosto olímpico e o corpo atlético de David, o filho do casal Ruben. Embora ele fosse um dos poucos amigos de verdade de Filippo, e apesar de ser objeto de autêntica veneração por parte de Samuel e de todos os seus amiguinhos, havia algo naquele garoto que não a convencia de jeito nenhum.

Se eu quisesse ser capcioso, chamaria em causa a inveja: a perene inveja. A inveja que Rachel devia sentir de um adolescente mais feliz do que o seu Filippo. Afinal, para ele, tudo havia sido terrivelmente árduo, ao passo que para David tudo se revelou muito simples.

Não é por acaso que, entre os nativos de Olgiata, David era quem havia interpretado da melhor maneira a oportunidade de passar a infância e a adolescência em um lugar cheio de parques e pequenos bosques misteriosos. Moldou aquele lugar de acordo com as próprias exigências, tornando-o uma espécie de Éden prêt-à-porter. Destacou-se, desde a primeira infância, como promotor de épicas caças ao tesouro, de intermináveis sessões de polícia e ladrão e de olimpíadas que duravam uma semana. Eventos que celebravam simultaneamente o seu desejo de se divertir e a avidez pela competição. Não havia esporte que David não praticasse, não havia diversão à qual se furtasse.

E que importância tinha se tudo isso acontecia em detrimento das notas na escola? Afinal, lá estava sempre a mãe, pronta a protegê-lo, a mostrar toda a indulgência de que era capaz. A verdade era que a única ideia que a sra. Ruben foi capaz de instilar no filho foi aquela, muito em voga na época, que diz que a vida é um delicioso passatempo a ser saboreado lentamente. Uma concepção totalmente antitética àquela que Rachel inculcou nos seus filhos, segundo a qual o que forma o caráter de um indivíduo são a sua capacidade de abnegação, o senso de responsabilidade e uma genuína disponibilidade de espírito em relação ao próximo.

E talvez fosse exatamente isso que mais incomodava Rachel. Ela considerava uma verdadeira injustiça que a educação permissiva recebida por David tivesse surtido efeitos tão tonificantes e que, ao contrário, a educação por ela transmitida aos próprios filhos tivesse tornado Filippo tão inseguro e difícil. A história daqueles dois amigos parecia demonstrar que o mundo não é um lugar que recompensa as pessoas merecedoras e castiga os devassos, mas sim um ecossistema zombeteiro no qual as coisas funcionam da maneira inversa.

Um exemplo?

O número de matérias em que David e Filippo ficaram em recuperação no início do verão era exatamente o mesmo: quatro. Mas, enquanto para Filippo aquele monte de insuficiências foi um trauma, a enésima ocasião para se martirizar – tanto que a mãe fez de tudo para tranquilizá-lo, para convencê-lo de que não havia nada irreparável –, para David, aquela situação não fedia nem cheirava.

Alguns dias depois de ter dado uma olhadela distraída nos quadros pendurados na entrada da sua bela escola católica, David pegou um avião para Los Angeles, onde, em companhia de alguns amigos mais velhos, alugou uma casinha na praia de Santa Monica. Era ali que ele traduziria Heródoto e resolveria equações. E, sim, deve de fato ter feito tudo isso, entre uma surfada e uma fogueira na praia, se não, como foi aprovado nas provas finais em setembro?

A decoração da casa Ruben parecia inspirada na famosa loja de Ralph Lauren na Madison Avenue. Havia muita madeira perfumada e veludo, luzes difusas, sofás de couro, grandes poltronas forradas de tecidos quadriculados, e também tapetes persas, cobertas de vários tons, quadros cujos protagonistas indiscutíveis eram cavalos, porta-retratos de rádica e de prata amontoados por toda parte, orgulhosos de celebrar nos modos mais disparatados o sorriso de David. Havia uma lareira rústica na qual ardia um fogo vigoroso e cordial, que, por sua vez, misturava harmoniosamente o seu atávico perfume doméstico ao tentador aroma das minipizzas recém-tiradas do forno e das agulhas caídas da grande árvore de Natal que dominava suprema o fundo da sala e parecia a irmã mais nova daquela que adornava a rua. Para dar um toque de maior unidade à cena, havia dois garçons (ambos carecas e bigodudos) que dançavam de uma ponta até a outra da sala – ao som de eufóricas cançõezinhas natalinas –, distribuindo bebidas sem álcool e microssanduíches à multidão de adolescentes reunida para a ocasião.

O fato realmente constrangedor era que tanto aconchego, que parecia ter por objetivo deixar as pessoas à vontade, acabava por deixá-las ainda mais sem jeito. Era como se todos aqueles garotos e garotas entre quatorze e dezoito anos, tão insolitamente embelezados e emperiquitados, estivessem, cada um de uma maneira diferente, em uma busca espasmódica do canto certo da casa no qual podiam se sentir menos ridículos.

Samuel havia sonhado por muito tempo com aquele momento – o momento em que finalmente estaria na casa dos Ruben, em que atacaria os saborosos antepastos, em que se misturaria com garotos e garotas mais velhos do que ele –, e ficou quase com raiva de si mesmo ao avaliar que estava aproveitando muito pouco aquilo tudo. E que não conseguia tirar da cabeça a cena que havia visto pouco antes, enquanto se preparava para sair.

No longo prazo, o relacionamento entre dois irmãos quase da mesma idade se parece muito com o que se instaura entre velhos cônjuges. Geralmente, um desempenha o papel da mulher e o outro interpreta o do homem. Mas pode acontecer que, em algumas circunstâncias especiais, os papéis se invertam. É o que acontecia quando os irmãos Pontecorvo tinham de ir juntos a algum lugar. Geralmente (no cotidiano, digamos), cabia a Semi o papel da noivinha dócil e adoradora. E havia sido sempre assim.

Desde os tempos em que, ainda pirralho, consumia as suas gororobas na cadeirinha de bebê, Samuel ficava procurando Filippo com o olhar, queria sempre estar com ele e atrair sua atenção. Não apenas reconhecia no irmão uma superioridade absoluta em todos os campos da vida em comum, mas também sofria todas as vezes que tal superioridade era repentinamente posta em discussão.

Naquele verão, por exemplo, durante um torneio de pingue-pongue no jardim de casa, Samuel quase começou a chorar quando venceu Filippo nas semifinais pela primeira vez na vida. Embora Filippo parecesse não estar padecendo nem um pouco a derrota pública, Semi sofreu tanto com a vitória imprevista que, a partir de então, se empenhou em perder todas as vezes em que a ocasião se apresentava, obtendo um sutil alívio.

E também o fato de Filippo não exercer sobre os outros garotos da patota o carisma que Semi lhe atribuía – afinal, ele não era um tipo como David Ruben – só tornava a veneração de Samuel pelo irmão ainda mais exclusiva e, justamente por isso, mais inquebrantável.

A independência de Filippo, a gestão solitária da própria extravagância, a dificuldade de se amalgamar com os outros e de compartilhar seus gostos e pontos de vista, até mesmo a coragem de suportar estoicamente a humilhação de um aproveitamento escolar tão baixo (ele que poderia ter tirado só 10 se tivesse se esforçado)... Bem, tudo isso, e muito mais, era o que havia tornado Filippo uma espécie de herói aos olhos do irmão menor, tornando a sua devoção tão servil a ponto de suscitar a ideia de uma gueixa.

Mas não quando eles tinham de sair juntos. De fato, nesses casos, era o mais velho que se atrasava como uma mulherzinha qualquer. E de uma maneira enervante. Demonstrava uma indolência exasperante até mesmo para o seu maior admirador. Pois bem, também naquela noite, no momento de sair para ir à casa dos Ruben, fez com que os outros o esperassem. Semi e Rachel já estavam no jardim. Semi afrouxava o nó da gravata, ao qual não estava acostumado, abria e fechava os botões das mangas da camisa. Rachel remexia desajeitadamente na máquina fotográfica com a qual se preparava para imortalizar aqueles seus filhos tão elegantes. A noite estava estrelada, fazia frio e eles estavam realmente perdendo a paciência.

– Semi, vá ver que fim levou o seu irmão. Enquanto isso, tento fazer este troço funcionar.

Semi não fez corpo mole. Entrou em casa. E procurou o irmão por toda parte. Nada. Onde ele tinha se metido? No final, olhou até na cozinha. Vazia. Um instante após ter apagado a luz, ouviu na escuridão atrás de si um ruído. Voltou atrás. Evitando ao máximo fazer barulho, Samuel entrou novamente na cozinha, inclinou-se na direção da escada que levava até o porão e ficou estarrecido.

Filippo estava lá embaixo, a poucos passos da porta fechada do porão. A poucos passos do grande, grotesco mistério dos Pontecorvo. Do Conde de Monte Cristo pessoal da família.

Já havia vestido a camisa branca, mas ainda estava de cuecas. Em uma mão, segurava uma lanterna da qual nunca se separava. Na outra, tinha algumas folhas de papel. Lentamente, Filippo se abaixou e fez passar uma folha por baixo da porta.

Transtornado pelo que acabara de ver, e temendo ser notado pelo irmão ocupado em suas atividades escusas, Semi correu de novo para o jardim, encontrando a mãe cada vez mais enregelada e ainda às voltas com a Nikon do marido.

– Então, você o chamou?

– Ele está quase pronto.

– Como "quase"?

– Está praticamente pronto.

E, de fato, Filippo se revelou mais pronto do que o previsto, chegando alguns minutos mais tarde. Quem não estava pronto era Semi, que quase não conseguia olhar para o rosto do irmão.

Uns quarenta minutos depois de ter testemunhado aquilo que lhe pareceu mais grave do que qualquer sacrilégio, sentado em um sofá de couro na sala lotada dos Ruben, onde os convidados finalmente estavam começando a se amalgamar, Semi não conseguia tirar da cabeça a imagem do irmão que enfiava alguma coisa debaixo da porta do pai. Só Deus sabe quanto, durante o trajeto a pé que tiveram de percorrer até a casa dos Ruben – os gélidos oito minutos iluminados por estrelas que, se não estivessem lá em cima, no lugar de sempre, poderiam ser confundidas com as enésimas luminárias que pontuavam quase todos os centímetros quadrados do bairro –, Semi sentiu-se tentado a perguntar de cara fechada ao irmão: "O que você estava fazendo lá embaixo? Por que estava com aquelas folhas na mão? O que você passou para o papai? Dinheiro? Ou um daqueles malditos borrões que você fica desenhando o dia inteiro? Foi ele que pediu para você fazer aquilo? Mamãe sabe? Todo mundo sabe menos eu?"

Mas Semi não teve força para abrir a boca. No entanto, aqueles questionamentos o oprimiam mais e mais a cada segundo. A ponto de estragar o prazer de estar ali, na festa da qual pôde participar pela primeira vez apenas dois anos antes e que, desde então, ele – "o verdadeiro mundano da família" (o copyright da definição é de Leo) – aguardava cada vez com mais ansiedade.

E agora, em vez de desfrutar daquela atmosfera, ele estava sentado no sofá com uma minipizza quente na mão e uma Coca gelada na outra. Ele, tão sociável, não conseguia socializar, enquanto o seu antissocial irmão, a poucos passos de distância, estava se acabando de rir com David, que, obviamente, acabara de contar algo muito engraçado. Em circunstâncias normais, Semi teria ficado orgulhoso da intimidade entre Filippo e David Ruben; teria achado natural e justa a cumplicidade entre gigantes. Mas, naquele momento, não conseguia mesmo sentir orgulho. Não conseguia ter sentimento benévolo algum em relação ao irmão. E não apenas pelo que o viu fazer diante da porta do porão, mas por tudo o que Filippo *não* fez desde que o pai se refugiou lá embaixo.

Foi em uma noite de julho, poucos dias depois que Leo foi para a sua toca, que Semi entendeu que, entre ele e o irmão, algo havia mudado. Sem conseguir dormir, escalou a parte superior do beliche, onde dormia o irmão mais velho. Algo nada incomum. Algo que ele sempre fez. Mas, daquela vez, Filippo não gostou. Com um empurrão e um "não", sussurrado, mas eloquente, deu a entender que aquela noite não era boa. E Semi, ao contrário do que teria feito em circunstâncias normais, não insistiu. Abrigando-se envergonhado na sua cama, fez de tudo para não chorar.

O que estava acontecendo? Fili também o estava abandonando? Não bastava o resto? Agora ele também ia fazer a mesma coisa? Será que todas as certezas que existiam até dois dias antes – o céu que, desde os primórdios, havia se apresentado aos seus inocentes olhos sob a constelação da confiança e da solidariedade – estavam de repente se esquecendo das próprias promessas? E pior ainda: chegando até mesmo a trair aquelas benditas promessas! Será que as três pessoas que sempre lhe asseguraram que, a despeito do que acontecesse, sempre estariam ao seu lado, estavam tirando o corpo fora, mostrando-se distantes e inconfiáveis? Que fim levaram mamãe, papai e Filippo? Aquele mamãe-papai-Filippo que a sua bem-educada cabecinha sempre havia imaginado como uma única palavra composta? Aquele mamãe-papai-Filippo que ele sempre imaginou como um único organismo vivo, de acordo com o mesmo princípio que faz com que você pense na casa em que nasceu não como na união de uma série de cômodos de diferentes tamanhos, mas simplesmente como "a sua casa"?

Foi mais ou menos naquele momento que Semi, tomado pelo pânico de ter sido expulso da cama do irmão como Adão fora expulso do Éden, começou a culpar a si próprio pelo rumo que as coisas haviam seguido. Culpando-se da maneira como qualquer outro coetâneo teria feito: com inelutável desespero. De repente, todas as suas escolhas no último ano pareceram propedêuticas ao desastre.

Quem havia se metido com aquela garota (não, ele não conseguia pronunciar o seu nome nem mesmo internamente)? Quem a tinha levado para casa? Quem insistira para que, no Natal anterior (um ano havia se passado, mas parecia um milênio), ela passasse as férias nas montanhas com eles? Quem tinha dado um jeito para que, entre a namorada e o pai, se instaurasse uma perigosa promiscuidade? Quem não havia se dado conta de nada? Não tinha entendido o que estava acontecendo? Não dera importância suficiente à periculosidade daquela garota?

Nada mal para um garoto de treze anos conceber todas essas perguntas retóricas.

Mas, depois de tantos questionamentos, Semi sentia necessidade de uma assertividade muito mais saudável. Então, disse a si mesmo que ninguém teria sido mais capaz do que ele de supor aquela maldita periculosidade: ela tinha dado mais de uma demonstração da sua perniciosa estranheza. Mas isso só lhe ofereceu outro motivo plausível para se sentir culpado em relação a Leo. Semi, de fato, tinha certeza de que era o único na própria casa, o único em todo o universo, que podia respaldar a inocência do pai. Se não por outro motivo, pelo menos porque só ele conhecia por experiência própria as artes manipuladoras de Camilla (sim, esse era o nome que, no final, Semi não pôde mais fazer de conta que não lembrava).

Semi havia experimentado a potência das artes de Camilla no dia em que – graças a ela – descobriu uma coisa realmente importante sobre si mesmo (talvez a mais importante de todas). Ele estava cada vez mais convencido de que aquela descoberta é que havia mudado as coisas. E, portanto, aquela descoberta era a causa de tudo o que aconteceu em seguida.

Se você tinha doze anos em 1985, se era um garoto bonitinho, educado e abastado, e se sentia nascer dentro de si um interesse cada vez mais desmedido por garotas e sexo, era provável que, após pôr os olhos em sua presa, no final, depois de enervantes solilóquios, você se decidisse a convidá-la para ir ao cinema. Porque convidá-la para ir ao cinema não significava apenas quebrar o gelo. Implicava algo muito mais comprometedor, uma espécie de ponto de não retorno. Por isso, Semi ficou tão orgulhoso de si mesmo quando conseguiu convidar Camilla, mesmo que com um pequeno engano.

Ela apareceu na sua frente, como uma deusa menor, na borda de um campo de futebol improvisado e totalmente imaginário no coração de Villa Borghese. Era uma sexta-feira no final de janeiro. Semi tinha ido à festa de Fabio, um colega de turma, e, depois de um almoço em Via Sicilia, a mãe do festejado acompanhou a tribo de garotos até o parque. Montaram os times, começaram a jogar, desafiaram-se até a última gota de sangue. Era uma daquelas antecipações da primavera que Roma se deleita em oferecer aos seus indolentes cidadãos. A certa altura, formou-se em volta do campo uma espécie de cordão humano composto de jovens torcedoras alvoroçadas.

Foi só então que Semi notou Camilla: ele havia marcado um gol com uma bela cabeçada e ela parecia a única que não tinha vontade alguma de comemorar. Aliás, estava segurando um livro, ocupação que, dado o contexto, pareceu insólita até mesmo para um cê-dê-efe como Semi. Portanto, lá estava ela, uma pequena intelectual. Admitindo que, se tratasse de beleza, seria possível defini-la como uma beleza esquisita. Estava circunfusa por uma nuvem rosada: talvez por causa dos cabelos ruivos, das sardas espalhadas pela testa, do relógio Hip Hop cor de framboesa.

No sábado seguinte, Samuel foi dormir na casa de Fabio e teve a emocionante surpresa de encontrá-la ali! Ela morava no andar de cima, adorava ir comer na casa dos tios.

Depois do jantar, começaram a jogar adedanha e Semi, exímio orador, arrasou os adversários. Então, talvez empolgado pelo sucesso, tomou coragem: já que ele e Fabio haviam decidido ir ao cinema no dia seguinte, perguntou se ela desejava acompanhá-los. E ela, como se nada fosse, sussurrou:

– Só vejo filmes de Renoir.

Semi naturalmente não fazia a menor ideia de quem fosse Renoir, mas, com um patético cálculo oportunista, não hesitou em tranquilizá-la. Ela não precisava se preocupar: se houvesse um Renoir em cartaz, eles o veriam.

E a sua audácia foi ainda mais longe, fazendo com que ele pedisse a Fabio para sair do caminho e não atrapalhar. O amigo anuiu virilmente.

– E Renoir? – perguntou Camilla, alarmada ao ver Semi diante do cinema, olhando para os próprios sapatos.

Ele hesitou.

– E Fabio? – acrescentou ela.

– Deu um bolo na gente – respondeu. – Espero que você não fique chateada – acrescentou rapidamente.

Semi já estava ali fazia uma meia hora. Fez com que Rachel o levasse de carro. E suplicou para que ela fosse embora antes que Camilla chegasse. Naturalmente, não revelou que tinha um encontro marcado com uma garota.

– De jeito nenhum. Meu primo é um cretino.

Semi ficou abalado pela brutal sinceridade de Camilla. Ainda mais porque se tratava de um ataque a um parente próximo proveniente de uma criatura tão reservada.

No lugar de um filme de Renoir, Samuel escolheu *O Garoto do Futuro*, no qual um Michael J. Fox iniciante, mas já extraordinariamente em forma, interpreta o papel do adolescente desajeitado que, após descobrir que é um lobisomem, se torna um pelosíssimo craque do basquete e um conquistador cuja virilidade é no mínimo exuberante. Se não fosse pelo final edificante no qual todos se redimem redescobrindo o valor da amizade e do amor, o filme poderia ser considerado, em todos os aspectos, uma obra-prima digna de Renoir.

De qualquer maneira, muito antes de chegar ao epílogo, *O Garoto do Futuro* havia desempenhado notavelmente seu papel de intermediário amoroso. Mais ou menos no momento em que Marty, o protagonista, começa a se transformar em lobo na frente do espelho do banheiro, Camilla, sem que tal gesto tivesse sido preparado por alguma estratégia apropriada, aninha seu rostinho de fuinha no pescoço de Samuel. Ora, sei que aos olhos de vocês, libertinos, não é grande coisa ganhar de uma garota um beijo no pescoço. Mas, por acaso, o pobre Samuel não é menos desengonçado do que o tal Marty, que, na telona, olha estarrecido as próprias mãos ficando cobertas de pelos. Além do mais, a propósito de analogias, a surpresa de Semi ao sentir pela primeira vez na sua vida a boca de uma garota no seu pescoço não foi menos perturbadora do que o efeito surtido em Marty pela inesperada transformação em fera. Da mesma maneira, a reação de Semi ao audaz gesto de Camilla não foi menos ferina e incontrolável do que a daquele simpático lobinho. Semi também está excitado e assustado. E Semi também tem algo de que se envergonhar: o implacável intumescimento na altura do baixo-ventre o prende, por assim dizer, às suas responsabilidades de macho em miniatura que descobre selvagemente a vida.

Embora, em relação aos padrões pré-adolescentes, Semi e Camilla, nas duas semanas seguintes, tivessem começado a frequentar salas cinematográficas com a frequência de cinéfilos inveterados, ambos teriam alguma dificuldade para contar a trama dos filmes que pagaram para ver. A questão é que, durante as projeções, estavam ocupados com aventuras bem diferentes. Semi até mentiu a Rachel duas ou três vezes, dizendo que ia estudar na casa de um amigo. Tudo isso para se meter novamente em um cinema com a garota dos seus sonhos (ela é que pagava a entrada, Semi não tinha dinheiro suficiente no bolso). Até que Camilla, na sua determinação cada vez mais evidente, deu a entender que desejava um salto de qualidade: chega de cinema. Ela queria ficar um pouco a sós com Semi.

Então, em uma quinta-feira, depois da enésima mentira para Rachel, Semi toma um ônibus e vai da sua escola até a escola de Camilla, a Chateaubriand de Villa Borghese. Lá, deixa-se levar a pé até a casa dela, que não fica muito distante. Ao entrar no apartamento desconhecido, Samuel se sente oprimido. Sente falta da escuridão inócua e acolhedora da sala de cinema. Percebe que há algo que não funciona em tudo o que poderia acontecer. Todavia, sente também que o que poderia acontecer é a coisa mais grandiosa que pode acontecer a um garoto (a qualquer um). Só lhe resta agir com desembaraço.

– Os seus pais?

– Não estão. Meu pai está trabalhando. Minha mãe está de férias.

– De férias? Onde?

– No Caribe, acho. Ela vai todos os anos. É a pessoa mais bronzeada que conheço.

– E seu pai não vai junto?

– O que você quer? Que eles me deixem aqui sozinha, toda para você?

– Agora estamos sozinhos?

– Estamos. A esta hora, nunca tem ninguém. Meu pai sempre volta lá pelas sete.

Semi percebe essa última frase como uma ameaça.

– Quem cozinha?

– Eu mesma preparo a minha comida. Você está com fome?

– Não, falei por falar.

Mas, enquanto isso, ela já pôs a cabeça dentro da geladeira, da qual tira restos não exatamente apetitosos. Diante daquela comida fria, incolor e plastificada, Semi tem uma vaga intuição de como a sua vida é diferente da de Camilla. É como se o asséptico gelo das vitualhas contasse melhor do que qualquer outro indício como são as coisas ali dentro. É como se Semi compreendesse de repente o que torna Camilla tão especial: a sua circunspecção, o seu laconismo, aquela sua presença sempre melancólica, com um livro nas mãos.

Enquanto isso, ela, com gestos mecânicos induzidos pela rotina, pega um prato de abobrinhas cozidas e outro cheio de tomates anêmicos. Por fim, tira o filme plástico de uma grande tigela cheia de legumes estranhos que Semi nunca viu, mas que lembram vagamente lentilhas.

– É espelta. Minha mãe não come outra coisa. É gostoso frio também.

– Eu disse que não estou com fome.

Agora, Semi começa a ficar realmente nervoso. E também a perceber em si mesmo um estranho ressentimento. Sim, o jogo do qual ele está participando é realmente grande demais. Ele tem doze anos. Doze anos. Desde que pôs os pés lá dentro, não para de repetir essa frase para si mesmo. Para, em seguida, acrescentar: sozinho em uma casa com uma garota... sozinho em uma casa com uma garota...

O quarto de Camilla descreve detalhadamente a divergência entre a filha e os pais. O papel de parede florido, o carpete rosa, a cama laqueada de branco cujo rebuscado dossel parece ter sido inspirado no castelo de uma fábula da Disney... esse é o quarto original – o primeiro estrato – escolhido pelos pais. E é sobre essa primeira camada que se depositou, raivosamente, a segunda, que define a personalidade de Camilla. Até parece que ela fez de tudo para violar o templo virginal e fabuloso que os pais lhe consagraram. Começando pela bagunça. E terminando com os pôsteres. Que, visto o contexto, resultam realmente incongruentes. De fato, naquelas paredes, não estão Tony Hadley, George Michael, John Travolta, Jennifer Beals ou Heather Parisi, como seria de se esperar. As paredes estão repletas de rostos de figuras estranhas que, a julgar pela cor da pele e pelos penteados, já morreram há muito tempo. Semi não reconhece nenhuma delas. Felizmente, aqui estou eu, que conheço todos os detalhes desta história e, justamente por isso, posso descrever o panteão iconográfico da senhorita. Vendo-os de perto, é impressionante constatar como os olhos lânguidos de Arthur Rimbaud se parecem com os de

Jim Morrison, igualmente intoxicados. Além disso, devo notar que o capacete de aviador fica muito melhor em John Belushi do que em Saint-Exupéry.

Tudo é tão esquisito que Semi, no início, não sente o estupor necessário ao ver a sua namorada (sim, agora ele pode chamá-la assim) começando a se despir. E isso realmente não faz o menor sentido. Semi está petrificado, não sabe o que fazer. Não sabe se deve se aproximar ou fugir. Não sabe se também deve se despir ou permanecer vestido.

Em poucos segundos, ela está de calcinha e sutiã.

Pelo jeito como se aproxima, Semi entende (um verbo penosamente inadequado) que, em certos assuntos, ela não é mais experiente do que ele. Tudo o que Semi sabe sobre o assunto está amontoado atrás do aquecedor do banheiro compartilhado com o irmão. Deve ter sido ele que escondeu ali a preciosa mercadoria: um punhado de revistas com nomes fascinantes (*Supersex*, *Le Ore*, *Men*...) que apareceram atrás do aquecedor mais ou menos no mesmo período em que, acometido por contínuas dores de barriga, Filippo começou a se fechar no banheiro com sinistra frequência. Foi um amigo de escola que explicou por que Filippo sempre estava no banheiro: descreveu minuciosamente o que pode acontecer ao seu pênis se você o manipular bem direitinho. Depois daquela explicação, Semi manipulou, e muito, a sua ferramenta, obtendo em troca apenas uma irritação na glande e uma vergonha interior. Exatamente naquele momento, Semi descobriu as revistas escondidas pelo irmão. Para ele, um verdadeiro treinamento para a vida. Realmente, não imaginava que aqueles corpos emaranhados de homens musculosos e mulheres lindas pudessem lhe causar tanto prazer e tanta dor ao mesmo tempo.

Um dia, no vestiário, após a aula de ginástica, anunciou triunfalmente ao amigo que havia se tornado homem. Finalmente também aconteceu com ele. Que coisa incrível! Ter um orgasmo. Existe algo melhor?

Pena que Semi mentiu. A verdade é que ainda tenta todas as tardes. Mas não acontece nada. E esse "nada" faz com que ele pense no pior. Trata-se da sensação zombeteira e dolorosa que, exatamente por você não conseguir desfrutar do prazer até o final, deixa o gostinho de perpétua incompletude. Um suplício que consiste em uma ansiedade infinita.

Outro amigo mais velho contou que é só ele beijar a namorada que goza imediatamente nas calças. E explicou que não há nada de realmente bom nessa precocidade. Todavia, apesar das lamúrias do amigo, Samuel o invejou. Ele tem certeza de que gozar imediatamente é muito melhor do que não gozar.

Esse é o clima no qual Semi está enredado quando se depara com Camilla de calcinha e sutiã. Há semanas não faz outra coisa a não ser remoer a suspeita raivosa de que nunca se tornará adulto. De que permanecerá para sempre aquela coisa amorfa: um pirralho com um monte de noções teóricas na cabeça aprendidas nas revistas do irmão e nas confidências de amigos mais tarimbados. E nenhuma experiência em campo.

Semi sente conforto ao perceber que os dedos de Camilla também estão tremendo. Ela segurou seu pulso e agora o arrasta até a cama. Faz com que ele se sente. Os lençóis emanam uma fragrância agridoce: um perfume de infância aguçado por um retrogosto pecaminoso. E, a essa altura, Camilla não faz nada diferente do que faria no escuro de qualquer cinema. Semi fecha os olhos e, por alguns minutos, entre o cinema e o quarto de Camilla, não há nenhuma diferença. O verdadeiro salto de qualidade, o que muda tudo, é aquela mão. Que o alcança lá onde ninguém jamais ousou se aventurar. Uma mãozinha que não sabe ainda como se comportar ali, uma mãozinha que, justamente por causa da sua inexperiência, age de maneira tão irresponsável e equívoca a ponto de se tornar irresistível. E veja só, é exatamente aquela mãozinha ali que rompe a barreira do som que a mão de Semi, durante horas e mais horas de extenuantes experiências íntimas, nem sequer soube arranhar.

Finalmente. A primeira vez. O que dizer? Aquelas contrações sincopadas dos lombos são uma coisa grandiosa! É verdade. Mas, então, por que toda essa vontade de chorar? Por mais que tenha tentado imaginá-lo, Semi descobre que o orgasmo era inimaginável, tanto quanto a música de Mozart para um surdo.

O dom de Camilla. É graças ao dom de Camilla que inicia a sua carreira de macho. A partir daquele momento, Semi começa a cuidar de si mesmo de maneira eficaz. E começa a fazê-lo com uma frequência e uma intensidade que não são inferiores às do irmão, que, aliás, estão diminuindo. Agora, é ele o verdadeiro atleta da família. O grande performer solitário. O problema é que, a essa altura, Camilla dá um passo para trás.

– Quando sua mãe viaja novamente? – pergunta ele todo dia.

– Não sei. Por quê?

– Porque aí poderíamos ficar um pouco sozinhos.

– Tudo bem, mas não sei quando ela vai viajar de novo.

O que mudou? Por que ela se comporta assim? Por que iniciá-lo em uma coisa sensacional e, depois, tirá-la das suas mãos? Que crueldade é essa?

Seja qual for a motivação, Camilla não quer mais ficar sozinha com ele. No cinema, sim; no parque, também; até mesmo em casa, desde que pelo menos um dos seus pais esteja presente. A sós, nunca.

Por quê? Será que ela não gostou tanto quanto ele? Será que ficou enojada com aquele epílogo lambuzado? A verdade é que ele se sente como um explorador dos mares cuja licença para navegar foi revogada.

Um verão inteiro se passa. Ambos são enviados para cursos de férias. Ela em Montpellier para melhorar o francês, aliás, perfeito. Ele em Newquay, melancólica cidadezinha da Cornualha. Camilla consegue ligar para ele umas duas vezes (nada de celulares na época, apenas poéticos e caríssimos interurbanos!). Enquanto isso, ele se torna um frequentador assíduo dos banheiros britânicos. Finge sempre que a própria mão, cada dia mais experiente, não é sua, mas de Camilla. Em setembro, quando se reencontram, a obstinação dela em evitar momentos a sós com Semi se tornou, se possível, ainda mais exasperante. Ele se contenta (por assim dizer) do tratamento-cinema.

Depois, por volta de dezembro, aquela espécie de chantagem. Não exatamente uma chantagem formalizada. Mas um pedido insistente que tem algo vagamente ameaçador. Ela não quer passar o Natal com os pais. Quer ir para a Suíça com ele, para as montanhas com os Pontecorvo. Não fala de outra coisa. Semi começou a temer que as próximas fotos que Camilla irá pendurar nas paredes serão de toda a família Pontecorvo. Porém, isso é algo que o envaidece. O fato de ela se sentir melhor na casa do namorado do que na sua própria casa lhe dá certo orgulho.

– Você está louca? O que os seus pais vão dizer?

– Esqueça os meus pais. Eu cuido deles. Trate de se preocupar com os seus.

– Minha mãe nunca vai aceitar.

– Se você conseguir, juro que...

– Jura o quê?

– Você vai ver.

Sim, foi o que ela disse: "Você vai ver." Não acrescentou mais nada. E só Deus sabe o que ele viu. Ele e toda a sua família. E o que mais o desesperava era o pensamento de que o único indivíduo do sexo masculino que conseguiu ficar sozinho por algum tempo com Camilla durante as férias natalinas na Suíça foi o seu pai. Em uma tarde na qual todos saíram. E Semi sabia muito bem como Camilla se comportava quando ficava sozinha com alguém. Sabia como ela era capaz de se tornar irresistível.

Foi nisso que Semi pensou logo após ter sido expulso da cama do irmão. E, provavelmente, era exatamente isso que Filippo, ao desalojá-lo, queria que ele lembrasse. Era como se, ao se recusar a recebê-lo na própria cama, ele quisesse dizer: "Não, não consigo consolar você. Porque sei que a culpa é sua. Você destruiu tudo. É por sua causa que agora estamos nestas condições. Só existe um responsável pelo fato de papai ter fugido lá para baixo e de nós não termos conseguido ir atrás dele. Pelo fato de ele não subir até nós e de nós não descermos até ele. Pelo fato de mamãe nunca falar a respeito e de nós nunca tocarmos nesse assunto com ela. O único responsável por tudo isso é você: a sua incapacidade, a sua infantilidade, a sua inexperiência, o seu egoísmo."

E, no escuro, voltando a apoiar a cabeça no travesseiro úmido e quente, Semi pensou: "Sim, você tem razão: é tudo culpa minha. As coisas não aconteceram como você pensa. Porém, no ponto mais importante, você tem toda a razão: é tudo culpa minha."

A partir da noite em que imaginou essa troca de frases, Semi não tentou mais subir na cama de Filippo. A partir daquela noite, algo mudou entre eles: aquela história, em vez de uni-los, como seria possível esperar, acabou por separá-los. Depois de cinco meses terríveis, Semi pôde constatar que todas as saraivadas que era natural esperar que viessem de fora, na verdade, partiram de dentro. Isso mesmo, aquele mecanismo antissísmico tão bem testado – o mecanismo Pontecorvo –, quando submetido aos abalos anômalos de um terremoto imprevisível, não resistiu.

Pensando bem, todos os outros (amigos, colegas, professores, instrutor de tênis...) se comportaram de maneira impecável. Ninguém fez sequer uma alusão direta ao acaso Pontecorvo na frente de Semi. Não aconteceu na sala de aula. Não aconteceu na turma de Olgiata que, depois de um tempo, ele voltara a frequentar. Não aconteceu no curso de tênis nem na piscina.

Semi (mesmo sem ter plena consciência do fato, como seria possível? Ele tinha acabado de fazer treze anos) aprendeu que o vício das pessoas de falar mal de você pelas costas não é, afinal de contas, um vício tão grande assim. Aliás, a hipocrisia é um precioso recurso social. E, se existe algo supervalorizado, é a sinceridade. Sim, Semi entendeu isso. Estava grato a todas as pessoas que, naqueles meses, não lhe falaram do pai. Mas ele estava começando a ficar irritado com a mãe e o irmão. Porque esperava que eles, sim, eles, falassem a respeito. E estava com raiva do pai, que devia dar explicações a ele da mesma maneira que ele devia dar explicações ao pai. Ainda mais porque Semi sempre gostou de conversar com o pai. Leo era um orador fantástico. Gostava de explicar as coisas. Tinha uma voz linda. Então, por que agora ele não queria explicar aquela coisa fundamental? Se Semi parava para pensar em quanto tempo ficou se culpando por tudo...

De repente, no sofá da casa Ruben, Semi sentiu que o novelo de coisas inexplicáveis dos últimos meses era sugado pela imagem do irmão que enfiava algo sob a porta do pai. Era como se, naquele momento, todas as necessidades de Semi tivessem convergido para aquela única e opressiva curiosidade. Que Samuel nunca poderia saciar: não, ele nunca teria a coragem de questionar Filippo.

Por outro lado, não era tão incompreensível que Filippo rondasse a porta do pai. Sim, ele entendia perfeitamente o fascínio sinistro daquele lugar. Ele mesmo também era tomado muitas vezes pelo anseio de descer até lá. E, na verdade, ele também tinha seu pequeno segredo em relação àquela porta.

De fato, havia algumas semanas que Semi, de vez em quando, depois que todos já tinham ido para a cama, se levantava. Ia até a cozinha. Pegava na despensa alguns quadradinhos de chocolate ao leite e os deixava na frente da porta de Leo, embrulhados em um guardanapo de papel. Toda vez que descia a escada, sentia uma espécie de vertigem. Um sentimento desconhecido que unia medo e excitação, o gosto do proibido e um afeto inextinguível. Toda vez, ele morria de medo (e ao mesmo tempo esperava) que o pai abrisse a porta exatamente naquele momento. Mas, até então, nunca havia acontecido.

Às vezes, de manhã, Semi ia ver o que havia acontecido com o pequeno presente deixado ali na frente. E, para ele, era sempre uma enorme emoção ver que o guardanapo não estava mais lá. Semi esperava que o pai intuísse quem estava por trás daquele gesto de amor. Imaginava-o cheio de gratidão em relação ao filho enquanto limpava a boca com o guardanapo e sorria.

Mas, agora, a ideia de que Filippo pudesse ganhar o mérito daquele mimo noturno o deixava furioso.

– O que está acontecendo com o Corvo júnior? Está sem apetite?

Era a voz de David Ruben. A sua bela voz tão segura de si. Era ele que havia afetuosamente apelidado Filippo e Samuel de "os Corvos".

E era ele que, para distingui-los, os chamava de "Corvo sênior" e "Corvo júnior".

Agora, postou-se lá na frente com seu um metro e oitenta e cinco de altura e o seu maxilar de herói de histórias em quadrinhos. Um belo rapagão que, é necessário dizer, ficava muito melhor de short e tênis do que de paletó e gravata. Samuel sabia que, se não fosse a mania de grandeza da sua mãe, David não faria uma festa tão cafona como aquela. Mas também sabia que tamanha era a gratidão daquele filho em relação a uma mãe tão sóbria que não lhe custava ceder às suas megalomanias. Além do mais, fazia parte do seu caráter de rapaz de sorte aproveitar todas as ocasiões para se divertir e sentir-se bem. A sua gentileza com todos devia realmente depender do seu estado de bem-estar, da sua incapacidade de nutrir invejas ou ressentimentos em relação a quem quer que seja. Ele havia visto Samuel ali, apartado. Sabia que, naquela noite, o garoto tinha tudo para ser o mais infeliz de todos: tanto pelo que estava acontecendo com o pai quanto pelo fato de ser o convidado mais jovem e de não conhecer quase ninguém. Por isso, queria animá-lo.

– Pronto, vou tirar isto aqui – disse David, desamarrando a gravata. E Semi o imitou imediatamente, sorrindo com gratidão.

– Achei que fosse obrigatória.

– Não estamos na academia militar. Aqui, nada é obrigatório. E, depois, você sabe: fazer o que quero é a minha especialidade.

– Sorte a sua.

– Não pense que aqui é sempre esta chatice. Assim que eu conseguir mandar a neurastênica da minha mãe para a cama, vamos começar a nos divertir para valer.

– Tipo?

– Seu irmão contou para você?

– Não...

– Não disse que aqui a gente joga tempo fora como em nenhum outro lugar na Terra?

David provou que era um homem de palavra. Depois do desfile de panetones e cremes de mascarpone, e quando a sra. Ruben, exausta e satisfeita, liberou o campo, David introduziu os convidados remanescentes (em sua maior parte, de sexo masculino) em uma espécie de quarto dos brinquedos situado no porão.

Lá dentro, havia tudo o que um garoto pudesse desejar em 1986. Suspeito que, para decorar o loft de Tom Hanks no filme *Quero Ser Grande*, os roteiristas se inspiraram em David e em seu "quarto da diversão" (era como ele o chamava). Havia um bilhar, uma mesa de pingue pongue, um totó, dois jogos eletrônicos de bar e, naturalmente, a indefectível pista Polistil. Na grande mesa central coberta por um inequívoco tapete verde, havia cartas, fichas e alguns jogos natalinos. David desapareceu em outro cômodo, reaparecendo alguns instantes mais tarde com uma bandeja cheia de latinhas de Coca.

Ninguém era mais mimado do que David Ruben. Mas, ao contrário do típico garotinho mimado, ele tinha tanta vontade e prazer de dividir com os outros a sua sorte que invejá-lo parecia um gesto realmente mesquinho. Era legal ser seu amigo. Invejá-lo não fazia o menor sentido. Era como se a sua limpeza interior tivesse algo de contagioso. Todos, naquele contexto, teriam todo o direito de aloprar. Mas ninguém parecia estar interessado. Como se não quisessem violar toda aquela respeitabilidade burguesa. E imaginar que eles tinham a idade certa. Bastaria que alguém sacasse um baseado. Ou que David distribuísse bebidas mais fortes do que Coca-Cola. Bastaria que alguém colocasse música como se deve. Que os garotos, tão desengonçados e reprimidos, se livrassem definitivamente do paletó e da gravata e que as garotas, inibidas, fizessem o mesmo com os sapatos.

Mas David Ruben não costumava favorecer algumas promiscuidades na sua própria casa. E, afinal de contas, era melhor assim. Havia algo de romântico no acanhamento imperante. Havia algo muito meigo e tocante naquela atmosfera puritana.

Em suma: já que ninguém estava se agarrando, não havia nada mais a fazer a não ser começar a jogar. Comer torrone e jogar. Beber Coca-Cola e jogar. Era tudo o que era possível fazer ali dentro. E foi o que todos começaram a fazer, sem grandes arrependimentos.

Depois de um tempo, estavam todos em volta de uma mesa jogando cartas. O papel de banco era desempenhado por um sujeito que Semi e Filippo conheciam de vista porque frequentava a mesma escola deles. Era dois anos mais velho do que Filippo, embora não parecesse. Apesar de se chamar Pietropaolo (nada mal, dois apóstolos em um só nome), o seu comportamento habitual não tinha realmente nada de irrepreensível de um ponto de vista cristão. Tinha um bonito rosto de modelo que lembrava – mesmo porque ele fazia de tudo para isso – Nick Kamen, um cantor bastante em voga entre as adolescentes da época.

A julgar pelo número de jaquetas e relógios de marca de que podia dispor, era possível dizer que o seu orçamento para compras era tão ilimitado quanto o de um emir. Além disso, a propósito do cuidado maníaco com a sua pessoa, dizia-se que Pietropaolo, aterrorizado pela ideia de perder a sua romântica cabeleira corvina, borrifasse toda noite na cabeça um caro medicamento para fortalecer o couro cabeludo. Mas esse certamente não era o boato mais picante que circulava a seu respeito. Havia quem jurasse que, alguns anos antes, ele tivesse flagrado a mãe transando com o irmão do marido. E que, transtornado por essa experiência hamletiana, tinha se jogado sobre a cama e começado a bater no Cláudio da vez. Por fim, não satisfeito, contou tudo imediatamente ao pai, que pediu o divórcio.

Dizia-se que a sua famigerada misoginia, temperada por um sarcasmo intolerável, dependia daquele golpe sofrido em plena puberdade. Embora fosse um dos indivíduos mais cobiçados da escola, nunca tivera nenhuma namorada. Por isso, havia uma facção que o considerava uma bicha malvada e outra que acreditava que Pietropaolo (com todo o dinheiro que tinha) usasse os serviços de meretrizes experientes.

O único dado certeiro era que ele pertencia à categoria de indivíduos que precisam constantemente de alguém para humilhar. Um verdadeiro especialista em sacanear os outros. Se você tinha um defeito do qual se envergonhava e que fazia de tudo para esconder, ele o trazia à tona com ferocidade para jogá-lo na sua cara na frente de todo mundo. Portanto, um autêntico tormento para as garotas obesas, para os gagos, para os portadores sãos de orelhas de abano e narizes de batata, para os atletas desengonçados e as feiosas conclamadas. Enfim, ele era o cafajeste mais temível da escola. Um verdadeiro canalha. E, como todos os verdadeiros canalhas, era inteligente, brilhante e – desde que você não fosse escolhido como vítima – irresistivelmente simpático.

A coisa estranha era encontrá-lo naquela festa, já que, em todos os sentidos, ele é o exato oposto do dono da casa. Porém, a habilidade com que desempenha o papel de crupiê faz com que nasça a suspeita de que esse seja um ótimo motivo para que ele tenha sido convidado. Meu Deus, como ele se sai bem! É despachado, histriônico. Blefa como ninguém. Venderia um lote de presunto avariado para um rabino.

Graças ao seu talento, chegamos ao fim da terceira partida com grande desenvoltura. Pietropaolo está prestes a virar a última carta, a do primeiro prêmio. Em jogo, há uma soma pequena, mas razoável para um bando de garotos. A notícia do momento é que a deusa

Fortuna pôs Fili contra Semi: Corvo sênior contra Corvo júnior. Caim contra Abel. São eles que têm as duas últimas cartas. O que significa que o vencedor levará tudo e o outro não terá nem um prêmio de consolação. Isso desencadeou um pequeno alvoroço entre os outros jogadores-espectadores.

– Vamos, dividam!

– Vai ficar tudo em família mesmo.

– Não, senão, qual é a graça? É divertido quando um ganha e outro perde.

– Isso, nada de palhaçadas!

– Coragem, rapazes.

Filippo está com a costumeira expressão de quem está ali por acaso. De quem não está nem aí. Semi é um emaranhado de sentimentos contrastantes. E não tanto porque se envergonha de ser o centro das atenções mesmo sendo o convidado mais jovem da festa. Afinal de contas, sente-se à vontade. Ainda mais porque, tratando-se do irmão, Semi abole qualquer espírito competitivo. Sabe que, em circunstâncias normais, entregaria a sua carta a Filippo, daria ao irmão esse presente pelo simples prazer de vê-lo vencer.

Mas, hoje, Semi está aborrecido com Filippo. Não tanto porque cinco meses antes ele o expulsou da cama e, desde então, fez com que Semi entendesse que, pelo menos no seu colchão, ele era um hóspede indesejado. Não tanto porque, provavelmente, Filippo o culpa por tudo o que está acontecendo. Nem porque Semi o flagrou enfiando algo debaixo da porta do refúgio onde vive o pai. A única razão para Semi estar aborrecido com o irmão nesta noite é o fato de ele achar que foi abandonado. Sim, o seu herói o abandonou no momento mais difícil. E isso é algo que ele não pode perdoar. Por isso Samuel desconversa.

Filippo sussurra:

– Vai, bichinha, vamos dividir.

Mas Semi não se deixa enganar nem mesmo pelo tom acariciador daquela voz. A aparente meiguice não o encanta. Ele conhece Filippo. Sabe que o irmão não gosta de ser o centro das atenções. Quer terminar aquela história o quanto antes.

Por isso, inalando uma bela lufada de ar tornada densa pelos cigarros acesos, mas também pelos apagados, Samuel, sem coragem de encarar o irmão, diz:

– Eu fico com a minha carta. Você fica com a sua.

– Viu só o corvinho?

– Que caráter!

– É assim que se joga, galera.

Mas o comentário mais inapropriado e aterrorizador, obviamente, é feito por Pietropaolo. Sugando todos os outros como um buraco negro.

– É claro que vocês nunca se contradizem – diz, articulando bem cada sílaba. – Dividem tudo em família, até a mesma namorada. Mas dinheiro, não. Isso nunca se divide.

Alguns riram. Outros entenderam a tempo como era inadequado rir de uma piada como aquela, ainda mais naquela casa. Tratava-se de uma piada horrível, que misturava com sabedoria um antissemitismo genérico e uma insensibilidade específica em relação à tragédia que havia se abatido sobre os Pontecorvo. Em suma, uma autêntica sacanagem.

Por um instante, só se ouviram o crepitar do fogo e, ao fundo, as insuportáveis melodias natalinas de sempre. Todos dirigiram o olhar para David. Como se estivessem convencidos de que – no triplo papel de dono da casa, líder indiscutível do bando e judeu proverbialmente generoso – coubesse a ele sancionar duramente o comportamento daquele canalha. Mas David nem respirava. Estava estarrecido. Constrangido. Como se, uma vez na vida, a sua melhor qualidade, ou seja, a bondade de espírito, estivesse dando um conselho errado, intimando-o a escolher a opção mais vil: um silêncio vacilante e irresponsável.

Por outro lado, era só olhar para Pietropaolo para entender que, embora estivesse fazendo de tudo para se mostrar orgulhoso do brilhantismo da própria tirada, ele estava perturbado pelas palavras que havia acabado de pronunciar. E certamente assustado pelas consequências imediatas que poderiam suscitar.

Mas quem estava pior era Semi. Com a cabeça abaixada, olhava a carta que poderia ter lhe rendido uma pequena bolada que, àquela altura, não tinha mais a menor importância. Em um único instante, a irracional esperança (à qual, com o tempo, conseguiu se afeiçoar) de não ser percebido pelo mundo como "aquele cara cujo pai transou com a namorada" desmoronou. E não era possível entender naquele momento se o esforço sobre-humano para não começar a soluçar na frente de todos derivasse do desejo de salvaguardar um vestígio de dignidade ou se era a última tentativa desesperada de manter de pé uma esperança que não tinha mais sentido algum.

Filippo tomou a iniciativa e quebrou o gelo (e não apenas o gelo). Foi ele que entendeu que a única coisa que podia ser feita naquele momento – por si mesmo, pelo irmão, pela mãe, pelo pai, por todas as pessoas de bem – era perder a razão.

E foi o que ele fez.

Levantou-se. Pegou o canalha pela gola do paletó. Arrancou-o da cadeira. Jogou-o no chão, sentou-se em cima dele. Tudo isso quase em um único gesto. Enquanto Pietropaolo, pálido, tentava se soltar,

Filippo começou a golpeá-lo com uma violência selvagem e inaudita. Uma coisa de filme, uma coisa capaz de desfigurá-lo, uma coisa de louco. Filippo continuava a gritar:

– Entendeu agora? Entendeu agora?

Sim, continuava a fazer essa pergunta como se tivesse acabado de explicar alguma coisa e quisesse ter certeza de que o outro tinha compreendido o conceito. E, de fato, estava lhe dando uma verdadeira lição. Daquelas que nunca mais se esquecem.

No breve interlúdio transcorrido do instante em que o irmão começou a bater naquele sujeito até o momento em que quatro garotos, bastante assustados pela fúria de Filippo, o arrancaram à força de cima de Pietropaolo, Semi sentiu um prazer quase desconhecido. Fazia muito tempo que não se sentia daquela maneira. Algo estava se dissolvendo. A sensação de injustiça e solidão que o havia martirizado desde a noite em julho quando tudo começou encontrou uma esplêndida redenção. Uma verdadeira catarse. O luminoso final feliz que você não espera.

Durou pouco. Quando Pietropaolo, com os seus adorados cabelos desalinhados, os olhos cheios de incredulidade e a boca suja de sangue, começou a atacar verbalmente o seu agressor – "Você é maluco! Está doente. Você é um psicopata, um babaca. Mas isso não vai ficar assim. Vou acabar com você... Vou acabar com você..." –, exatamente naquele momento, Semi sentiu novamente certa preocupação. Mas nem o medo conseguiu apagar a satisfação que continuava a subir dentro do seu peito. A violência, a tão vituperada violência, estava se revelando, pelo menos uma vez, muito sensata e insubstituível.

– É melhor vocês irem embora – disse David para Filippo. E Filippo não se fez de rogado.

As estrelas pareciam ainda mais próximas da Terra quando os dois irmãos se viram novamente na rua. Era como se a reluzente imensidão da abóbada celeste aumentasse a sensação de solidão que os atazanava. Além de não haver necessidade de palavras nem de gestos para entender que a ferida que os havia dividido radicalmente nos últimos tempos estava cicatrizando, parecia totalmente apropriado que uma noite tão gélida e bonita fosse testemunha da mais importante reconciliação da vida deles.

Filippo estava tranquilo. Massageava o pulso dolorido. Em situações futuras, raramente se sentiria tão adulto e invencível como naquele momento. Fizera o que devia ser feito. O fato de quebrar a cara daquele arrogante descarregou a tensão nervosa e aplacou a sensação bíblica de justiça que a mãe lhe instilara.

Semi, por outro lado, de tão emocionado, quase tinha dificuldade em respirar. Vez por outra, lançava um olhar cauteloso para Filippo e sentia vontade de rir. Aquele era o seu irmão. O seu herói tinha voltado. A única pessoa que ele queria ao seu lado estava ali. É óbvio que, dali em diante, Filippo não o expulsaria mais da cama.

A única coisa que Semi gostaria de ter feito naquele momento era começar a gritar: "E com vocês, os *Inseparáveis*!" Tratava-se da frase que Filippo pusera na boca dos heróis da primeira história em quadrinhos que desenhou. Ou, pelo menos, a primeira que Filippo, no seu pudor, teve a coragem de mostrar ao irmão aproximadamente dois anos antes.

No início, diante daqueles desenhos, Semi não entendeu muita coisa. Achou-os bastante ridículos. Ainda que, para não humilhar o autor, evitou rir. Os protagonistas da tirinha idealizada pelo irmão eram dois pássaros vestidos de super-heróis. Uma versão ornitológica de Batman e Robin. De tanto olhá-los, acabou se convencendo de que um dos desajeitados pássaros com o bico curvado se parecia com Filippo. E que o outro se parecia com ele mesmo. Enfim, analisou as roupas. Mais ou menos no meio do peito, no centro da blusa vestida por ambos, havia um I maiúsculo.

– Por que isso? – perguntou Samuel, indicando-o duvidoso.

– Significa *Inseparáveis*.

– *Inseparáveis?*

– É como chamam uma espécie de periquitos muito peculiar.

– Por que peculiar?

– Eles vivem a vida inteira juntos. Um grudado no outro. Depois, quando um dos dois morre, o outro morre também.

– Por quê?

– Não sei, mas é assim.

– O que eles estão fazendo aqui?

– Estão prestes a capturar o Mister Black.

– Quem é o Mister Black?

– É o inimigo dos *Inseparáveis*.

– E o que eles estão dizendo aqui?

– O que dizem sempre, ou, pelo menos, todas as vezes que chegam ao local do crime: "E, com vocês, os *Inseparáveis*!"

E Semi não precisou de nenhuma outra explicação suplementar. Então, era assim que Filippo concebia o relacionamento deles? Eram eles os *Inseparáveis*? Os super-heróis mascarados? Eles eram dois periquitos que não podem ficar um sem o outro, mais ainda do que *O Quarteto Fantástico*, se possível. Que precisam ficar sempre juntos, a tal ponto que, se um morre, é seguido pelo outro.

Tudo aquilo pareceu a Samuel muito nobre, muito heroico, muito íntimo. Com a retórica das crianças, recebeu a dádiva daqueles desenhos como uma espécie de juramento. Um juramento sagrado

e secreto entre ele e Filippo. Um juramento que, justo naquela noite de dezembro de 1986, o periquito maior havia honrado.

Por ironia da memória, vinte e cinco anos após a turbulenta noitada na casa dos Ruben, Semi estava pensando exatamente nas aventuras heroico-cômicas dos *Inseparáveis*, que pelo menos por certo tempo, criaram a ilusão de que ele havia consertado algo que se rompera irreparavelmente. Ele estava pensando que o irmão havia se revelado insubstituível. Pensava em como fora fantástico naqueles anos o relacionamento deles. Aquele desequilíbrio preestabelecido e reconfortante. O cavaleiro e o seu escudeiro. Uma coisa linda.

Muito tempo havia se passado. Agora, lá estava ele, montado na sua Speed Triple preta, pendurado em todas aquelas lembranças inúteis.

Embora ainda faltassem muitas prestações do leasing a serem pagas, era a primeira vez, desde que ele a havia comprado, que Semi, apertando-a entre as pernas e passando nervosamente as marchas com a ponta dos pés, sentia aquela moto como sua. Não que fosse dócil, pelo contrário. Era simplesmente o que ele precisava naquele momento para preparar um dia que não prometia nada de bom. Sim, apesar do céu carregado e do asfalto escorregadio após quatro dias de chuva, Semi não desejava outra coisa a não ser cavalgar a sua Triumph: correr pelas ruas de Milão, avançar com desenvoltura por entre os carros, calçadas, trilhos, canteiros, pedestres... Fugir. Do quê? Ele não saberia dizer. Para onde? Rumo a um passado formidável!

Eram quase oito e meia da manhã, mas a cidade ainda estava inexplicavelmente escura. As luzes dos faróis dos carros – através dos diafragmas esmerilhados criados pelas gotinhas agarradas à viseira do capacete – revelavam-se particularmente incômodas.

O motivo para Semi pensar nos *Inseparáveis* e naquela noite de tantos anos antes era a sua necessidade de isolar, em meio à selva de reminiscências desagradáveis que se revezavam para atormentá-lo, uma lembrança reconfortante – apenas uma – à qual se agarrar enquanto desafiava o ar frio da manhã.

O telefonema do irmão, que o pegou por um triz, um instante antes de ele sair do apart-hotel já com o capacete na mão, deixou-lhe um grumo de sentimentos contrastantes no meio do peito.

De início, pareceu um telefonema de serviço, mas, em seguida, revelou sua verdadeira razão: um pedido de ajuda. E isso não teria nada de mal se Semi não estivesse pensando havia vários dias em um eventual pedido de ajuda ao irmão para se livrar de todas as encrencas em que havia se metido. E, vocês sabem, não há nada de mais desagradável do que receber um pedido de ajuda da pessoa que, aos seus olhos, representa o último recurso para que você consiga resolver os próprios problemas. Não há nada de mais constrangedor do que entrever um ponto fraco na armadura do cavaleiro que você julgava invencível.

E era mais ou menos isso que Samuel havia sentido ao falar ao telefone com o irmão. Aparentemente, Filippo havia ligado para lembrar que, naquela tarde, se "exibiria" (era o que ele gostava de dizer) no auditório da Bocconi, a universidade em que Semi havia estudado.

– Você vai querer perder a cena do seu ex-reitor que puxa o meu saco na frente de todo mundo?

Foi a primeira gracinha que Filippo deixou escapar. Era o que bastava para alarmar Semi, que sabia que, se havia um momento no qual desconfiar do irmão, esse momento era quando Filippo começava a fazer gracinhas ou citações.

– Eu já disse que vou – Semi o tranquilizou, sem se preocupar em acrescentar que não via a hora de encontrá-lo.

Ele estava feliz de poder se deleitar com a cena decididamente peculiar de Filippo (o ser menos acadêmico do universo) sendo glorificado pelos seus velhos professores e pela nova geração de estudantes da Bocconi. Além disso, já havia alguns dias que Samuel prelibava o momento em que, depois do evento na universidade, em um bom restaurante, diante de uma daquelas garrafas de vinho tinto com taninos agressivos que Filippo tanto amava, os dois poderiam se dedicar a um dos seus famigerados tête-à-tête. Uma ocasião propícia para formular o seu articulado pedido de ajuda ao irmão, cujo primeiro ponto consistia em um empréstimo bastante vultoso para tapar os buracos.

– Então, a gente se vê mais tarde? – perguntou mais uma vez, inutilmente, Filippo, como se estivesse querendo ganhar tempo para reunir a coragem de confessar o motivo daquele telefonema quase de madrugada.

– Claro, a gente se vê lá. Às seis, não é? Se eu conseguir, vou até chegar um pouco mais cedo.

– *Excelente!* – disse Filippo. – Ainda mais porque pode ser a última vez que nos encontramos.

E, por mais que possa parecer estranho, Semi ficou mais perturbado com a primeira parte da frase do que com a segunda. De fato, "Excelente!" era a exclamação predileta do sr. Burns, o personagem de *Os Simpsons* preferido de Filippo. E, como eu já disse, o abuso de citações não era um bom presságio. Semi perguntou a si mesmo se, naquela manhã, Filippo já havia tomado o seu comprimido de Prozac. Nada descrevia melhor a deformidade emotiva dos irmãos Pontecorvo do que o fato de o primogênito precisar se animar com antidepressivos e o caçula precisar se acalmar com ansiolíticos.

– O que está acontecendo? – perguntou Semi um pouco irritado.

– Acabou tudo! Amanhã, não existirei mais.

– Dá para evitar falar bobagens pelo menos hoje?

– O que tem de tão especial no dia de hoje?

– Estou em apuros. Aliás, ainda bem que vamos jantar juntos. Quero conversar com você.

– Quem sabe se ainda vou estar vivo na hora do jantar?

– Ou você para com isso e me diz o que está acontecendo ou eu desligo!

– *Fiz fiasco. Fiz Kaputt. Fiz água, fiz merda...*

Mais uma. Essa última era uma fala de *Banzé no Oeste*, de Mel Brooks. Para Semi, uma espécie de peça definitiva naquele quebra-cabeça misterioso e inquietante. Porque Filippo geralmente a sacava quando estava em plena paranoia hipocondríaca: sei lá, depois de passar uma noite inteira apalpando uma excrescência no pescoço ou fazendo obsessivos exercícios de deglutição para afastar a hipótese de um tétano agressivo.

Quando os problemas são sérios como os de Samuel, não há nada pior do que ter de aguentar as cismas extemporâneas de um neurótico. Semi queria qualquer coisa, menos ter de aturar as elucubrações do irmão sobre doenças letais autodiagnosticadas. Por isso, com uma certa relutância, perguntou:

– O que foi desta vez? Aids? Peste?

– Minha saúde está ótima.

– Então, qual é o problema?

– Você não lê os jornais?

– Parei de lê-los há mais de vinte anos – atalhou Semi, com um daqueles gracejos que aludiam à tragédia de Leo sem nunca nomeá-la.

– Receio que você terá de voltar a comprá-los.

– Ouça, tenho um monte de coisas a fazer. Jacob está me esperando no escritório para arrancar meu couro. Aliás, provavelmente vai me demitir. Corro o risco de ser amanhã um desempregado assediado por credores. Portanto, ou você para com esses joguinhos e me diz o que está acontecendo ou então vá tomar no cu.

– Você se lembra daquelas ameaças vagas que recebi alguns meses atrás?

– Claro. Mas também lembro que você tinha dito que era tudo bobagem!

– Segundo o nosso serviço secreto, não são... Parece que tem um monte de sites islâmicos em pé de guerra. Você sabe como é: vamos cair em cima do judeu! Além do mais, a velha está me atormentando.

– Em que sentido?

– Liga para mim cem vezes por dia. Na verdade, fala de outros assuntos. Você sabe como ela é: faz de conta que não se preocupa. Mas, na minha opinião, está aterrorizada. Tente acalmá-la quando falar com ela.

Naquele instante, Semi percebeu toda a asquerosa insensatez da situação do irmão: como podia existir alguém no mundo que desejasse fazer mal a um sujeito manso, inócuo e solitário como Filippo? Justo naquele momento, Semi se lembrou do irmão quando criança...

– Tá, tudo bem. Mas, então, qual é a novidade?

– A novidade é que o Ministério do Interior emitiu um pré-alarme. Talvez me designem uma escolta. Ou, pior ainda, talvez eu tenha de desaparecer por algum tempo... ou para sempre. Tive uma noite de merda. Anna está totalmente apavorada. Hoje de manhã bem cedo, saiu disfarçada...

– Desaparecer? E ir para onde?

– Sei lá. Sabe aqueles programas que oferecem aos criminosos arrependidos ou às testemunhas de alguns processos ligados à máfia uma nova nacionalidade, uma nova identidade e, se for necessário, novas feições? Pois é, algo desse tipo.

– Isso não faz o menor sentido. De onde vêm essas ameaças?

– Eu já disse, não tenho certeza. Um grupo islâmico. Alguns grupos islâmicos. Uma *joint venture* de siglas islâmicas. Parece que, agora, eles se emputecem por qualquer coisinha.

Semi teve a impressão de que, embora o tom fosse brincalhão, a voz cada vez mais jururu estivesse a um passo de dar vazão a algo muito semelhante a um choro. O que o teria desanimado tremendamente. Era por isso que tentou dar um conselho.

– Você não pode fazer uma retratação pública? Remontar algumas cenas? Excluí-las?

– É o que todo mundo está me aconselhando. Mas dizem também que corro o risco de passar por um covarde e de ser assassinado de qualquer maneira.

Semi sabia que, até alguns meses antes, o irmão nem sequer se preocuparia com certos escrúpulos morais. Não teria tido dificuldade alguma em se humilhar, em fazer papel de palhaço e muito menos em se passar por uma criatura vil. Se havia uma qualidade que Semi sempre havia admirado no irmão (era estranho se dar conta disso só agora, quando essa qualidade estava minguando), era que, ao contrário das outras pessoas, Filippo nunca dera muita importância a termos pomposos como "dignidade", "decoro", "decência"... Pelo contrário: o motivo para Filippo ter sabido representar tão bem no seu longa-metragem de animação a mesquinharia e a prepotência era o fato de ele sempre ter tido uma queda por esses atributos. Filippo sempre flertou com a obscenidade. Mas era como se, de um tempo para cá, a sua personalidade estivesse se moldando ao sucesso alcançado e ao grande mal-entendido que tal sucesso havia gerado. Nos outros, em primeiro lugar, e, por reflexo, nele mesmo.

Portanto, logo no momento em que ele precisava saldar a conta daquele embuste, no momento em que Filippo deveria afirmar irrefutavelmente que nenhum ideal vale mais do que a vida, algo nele vacilava. E Semi sabia perfeitamente que tais escrúpulos tinham muito mais a ver com vaidade e orgulho do que com uma verdadeira paixão civil. Como todos os homens de enorme sucesso, Filippo tinha, de repente, muito a perder. E como todos os que têm muito a perder, ele tinha pavor de deixar escapar uma migalha que fosse da sua bela torta.

– Estou começando a me perguntar... – continuou Filippo incerto.

– O quê?

– Se valeu a pena.

– Se o que valeu a pena?

– Ter embarcado nessa história. O filme e tudo o que ele significou.

– Bem, é claro que valeu a pena!

– Até aqui, só trouxe desgraças.

– Não é o que eu diria. Até aqui, só trouxe coisas boas. Essa, pelo que me consta, é a única desgraça.

– Talvez a segunda – retificou Filippo quase preocupado, arrependendo-se logo em seguida do que havia dito.

A alusão, que Samuel captou, mas não soube como comentar, se referia a algo que havia acontecido algumas semanas antes. Um fato útil, caso fosse necessário, para dar nova vida à celebridade de Filippo, mas que também teve o efeito de lançar os Pontecorvo na mais profunda consternação.

Tudo por causa de um artigo postado em www.scoop.it, um site de fofocas bastante acessado, muito bem informado e impiedosamente capcioso. O artigo, anônimo aliás, trouxe à tona novamente, do porão da memória, a triste história do pai de Filippo: a suposta e nunca plenamente demonstrada relação de Leo Pontecorvo com a namorada de doze anos de idade do filho. Como se não bastasse, o artigo era acompanhado de uma foto de Leo.

Sob a qual se destacava a legenda: "Este é o verdadeiro rosto do Herodes de Filippo Pontecorvo."

Todo o artigo se baseava em um medíocre vínculo, conjecturando uma fortíssima e perturbadora relação entre os atos de Leo vinte e cinco anos antes e o filme de animação que o filho de um homem tão mau sentiu a necessidade de realizar. O sinistro teorema jornalístico – como todo bom teorema jornalístico – era inqualificavelmente grosseiro. Todavia, extraordinariamente evocativo também. Filippo havia feito aquele filme contra o pai. Contra o pai abusador de pubescentes.

Embora tivesse apreciado muito a recusa categórica do irmão em comentar aquela infâmia, Semi sentiu, mesmo assim, certo desconforto ao pensar que Filippo não havia se preocupado em confutar uma imprecisão imperdoável.

Qual imprecisão?

Bem, a pessoa que postou aquela infâmia deu a entender que a menina seduzida por Leo era a namoradinha de Filippo. O que, como sabemos, era uma atroz falsidade. Uma farsa fatal. Tudo bem, Semi percebia que, do ponto de vista jornalístico, se tratava de uma bomba. Uma daquelas grandes histórias de palingenesia que agradam

à imprensa e às pessoas: com vocês, o autor do desenho-denúncia *Herodes* – ou seja, a mais feroz denúncia da violência dos adultos contra as crianças desde os tempos de *Oliver Twist* –, que, assolado por um gigantesco trauma infantil, redime-se e vinga-se com a ajuda da arte! Sim, realmente uma grande história. Pena que fosse falsa! Pena que Camilla, a garotinha que em 1986, com uma determinação implacável, acusou Leo, primeiro de tê-la seduzido e assediado com uma série de cartas e, depois, de tê-la violentado, fosse a namorada de Samuel. E pena que, em certas situações muito sérias, no precaríssimo equilíbrio das famílias traumatizadas, a verdade seja de uma importância capital.

Levando em consideração que Filippo acabara de definir aquele desagradável episódio de sordidez jornalística como "a primeira desgraça" causada por seu filme, era evidente que ele também estava implicitamente admitindo perante Samuel que toda aquela história também o havia incomodado bastante. E que o motivo para ele não ter falado sobre aquele assunto nem com Samuel nem com Rachel era o mesmo que havia impedido que o irmão e a mãe falassem a respeito entre si. Mesmo que o mundo acabasse, ninguém tocava no assunto.

O problema é que o rancor, no momento em que se manifesta, não dá a mínima para certas argumentações altamente ponderadas. O rancor costuma navegar em águas bem mais turvas do que as frequentadas pelo que costumamos chamar de pensamento racional. Com isso, quero dizer que, embora não atribuísse nenhuma culpa ao irmão pelo que havia acontecido, e embora achasse que, dadas as circunstâncias, Filippo não poderia ter se comportado com maior delicadeza quando aquela notícia tendenciosa iniciou a circular, Semi não teve como não ficar com raiva dele. É por isso que foi só Filippo fazer menção, no meio do telefonema, ao infeliz incidente, para que Semi sentisse reacender dentro de si – em um autêntico fenômeno de combustão espontânea – o fogo do ressentimento. Uma fogueira na qual, havia muito tempo, Semi jogava (em vão) apenas baldes de água fria.

É necessário dizer que o efeito produzido pelo ocorrido no caráter de Filippo havia sido bem menos virtuoso do que o imaginado por qualquer pessoa que o conhecia. Era como se aquilo o tivesse enfraquecido. Destruindo o seu extraordinário espírito de independência, amesquinhando-o, reduzindo o seu fascinante individualismo a uma marca bastante banal de egocentrismo. Era incrível como um homem que, ao longo da vida, havia forjado o próprio caráter com base no desinteresse, na falta de ambição e no exercício de um niilismo bastante espirituoso estivesse, depois de ter sido atropelado pela jamanta da notoriedade, dando provas de tal narcisismo.

Cada vez com mais frequência, quando alguém falava a respeito, ele nem sequer ouvia. Como se não existisse nada mais importante do que aquilo em que ele pensava continuamente. Em um dado momento, desviava desajeitadamente a conversa para o ponto nevrálgico dos seus pensamentos. Então, os seus discursos, antigamente apaixonados e interessantes, ganhavam um tom autocelebrador e autopromocional; e eram percorridos pelo constrangimento de quem não vê a hora de se gabar de algo, mas que sabe que aquela atitude é inconveniente e até mesmo um pouco patética. E, talvez por isso mesmo, ele preferia a forma interrogativa.

"A propósito, já disse que, na Alemanha, *Herodes* está em terceiro lugar em bilheteria, atrás do último filme de Spielberg?", "Sabe que, em uma entrevista publicada no *El País* outro dia, Pedro Almodóvar citava abundantemente *Herodes*?", "Você por acaso sabe a cotação das apostas em Londres que indicam *Herodes* como vencedor?" Não havia nenhuma dessas perguntas, mais ou menos retóricas, que não merecesse a mais clássica das respostas atravessadas: "É mesmo? Foda-se!" E era evidente que Filippo, que ainda devia ter dentro de si a autoironia que sempre o havia inspirado, era o primeiro a perceber tudo aquilo. Porém, não conseguia deixar de lustrar as suas medalhas, tornando-se, assim, ridículo e insuportável.

É necessário dizer que o caminho percorrido por *Herodes e seus Pequenos* – desde a sua primeira projeção diante do público em uma sala abarrotada na Croisette – parecia, no mínimo, exemplar.

Os primeiros vagidos do filme foram o de uma criatura nova, excêntrica, fresca. Uma extravagância que comovia e fazia rir ao mesmo tempo, certamente acessível apenas a gostos refinados ou aos maníacos por aquele gênero. Depois, *Herodes* cresceu um pouquinho. Foi descoberto pelos intelectuais esnobes, que o elogiaram pela força das suas denúncias e pelo fato de tais denúncias terem sido desenvolvidas em um formato pop como o desenho animado. Por fim, foi a vez do público – sobretudo feminino.

E, exatamente quando a lua de mel entre *Herodes* e o público alcançou o mais apaixonado auge, os primeiros céticos solitários soltaram sua voz dissonante, exprimindo algumas críticas sutis e perplexidades. Àquela altura, a situação se inverteu rapidamente. Os mesmos gostos requintados que, a seu tempo, haviam consagrado o filme começaram a ostentar a independência da própria opinião, criticando aquilo que, no início, haviam tanto elogiado. Para não falar dos intelectuais, que, sempre horrorizados pela ideia de compartilhar dos gostos de plateias vastas demais, começaram a considerar Filippo Pontecorvo uma espécie de traidor da causa.

Isso permitiu que os colegas menos conhecidos de Filippo fossem à desforra. Estou falando dos autores de histórias em quadrinhos que sempre viveram na ilusão de que ser um artista de nicho era o destino inevitável de quem havia optado por firmar-se em uma disciplina de nicho. Uma má-fé conquistada com muito trabalho e duramente posta em xeque pelo sucesso planetário de *Herodes*. Finalmente, estavam se vingando, tratando Filippo com ares de sisuda superioridade. Consideravam-no um renegado que havia vendido a alma ao diabo e não viam a hora de serem entrevistados por algum jornal de província ou por algum site especializado para poder declarar como se orgulhavam de ser diferentes de Filippo Pontecorvo.

O mais engraçado é que essas opiniões tão contrastantes, formuladas muitas vezes pelas mesmas pessoas em épocas diferentes da própria vida, foram expressas a respeito de um filme que, naquele intervalo de tempo, permaneceu inalterado. Sim, *Herodes* era sempre o mesmo, mas tudo o que o circundava não parava de mudar.

Era evidente que toda aquela balbúrdia surtiu efeitos devastadores na vida psíquica de Filippo. Isso era algo que Samuel compreendia. Contudo, mesmo assim, havia algo na nova maneira de agir do irmão que realmente o irritava.

Semi sempre soube que Filippo era sujeito a pulsões sexuais contínuas. Aliás, era possível dizer que a violência dos seus apetites constituía uma das muitas qualidades do irmão veneradas por Semi: o que, mais do que a mistura de vitalidade, exuberância e canalhesca desinibição, podia ratificar a superioridade de Filippo em relação a ele? Todavia, entre eles, sempre houvera um pacto – um daqueles acordos sacros que nunca são oficialmente assinados pelas partes e que, exatamente por causa de sua natureza oficiosa, parecem ainda mais invioláveis: era terminantemente proibido fazer confidências sexuais. Era por isso que Semi sempre havia evitado falar com o irmão das suas atávicas dificuldades eréteis, e Filippo nunca havia informado Semi dos problemas socioconjugais causados pela superprodução de testosterona por parte do seu organismo.

O sucesso havia desativado (pelo menos em um dos dois sentidos de marcha) também essa pudica prudência fraterna. Para Filippo, parecia impossível, àquela altura, não pôr o irmão a par das suas conquistas. O que, sendo Filippo casado, parecia a Semi uma vulgaridade ao quadrado. Não que ele fosse puritano. Talvez o seu problema fosse atribuir um valor exagerado a alguns princípios formais. A hipocrisia, para Samuel Pontecorvo, era o melhor antídoto para o caos.

Enfim, que o irmão trepasse quando e com quem quisesse! Que enganasse a mulher a todo o vapor! Bastava que não informasse o mundo inteiro das suas escapulidas. Bastava que não fizesse do seu predatório instinto para a concupiscência outro motivo para se vangloriar. Essa era a questão. A ostentação das suas conquistas era apenas a enésima maneira para celebrar o seu triunfo sobre a vida e sobre os outros. Não era por acaso, segundo Semi, que a maior parte das suas presas, ou pelo menos aquelas das quais se gabava, tinha um nome ilustre.

Filippo sempre havia atraído as mulheres. E, certamente, não por causa da sua beleza. Muitos anos se passaram desde a época em que ele interpretava desengonçadamente o papel de garoto irresistivelmente bonito. Ao crescer, algo no seu aspecto havia se estragado: o corpo tornou-se excessivamente robusto e as feições endureceram. A basta cabeleira cor de camomila raleou bastante precocemente, perdendo também seu brilho. Uma criçada barba inculta cobria toscamente suas bochechas desde os dezoito anos de idade, e até o azul dos olhos parecia ter sido encoberto. Apesar disso tudo, Filippo nunca teve problemas com as garotas. Por um motivo muito simples: a dedicação incondicional que lhes reservava. Porque não havia nada que ele não estivesse disposto a fazer para tê-las. Porque ele não se sentia constrangido ao cortejá-las. Porque aceitava com elegância todas as recusas. E porque, na cama, era uma fúria, capaz de satisfazer as regras impostas pela natureza com a graça de Apolo e a brutalidade de um caminhoneiro.

Como todos os verdadeiros dongiovannis, Filippo nunca havia criado obstáculos de ordem estética. Nem de prestígio social. Pelo contrário, sempre achou que havia algo incrivelmente comovente na maneira como as garotas consideradas "feiosas" se entregavam. Uma armação de óculos ridícula, o excesso de peso, a celulite, um nariz exageradamente pronunciado, as orelhas de abano ou os quadris deselegantes. Enfim, os detalhes que, para alguns homens exigentes, se tornam um obstáculo à excitação, exerciam em Filippo uma atração irresistível. Sentia-se enternecido e comovido por tanta ignorância e fragilidade. E nada podia fazer se toda aquela ternura o deixava com o dito-cujo em riste.

A questão é que o número impressionante de mulheres atraídas pela sua celebridade havia modificado a natureza do seu dongiovannismo. Filippo havia descoberto a paixão tipicamente masculina do colecionismo de luxo. Isso o tornou um adúltero quase deliberadamente imprudente. Nunca, antes de se tornar famoso, ele havia sentido a necessidade de revelar aos amigos a vastidão do seu território de caça, muito menos a eficiência de tiro do seu aparelho reprodutor. Agora, sim. Como se o sucesso o tivesse transformado em um libertino muito mais deselegante do que era antes. Uma mudança de rota que Semi foi o primeiro a notar.

E vocês não sabem a vontade que sinto, tendo chegado até aqui, de revelar o nome de pelo menos uma dessas insuspeitáveis senhoritas. E mais: como eu gostaria de compilar a lista de atrizes, *starlets*, modelos, escritoras, cantoras e jornalistas que, ao longo daqueles meses, transitaram pela sua cama! Sim, se dependesse de mim, eu ligaria para o site "Scoop.it" e forneceria a lista completa. Mas temo não ter coragem suficiente para fazer algo tão desleal.

O que posso dizer é que, a partir de certo momento, o celular de Semi começou a receber, em intervalos regulares, mensagens enviadas pelo irmão nas quais apareciam o nome da felizarda acompanhado de uma série de pontos de exclamação.

Três pontos de exclamação para um desempenho excelente.

Dois se havia sido bom.

Um se havia sido decepcionante.

O recurso àquele sinal de pontuação lembrava as bolinhas que os críticos de cinema costumam atribuir aos filmes. Para Filippo, era uma espécie de lei da contrapartida. Os críticos atribuíam bolinhas a ele. E ele distribuía pontos de exclamação às suas presas prestigiosas.

A verdade é que, para Semi, aquele comportamento era bastante desagradável. A tal ponto que sempre se recusava a responder ou a comentar aquelas mensagens. Será possível dizer que, para Semi – para quem o sexo sempre havia sido uma conquista complicada, intermitente, humilhante –, a temporada de vacas gordas do irmão era uma afronta pessoal? Talvez, mas duvido que ele algum dia o admita. Persiste, porém, a suspeita de que, embora Semi tivesse convencido a si mesmo de que estava preocupado com o rumo dissoluto que a vida sexual do irmão havia tomado, seria suficiente usar uma palavra muito banal e tremendamente em voga para descrever a sua sensação ao receber aquelas mensagens: inveja.

Sim, talvez a inveja pudesse explicar tudo. O resto era o castelo de lorotas moralistas que há milhares de anos os indivíduos erguem para não confessar o que mais os fere.

Às vezes, a inconfessável inveja de Semi assumia a forma de uma sutil desconfiança. E, então, ele se convencia de que o irmão se tornara um mitômano. Um sujeito que conta vantagens. Mas como era possível que ninguém resistisse a Filippo? Como era possível que o seu charme tivesse se tornado tão ecumênico? Como assim? Nem mesmo o centroavante mais prolífico e bem pago da primeira divisão poderia ter aspirações tão altas. Sim, o irmão exagerava. Nada de novo sob o Sol. Todas aquelas conquistas eram o fruto da sua fantasia. Por que ficar surpreso? No final, o seu filme também estava cheio de mentiras. Todos aqueles países distantes descritos com a perícia de quem lá esteve dezenas de vezes; logo ele, que tremia toda vez que embarcava em um avião.

Sim, Filippo havia construído sua fortuna em cima de lorotas. E devia ter entendido como as lorotas eram úteis à sua causa. Por isso, havia perdido o controle. Por isso, começou a falar bobagens e a estragar gratuitamente tantas reputações (Semi tinha certeza de que não era o único destinatário das indecentes mensagens do irmão).

Então, quem podia garantir – Samuel perguntou a si mesmo logo após ter desligado o telefone, pegando o capacete e se preparando para sair – que toda a história das ameaças islâmicas, da escolta, do programa de proteção a testemunhas não fosse também a enésima mentira (ou verdade parcial) idealizada por Filippo para que o seu resplandecente sucesso nunca saísse de moda?

E talvez o motivo para que Semi, correndo de moto rumo ao escritório da Noterman&Fils em uma cinzenta e ameaçadora manhã de março, estivesse pensando novamente com alegre emoção nos toscos desenhos de *Inseparáveis* não fosse tão difícil de entender: a desesperada necessidade de lembrar um momento da vida em que Filippo gozou da sua estima incondicional. Para poder pensar nele como alguém que ainda era capaz de apoiá-lo e ajudá-lo.

E só Deus sabe quanto Semi precisava de apoio e ajuda.

Estacionou a moto no pátio de um daqueles grosseiros edifícios anos 50 de Viale Montello. Semi não ficou nem um pouco surpreso por Jacob Noterman – quando foi necessário escolher uma sede para a sua empresa – não ter resistido ao impulso de reestruturar como escritório o térreo de uma fábrica de madeira e tintas, desativada havia alguns anos, na região da Via Paolo Sarpi, ou seja, no meio do bairro chinês de Milão. A paixão de Jacob pelos chineses tinha de se manifestar de alguma maneira.

Tanto Samuel quanto Eric sabiam que a escolha daquele local devia ser atribuída a uma espécie de poética superstição, e não à exigência logística que o próprio Jacob reivindicava ao atravessar todo empertigado a entrada do escritório. Ao mesmo exotismo simplista, podia-se atribuir a escolha de uma secretária que exibia um par de olhos puxados. Ela era de origem coreana, e não chinesa. Mas, para Jacob, um olho puxado era igual a outro.

Foi justamente ela, Youn-Ok Kim, que todos chamavam de You porque era mais simples, que abriu a porta. Semi não precisou tocar a campainha. You, através das grandes vidraças, o viu mexendo na moto e foi ao seu encontro.

– Oi, You.

– Bom-dia, Semi.

Geralmente, era engraçado ouvir o sotaque de You, tão inequivocamente milanês, mas, naquela manhã, Semi estava sem disposição para rir. Até o escritório, limpíssimo e moderno, todo em madeira clara e aço, iluminado por lâmpadas halógenas, com os grandes e imaculados monitores Apple bem à mostra sobre mesas de fórmica cobertas de tecidos de várias cores, pareceu-lhe triste e deprimente. Se a intenção de Jacob era criar uma atmosfera um pouco chinesa naquele lugar, o filho deu um jeito para que o escritório lembrasse mais os seus gloriosamente intoxicados anos em Nova York.

– Quer um café? Trouxeram a máquina nova da Nespresso – perguntou You.

Semi pensou por um instante. Não estava com vontade de tomar café. Mas teria aceitado até uma boa xícara de cicuta para adiar o momento de entrar no escritório de Jacob e enfrentar o que se prenunciava como um acerto de contas. O réprobo logo levaria a lição que merecia do seu velho mentor desiludido. E isso porque as pessoas não veem a hora de dar uma lição nos outros. Não veem a hora de se sentirem superiores...

– Obrigado, You... Mas com uma gota de leite porque já tomei outros três hoje de manhã.

E sentou-se atrás da sua escrivaninha, de frente para o computador ligado. Naquele instante, a náusea que o oprimia havia semanas atingiu uma espécie de ápice. A sensação de heroico bem-estar que o havia ajudado na moto se liquefez junto com a cerração da manhã. O seu cérebro não sabia para que lado olhar. Ele havia se empenhado em não deixar de fazer nada que pudesse dar errado. Até mesmo o prêmio da loteria vencido pelo irmão – fama, dinheiro, mulheres, oportunidades infinitas – estava se revelando uma desventura.

Para ser sincero, a ideia de que havia lá fora células da Al-Qaeda prontas para dar cabo de Filippo parecia tão provável quanto a possibilidade de a revista *Forbes* colocá-lo na lista dos cem homens mais ricos do mundo.

Todavia, se ele levasse a sério o que dizia o seu paranoico irmão, tratava-se de uma hipótese razoavelmente verossímil. Por um instante, Semi flertou com a ideia de ser assassinado por engano, no lugar de Filippo, por um daqueles esquadrões da morte. Bem, pelo menos a troca letal de pessoas teria o mérito de ajeitar as coisas para sempre. Semi pensou com um toque de lúgubre satisfação que continuar a viver significava enfrentar um número razoável de questões irreparáveis. A começar pelo perigo que o esperava atrás daquela porta sob a forma maciça de Jacob Noterman. Um colérico homem de setenta anos acostumado a não confiar em ninguém, mas que havia cometido o erro de confiar em Semi, cuja única reação foi decepcioná-lo além de todas as expectativas.

You pôs na sua frente uma bandeja: um jogo de café com estampa de leopardo devidamente acompanhado de um bule para o leite e um açucareiro. Havia também uma garrafinha de água Fiji e um docinho de amêndoas. Para ser um café, era pretensioso, mas talvez, pensou malevolamente Semi, aquele jogo de café meio afrescalhado fosse apenas a contribuição mais genial de Eric para a empresa. O pai, para se livrar dele, pediu que o filho se ocupasse de um novo ramo da companhia: artigos para a casa. A partir de então, Eric passou a interpretar de bom grado o papel de alguém que entende de xícaras e pratos.

Enquanto Semi sorvia de má vontade o café, o telefone tocou na escrivaninha de You.

– Sim, ele está aqui. Ok, vou convidá-lo a entrar.

"Vou convidá-lo a entrar?" Já o estavam tratando como um estranho.

Semi bateu à porta. Entrou. E ficou perplexo ao constatar que, atrás da grande escrivaninha de Jacob, estava Eric. Aquilo deu-lhe esperança. Eric era sem dúvida um adversário menos temível. E, além do mais, era um amigo. Lá estava ele, o seu velho e sempre chapado colega de quarto. O garotinho extremamente delicado que ele havia ajudado e encoberto um milhão de vezes. Por exemplo, quando foi a Connecticut para pagar a sua fiança porque aquele demente foi pego semiembriagado ao volante. Lá estava ele, o caro Eric, com os cabelos curtos que deixavam entrever uma tatuagem no pescoço: um inequívoco cachimbo para fumar crack.

– E o seu pai? – perguntou.

– Meu pai preferiu não estar presente – respondeu Eric com uma secura que não lhe era peculiar.

O que estava acontecendo? O velho leão batia em retirada? Uma questão de orgulho? Sentia vergonha por ter apostado em um cavalo manco? Era isso? Não conseguia encarar o seu investimento equivocado enquanto o demitia? Era esse o problema?

– Sente-se – disse Eric com a solenidade do escrivão de um tribunal anglo-saxão.

Semi não estava com vontade alguma de se sentar. Mas não encontrou nada melhor para fazer.

– Quer um café?

Ainda aquela estranha impressão de ser tratado como um convidado.

– Já tomei um, obrigado. A propósito, nada mal o novo jogo de café...

– Como você ousa? – disse Eric com uma voz que se esforçava para ser sarcástica e autoritária.

E, por um segundo, Semi achou que Eric estivesse indignado por ele ter debochado do jogo de café. Mas logo entendeu que Eric estava pedindo explicações sobre algo bem diferente, sem dar a mínima para a louça.

Só então percebeu que o cigarro que Eric mantinha entre os lábios era de mentira: daqueles que, quando você aspira, acendem graças a uma luzinha e, quando você expira, expelem um inócuo vapor de água. Semi notou também o depravado desespero com que Eric só ficava aspirando e expirando, traindo cada vez mais a sua insatisfação em relação a um instrumento ridículo e ineficaz. “Vamos, admita”, pensou Semi com maldade, “o cachimbo que você tem desenhado no pescoço daria muito mais satisfação”.

Era realmente triste ver como aquele viciado impenitente havia se regenerado. Nada de Special K. Nada de cocaína nem anfetaminas. E, provavelmente, nem mesmo um baseado de vez em quando. Adeus café da manhã à base de Budweiser e lanchinho da tarde com Martini. Só água Fiji, café descafeinado em abundância e aquele ridículo cigarro de mentira ao qual toda a sua existência parecia estar pendurada. Semi quase não conseguia acreditar que o sujeito atrás da escrivaninha era o que restava do grande Senhor das Dependências! Olhou para a foto gigantesca que ocupava o espaço sobre a cabeça de Eric. Retratava Jacob sorridente e de smoking ao lado dos igualmente brincalhões Tony Blair e Silvio Berlusconi. De onde saíra aquela foto? Talvez fosse uma montagem.

– Perguntei como você ousa.

– Não sei do que você está falando. E não gosto desse tom.

– Como você ousa manchar o nome de uma empresa como esta?

– Não, Eric, não posso acreditar que justo você está me falando de manchas...

– Acho que você não está em condições de ser sarcástico.

– Ouça, meu caro, seu pai me pediu para vir. Aqui estou. Então, me diga onde está Jacob e vamos acabar logo com isto.

– Não se dê ao direito de usar o nome de batismo do meu pai!

– Está com medo que eu o estrague? Você não se lembra? Foi ele mesmo que disse que eu podia chamá-lo pelo nome de batismo. Você se lembra do nosso primeiro encontro? Quando você estava se borrando porque o monstro estava novamente na cidade? Lembra que você me implorou de joelhos para ir junto? Eu me lembro muito bem. Mas talvez você estivesse chapado demais para se lembrar. Vou refrescar a sua memória. Chegamos ao Chris, ele pede o seu belo filé, você sente ânsia de vômito e ele me diz: "Pode me chamar de Jacob." Desde então, não parei de chamá-lo assim.

– Você não está achando que vai ter o meu apoio só porque, daquela vez, aceitou me acompanhar, não é?

– Não estou achando droga nenhuma. Só quero saber por que o seu pai me pede para vir até aqui e, depois, põe na minha frente o seu pálido lambe-botas.

– Ele está em Genebra a negócios. Encarregou-me de... – respondeu Eric, finalmente constrangido.

– Encarregou você? Ah, então é uma espécie de iniciação! Se você acabar com a minha raça, vai ser aprovado. Vai ser um verdadeiro Noterman. É assim que funciona? É um prazer constatar que, pela enésima vez, sou eu o instrumento da sua emancipação.

– Pense o que quiser.

– Enfim, Eric, diga o que você tem a me dizer, cumpra o seu deverzinho de merda sem tanta enrolação e, por favor, me poupe o ar de indignação porque não combina com você. Eu te conheço. Ninguém te conhece mais do que eu. Vi você vomitar, delirar, chorar como uma menininha... Você pode bancar o filho que ama e respeita o próprio pai, mas eu sei quanto você o odeia, quanto você teme e odeia tudo isto...

Sabe-se lá por que, ao pronunciar as palavras "tudo isto", Semi indicou a foto com Blair e Berlusconi. A verdade é que Semi estava contente por finalmente poder maltratar alguém. Assim como estava contente por ter transgredido a ordem de Eric e se levantado. Parecia que as suas palavras, pronunciadas em posição ereta, eram ofensivas na medida exata.

Nas últimas semanas, tinha a impressão de não ter feito outra coisa a não ser ficar sentado e manter a cabeça abaixada como uma criança posta de castigo. De ter ficado o tempo todo diante de pessoas que tinham uma queixa ou uma ameaça para jogar na sua cara.

Começando com o capanga que havia apontado um revólver para os seus testículos no saguão de um hotel de Tashkent, continuando com o responsável pelo setor de compras da multinacional à qual prometera um grande lote de algodão que agora não tinha condições de fornecer e terminando com o gerente do banco cuja suprema indelicadeza foi dizer que, se ele não encontrasse logo uma maneira para saldar a dívida faraônica no cheque especial, eles teriam de dar entrada no processo para tomar o belo apartamento que ele havia hipotecado para pagar as três primeiras prestações do empréstimo para aquele que deveria ter sido o primeiro grande negócio da sua vida e estava se revelando o motivo da sua ruína.

Pena que o apartamento em questão fosse o mesmo que a sua futura esposa e a sua mãe, exatamente naqueles dias, em uma alegre *joint venture*, estavam reestruturando e decorando para torná-lo mais adequado a um casal tão gracioso. E pena que Semi não tivesse falado nem com uma nem com a outra da tal hipoteca, e muito menos daquele negócio.

Em retrospecto, Semi reavaliou a taciturna franqueza do capanga uzbeque. Pouca conversa; tudo o que aquele sujeito paquidérmico tinha a dizer podia ser expresso com inimitável eloquência pelo seu orgulhoso aspecto de marginal e pelo seu revólver. A mensagem, como se costuma dizer, era forte e clara: o algodão que prometemos não existe mais. Imagine, talvez nunca tenha existido. E, de qualquer forma, você não é o único a quem o prometemos. Trate de se conformar. Você não é o primeiro filhinho de papai, o primeiro ocidental empreendedor que passamos para trás e, pode ter certeza, não será o último. Agora, suma, apague do celular os números que nós demos e não tente nunca mais nos procurar. Aliás, melhor ainda, não tente nunca mais pôr os pés neste país. Esqueça que este lugar existe. Volte para a sua bela cidade de clima temperado e faça um X bem grande na porra do seu mapa-múndi. Desta vez, vou deixar você ir embora. Você mereceu um aviso. Mas saiba também que é o último. Da próxima vez que você aparecer por aqui, o meu revólver vai querer dar o seu pitaco, e os seus parentes – que imagino sejam bem-educados, civilizados e elegantes como você – não vão ter sequer um cadáver para enterrar. Desapareça, rapaz, este lugar não é para você. Este mundo não é para você.

Naturalmente, nenhuma das frases acima foi pronunciada. Mas só porque eram, ao mesmo tempo, tão explícitas e implícitas que pronunciá-las teria parecido um pleonasmo, e aquele marginal, veja só, tinha o aspecto de um homem de ação que não tem tempo a perder. E foi isso que Semi mais apreciou. A concisão. A capacidade de ir direto ao assunto sem muitos preâmbulos.

Não tinha nada a ver com o fraseado hipócrita do gerente do banco e do responsável pelo setor de compras. O mais insuportável neles era o tom didático, o modo como cada um deles fingia para si mesmo apoiar e realmente se preocupar com Semi, quando era evidente que adoravam repreendê-lo e colocá-lo em uma situação difícil. O responsável pelo setor de compras se aventurou em um sermão que poderia se intitular *A palavra dada*.

Sim, a palavra dada. Aquele cretino ousou explicar como ela era sagrada naquele ambiente. Como a palavra dada, no ambiente deles, representava a verdadeira e autêntica riqueza. Quem o escutasse poderia dizer que a indústria têxtil internacional era uma espécie de confraria cheia de boas intenções. Não uma savana habitada por chacais, um oceano infestado de tubarões como Jacob Noterman, mas uma ordem cavalheiresca.

Agora, porém, Semi tinha a possibilidade de se vingar de todas as humilhações sofridas maltratando o seu velho amigo, ao qual havia sido atribuído um dever pesado demais.

– Nós queremos que você abra mão das cotas da empresa que meu pai pôs no seu nome e queremos que você assine este documento a ser apresentado aos nossos clientes.

– Do que se trata?

– É um documento que atesta que você nos enganou, que você é um vigarista. Queremos que você o assine.

– Por que você diz "queremos"?

– Porque é exatamente o que eu e o meu pai queremos. Por muito tempo, você fez as suas trapalhadas usando o nosso nome. Violou os compromissos assumidos. Enganou pessoas de boa-fé. Por sua causa, cabeças de pessoas muito mais honestas do que você vão rolar. Você se deu mal. É justo que pague.

Era evidente, não apenas pelo modo mecânico em que ele pronunciava aquelas palavras, mas também pelo tremor em seus lábios, que aquele discurso não era seu. Eric estava repetindo como um papagaio as palavras de Jacob.

– E se eu me recusar?

– Então, seremos obrigados a dar queixa.

– Do quê?

– Garanto que o nosso advogado tem em mãos uma vasta documentação. Uma bela coleção de embustes. Enfim, o necessário para arruinar a sua vida.

– Ainda mais?

– Então, vamos dizer o seguinte: para tornar a sua derrocada ainda mais espetacular. Está bem assim?

Foi aquele o momento em que Semi teve a desagradável impressão de que Eric estava começando a se divertir. Sim, Eric estava gostando tanto da própria performance que tomou coragem e acrescentou:

– Semi, não sei como você não percebe, mas, desta vez, você realmente fez uma cagada das grandes. Entrar em contato com aquela gente horrível depois que o meu pai, mais de uma vez, disse para você não fazer isso. Contatar os clientes em nosso nome e vender abaixo do preço toda aquela mercadoria que você nem tinha em mãos! Você achou que não íamos perceber? Achou que ia se dar bem no jogo do prestígio? Meu pai está enfurecido. E eu também. Se você quer mesmo saber, nunca dei o mesmo crédito que ele às suas capacidades ilimitadas. Posso dizer, com certo orgulho, que nunca confiei plenamente em você. E o alertei. Mas o que eu podia fazer? Você sabe que, quando meu pai põe uma coisa na cabeça... Você o enganou e se deu mal. Não há muito mais a ser dito. Portanto, vamos acabar logo com isto: assine e continuamos a ser amigos como antes!

Sim, era claro que ele estava se esquentando. E Semi, pela primeira vez desde que havia entrado naquele escritório, perguntou a si mesmo se não era uma sorte Eric estar ali no lugar do pai. Aliás, preocupou-se de ter cometido um duplo erro de avaliação: o primeiro ao acreditar que a pior coisa que pudesse acontecer era enfrentar o pai, o segundo ao julgar que a melhor coisa era ter o filho à sua frente. Talvez fosse exatamente o contrário. Talvez o motivo para Jacob ter pedido ao filho para se ocupar daquela história fosse o receio de não conseguir ser suficientemente duro.

Estranho, mas só naquele momento Semi compreendeu que havia esperado, até alguns instantes antes, que a situação pudesse ser consertada. E que tal esperança foi alimentada exatamente pelo fato de ele conhecer suficientemente bem Jacob para imaginar que, em um ataque de sentimentalismo, ele fizesse um gesto de misericórdia para o seu velho pupilo. Tomado pelo pânico, Samuel perguntou a si mesmo se a sua impressão de que Jacob havia insistido para que Eric falasse com ele também não era, no final das contas, uma hipótese equivocada. E se não tinha sido o próprio Eric a afastar o pai, temendo que ele não levasse a cabo a missão.

Eric concluiu o seu pequeno sermão com as palavras "amigos como antes". Uma bela frase feita. E Semi começou a se perguntar se ele e Eric realmente foram amigos em algum momento. É suficiente que dois indivíduos dividam a mesma casa em uma cidade estrangeira para se definirem amigos? Pensando a respeito, assim, maquinalmente, Semi não tinha nenhuma dificuldade em considerar Eric um amigo. Mas era só se aprofundar um pouco mais, assoprar a camada de poeira que divide os nossos pensamentos da verdade, para perceber como os seus sentimentos em relação a Eric tinham muito pouco a ver com amizade.

Semi sempre o compadecera e desprezara. Sempre o tratara como um filho tonto que precisava de cuidados. Não lembrava de ter alguma vez feito algo interessante com ele. Nem de ter conversado sobre algo que parecesse profundo. Nunca esperou que Eric dissesse algo surpreendente, mas lembrava-se de todas as vezes em que teve de lutar consigo mesmo para não deixar transparecer a irritação suscitada pelo enésimo incidente ocorrido com o coinquilino. Não havia um dia sequer em que Eric não dava provas de como podia ser desleixado e estabanado. Muitas vezes, Semi, ao voltar do trabalho, o encontrava apoiado na porta de casa, tão fora de si que quase não conseguia levantar a cabeça: "Ficamos trancados do lado de fora." Não era uma novidade: sair deixando as chaves enfiadas na fechadura interna da porta era algo tão típico que Semi acabou decorando o número do chaveiro.

Vocês chamam isso de amizade?

E, por outro lado, se Semi tentava se pôr no lugar de Eric, bem, o céu que aparecia no seu horizonte era ainda mais cinzento. Era impossível que Eric não tivesse notado a exasperada superioridade com que ele o tratava. Assim como não podiam ter passado despercebidos os olhares de pena e reprovação que Semi lançava em sua direção depois de ele ter aprontado alguma. Sem contar que o fato de ser sistematicamente socorrido por Semi devia ter desenvolvido em Eric o ressentimento que nutrimos por nossos benfeitores. E aquele vago rancor devia ter se alimentado de maneira maléfica do afeto nascido entre Semi e Jacob, ainda mais porque o pai tinha dado a entender, sem usar meios-termos, que Samuel correspondia, em tudo e por tudo, ao filho que ele gostaria de ter tido. Não devia ter sido um bom momento. Mas pior ainda devia ter sido o momento em que Jacob ofereceu a Samuel a oportunidade de entrar para a Noterman&Fils pela porta da frente, em detrimento, se assim se pode dizer, do seu decepcionante filho único.

Eric o odiava. Samuel teve certeza. E sentiu como aquele ódio era razoável e como, sobretudo, havia sido alimentado pelas escolhas imprudentes daquele pai ignorante. Mas, agora, o seu ódio tinha uma oportunidade para ser aplacado. E foi o próprio rival que a forneceu. Que grande dia devia ter sido para Eric aquele em que Semi revelou a sua natureza de desastrado malfeitor, de cafajeste de terceira categoria!

Agora, estava claro por que Eric estava ali no lugar do pai (bilhetes na primeira fila, porra!). Ele queria desfrutar de cada instante do próprio triunfo. Queria assistir à repentina guinada da sorte. Queria ver o rival se espatifar. Quem era naquele momento o rapaz limpo e barbeado? Quem estava dando lições? Quem estava do lado certo da escrivaninha? Quem ditava as condições daquela vez?

A única diferença era que Eric, ao contrário de Semi nos tempos de Nova York, não conseguia subestimar o adversário a ponto de sentir pena dele. Aliás, o ódio que ele despejava em cima do seu rival revelava uma sinceridade pela qual Semi deveria ser grato.

Mas é evidente que ele não estava suficientemente lúcido para apreciar a falta de hipocrisia de Eric. A única coisa que ele conseguiu fazer foi se deixar invadir por um impulso violento cujo objetivo talvez fosse preencher o vazio do ódio atrasado que – só então Semi se deu conta – ele mesmo devia ter cultivado durante muito tempo em relação a Eric, aquela víbora.

Que estranho! Semi tinha ido até lá cheio de boas intenções: estava decidido a admitir as próprias culpas e a aceitar a punição até as últimas consequências. Estava pronto para dizer a Jacob que lamentava profundamente ter criado uma situação desagradável para todos... Mas bastou ver aquele viciado reabilitado, aquela espécie de contradição ambulante – o que tinham a ver o terno risca de giz feito sob medida e o cachimbo de crack tatuado no pescoço? O que tinham a ver o cigarro falso e toda a merda verdadeira que ele havia ingerido na última década? – que o ameaçava e exigia impunemente que ele assinasse um documento tão embaraçoso e comprometedor, para que Semi voltasse a si e sentisse com todas as fibras do seu corpo que aquilo era inadmissível, era demais.

E, sobretudo, para que ele pegasse aquela folha, rasgasse-a em mil pedaços e saísse do escritório com calma.

Semi saiu do banheiro friccionando com a toalha os cabelos molhados depois de um longo banho bem quente. Embora tivesse assuntos graves nos quais pensar (estava arruinado, um comando da Al-Qaeda estava prestes a matar o seu irmão), Samuel não conseguia tirar da cabeça o modo grosseiro como havia liquidado Silvia ao telefone meia hora antes. É necessário dizer que ela, com um timing digno de Rachel (as duas senhoras estavam começando a se frequentar demais), ligou no momento fatídico em que Semi, depois de ter batido a porta do escritório no qual havia trabalhado durante os últimos três anos da sua vida e no qual não tinha mais intenção alguma de pôr os pés, estava dando a partida no motor da moto. Em suma, ela estragou uma saída de cena importante.

– Diga!

– Nada, eu só queria saber se você se lembrou de passar na loja de material de construção em Corso Sempione para retirar aqueles dois mostruários de azulejos.

– Ainda não.

– É o que eu imaginava. Bem, lembre-se do que o azulejista disse: são necessários pelo menos noventa dias depois do pedido para que eles entreguem a mercadoria. Se quisermos que os banheiros estejam prontos quando voltarmos do México, você precisa dar um pulinho lá antes de vir a Roma. Assim, podemos escolher a cor durante o fim de semana e, na segunda-feira, eu faço o pedido. Seu voo para Roma é amanhã à tarde, na hora de sempre, não? Avise, porque estou vendo com a sua mãe quem vai pegar você.

Silvia: a metralhadora entusiasmada e hiperorganizada de sempre que não para de falar nem para tomar fôlego. Era como se, nos últimos tempos, o seu jovem organismo, para aguentar as tarefas simultâneas da preparação do casamento e da reestruturação do apartamento, tivesse encontrado novas energias através de uma perniciosa superprodução de adrenalina.

Semi, naquele momento, sufocado por todas aquelas palavras, não conseguiu estabelecer o que era mais ridículo. O fato de Silvia, no momento em que a vida profissional do futuro marido estava desmoronando, estar falando de azulejos e azulejistas? A probabilidade de o banheiro onde aqueles azulejos deveriam ser colocados em breve se tornar propriedade de um banco? Ou a interessante possibilidade de, pelo andar da carruagem, o México se revelar um destino ideal para um foragido cheio de dívidas mais do que um lugar para uma lua de mel?

Como eu já disse, naquele dia, Semi não estava com vontade de se divertir com os aspectos ridículos da existência. Pelo menos porque eram aqueles aspectos ridículos que confirmavam perfidamente o seu fracasso humano. Assim, contente de ter alguém ao seu alcance para maltratar, ele liquidou Silvia com uma resposta mal-educada e zuniu de moto rumo ao apart-hotel.

Mas, agora, meia hora mais tarde, revigorado pelo banho, sente-se culpado e quer consertar de alguma maneira o erro. Mas, como os homens são estranhos, em vez de ligar para Silvia para pedir desculpa, decide ligar para Ludovica.

– Fiz uma pesquisa rápida na internet – disparou ela sem sequer cumprimentá-lo.

O efeito suscitado nele pela voz gentil de Ludovica se parece com o produzido em um pai pronto ao suicídio repentinamente contagiado pela borbulhante vitalidade de uma filha pequena e entusiasmada.

– Uma pesquisa rápida sobre o quê?

– Sobre você.

– Sobre mim?

– Não exatamente sobre você. Sobre algo que lhe diz respeito.

– Você achou alguma coisa que me diz respeito na internet?

– Não, não uma coisa específica a seu respeito. Digamos que é uma coisa sobre vocês!

Pânico. O que ela queria dizer com "vocês"? Nós, homens? Nós, Pontecorvo? Nós quem? Por um segundo, Semi teme que Ludovica, em seu pedantismo acadêmico *in nuce*, tenha ido meter o nariz – mergulhando-o naquele mar profundo e demoníaco chamado web – no caso Pontecorvo. Não haveria nada de estranho. Desde que Filippo se tornou um gigantesco sucesso, as pessoas, após mais de vinte anos, voltaram a falar febrilmente a respeito.

Não, não pode ser isso que Ludovica foi pesquisar. Não pode ser sobre isso que ela está prestes a falar. Não ao telefone, não com aquela voz marota e brejeira que pertence à Discrição em forma de gente.

E, de fato, o que Ludovica quer dizer com "vocês" é cem vezes mais banal e mil vezes mais inócuo do que o caso Pontecorvo. "Vocês" significa "vocês, circuncidados", "vocês, judeus circuncidados". É disso que fala Ludovica.

– Sabe que na Itália existem cerca de cem mil?

– Judeus ou circuncidados?

– Circuncidados. Os judeus são muito menos.

Ludovica, como muitas garotas ingênuas e hiperinstruídas, tem um fraco pelos judeus. Semi pôde constatar como ela tem uma ideia mítica a respeito deles, simplória talvez, sem dúvida sutilmente racista (e, pelo menos nisso, o seu preconceito não se diferencia muito do que é cultivado por muitos judeus conhecidos de Semi sobre si mesmos). E é exatamente em virtude desses seus preconceitos que Ludovica venera os judeus. Uma vez, ela confessou ter lido pelo menos cinco vezes a biografia de Aby Warburg: talvez porque aquele delicioso crítico de arte filho de banqueiros seja, para ela, o epítome de tudo o que é hebraico. Normalidade e exotismo. Perseguidos e perseguidores. Refinamento e vulgaridade. Antiguidade e modernidade. Pacifistas e belicistas... Nesses contrastes violentos, reside toda a sua paixão pelos judeus, da qual Semi certamente se valeu para conquistá-la, sendo, aliás, o irmão caçula de um judeu controvertido como Filippo Pontecorvo. Meu Deus, os irmãos mais novos de certos primogênitos judeus! Ludovica poderia falar durante horas a fio de certos segundogênitos judeus...

Mas, desta vez, não é de judeus nem de segundogênitos que ela quer falar. Mas de circuncidados. Esse é o tema do seu último estudo aprofundado.

– E o que você descobriu?

– Você não faz ideia, meu amor, de como fiquei excitada vendo todas aquelas imagens e lendo todos aqueles comentários. Era como se estivesse vendo você replicado um milhão de vezes. Quase desmaiei de tanta excitação. E, você sabe, não consegui ficar com as mãos paradas.

– Imagino... Então, para você, sou apenas isso: um pau sem prepúcio.

– Infelizmente, você é muito, muito menos. Quem me dera que você tivesse aquela essencialidade, aquela dignidade na postura, aquele perfil imperturbável... Você não merece a ferramenta que tem.

– Você não é a primeira a me dizer isso. Mas ainda não me falou das suas surpreendentes descobertas.

– Parece que vocês, circuncidados, têm menos sensibilidade. E, por isso, duram mais. Lilly89, no fórum "Jovens e basta", afirma que, se você for para a cama com um circuncidado, depois, não vai mais conseguir ficar sem.

– Por favor, não me diga que o melhor da sua pesquisa se baseia nas elucubrações de Lilly89 de que o homem circuncidado é insubstituível.

Diga que não é tudo o que você tem em mãos. Desde a última campanha eleitoral que eu não ouvia tantos chavões repetidos...

– Falava-se muito também de felação.

– Ah, aí está o assunto espinhoso, que cai como uma luva. O que descobrimos a respeito? E, sobretudo, o que descobrimos vai nos permitir dar um salto de qualidade? Vai nos fazer sair do impasse?

– Acho que não.

– Droga...

– Justamente. Vanessa-a-preguiçosa, inimiga ferrenha de Lilly89, afirma que usar a boca para que vocês gozem é uma empreitada digna de uma medalha de ouro nas olimpíadas.

– Depois, vocês dizem que nós, homens, é que somos competitivos. Que vivemos discutindo quem tem o maior e quem o usa mais. Mas, pelo menos, usamos um pouco de paixão! Parece que Vanessa-a-preguiçosa, e o nome já diz muito sobre a sua falta de entusiasmo, não gosta de desafios!

– Você está sendo injusto com Vanessa-a-preguiçosa! Ela é um manancial de bons conselhos.

– É mesmo? Como por exemplo?

– É um segredo para as iniciadas.

– Veja só, você não consegue mesmo viver sem segredos.

– Se você me prometer que vamos nos ver amanhã, juro que vai me encontrar muito menos introvertida do que de costume.

– É uma chantagem?

– Considere-a uma ameaça cheia de benevolência.

– Achei que ameaças desse tipo não existissem.

– Acabei de inventar... Vamos, prometa que vai tentar.

– Posso prometer o que você quiser, mas já disse que amanhã preciso ir a Roma.

– Você tem de ir mesmo?

Essa pergunta desconcerta Samuel, e também o irrita um pouco. Pensando bem, é a primeira vez que Ludovica se comporta como uma amante ciumenta. É a primeira vez que ela põe de lado a sua bizarrice e se atém ao roteiro. É a primeira vez que o envolve em algo tão mesquinho quanto uma crise de ciúme. Não, não combina nada com Ludovica reivindicar, muito menos fazer birra. Não é a sua política. Sua dignidade e educação a proíbem. Assim como não é típico dela colocar-se em posição de competição com a antagonista romana. Aliás, mais de uma vez Semi teve a impressão, bastante desagradável, de que Ludovica tratava Silvia com evangélica (e exatamente por isso ofensiva) condescendência. Comportamento que o enfureceu, mas que não o surpreendeu tanto quanto essa repentina crise de insegurança. O que mudou agora? Por que ela não quer que ele passe o fim de semana em Roma com a sua mulher oficial? Que diferença pode fazer um fim de semana a mais? Essa insistência é explicada pelo fato de Silvia continuar a ser Silvia por pouco tempo, porque ela logo passará a ser a sra. Pontecorvo? E isso a torna digna do respeito que, até então, Ludovica, no seu esnobismo de jovem herdeira, nunca quis lhe conceder?

– Preciso ir – atalha Semi. – Ligo para você mais tarde.

Depois de ter se deleitado com a voz da amante, Semi ligou novamente para Silvia e, sem deixá-la falar, pediu desculpas. Isso mesmo: deveria ter pedido desculpas a Ludovica e as estava pedindo a Silvia.

– Desculpas pelo quê?

– Porque fui grosseiro ao telefone.

– A verdade é que você não pode ficar mais de dois segundos sem ouvir a minha voz e, para isso, até chega a inventar essa bobagem das desculpas... Mas, se você faz questão, desculpas aceitas.

Era uma satisfação pedir desculpas a uma mulher tão pouco suscetível. Pedir desculpas a uma mulher tão bem-disposta fazia com que você se sentisse bom.

– É isso mesmo – disse ele com tom conversador, esforçando-se para esquecer tudo o que estava acontecendo. – Não consigo ficar sem ligar para você pelo menos quinze vezes por dia. Sabe qual era uma das coisas que mais me desagradavam quando eu morava nos Estados Unidos e estávamos longe?

– O quê?

– As seis horas de fuso horário entre nós.

– Não me parece um problema tão grande.

– Era terrível saber que, quando eu acordava de manhã cedo, você já estava na hora do almoço. Assim como era terrível pensar que, quando eu ia jantar, você já estava dormindo havia muito tempo. Ou, pelo menos, eu esperava que você estivesse dormindo. É por isso que, agora, ligo tanto para você. Quero ter certeza de que o seu relógio está indicando a mesma hora que o meu.

– Bem, é melhor você aprender a não me sufocar. Você está para se casar com uma mulher que tem uma carreira, que não vai ter tempo de ficar atrás dos seus sentimentalismos e neuroses.

– Por isso mesmo, quero aproveitar estes últimos meses de solteirice e despejar em cima de você todas as minhas paranoias. A propósito, o que você vai fazer hoje? Lembrei que não perguntei.

– Que importância isso tem para você?

– Eu já disse: não deveria ter importância alguma, mas eu me importo. Quero coordenar os nossos relógios.

– E por acaso somos dois agentes secretos?

– Vamos, pare de brincadeira. O que você vai fazer hoje?

– O que você acha? Estou no escritório, depois, vou ao tribunal. De tarde, tenho um encontro com a Torá. Mais tarde, o Talmude chega para tomar um aperitivo conosco.

A brincadeira de Silvia fazia alusão ao "grande passo" (era assim que se chamava) que ela dera mais ou menos dois anos antes: a conversão ao judaísmo. Uma escolha pesada e insensata à qual Silvia, entre um compromisso e outro, se consagrou. Um esforço que, no mês seguinte, seria premiado pelo banho ritual com o qual Silvia finalmente vestiria a camisa da seleção de Moisés e Abraão.

Sim, ela estava prestes a fazê-lo, embora Semi, desde que ela manifestara aquela ideia bizarra, tivesse feito de tudo para dissuadi-la. Quando perguntou por que ela fazia tanta questão de se tornar judia, Silvia respondeu evasivamente que era algo que ela tinha vontade de fazer. Que sempre havia sido atraída pela ideia de ser judia. Que, talvez, em outra vida, tivesse sido.

– Essas bobagens, você pode guardar para o interrogatório de algum rabino desconfiado. Exceto a parte da reencarnação; isso é melhor você não mencionar... Para mim, você pode dizer a verdade.

– Não estou mentindo. Estou dizendo o que sinto. Estou pondo você a par de uma exigência minha. Não estou buscando o seu aval. Vou fazer de qualquer maneira. Você sabe que, quando eu ponho uma coisa na cabeça... Apesar de eu perceber que o seu apoio facilitaria as coisas...

– Mas, se você nunca deu a mínima nem para a sua religião, por que agora deveria sentir a exigência de se converter à minha?

Obviamente, não era necessário que Silvia respondesse. Ele sabia como estavam as coisas. O motivo para ela ter embarcado naquela aventura no mínimo complicada, o motivo para ela querer a todo custo fazer parte de uma confraria (que faria de tudo para não acolhê-la e para criar obstáculos), era óbvio: Rachel. Isso mesmo, ela estava fazendo tudo aquilo por aquela mulher que tanto sofreu e sempre soube levantar a cabeça. Agora, ela merecia que pelo menos um dos filhos se casasse com uma boa moça judia.

– Pode ter certeza de que você nunca será cem por cento judia.

– Eu sei, mas não ligo. Basta que eu seja 75 por cento judia.

– Pode ter certeza, meu amor, de que não vale a pena – disse Semi com o paternalismo de quem, sendo judeu há muito tempo, sabe que essa é uma questão que não tem toda essa importância.

– Vale a pena, e muito.

– Porque você não sabe o que tem pela frente. É uma coisa complicadíssima. Você não faz ideia de como os judeus podem ser chatos. Há um monte de coisas a serem decoradas. Um monte de proibições e preceitos. E o resultado não é garantido. Estou avisando: eles vão fazer de tudo para dissuadi-la. E você não pode de forma alguma confessar que está fazendo isso por mim ou por minha mãe, para ser *digna* de nós. Aí sim é que eles vão ficar realmente putos. É algo que você deve fazer porque sente vontade.

– E eu já disse que não estou fazendo isso por vocês. Mas por mim mesma. E você sabe que estudar nunca foi um problema para mim.

– Demora anos.

– Posso esperar.

– É um suplício.

– Não mais do que ter vivido os primeiros vinte e cinco anos da minha vida com um urso como o meu pai.

– A sua vida vai se tornar uma coisa horrendamente complicada.

– Se eu gostasse de coisas simples, não estaria com você.

"Touché!", pensou Semi, mas não comentou. Foi Silvia que disse, toda acalorada:

– Você sabe o que mais me agrada?

– O quê?

– As festas!

– Ou seja?

– Páscoa, Yom Kippur,[4] Rosh ha-Shaná,[5] os casamentos... E imagine só, até mesmo os funerais! Não achei que pudesse gostar tanto de certas cerimônias. Para não falar dos doces: a pizza hebraica, as *pizzarelle* ao mel, as roscas de Páscoa...

– Você não acha que seria suficiente um curso de culinária?

– Adoro quando a sua mãe convida todas aquelas pessoas para o Pessach,[6] os ritos, os hábitos, a solenidade...

– Até aquela monstra da tia Vera?

– Sobretudo aquela monstra da tia Vera.

– Meu Deus, eu me mato para levar você ao Metropole de Hanói, faço de tudo para tirar você da sua miserável existência de segunda categoria... e você não vê a hora de jantar com aquela velha gagá que fede a cachorro molhado?

– Como você é bobo!

Embora estivesse bancando o engraçadinho, Semi sabia perfeitamente o que Silvia estava querendo dar a entender quando dizia que adorava participar do Seder[7] de Pessach na casa Pontecorvo. Era só olhar para ela para compreender que Silvia estava programada para aqueles alegres compartilhamentos. Que uma família numerosa e feliz

[4] "Expiação", cerimônia autunal de expiação. (N.A.)

[5] Ano-novo judaico. (N.A.)

[6] Páscoa judaica. (N.A.)

[7] Refeição ritual da festa de Pessach. (N.A.)

era a sua grande aspiração, uma aspiração que superava em intensidade até mesmo a sua ambição de se tornar um dia a Princesa do Fórum.

Ela era pequena, graciosa, tinha cabelos louros curtos como os de um homem e olhos de um verde que não se encontrava nem no mar do Caribe... Era simpática às mulheres, adorada pelas crianças e inspirava pensamentos lascivos em todos os homens, exceto aquele com quem estava havia mais de quinze anos. A vida a tinha certamente desfavorecido. Perdeu a mãe aos três anos, suficientemente pequena para não conseguir determinar em seguida se o pai havia sempre sido aquele cubo de gelo ou se talvez tivesse ficado daquele jeito depois da morte repentina da esposa. (Não é brincadeira: um dia, você vai dormir ao lado da sua mulher e acorda ao lado de um cadáver.)

A despeito do que o pai sempre havia sido ou do que tivesse acontecido com ele após a morte da esposa, Silvia sabia que se tratava do pior pai possível para uma filha expansiva e extrovertida como ela: um exangue deprimido crônico, um engenheiro civil sem afeto algum e apaixonado por passeios em bosques e observação de pássaros. Um homem espiritualmente anêmico, patologicamente desprovido de impulsos.

Silvia não se lembrava de ter sido repreendida por ele alguma vez, mas também não se lembrava de um incentivo ou elogio. Lembrava-se de ter compartilhado com o pai apenas grandes passeios e refeições interminavelmente silenciosas. De ter ficado ao seu lado durante horas a fio durante uma das suas espreitas, enquanto, com o binóculo na mão, tentava entender qual era a espécie daquele pica-pau com uma mancha azul no dorso. O pai não se preocupava quando ela voltava tarde à noite e também não se mostrava entusiasmado quando ela decidia ficar em casa. A única coisa que soube fazer quando a filha de doze anos apareceu na sua frente com os joelhos sujos pela primeira menstruação da sua vida foi pôr em sua mão o cartão de visitas de um ginecologista que estava (sabe-se lá havia quanto tempo) em sua carteira.

E pensar que ela havia feito de tudo para conquistá-lo. Começando pela comida. Que foi o primeiro atrativo malogrado com o qual a filha tentou seduzir o imperturbável pai. Ela tinha treze anos quando, com a mesada semanal, comprou *Il Cucchiaio d'Argento* e fez uma assinatura de *La Cucina Italiana.* Dispondo de uma destreza manual invejável e de certa iniciativa, não havia desafio culinário que Silvia não fosse capaz de levar a cabo com sucesso. Assim, quando se sentia um pouco para baixo, ia para o fogão. E não havia uma vez em que não se iludisse pensando que o pai ficaria grato. Não havia uma vez em que ela não alimentasse a esperança absurda de que, diante da nova receita de berinjelas recheadas ou de *schiaffoni* com abobrinhas, o pai se derretesse em um sorriso de alegre satisfação.

Mas que nada. Ele comia tudo, é claro. Mas devorava aquelas iguarias com o mesmo entusiasmo com que comeria um prato de macarrão em branco. Surtiam o mesmo efeito nele os bons boletins da filha e as faixas de cores cada vez mais escuras e viris por ela conquistadas nas aulas de caratê. Ou qualquer outro sucesso atlético e acadêmico por ela alcançado ao longo de uma adolescência hiperativa.

Da primeira vez que o encontrou, Semi ficou perturbado pela dessemelhança entre aquele homem e a filha: formal como um mordomo, rígido como um bacalhau; até a decoração da sua casa parecia espelhar uma sensação de oprimente monotonia. Silvia convidara Semi para jantar, fazia tempo que dizia que queria cozinhar para ele. Embora tivesse posto a mesa com grande atenção e, da cozinha, chegassem eflúvios promissores, era evidente que Silvia estava olhando para o pai, em cuja casa ela ainda morava, com o inevitável nervosismo com que olhamos para os estraga-prazeres crônicos. Ele estava ali, imóvel, na sua poltrona. Em uma mão, um exemplar da *National Geographic* folheado com cautela, na outra, um copo de água da torneira.

Quando Silvia disse: "Papai, este é o meu amigo Samuel. Falei dele com você", o velho, sem se descompor, levantou-se da poltrona, apoiou a revista sobre uma mesinha e apertou a mão do rapaz de maneira muito menos vigorosa do que deveria.

Silvia ficou tão irritada com o comportamento do pai que não se sentiu à vontade para deixar Semi sozinho com ele e pediu para que o rapaz a acompanhasse até a cozinha. E, pela raiva com que levantava e voltava a abaixar as tampas das panelas, e abria e fechava a porta da geladeira, dava para entender que a garota mais calma que Semi conhecia tinha acabado de viver a experiência mais constrangedora da sua vida: ver um rapaz de quem ela gostava perto do pai que a envergonhava. Era realmente demais. Por isso, sem nenhum aviso prévio, apagou a chama do fogão, girou o botão do forno até a posição off e, cheia de ansiedade, disse para Semi:

– É melhor a gente ir embora.

Samuel não teve força para protestar suficientemente contra o que lhe parecia uma intolerável falta de educação e, quando deu por si, estava com ela no elevador. Silvia o tranquilizou:

– Pode ficar calmo, ele nem vai perceber.

Exatamente quando estava saindo do elevador, Semi se viu de repente com os lábios de Silvia colados aos seus. Era a primeira vez que eles se beijavam. Ele tinha vinte e três anos e ela, vinte e dois; haviam se conhecido alguns meses antes em um casamento na praia de Sabaudia. Semi era amigo da noiva; Silvia, do noivo. Os dois não conheciam ninguém e acabaram solidarizando-se. E eis que, alguns meses depois daquele encontro inicial, acontecia o primeiro beijo.

Todas as vezes que Semi pensava a respeito (não sem ficar constrangido), repetia para si mesmo que ela tinha dado aquele beijo para ressarci-lo do espetáculo oferecido pelo pai e pelo reprovável gesto que tal espetáculo a forçara a realizar. E não apenas isso: toda vez que Semi pensava a respeito, dizia a si mesmo que aquele beijo precário, dado de supetão, sem prazer e quase com desespero, talvez fosse a origem dos problemas sexuais que ele e Silvia tiveram ao longo de todos aqueles anos e que o casamento iminente certamente só agravaria.

Em suma, pensando na vida que tivera, na convivência com o pai, na escassez de distrações em relação à espectral presença paterna, não era tão surpreendente que Silvia amasse os jantares de Páscoa com a tia Vera. Gostar daqueles jantares significava gostar do convívio e do compartilhamento em sua máxima expressão. E, ao mesmo tempo, deixar-se fatalmente seduzir pelo modelo ecumênico que Rachel encarnava com tanto atrevimento. Essa é a questão: escolher o judaísmo significa escolher Rachel. Estar totalmente do seu lado. Tornar-se judia significa tornar-se uma Pontecorvo por inteiro.

A aula sobre o Talmude daquela tarde seria uma das últimas. Só Semi sabia como Silvia havia se sacrificado, quanta dedicação havia sido necessária e até que ponto ela se orgulhava de estar a poucos passos do seu objetivo.

– A propósito do Talmude, como vai a faxina pascal?

– Ia mesmo falar nisso. Depois da aula, vou à casa da sua mãe. Temos muitas coisinhas para arrumar. Ela quer a casa brilhando para a volta dos seus rebentos. Sabe, ela está contentíssima porque, este ano, finalmente estaremos todos juntos na Páscoa. Parece que a sua cunhada se dignou a aceitar o convite. Só espero que ela apareça e não arrume confusão.

– Anna sempre deixa você com raiva.

– Claro que sim. Toda vez que ficamos sozinhas, ela não faz outra coisa a não ser falar mal da sua mãe. Quer que eu fique do seu lado a todo custo. Eu me pergunto como o seu irmão consegue suportar o narcisismo, a neurose exibida e a maldade daquela mulher. Como é possível viver constantemente imersos na lama até o pescoço?

– Eu não gostaria que, para ressarcir minha mãe das suas dores de sogra, você quisesse se candidatar a nora do ano.

– E se eu quisesse?

– Não tem nada de errado. Só fico com medo de você se deixar absorver totalmente.

– Você não entende que, vindo de uma família como a minha, nunca me sinto suficientemente absorvida? E o que faço por ela é um centésimo do que ela faz por mim. Embora eu tenha de confessar que, ultimamente, sua mãe está realmente acabando comigo. Entre os convites, as provas do vestido, o azulejista, a faxina da Páscoa... Tem sempre alguma coisa.

Era um prazer para Semi ouvir Silvia falar daquela maneira da sua mãe. Era algo que o reconciliava com a existência, até mesmo no dificílimo momento que ele estava vivendo. Havia algo de reconfortante na ideia de que, entre aquelas duas, houvesse se instaurado tal solidariedade que não houvesse nenhum conflito, mas um surpreendente entendimento (elas começavam a se parecer até fisicamente!). Se existia um casal daquele tipo, o mundo não podia ser tão horrível assim.

Nos últimos tempos, Semi ligava com muita frequência para Silvia exatamente para se informar sobre as suas incursões pela cidade junto de Rachel. Ele gostava de imaginá-las na seção de dormitórios da Habitat, discutindo a respeito de mesinhas de cabeceira de bambu que, para o gosto de Rachel, eram excessivamente étnicas demais, pouco práticas e realmente bem caras. Samuel deliciava-se com a cena e exultava, satisfeito por ter restituído a Silvia a mãe que ela havia perdido e por ter dado à mãe a filha que ela nunca teve, mas que sempre devia ter desejado. Era realmente um belo jogo de prestígio: Semi se orgulhava de ter oferecido a Rachel, em uma bandeja de prata, alguém que levava a sério o judaísmo e a faxina pascal, alguém para acompanhá-la em seus afazeres sem ter de aturar queixas. Alguém que, por respeito, não podia nem se lamentar nem se rebelar. E que, de qualquer maneira, considerava uma honra estar com ela. E, sobretudo, alguém a quem ela podia revelar o que não gostava nos filhos, coisas que ela nunca teria a coragem de jogar na cara dos diretos interessados.

Enquanto Silvia continuava a falar, contando tudo o que ela e Rachel fariam nos próximos dias, Semi se pegou considerando com terrível desconforto como tudo poderia ter sido perfeito se ele tivesse amado outra mulher e se, tomado por um impulso suicida, não tivesse se empenhado em mandar às favas a sua vida profissional.

ANÚNCIO FUNDAMENTAL
HOJE, 22 DE MARÇO DE 2011, VOU FINALMENTE VER AO VIVO O MEU HERÓI!

Amigas e amigos de Pennylane,

O GRANDE dia finalmente chegou. Daqui a poucas horas, vou ver Filippo. Por acaso, o meu herói, que é mesmo um santo, decidiu se revelar para um bando de babacas da Bocconi. Quer ensinar gratuitamente o que, de outra maneira, eles não aprenderiam nem em cem vidas: o que significa ser homem. Não tenham medo, será uma brincadeira de criança para a sua Pennylane entrar sorrateiramente naquela sala de aula cheia de mauricinhos. Tenho um amigo na Bocconi, aliás, muito simpático, que me prometeu um lugar na primeira fila. Só espero que ele não me peça para saldar a dívida in natura. *Mas juro, meus amigos, que, se ele pedisse... bem, eu não saberia como dar para trás. O meu Fili merece esse sacrifício e muitos outros... Ainda mais nestes dias terríveis. Tenho certeza de que todos vocês estão a par. Não se fala de outra coisa. O meu Fili está em perigo. Parece que as ameaças de alguns fundamentalistas islâmicos devem ser levadas a sério. Permitam-me dizer que estou enfurecida. Não consigo entender por que alguém deveria sentir raiva de Filippo Pontecorvo. E acho uma loucura ele estar sendo ameaçado exatamente pelas pessoas que deveriam idolatrá-lo. Se existe uma criatura que, mais do que todas as outras, optou por contar a história dos desfavorecidos, que ficou do lado dos inocentes e dos explorados, essa criatura é Filippo. E agora? Amigos islâmicos, por que justo ele? O que ele fez de tão grave para ofender vocês? Vocês têm certeza de que não o julgaram mal? Garanto que Filippo não é um daqueles judeus dogmáticos, não pertence à confraria dos judeus belicistas. Não, ele está do lado da paz. Ele é um grande espírito. É alguém como Oz e Grossman. Alguém que torce pela paz. Então, por que ter raiva dele? Nunca vou entender este mundo, mas estou convencida de que este é o momento de ficar ao lado de Filippo. Fico realmente comovida ao pensar que, daqui a pouco, estarei a poucos metros dele. Parece absurdo e incrível.*

Agora, me desculpem, preciso ir me arrumar. Sim, eu sei, o encontro é daqui a oito horas, mas não sei se esse tempo vai ser suficiente para eu me embelezar tanto quanto eu gostaria.

Depois eu conto...

No saguão da universidade Bocconi, de onde saíra da última vez com uma nota máxima cerca de quinze anos antes, decidido a nunca mais voltar, Semi, comprimido por uma multidão impressionante, se perguntava se Pennylane já havia chegado e, caso já estivesse ali, se ele a reconheceria.

Havia vários meses que Semi seguia com certa regularidade os posts de Pennylane no blog "Em nome de Herodes", por ela mesma criado e pacientemente atualizado, em torno do qual construiu uma verdadeira seita de adeptos da religião pontecorviana.

Semi gostava de fantasiar a identidade da misteriosa Pennylane. Ou seja, daquela que se considerava a tiete mais apaixonada que Filippo tinha em todo o planeta. E, muitas vezes, ele entrava no blog para ver que nova e delirante iniciativa ela havia tomado para celebrar o seu amor por Filippo. Ler aquelas vibrantes elucubrações o deixava de muito bom humor! E é por isso que, antes de sair do apart-hotel para ir à exibição do irmão na sua antiga universidade, Semi teve a ideia de dar uma olhada no que Pennylane tinha a dizer a propósito das ameaças dirigidas a Filippo. Com grande surpresa, e alguma emoção, viu que, como ele, Pennylane estava prestes a sair de casa naquele momento para ir homenagear Filippo na Bocconi.

Ela estava ali, em algum lugar, perdida na multidão. Quem dera que só houvesse ali estudantes, professores e curiosos! Havia fotógrafos e cinegrafistas, cronistas ofegantes que falavam acaloradamente. Antes de entrar, Semi viu várias viaturas da polícia e até um furgão do exército. E, de fato, havia muita gente de uniforme. Decididamente, ele não estava se sentindo à vontade. Aliás, estava se sentindo oprimido por todo aquele alvoroço e se perguntava se o auditório da universidade era suficientemente grande para abrigar tanta gente exaltada.

A energia emanada pela multidão era tão potente e brutal que Samuel, embora não quisesse, foi empurrado para dentro do saguão através da porta principal, violando assim uma consolidada superstição bocconiana que aconselhava os estudantes (sobretudo nos dias de prova) a nunca passar no meio das duas grandes estátuas de leões deitados que representavam sentinelas na porta principal. Semi tentou desviar para a entrada da direita, de maneira a deixar à sua esquerda os dois felinos, mas uma espécie de invencível corrente marinha o arrastou inexoravelmente para a porta principal. O que lhe causou uma sensação de impotência e mau humor.

Então, é assim que vive Filippo? Em meio a toda essa gente? Foi a presença constante e oprimente da multidão que o fez mudar? É esse o motivo para Filippo não ser mais Filippo. É por isso que ele só fala de si mesmo. É óbvio que, vivendo sempre no meio de pessoas que vêm escutar o que você tem a dizer, você acaba achando que é o depositário de algo realmente interessante para os outros.

Semi, abrindo espaço em meio à impetuosa torrente humana, conseguiu se enfiar no corredor subterrâneo que ia dar na biblioteca e no auditório. E parou no bar-restaurante – esse, sim, totalmente reformado.

O bar também estava cheio, mas não como o saguão. Ali, a maior parte das pessoas pertencia à população estudantil. Semi, depois de ter tirado a notinha no caixa, aproximou-se do balcão para pedir um café. Exatamente naquele momento, a sua atenção foi capturada por um pequeno grupo formado por três estudantes: um rapaz e duas moças. Semi ainda tinha os olhos bastante treinados para entender que aqueles três não podiam ser calouros. Provavelmente, estavam a um passo de se formar. Dava para perceber pela segurança com que ocupavam aqueles espaços abarrotados e pelo fato de não sentirem vergonha nenhuma de levantar a voz ou de demorar para consumir seus cafés.

A atenção de Semi se concentrou na miúda e acaloradíssima moça: um pouquinho acima do peso, pálida, feições docilmente regulares tornadas dramáticas por uma encaracolada cabeleira castanha com nuances avermelhadas. A única luz em tanta trivialidade exibida era refletida por um pequeno brilhante no nariz e pelo arco-íris tatuado no pulso. O sotaque era decididamente do sul, talvez calabrês, e ela estava vestida com um tailleur risca de giz comprado em algum grande magazine, como uma secretária qualquer. Devia se tratar de uma garota obstinada, que havia ganhado uma bolsa de estudo. De fato, estava defendendo alguém de maneira irredutível e audaz.

– Ele fez uma coisa única e maravilhosa – continuava a dizer. – Uma coisa que hipnotiza e comove... Talvez você não consiga entender porque é homem, mas posso dizer que a primeira vez que estive com os meus sobrinhos, logo depois de ter visto o filme, senti por eles um afeto, um amor... Fiquei com o coração partido. É uma loucura um homem ter conseguido captar a inocência daquelas criaturas. Não sei como, mas ele conseguiu.

Era evidente que o tom de voz alto servia não apenas para superar a algazarra de um bar estudantil, mas também para sobrepujar os seus interlocutores, cuja divergência se manifestava em sarcásticas expressões faciais. Os adversários só anuíam e soltavam risinhos. O porta-voz era o rapaz, ao passo que a silenciosa lourinha ao seu lado, além de ser provavelmente uma submissa concubina, interpretava o papel de alguém que concorda com convicção, mas sem entender uma vírgula.

Se a lacônica garota, álgida e desbotada como a cor dos seus cabelos, tinha um quê de sobriedade nórdica, o rapaz devia ser romano. E de certa Roma que Semi conhecia até bem demais. Tinha aquele aspecto, aquele sotaque, aquele cinismo. Era esguio, tinha traços limpos, quase desinfetados: o penteado era tão estilizado que parecia ter sido desenhado pela mão de um quadrinista dos anos 30. Os óculos com lentes finas e brilhosas e armação preta imprimiam-lhe um ar de acadêmico bonitão, do tipo Clark Kent. Se o Rolex Explorer no pulso indicava um sólido, se não absolutamente conspícuo, patrimônio familiar, o modo como o rapaz se exprimia indicava se tratar do clássico filho que recompensou a generosidade dos pais com ótimas notas na escola, o desenvolvimento de uma personalidade forte e excelentes recursos sociais. Resumindo, um sabichão que, além do mais, sabe lidar com as pessoas: do tipo que, se questionado, sabe dizer todas as capitais, até mesmo das nações mais remotas e negligenciáveis. Que teria todas as condições de vencer um milhão de euros em um programa de televisão se não fosse esnobe a ponto de sequer pensar em participar.

– Não entendo de crianças – estava dizendo. – Mas entendo de estilo. Não é por acaso que estou escrevendo uma tese sobre a percepção das grifes italianas no mundo anglo-saxão. Portanto, sei do que estou falando. Enfim, você já viu como ele se veste? Já viu como ele circula por aí? Calças camufladas, aquela barbinha tipo Che Guevara, um charuto sempre na boca. Mas quem ele acha que é, Fidel Castro? Clint Eastwood? Winston Churchill? Qual é? Acredita tanto na foto que tem coragem de andar por aí vestido como o personagem do seu desenho animado. O simples fato de ele representar a si mesmo dessa maneira, o cavaleiro imaculado, revela muito a respeito da total falta de autoironia e da pretensão desse senhor. Eu poderia apostar que o seu guarda-roupa está cheio dessas roupas de merda. E a decência? Uma migalha de horror de si mesmo?... Nada disso, ele se dá ares de profeta. Aquele modo oracular de falar. Uma palavra a cada dez minutos. E todos o levam a sério. E todas as entrevistas e conferências, todo aquele papo de direitos humanos, de direitos das crianças. Porra, assim é moleza. É muito fácil ser aplaudido ao dizer que não podemos mais pôr uma metralhadora nas mãos de um menino de treze anos. Que devemos boicotar os países que produzem minas terrestres. Ou que é necessário libertar os pequenos escravos que costuram de noite as bolas de couro que, em seguida, serão usadas por jogadores de futebol milionários. Parece um folheto do Save the Children. Não, não é muito original o seu Filippo Pontecorvo. É um impostor, o enésimo saltimbanco produzido por este país de falastrões.

Por que Semi estava tão surpreso por alguém estar falando animadamente do irmão se, havia alguns meses, ele tinha a impressão de que toda a humanidade não falava de outro assunto? Por que se sentia tão constrangido se, nos últimos tempos, não havia ninguém a quem ele fosse apresentado que, ao ouvir que o seu sobrenome era Pontecorvo, não perguntasse: "Por acaso, parente de...?"

Talvez porque era a primeira vez que alguém pontificava livremente a respeito de Filippo sem saber que seus comentários podiam ser ouvidos por ele, o irmão caçula. Que experiência alienante! No fundo, bastou que Samuel escutasse um pequeno trecho da esmerada prefação do tal rapaz para sentir por ele a mesma antipatia homicida suscitada por aqueles indivíduos anônimos que, na internet, destilavam fel contra o seu irmão mais velho.

De fato, "Em nome de Herodes", o blog heroicamente mantido pela misteriosa Pennylane, não era certamente o único a falar de Filippo. Havia muitos outros, e não todos tão bem-dispostos. A grande tribo dos detratores era menos conspícua do que a dos idólatras, mas não menos pugnaz. A internet fervilhava de locais nos quais o esporte preferido era atacar Filippo Pontecorvo. E Semi sabia muito bem disso. Já que, havia muito tempo – mais ou menos desde que as coisas começaram a dar errado em sua vida –, ele era frequentemente tomado pelo impulso de se atualizar sobre as últimas notícias da blogosfera acerca de Filippo.

Era como se Semi, em busca de uma compensação, deixasse que um pouco da glória do irmão o acometesse. É difícil explicar, mas, ao examinar minuciosamente aqueles sites, Semi sentia a euforia de um caracterizador orgulhoso por ter contribuído de alguma maneira para o sucesso do filme magistralmente interpretado por um grande astro. A excitação produzida nele por todas aquelas gatinhas que cobiçavam o irmão na internet era tal que, às vezes, passando os olhos por seus álbuns particulares impudicamente colocados à disposição da humanidade inteira, Semi sentiu a tentação de bater uma punheta. E, sendo bem sincero, cedeu algumas vezes ao patético impulso, consciente de que não era nem saudável nem digno ficar tão arrebatado pelo harém virtual do irmão.

Mas, naquelas ávidas buscas, também era possível se deparar com algum sarcástico inimigo do irmão. Algum frustrado de vinte e cinco anos decidido a esnobar e desprezar tudo o que fazia sucesso. E que, exatamente por isso, se sentia no direito de escrever coisas de uma violência inaudita. Produzindo em Semi uma perturbação no mínimo vertiginosa.

Sim, era verdade: o irmão circulava por aí vestido de maneira realmente ridícula. Os seus trajes – desmazelados e afetados ao mesmo tempo – eram de uma tremenda cafonice. Semi e Rachel viviam rindo daquilo. E, às vezes, Silvia e Anna se uniam à gozação. Sim, todos riam do modo como ele se vestia, e desde muito antes de ele se tornar o que havia se tornado. Mas, naquelas ironias, havia um toque de afeto e benevolência. Um retrogosto terno e particular. Coisas de família.

Mas como aquele desconhecido ousava enfeitar as suas ironias com o glacê ácido da hostilidade?

Enquanto bebericava o seu espresso, Semi teve de se segurar para não pegar aquele sujeito por trás e jogá-lo na parede. Teve de se segurar para não dizer: "Escute aqui, fique sabendo que você está fazendo um papelão. Por acaso, sou o irmão da pessoa cujos trajes você está se dando ao direito de julgar de maneira tão sumária. Você quer falar de roupas? Vamos em frente! A verdade é que você, com os seus estúpidos tênis de marca, as suas calças de grife, o seu aspecto gracioso, a sua prosopopeia, e a inútil garota da alta burguesia que agora olha para você como se você fosse Maomé, nunca poderá igualar o feito de Filippo Pontecorvo... Ah, então é isso que tanto incomoda? É isso? Você é mimado pelas pessoas desde que nasceu. Desde que você pôs os pés na Terra, as pessoas não param de dizer que você é inteligente, hábil, cativante com o seu cinismo, a sua mordacidade. Você sempre acreditou que esse era o caminho para a grandiosidade. Sempre pensou que esses eram os alicerces intelectuais para edificar a sua fortuna. E, agora, aqui está você. No último ano da faculdade. E tudo o que você conseguiu ser é um dos tantos, excedentes, brilhantes estudantes do último ano. Sem dúvida, nota dez com louvor. Um belo mestrado à sua espera em alguma metrópole. A corrida do ouro começou.

"Você está a todo o vapor, é verdade, mas não mais do que tantos outros... Eu sei, você deu duro para chegar até aqui. Pena que todo esse sacrifício talvez não sirva de nada. Será que não depende disso a sua antipatia por Filippo? Ou seja, por um sujeito sem eira nem beira, que mal conseguiu se formar em Medicina, mas que, aproveitando o seu originalíssimo talento, enfeitiçou o universo. Deve ser mesmo um drama para um sujeitinho orgulhoso como você – um problemão para o seu desmedido amor-próprio – o fato de toda esta gente estar aqui por causa dele e não de você. O fato de até você, que tanto o critica, estar aqui aos seus pés. Pode admitir que, apesar de todo o desprezo que ele suscita, você não pode viver sem ele. Pode admitir que não tem artigo de jornal a respeito dele que você não se sinta obrigado a ler até a última linha. Admita: o seu drama é que ele pode viver sem você, mas você não pode viver sem ele. Admita que, embora ele nem saiba quem você é, você está pensando há meses sobre ele e sobre os motivos para sentir tanta antipatia por alguém. Admita que essa é a sua fraqueza. Admita que, se existe uma pessoa patética nesta universidade hoje, essa pessoa não é Filippo Pontecorvo."

Não foi necessário intervir. Felizmente, havia uma pequena guerreira calabresa para tomar as dores de Filippo e da verdade e rebater à altura:

– Sabe qual é o problema de vocês, filhinhos de papai?

– Filhinho de papai? Então, sou um filhinho de papai?

– Não estou brincando. É algo que entendi nos últimos anos, convivendo com pessoas como vocês noite e dia.

– Você fala como se fosse Jane Goodall em meio aos chimpanzés.

– De fato, pela maneira como me sinto no meio de vocês, pela maneira como fizeram com que eu me sentisse aqui dentro, eu diria que o exemplo é particularmente adequado.

– Enfim, qual é o problema que nós, filhinhos de papai, temos? O problema é termos exasperado você durante todos esses anos?

– O problema é que, para vocês, tudo é uma questão estética. Vocês só olham para a superfície das coisas.

– Que pensamento original! Parabéns.

– Isso, continue a bancar o engraçadinho. Desabafe. Faça o que você melhor sabe fazer. Suba em um pedestal. Mas saiba que são justamente o seu sarcasmo e o seu esnobismo que impedem que você entenda o que Pontecorvo significa para as pessoas.

– Então, o que ele significa?

– Significa coragem, obstinação, criatividade. Muitas coisas que nem sempre andam de braços dados. Eu, particularmente, não dou a mínima para o modo como ele se veste. Não estou nem aí se ele fuma charuto, Marlboro ou se está para lá de Bagdá de tanta maconha. Partindo do princípio que ele tem lá seus caprichos, não estou nem aí para eles. Não são coisas que eu noto. Não são coisas que me interessam. Só sei que estou prestes a vê-lo subir naquele palco, no qual, nos últimos anos, vi ministros da Fazenda, prêmios Nobel de economia, jornalistas famosos e industriais cheios de dinheiro, boas maneiras e ideias geniais, mas sem um pingo de humanidade. Durante anos, assisti à procissão de toda essa gente poderosa que vinha aqui contar um monte de bobagens e me tratar com condescendência. Agora, é a vez do autor de um desenho animado. Um quadrinista, um saltimbanco. E, veja só, ele é o único que sabe do que está falando: sujou as próprias mãos, foi até o âmago da injustiça. Ele não é como os outros, que vêm aqui explicar como é o mundo. Ele é alguém que quer mudar o mundo. Alguém que sabe transmitir a esperança de que o mundo pode mudar. Não é por acaso que querem matá-lo!

– Se quisessem matá-lo, já o teriam feito.

Foi a lourinha que pronunciou essa frase. O tom com que a articulou indicava que, para decorá-la tão bem, já a ouvira ser formulada uma dúzia de vezes.

– Os jornais dizem... – tentou retrucar a passionária em tailleur. Mas foi interrompida pelo seu opositor.

– Os jornais? E eu lá deveria acreditar no que dizem os jornais? Toda essa história cheira a marketing a um quilômetro de distância.

Que importância tem para aqueles caras matar um palhaço como esse? Essa é a outra coisa que acho indecente: tudo o que diz respeito a esse sujeito é uma farsa. Olhe só para ele: se dá ares de revolucionário, de profeta do povo, mas está cheio de dinheiro e é filho de gente mais rica ainda. Um amigo do meu tio me contou que estudou com ele, sabia? Disse que um motorista ia buscá-lo na escola.

– O que me importa do motorista, do dinheiro e do seu tio? Então, você não entendeu o que eu disse: pela primeira vez, desde que estou aqui, estou arrepiada. Estou prestes a vê-lo e só isso já me dá arrepios. Ele não tem nada para me ensinar porque já me ensinou tudo.

Semi também ficou arrepiado. Ao escutar aquela garota falar de Filippo, também sentiu arrepios. Uma espécie de irmandade, uma solidariedade superior, algo que ele nunca havia percebido tão bem quanto naquele momento. Lá estava a Pennylane que ele tanto fantasiara. Devia ser uma garota como aquela. Devia se parecer com ela tanto física quanto moralmente. Uma garotinha dos nossos tempos, simples e cheia de entusiasmo, cheia de vontade de se comover, cheia de amor para dar e receber. Uma garota repleta de indignação pela injustiça e de ardor pela equidade. Ou talvez Pennylane fosse ela mesma. A Pennylane que ele estava procurando. O destino a ofereceu a Semi em uma bandeja de prata e, além do mais, em sua forma melhor.

Será que ela era Pennylane? Você é Pennylane? Por pouco, Semi não perguntou. Por pouco, não foi abraçá-la.

E, agora, lá está ele no palco.

O reitor – um homem de meia-idade dentro de um terno azul-marinho amassado – o anunciou com a mais leviana das frases feitas:

– Certamente, dispensa apresentações...

E nunca aquelas palavras foram tão apropriadas. Bastou o som cadenciado dos passos do convidado, surgindo por uma das entradas secundárias, para provocar um fragor barbárico. Semi teve a impressão de que aquele estrondo estivesse saindo das vísceras da Terra. Um terremoto. Quase se assustou. Era normal que tanto amor produzisse tanta agressividade?

Para chegar ao palco, Filippo teve de percorrer uns trinta metros do corredor lateral. E o mais estranho, considerando a notória imperturbabilidade de um público daquele tipo, é que várias pessoas (sobretudo as garotas) literalmente se jogaram na direção dele. Do seu lugar na extrema esquerda da sala, Semi dispunha de uma visão privilegiada e pôde desfrutar à vontade daquela explosão de erótica idolatria. Que outro nome dar ao impulso que havia levado tantas garotas a se lançar sobre o convidado como um bando de crianças famintas correndo em direção a um caminhão cheio de alimentos? O corredor estava tão congestionado que Filippo, na sua proverbial robustez, teve muita dificuldade para avançar. Era incrível, pediam que ele assinasse autógrafos sobre a pele dos seus corpos.

Uma garota suplicou que Filippo assinasse com um pincel atômico vermelho o dorso da sua mão; outra, o antebraço; outra ainda, depois de ter arrancado a caneta das mãos da colega, exigiu, com inusitada energia, que Filippo autografasse o seu pescoço. Outras enfiavam nos bolsos do jeans de Filippo bilhetes, presumivelmente com números de celular ou sabe-se lá com que outras atraentes ofertas amorosas. Essas cenas de delírio público eram transfiguradas pela gélida luz dos flashes. Os cronistas, com uma análoga belicosidade desesperada, enchiam-no de perguntas. Havia quem o tratasse por "você" ou por "o senhor".

– Filippo, o que você acha das ameaças? Elas têm algum fundamento?

– O senhor chegou a alguma conclusão sobre o que está acontecendo?

– O que o senhor vai fazer a esta altura?

– Você está com medo?

Mas, logo, os mesmos cronistas foram, digamos, suplantados pelas garotas. Elas tinham muita vontade de comunicar toda a própria solidariedade, de ficar perto dele em um momento tão difícil.

Semi estava pasmo. Viu muitos eventos semelhantes nos anos de universidade. Esteve presente nas palestras de Gorbachev, de Roberto Baggio, do papa... e de muitos outros. Mas nunca tinha visto uma reação como aquela. Todo aquele amor, toda aquela excitação, toda aquela violência. Toda aquela vontade de tocar. E não se tratava de adolescentes frenéticas. Nada disso, eram jovens mulheres matriculadas em uma prestigiosa universidade. Jovens mulheres que já deviam ter aprendido a se conter havia muito tempo.

A reação de Filippo, por outro lado, era igualmente incompreensível. Evidentemente afeito a aborrecimentos daquele tipo, ele sabia que era inútil resistir. Avançava lentamente; no rosto, um sorriso que Semi não foi capaz de decodificar: satisfação? Nervosismo? Irritação? Terror? Mas, levando em consideração a sua misantropia, não devia ser um momento muito bom para ele. Mas talvez a misantropia tivesse perdido totalmente o sentido. Como é possível odiar quem ama você tanto assim?

No final, Filippo conseguiu chegar até a escadinha que levava ao palco. Durante a triunfal via-crúcis, passou perto do irmão, mas estava tão comprimido e desejoso de se furtar ao abraço oprimente das pessoas que certamente não o viu.

E, agora, lá estava ele: no palco.

Quando o fragor dos aplausos começou a diminuir, verificou-se um evento tão milagroso quanto o pandemônio suscitado pelo barulho dos passos de Filippo, embora de caráter diametralmente oposto. Bastou que seus dedos dessem algumas batidinhas no microfone para que o auditório caísse em um silêncio sagrado. Por um instante, Semi sentiu medo: medo de que o irmão não encontrasse as palavras. Ele estava se sentindo como uma jovem mãe prestes a assistir à primeira apresentação de balé da filha de seis anos: a frustração de não poder protegê-la e o senso de culpa por tê-la abandonado à sua sorte se misturam ao orgulho e a uma espécie de curiosidade ao vê-la finalmente empenhada em algo que deverá fazer sozinha.

O tom de voz com que Filippo disse "Agradeço a vocês por..." transmitia uma tal timidez, um tal embaraço, uma tal bondade que Semi receou que o irmão não fosse capaz de terminar a frase. Imaginava que o irmão, todas as vezes que fora chamado até a cátedra nos anos do ensino médio, devia ter ficado mudo. Não, a escola nunca havia sido o seu forte. Por causa da indolência, talvez, ou da incapacidade de se concentrar, da dislexia, da "discalculia"... Todas essas coisas juntas haviam feito dele um péssimo estudante. Um verdadeiro caso desesperado. E, ainda por cima, com o azar de ser filho de uma mulher para a qual o aproveitamento escolar sempre foi algo fundamental, e irmão de um garotinho que não ficava atrás de ninguém em termos de brilhantismo intelectual. Semi sempre foi um autêntico funâmbulo: à vontade na cátedra, arguido em alguma matéria obscura, como se estivesse em uma quadra de tênis ou na pista de uma discoteca. Um verdadeiro eclético, o seu irmãozinho. Samuel se lembrava do tormento de certas longas e inconcludentes tardes de Filippo. Ele ficava ali parado, com o lápis na boca, as costas arqueadas, em frente aos livros, acompanhado de alguma exasperada senhorita que se esforçava para fazê-lo estudar. O problema de Filippo era que não havia atividades humanas que não o aborrecessem depois de três segundos.

A sua resistência ao cansaço e à monotonia era quase nula. E a sua capacidade de concentração era inexistente.

E, agora, lá está ele, no palco.

No final das contas, parece intimidado. Exatamente como nos velhos tempos. Não olha para a plateia. Olha para o chão. Depois, desvia novamente o olhar para outro lugar. Para o alto, desta vez. Tem dificuldade em começar. O público está com ele, mas ele ainda não está com o público. Ergue-se um aplauso espontâneo de encorajamento. Mas isso também parece produzir nele apenas mais uma reação de susto. Semi conhece bem a timidez do irmão. Filippo é muito tímido diante de tantas pessoas e, decididamente, se sente muito à vontade em um tête-à-tête. De repente, ele se lembrou da mãe. O que Rachel teria sentido diante do constrangimento do seu primogênito? Quase não teria suportado aquela cena. Teria se sentido oprimida. E, provavelmente, teria se levantado e se afastado. Era absurdo, pensou consigo mesmo Semi, tomado pela agitação, colocar uma pessoa no palco diante de um público faminto. Era algo cruel e inatural. Algo com que uma pessoa como Filippo provavelmente jamais se acostumaria.

Mas, agora, ali no palco, Filippo parecia estar concentrado, e muito. Concentrado como Semi jamais o havia visto. Depois de poucas formalidades e nenhum preâmbulo, ele iniciou com uma das suas histórias ("Uma das suas parábolas", como havia recentemente definido com tom irônico o jornalista de uma publicação esnobe e reacionária).

Havia um maravilhoso contraste entre a voz persuasiva e os episódios horripilantes que Filippo começara a narrar. Para ser sincero, não ficou muito claro por que ele começou a falar de certas coisas e qual era o seu pretexto. Mas era evidente que ele estava dizendo exatamente o que todos esperavam dele. Tanto que atingiu instantaneamente o seu objetivo: hipnotizou-os. Dando a todos eles, em um punhado de segundos, a ilusão de que não existia no mundo nada mais necessário e interessante do que as suas palavras. E, exatamente por isso, de que não existia outro lugar no qual valesse mais a pena estar. E, se era importante que Filippo dissesse aquelas coisas, era mais importante ainda que eles as escutassem.

Nada, nas palavras de Filippo, era redundante. Era como se tudo se mantivesse unido graças a uma espécie de melancólico calor. E, sabe-se lá por que, por um instante, Semi pensou novamente no pai. Nas magníficas dissertações com que o professor Pontecorvo geralmente abria prestigiosas conferências de oncologia no início dos anos 80. Semi se perguntou se até algo aparentemente pessoal como a eloquência era hereditária. Sim, devia ser. Se não, não teria desabrochado tão naturalmente em Filippo sem que ele a tivesse cultivado. A eficácia com que Leo conseguia conjugar a gélida precisão dos dados com o fervor das argumentações lembrava, de uma maneira que só Semi podia perceber, o estilo oratório com que o filho daquele médico morto havia mais de duas décadas mantinha aquela numerosíssima plateia magnetizada.

E essa era a coisa mais louca. Filippo estava entretendo um público exigente e desencantado citando cifras que nada tinham a ver com as que aquelas pessoas estavam acostumadas: não, Filippo não estava falando de PIB nem do andamento das bolsas internacionais; não estava comentando projeções nem diagramas sobre crescimento ou uma nova recessão; não estava falando de fundos de investimento nem de mercados futuros... As cifras que Filippo Pontecorvo estava amontoando pingavam sangue inocente e, também nesse aspecto, lembravam, de maneira quase zombeteira, as do pai. E, talvez por isso, pelo menos do ponto de vista de Semi, causavam arrepios.

– Vocês sabiam que a Royal Air Force sozinha, na primavera de 1944, lançou em território inimigo um milhão de toneladas de bombas em mais de 400 mil incursões? E que, das 131 cidades atacadas, muitas foram quase inteiramente arrasadas? Que, entre os civis, as vítimas da guerra aérea na Alemanha chegaram a 600 mil pessoas? Que três milhões e meio de moradias foram destruídas? Que, ao final do conflito, os sem-teto eram sete milhões e meio? Que, para cada habitante de Colônia e de Dresden, havia respectivamente 31,4 e 42,8 metros cúbicos de escombros? Mas, acima de tudo, vocês sabiam que pelo menos 35 por cento das vítimas provocadas por aquele bombardeamento absurdo, cruel e punitivo eram, segundo uma estimativa posterior, indivíduos com menos de dezesseis anos? Isso mesmo. Crianças. Sim, nada mais do que crianças. Isso me faz concluir que o que mais distingue a Segunda Guerra Mundial de qualquer outro conflito que a precedeu é o número assustador de inocentes assassinados. A matança de crianças cometida pela humanidade naqueles cinco anos de guerra não tem precedentes na história. E, como vocês vão ver, isso explica muitas coisas...

Incrível: o apaixonado declamador de cifras tão precisas era o mesmo indivíduo que, quando garoto, tinha muita dificuldade para aprender a tabuada de três. E essa não era a única metamorfose impressionante. Como o talentoso desenhista, autor de um longa-metragem de animação de sucesso, se transformou em uma espécie de paladino da causa das crianças? O que Filippo havia se tornado naquele ínterim? Um pregador? Um sacerdote? Um rabino? Um charlatão? Provavelmente, todas essas coisas juntas.

E, para entender isso, bastava avaliar o trepidante silêncio que tomou conta do auditório. A certa altura, um rapaz teve um ataque de tosse. Bem, foi recriminado.

Filippo os encantou com a empatia. Engambelou-os com a empatia. Quem não entende o drama das crianças? Quem não se identifica com uma criança? Quantas mães e pais existem no mundo prontos para se comoverem com a tragédia de criaturas tão semelhantes aos seus próprios pequerruchos?

– Se ao menos entendêssemos que a medida da civilização é a qualidade de vida garantida às crianças... – continuava Filippo depois de ter abandonado a sua panorâmica pela história. – Se ao menos entendêssemos que garantir um teor de vida fabuloso às nossas crianças deveria ser o primeiro mandamento de uma sociedade que pretende se denominar civilizada... E quem diz isso sou eu, que não sou religioso. Eu, um judeu não religioso. Um agnóstico.

Estava tudo perfeito. Foi o que Semi se pegou pensando. Não havia nada a ser mudado no que estava acontecendo ali dentro. O lugar mais asséptico e cínico da galáxia transformado em um parque de diversões do civismo universal. As pessoas estavam emocionadas e comovidas. E, em uma espécie de estranha liturgia, faziam de tudo para que o silêncio conservasse a sua sobrenatural iridescência.

Era assombroso ver como Filippo manipulava a consciência daquelas pessoas. O jogo de prestígio era o seguinte: fazer com que todas elas se sentissem boas. Fazer com que todas elas sentissem que estavam participando de algo terrivelmente bom e importante. Fazer com que todas elas sentissem que estavam do lado certo, contra o lado errado.

Filippo não deixou nada ao acaso. Era genial a alusão, aliás inútil, ao próprio judaísmo. O fato de ser justamente um judeu a falar com tanto desprezo da morte das crianças alemãs era um ato de profunda magnanimidade. Um gesto de tocante misericórdia. Não menos astuto (e, de certa maneira, não menos vulgar) do que o gesto com que Filippo assemelhou, em uma cena de *Herodes*, as brutalidades sofridas pelas crianças de Auschwitz às sofridas pelas crianças de Gaza. Uma sacada perfeita para irritar algumas associações hebraicas na Itália, na França e em Israel (além de Rachel, naturalmente), mas capaz de entusiasmar o resto do público em relação à grandiosidade de Filippo. Se tem uma coisa que as pessoas respeitam é um judeu progressista pronto a denunciar as violências dos judeus em Israel.

Resumindo, falar das vítimas inocentes dos bombardeios em Dresden, das crianças de Dresden, fazê-lo em um contexto tão pouco adequado, a partir da própria perspectiva hebraica, no papel de um condenado à morte por uma "Spectre" islâmica tinha toda a cara de um ato religioso. Que não podia ser recebido de maneira menos hierática. Semi achou que a senhora ao seu lado (quase certamente uma professora) estava soluçando baixinho. Olhando à sua volta, notou que as duas garotas atrás dele estavam com os olhos marejados. E que um casal de calouros apaixonados estava de mãos dadas, como se estivesse assistindo ao meloso final feliz de certas comédias românticas. Era uma coisa inacreditável. Como era possível que uma retórica tão elementar os comovesse até as lágrimas? Era possível que algo que parecia tão superficial fosse tão profundo, e vice-versa?

Semi sentiu uma espécie de temor em relação àquelas pessoas. Sentiu que estava com medo do amor que aquelas pessoas sentiam por seu irmão. Mais uma vez, o pai voltou à sua mente. Pensou no ódio que o pai suscitou e pelo qual foi atropelado no fim da sua vida. No ódio que Leo teve de suportar. Depois, voltou a olhar à sua volta, cada vez mais confuso. Uma sensação de mal-estar o atazanava. Provavelmente, os pais daqueles jovens, na sua época, sentiram em relação a Leo Pontecorvo um ódio tão irracional e aterrador quanto o amor que agora seus filhos sentiam por Filippo Pontecorvo.

Semi percebeu que havia uma relação mórbida e inextricável entre aquele ódio doentio e aquele amor doentio. Entre aquele ódio drogado e aquele amor drogado. E ficou indignado.

Por isso, um segundo depois do final do evento, enquanto todos os fervorosos idólatras continuavam a aplaudir, a gritar, a se debater, a rasgar as roupas, Semi tomou a decisão de ir embora. Descumprindo o compromisso de jantar com aquela espécie de Lenny Bruce, foi embora. Apesar de estar perdendo a oportunidade de pedir uma vultosa ajuda econômica e um igualmente vultoso apoio moral, apesar de estar selando a própria ruína financeira e, portanto, estar pondo tudo a perder, Semi, repentinamente atraído pelo futuro macabro que o esperava, foi embora.

Já estava na moto quando ouviu o celular vibrar no bolso. Encostou. Pegou o celular. Na tela, pela segunda vez naquele dia, leu FILI CEL. Semi pensou com nostalgia na sensação de alegria daquela manhã ao ver o nome do irmão no display. Agora, os seus sentimentos em relação àquela escrita haviam mudado completamente. Semi não queria mais atender. Filippo, provavelmente faminto e enfurecido, não queria desligar e insistia.

Semi recolocou o celular enlouquecido no bolso do jeans e, rumando para o apart-hotel, continuou a sentir ao longo de todo o trajeto aquelas descargas elétricas na altura da virilha.

Quarta parte

ÚLTIMO ATO

O terror de morrer de uma hora para outra. Aquela sempre foi a besta negra.

Durante o primeiro biênio na universidade, Filippo atormentava qualquer pessoa que estivesse ao seu alcance, sobretudo a mãe, pedindo continuamente para ser tranquilizado a respeito da própria saúde. Mas, avaliando melhor, aqueles dois anos de inferno foram apenas o angustiante auge de uma preparação para o horror iniciado na época da sua pré-história pessoal. O que nos serve para entender por que Filippo não seria capaz de estabelecer com exatidão o momento em que havia começado a ter medo. Impossível tirar do bagunçado armazém da memória a pasta que continha o evento desencadeador.

Talvez tenha sido o ar viciado das salas de espera de terapeutas a que Leo e Rachel começaram a levá-lo cedo demais que favoreceu a descida ao inferno da hipocondria. Ou talvez não. Na verdade, as longas tardes com psicólogos e fonoaudiólogos não eram uma recordação tão desagradável assim. Aliás, pensando bem, para Filippo, aqueles dias pareciam estar imersos em um radioso embrião de ternura. Uma ternura à qual, após a morte de Leo, a família não pôde mais se dar ao luxo.

Francesca, a fonoaudióloga, era uma moça graciosa, jovem, cujos cabelos emanavam um cheiro de baunilha que lembrava uma confeitaria. Ela o fazia desenhar, decorar vertiginosos jogos de palavras, elogiava a sua angélica beleza e enchia clandestinamente os seus bolsos de caramelos.

E Francesca não era a única tentadora. Um tratamento ainda mais generoso era aplicado por Leo quando, ao voltar do hospital à noite, na maioria das vezes de bom humor, dava ao filho, quase às escondidas, um dos superpresentes que deixavam Filippo perplexo: um novo acessório do Playmobil, o último modelo do Big Jim, um fuzil Winchester de brinquedo... E sussurrava:

– Ei, Demóstenes, esse é o nosso segredo.

Embora Filippo não soubesse quem era Demóstenes, fazia de tudo para esconder o presente da mãe e do irmãozinho.

Não, Filippo não tinha do que se queixar naqueles tempos. Todas aquelas atenções foram um verdadeiro maná. Mas como ter certeza de que não foram exatamente todos aqueles cuidados a sugerir que havia nele algo de frágil, que, pelo amor de Deus, devia ser ajustado? E quem sabe se essa consciência da própria imperfeição não degenerou e formou a ideia – muito leviana em um adulto, mas bastante inquietante para uma criança – de que a vida de cada um de nós é como um transeunte distraído perenemente ameaçado por uma espécie de franco-atirador volúvel e invisível?

Um franco-atirador que, caso Filippo não tivesse assimilado suficientemente bem um conceito desagradável como a morte, fez questão de lhe proporcionar uma demonstração prática: eliminando com surpreendente rapidez uma companheira de brincadeiras.

Seu nome era Federica. Era filha de um gentil farmacêutico do bairro. Leucemia fulminante. Foi Leo que deu o diagnóstico. Pena que o grande luminar não tenha tido nem o tempo nem a possibilidade de intervir, limitando-se, depois de alguns dias de agonia lancinante, a assinar a certidão de óbito.

É assim que a incontestabilidade da ausência de Federica invade a vida de Filippo aos nove anos de idade. E a coisa realmente estranha é que, a partir de então, ele começa a pensar o tempo todo em Federica, algo que, até alguns dias antes, não acreditava ser possível. Até mesmo porque nunca simpatizou com Federica. Então, por que a sua ausência pesa cem vezes mais do que a sua presença? Talvez porque haja algo monstruoso no fato de os pais não terem encontrado uma solução melhor do que livrar-se dela: enterrando-a, se Filippo entendeu bem, em algum lugar.

Essa história do enterro, ele não consegue engolir: as noites de solidão absoluta, a escuridão, o frio, a falta de ar. Porém, prefere guardar esses pensamentos para si. Não faz perguntas, nem mesmo enquanto Rachel dá o nó na sua gravata para que ele vá ao funeral da amiguinha. Fica quieto e calado até mesmo quando, na igreja, todos choram e o padre os convida a se alegrar porque Federica está em um lugar melhor. E até mesmo quando, passando de carro diante da farmácia do pai de Federica, logo depois do funeral, Filippo vê Rachel chorar como uma menina e a mão de Leo soltar-se do volante e apoiar-se carinhosamente no colo da mulher.

Mesmo nesses momentos, Filippo está mais perplexo do que assustado.

Durante anos, pensou morbidamente no corpo sepultado de Federica até aqueles despojos serem substituídos por um cadáver decididamente mais influente.

O de Leo.

E pensar que, naquele dia de agosto em que Leo foi encontrado morto por Telma, a empregada filipina, no porão, imerso em dez centímetros de água da chuva, Rachel logo correu para deixar os filhos na casa de alguns amigos em Olgiata. Mas, depois de algum tempo, Filippo foi tomado pela obsessão de voltar para casa. Por quê? Nem ele mesmo sabia. Achava que era a coisa certa a fazer. Que devia fazer aquilo por si mesmo e, de certa forma, também pelo indivíduo que, depois de ter permanecido durante treze meses no porão, tinha, naquele momento, simplesmente deixado de existir.

Filippo anunciou a sua decisão a Semi – "Vou para casa" – e não se deixou desencorajar pela reação do irmãozinho, que começou a choramingar, implorando que ele não o fizesse.

– Não, não, por favor, não vá. Por favor, fique aqui. Mamãe disse para ficarmos aqui!

– Se você quiser ficar, fique. Eu vou – atalhou Filippo, cada vez mais obcecado.

E, sem delongas, roubou a bicicleta do seu amigo e voltou correndo para casa, voando sobre os gramados incultos de Olgiata como os meninos de *E.T.* no céu estrelado. E chegou ao destino exatamente quando um pequeno grupo de homens, vestindo camisas brancas de mangas curtas e opalescentes luvas plastificadas, levavam para fora de casa um saco preto, prontos para colocá-lo em um furgão cinza metalizado. Filippo chegou a tempo de ver um daqueles sujeitos que, tropeçando em um tapete de folhas molhadas, perdeu a pega: o saco, ao tombar de esguelha, emitiu um ruído surdo. Um ruído que dizia tudo o que ele precisava saber sobre o pai.

Nunca antes, nem depois, daquele momento, Filippo sentiu com tanta intensidade que o que ele, a mãe e o irmão haviam feito com o homem no saco preto era pelo menos um milhão de vezes mais grave do que qualquer ação depravada que aquele coitado pudesse ter realizado. Nunca antes daquele momento ele tinha sentido com tanta monstruosa intensidade o que significava ser culpado. Nem percebido em si mesmo uma ternura tão comovente em relação a dois objetos inanimados como um saco preto e a dolorosa matéria orgânica nele contido.

O ruído surdo do saco que caía continuou a atormentá-lo por algum tempo. Depois, se tornou mais fraco, até se tornar imperceptível. Durante anos, devia ter cochilado em um cantinho afastado da consciência, levantando-se de vez em quando, em ocasiões especiais, evocado por eventos específicos, mas, graças aos céus, sempre pronto a voltar a adormecer quase imediatamente.

Exceto quando voltou ao auge aos dezenove anos de Filippo.

Se é verdade que, para um ser desinteressado e sem inclinações especiais como ele, o fim do ensino médio foi um alívio, também é verdade que a obrigação burguesa de escolher uma faculdade na qual se matricular se revelou uma roleta-russa. Se tivesse dependido dele, Filippo teria feito algo libertador. Sei lá, embarcado como grumete em um navio mercantil. (Desde que ainda existissem grumetes e navios mercantis.) Ou então, teria tirado dois anos sabáticos em alguma cidade europeia ou americana, lavando pratos, servindo Big Macs, limpando as privadas de alguma espelunca... Fantasias ociosas de liberdade, totalmente impraticáveis para um rapaz tão mimado.

No final, optou por Medicina. Passou raspando na prova de admissão, sempre desconfiando que Rachel tivesse mexido seus pauzinhos, pois, no mundo acadêmico, do qual o marido havia sido um dos maiorais, ela ainda tinha diversos contatos. De modo que Filippo, com a negligência de sempre, começou a frequentar as aulas nos tétricos anfiteatros em que, antigamente, o pai se exibira com sucesso.

A presença obrigatória não o perturbava: pelo contrário, ficava feliz que alguém o forçasse a fazer alguma coisa no final das contas. Afinal, não era mais como no ensino médio, quando sempre estava exposto aos atos terroristas de algum professor descomedido. Nada disso. Ali, você podia fazer o que quisesse. Não havia controle. Ninguém sequer tentava fazer uma arguição. Você se sentava no seu lugar e cuidava tranquilamente da própria vida. Filippo desenhava, é claro, ou então estudava, se vocês me permitem a expressão, com a paciência e a dedicação de um gramático, duas histórias em quadrinhos que se tornariam lendas: *O Cavaleiro das Trevas*, de Frank Miller, e *X-Men*, de Chris Claremont.

E que barato estar no meio daquela legião de aspirantes a cardiologistas, pediatras, internas... Filippo adorava tanto as calouras inibidas – óculos com lentes sujas, canetas mordiscadas, grandes cadernos repletos de anotações – quanto as garotas mais descoladas, que, ainda no início de novembro, chegavam à faculdade de macacão e sandália. A verdade é que ele gostava de todas: individualmente, mas também em pequenos grupos, enquanto, entre uma aula e outra, se reuniam em torno das máquinas de café para fumar um cigarro e falar de homens. Orgulhava-se delas. Ficava excitado e, de certa maneira, comovido. E sabia que devia a elas a força que o fazia levantar cedo toda amanhã e enfrentar os congestionadíssimos trinta quilômetros que separavam Olgiata da universidade.

Em suma, até aí, tudo bem.

O problema é que, por mais que você se esforce para ser distraído, é difícil não se deixar contagiar pela atividade das pessoas à sua volta. No primeiro ano, Filippo cursava as matérias obrigatórias: Estatística,

Química, Anatomia 1 e Embriologia. E como, apesar do que se diz por aí, a cultura faz mal à saúde, aquela farra de noções sobre o funcionamento do corpo humano acabou agindo de maneira devastadora sobre a sua impressionável mente.

E, surpreendentemente, não foram as aulas de Anatomia – ministradas por um bronzeado velejador cinquentão que, na primeira aula, confessou que o encontro com um fígado mudou sua vida – que puseram Filippo diante dos seus fantasmas. Tal resultado foi causado pelo professor de Química, muito menos fascinante. Que, amontoando fórmulas no quadro-negro, tropeçando o tempo todo no giz e nas palavras, deve ter despertado em Filippo a suspeita de que o corpo, além da sua suposta integridade, era um mecanismo complicado demais para merecer a confiança que nele depositamos diariamente. Por exemplo, a ideia de que uma coisa banal como a digestão colocava em campo armadas muito mais aguerridas do que as utilizadas pelos Aliados na Segunda Guerra Mundial fazia com que até um gourmet como Filippo Pontecorvo perdesse o apetite.

Foi por causa das lições de Química (ou pelo menos essa foi a ideia que Filippo pôs na cabeça a ponto de abandoná-las) que o terror de morrer voltou a ocupar militarmente o seu horizonte emotivo.

Quantas horas, quantos dias, quantas semanas perdidas em companhia do pensamento da própria extinção iminente! O fato ridículo é que um pensamento tão gigantesco foi suscitado e, de certa maneira, contido por uma minúscula manchinha arroxeada que surgiu repentinamente sobre o seu antebraço, que, para Filippo, subitamente, tornou-se o centro do universo. Uma manchinha que, sobretudo à noite, na cama, no escuro, dilatava-se de maneira tão anormal a ponto de se tornar tão grande como o saco preto em que haviam amontoado o cadáver de Leo.

Nos últimos tempos, aquele saco assumia, com cada vez mais frequência, uma concretude revoltante. Tanto que Filippo não tinha dificuldade alguma em se imaginar enfiado lá dentro como um violão em uma capa murcha. E, quanto mais ele pensava a respeito, mais ficava sem fôlego.

Uma noite, a angústia se tornou tão incontrolável que Filippo foi obrigado a se levantar, acender a luz, abrir as janelas e procurar refúgio no ar gélido. Gestos mecânicos que tinham o defeito de não servir de nada. Dada as circunstâncias, ele não podia sequer recorrer ao pensamento que alenta a vida de todos os desesperados da Terra: o suicídio. Que sentido fazia se matar se o que mais o atemorizava era morrer?

Só sobrava Rachel. Como uma criança que ressuscita de um pesadelo, Filippo foi acordá-la. Antes de tocar no seu ombro, olhou-a dormir por alguns segundos. Pobre mulher, estava ali, feliz e contente, nem sabia que o filho era como um daqueles sujeitos condenados à cadeira elétrica. O pensamento de como Rachel sofreria quando os despojos do filho mais velho fossem enfiados em um saco o comovia. Só quando se sentiu absolutamente comovido, decidiu acordá-la.

– O que foi, meu amor? Ainda pensamentos ruins?

– Você não faz ideia.

– Quer um chá de camomila? – resmungou Rachel.

– Você acha que chá de camomila cura melanoma?

– Você não tem melanoma nenhum.

– Tenho, sim. Olhe aqui! – exclamou e acendeu o abajur da mesinha de cabeceira, obrigando as pálpebras de Rachel a lutar consigo mesmas para não se fecharem. – Olhe, está tudo áspero.

– Meu amor, estou dizendo que não é um melanoma. Por que você não confia em mim? Embora você tenda a esquecer, sou médica.

– Exatamente por frequentar médicos desde que nasci, sei que se trata de uma categoria de presunçosos irresponsáveis.

– Mas eu não sou apenas médica, sou sua mãe.

– Uma mãe médica? É exatamente a categoria pior! Não saberiam reconhecer nem lepra se um dos familiares fosse acometido por essa doença. Chama-se remoção.

– Não há nada para ser removido – disse Rachel, levantando finalmente o busto e apoiando as costas na cabeceira da cama.

A conversa noturna parecia que não acabaria com poucas frases e corria o risco de enveredar perigosamente pela filosofia.

– As pessoas morrem o tempo todo. Até os jovens, até as crianças. Até as pessoas mais saudáveis do mundo. As pessoas adoecem. Por que eu não poderia ter tirado o número zero na loteria? Por que você nega até a hipótese de que um dos seus filhos pode morrer?

– Não nego nada. Só digo que todo mundo sempre morre de alguma coisa.

– E, para você, isso não parece alguma coisa? – desafiou-a ele, pondo o antebraço embaixo da sua fuça.

– Uma espinha que está sarando. Não, não é letal.

Eram esses os momentos nos quais a piedade de Filippo pela mãe tocava cumes sublimes. Confundir um melanoma com uma espinha. Era realmente impressionante a capacidade daquela mulher de mentir para si mesma! Histórias desse tipo circulavam pela faculdade. Tipo aquela do famoso cardiologista que, depois de ter diagnosticado milhares de enfartes, não reconheceu o acidente que o estava levando irrefutavelmente para o cemitério!

Como todas as outras dezenas de noites em branco recheadas de discussões dostoievskianas sobre a condição humana, aquela também se diluiu da mesma maneira terna e patética. Com Rachel, que acolhe o filho cada vez mais desesperado e delirante ao próprio lado na cama de casal, e com Filippo, que adormece no meio da conversa.

Como ele saiu daquele terrível período que, ao longo de dois anos, reduziu a sua vida aos delírios de um paranoico? Simplesmente saiu e ponto final. Talvez porque o organismo não consegue sustentar por muito tempo o estilicídio infligido pela paranoia sem se desintegrar. Nos últimos anos de universidade, o monstro havia aliviado um bocadinho a pressão. Mas só um bocadinho.

Para reaparecer decididamente em forma no primeiro ano da especialização. Mas, àquela altura, Filippo já tinha vinte e sete anos. Era, ou pelo menos se sentia, um homem. Vivia sozinho com Rachel havia algum tempo, enquanto Samuel, depois dos anos passados em Milão, estudando na Bocconi, havia se mudado para Londres. E Filippo tinha a nítida sensação de que, daquela vez, se machucaria para valer. Por isso, já inscrito na escola de especialização em doenças infecciosas, decidiu não adiar ulteriormente o serviço militar.

Apesar de estar acima do peso e de ter pés chatos, passou na seleção do curso para oficial e, alguns meses mais tarde, foi convocado. Embora o quartel de Cesano (que os alunos chamavam ironicamente de "CeSaigon") ficasse a poucos quilômetros da entrada leste de Olgiata, a impressão que Filippo teve, depois de Rachel tê-lo deixado a uma centena de metros da entrada, foi de ter sido transportado para outra dimensão espaço-temporal: aquela de certos imortais filmes sutilmente pacifistas de Oliver Stone e Stanley Kubrick, nos quais o mito da disciplina se resolve em uma incessante intimidação infligida aos mais fracos.

Nunca antes de então, sofreu um número tão assustador de coerções. Nunca a sua ideia de liberdade de ação foi tão severamente questionada. Um segundo após o terem sequestrado da vida civil e raspado a sua cabeça, começaram a gritar com ele e a ameaçá-lo, dando a entender que, nos três meses seguintes (aquela era a duração do curso), não apenas os seus direitos civis seriam suspensos, tanto quanto os de um detento, mas também o seu teor de vida dependeria da capacidade de polir o cinturão e o coturno, da destreza para fazer um cubo digno desse nome sobre a cama, ou da prontidão para saudar os superiores com um gesto que fosse ao mesmo tempo preciso e desenvolto.

Para completar, chegou o verão. As longas marchas topográficas embaixo do sol de julho no seu zênite, torturado pelas urtigas, pelas bolhas nos pés, pelas mortíferas contrações e pelos enxames de insetos; sobrecarregado pela farda camuflada, coturnos, capacete, mochila, fuzil e quase trinta anos de vida sedentária; tudo isso e muito mais resultou em uma prova muito além das suas capacidades de resistência. Para não falar da ansiedade que o arrebatou da primeira vez em que teve de lançar uma granada e ficou morrendo de medo de não conseguir atirá-la suficientemente longe para não atingir e mutilar um tenente, um companheiro de armas ou a si mesmo. Ou daquela vez em que o mal-estar causado pelo cansaço superou de tal maneira o nível de vigilância que Filippo começou a vomitar, quase desmaiando em seguida. E o efeito produzido pela fraqueza física foi um dia de enfermaria e dois de prisão. Sim, uma punição. Ele foi parar em um lugar no qual você era punido não apenas por não fazer o seu dever, mas também por não ter condições de fazê-lo. Em poucos dias, transformaram-no em um autômato aterrorizado. Da primeira vez, depois de somente uns dez dias, quando pôde encontrar a mãe e o irmão em um apertado cômodo do quartel destinado aos colóquios com os civis, Filippo leu nos olhos dos dois o assombro de estar diante de um sujeito que eles aparentemente desconheciam.

Filippo estava magro, tenso, mortificado. Trajava um agasalho de ginástica verde bastante ridículo. Voltara a ser uma criança, ou melhor, tornara-se a criança que nunca havia sido: olhos abaixados e voz fraca. Não fazia outra coisa senão olhar à sua volta com medo que alguém o flagrasse cometendo algum erro. Quando Rachel perguntou por que, desde o início do curso, ele não conseguira telefonar nem uma vez, Filippo a olhou estarrecido. Então ela não entendia mesmo como ele estava vivendo naquele lugar? Às vezes, ele sequer tinha tempo para amarrar os sapatos, quanto mais para telefonar para alguém que morava além dos inexpugnáveis muros de Cesano, no vasto mundo livre que Filippo nem conseguia mais imaginar. Mas é claro, por que ficar surpreso? Ela era uma civil, assim como o seu irmãozinho bocconiano (aquele refratário!).

Gostaria de ter contado a eles algo sobre as noites passadas lá dentro. Do rapaz de Ostuni, seu vizinho de catre, que soluçava como uma menininha e chamava pela mãe. Ou daquele outro sujeito tão envenenado pelo ódio por um dos arregimentadores que, no sono, o invocava sem se esquecer de acrescentar: "Corto a sua garganta, seu filho da puta. Corto a sua garganta." Sentia que nunca teve tanta coisa para contar. Só que aqueles dois interlocutores não lhe interessavam nem um pouco. A impressão era de não ter mais nada em comum com eles. Nada a dizer que eles pudessem entender, nada a perguntar que tivesse alguma importância. A única coisa em que conseguia pensar enquanto eles o inundavam de perguntas era a segunda chamada da noite. Naquele dia, os seus coturnos haviam percorrido uma meia dúzia de quilômetros na lama. Como deixá-los brilhantes e esplendentes até a noite? Esse pensamento obsessivo o levou a interromper o encontro com a mãe e o irmão para voltar correndo para o dormitório, borrifar gordura de baleia no couro dos coturnos e esfregá-los com toda a garra que havia em seu corpo.

Depois de quase um mês vivido em prostração emotiva, aconteceu algo milagroso. Filippo começou a nutrir um sentimento de amizade compassiva pelo seu vizinho de catre: o sujeito de Ostuni que, à noite, chamava a mãe. O anel fraco de todo o curso para oficiais era ele. Estava destinado a não conseguir, a desistir; era ele que, em um momento de desespero, poderia até tentar o suicídio. Dizia-se que, no curso anterior, um dos alunos havia tentado (sem sucesso) se enforcar com o cinturão, e outro, em um curso ainda anterior, se matou com um bem mais eficaz tiro na cabeça. Também por causa dessa história, Filippo fazia questão de ajudar o cara de Ostuni. Primeiro de tudo, pondo à sua disposição a sua surpreendente destreza manual: antes da segunda chamada, dava-lhe uma mão para rearrumar e organizar tudo. Foi isso que mudou a situação. Filippo descobriu que, ajudando aquele sujeito, estava também ajudando a si mesmo. Ajudar um rapaz mais fraco fez com que ele se sentisse mais forte. E logo aquela vida revelou seus dons secretos. Ele não tinha memória de nenhuma outra época em que tivesse estado mais em forma e, ao mesmo tempo, mais feliz.

A verdade é que, ali dentro, no quartel, é suficiente fazer o próprio dever. O resto não conta. Filippo não pensa nas mulheres e não pensa nas doenças. Não pensa mais no que fará para pagar as suas contas. Filippo não pensa mais na morte. Não tem tempo para certas babaquices. Graças a todas aquelas toxinas expulsas, dorme magnificamente. A superprodução de endorfinas o transmutou repentinamente em um indivíduo despreocupado.

E há ainda os colegas de armas. Que legal, depois de um dia massacrante ao ar livre, comer um espaguete à amatriciana e tomar uma cerveja no esquálido bar diante do quartel, cheio de militares! É uma diversão examinar de cima a baixo os recém-chegados. Pensar com desgosto no que espera aqueles fedelhos e, com alívio, no fato de já ter passado por aquilo.

Filippo nunca teve (e nunca mais terá) tantos amigos como naqueles três meses de cansaço e humilhação. A coisa que mais o excita é a própria capacidade de exercer sobre eles um carisma cristalino. E certamente não é o único a notar esse fato. No final do curso, embora não tenha sido um dos alunos mais "maciços", obtém uma nota altíssima na mais marcial das matérias: ATITUDE DE COMANDO. Por isso, depois de se tornar subtenente, recebe dos superiores diretos uma proposta para permanecer em Cesano como oficial instrutor.

A aventura como comandante foi decerto menos épica do que a aventura como aluno, mas com implicações humanas igualmente intensas. Os alunos o adoravam. Pelo seu sarcasmo e pela sua misericórdia. Pela sua seriedade desprovida de qualquer exaltação e pela sua equanimidade. Porque não havia tarefa ou ação que exigisse deles que ele mesmo não estivesse disposto a compartilhar. E, sobretudo, porque, embaixo da boina e daqueles olhos espirituosamente azuis, bem apertado entre os lábios, havia sempre uma guimba de charuto toscano apagada que o deixava parecido com um personagem de Sergio Leone.

Filippo se sentiu tão orgulhoso de si mesmo a ponto de esperar que eclodisse uma guerra para finalmente mostrar seu valor. Tinha certeza de que, à frente dos seus rapazes – como os valorosos tenentes complementares que haviam feito a glória da Itália durante a Grande Guerra –, superaria de uma vez por todas o seu medo da morte. Entendeu que morrer de pijama em um leito de hospital era (pelo

menos na sua fantasia) muito mais aterrorizante (para não falar de como era deprimente) do que morrer em um ataque com baioneta à frente de uma centena de temerários.

Uma tarde, a poucas semanas da baixa, estacionou o carro na frente de casa. Naquele exato momento, chegou um táxi, do qual saltou Semi usando um terno risca de giz cinza, uma gravata de seda amarela, um lenço branco no bolsinho e, sobretudo, sapatos pretos com um brilho que nenhum coturno jamais poderia emular. Mas olhem bem para ele: fazia pouco tempo que tinha começado a trabalhar em Nova York e já tinha o aspecto de um tubarão de Wall Street.

– Você se olhou no espelho? – brincou Filippo.

– Veja só quem está falando.

Passaram pelos fundos, pela parte do jardim, para chegar ao consultório de geriatria de Rachel. Na hora do almoço, ela geralmente ficava sentada na varanda com todos os seus papéis na frente. Não comia nada. Era um daqueles dias de outubro em que a luz diurna, mesmo nas horas mais quentes, ainda parecia estar entrelaçada com os fios dourados da alvorada (ou, se vocês preferirem, do crepúsculo). A hera americana brilhava, vermelha como um rubi, ao passo que os tentáculos da buganvília, com mais de vinte anos, estavam miseravelmente murchos. Em suma, o clássico dia que agradava a Leo e o induzia a certo pessimismo meteorológico: "Este paraíso não pode durar", sentenciava. "O frio chega sempre depois do Kippur."

Rachel também tinha o seu sortido repertório de frases feitas. E, ao ver os filhos aparecerem do nada, sentada na varanda (exatamente ali onde eles tinham certeza de que a encontrariam), não perdeu a oportunidade de tirar uma delas da cartola.

– Mas quem são? As luzes dos meus olhos cansados?

Para dizer a verdade, a única luz refletida pelos olhos de Rachel naquele momento revelava um divertido espanto. E não tanto por tê-los visto aparecer juntos (ela os estava esperando), mas por causa dos trajes de ambos. Estava provavelmente pensando nos anos distantes em que acompanhava os seus garotos vestidos de super-heróis a algumas festas de carnaval. Filippo, crente que havia adivinhado os pensamentos da mãe, segurando o pescoço do irmão com um marcialíssimo aperto, disse:

– Veja, velhota! As duas faces de Israel: as Finanças e a Espada!

– Adoro o cheiro de napalm pela manhã. É o perfume da vitória.

Filippo não encontrou solução melhor do que recorrer às palavras do tenente-coronel Bill Kilgore, herói imortal de *Apocalypse Now*, para explicar a Elodie Claudel por que sempre falava com carinhosa nostalgia da sua experiência de fuzileiro no quartel em Cesano.

Sete meses haviam se passado desde a baixa. Ele já estava em Dacca, Bangladesh, havia algum tempo, com os Médicos sem Fronteiras.

Mas, infelizmente, notou imediatamente que Elodie – a chefe do seu projeto – não era a pessoa certa para apreciar o retrogosto cínico da citação. Não, o cinismo não era o seu forte. Não era mesmo a paixão de pessoas como Elodie. E aquele lugar pululava de pessoas como Elodie. Embora nenhuma valesse um décimo dela.

Que estranho: se havia um lugar que precisava de um pouco de ironia, esse lugar era Dacca. A primeira impressão era horrível, mas não tanto quanto a segunda, quando, no jipe sem capota que o levava até o dormitório na parte ocidental da cidade, você se via assediado pela sequência implacável de enormes favelas, respirando o ar incandescente e pútrido do início da tarde, incapaz de parar de se perguntar por que havia feito aquilo. Apesar de a vida naqueles postos avançados do humanitarismo progressista ter mais do que um só aspecto em comum com a experiência no quartel, qualquer forma de camaradagem era proibida. Ironizar os motivos para você estar ali era extremamente inconveniente, assim como não desempenhar de maneira adequada as tarefas que lhe eram confiadas. Porém, havia algo ostentado e convencional demais nas opiniões de tantos operadores humanitários para que você não duvidasse que, pelo menos na maioria dos casos, elas fossem respaldadas por falsas convicções.

Bastaram poucas semanas para que Filippo se convencesse de que, por trás do ressentimento de muitos dos seus colegas em relação ao que chamavam genericamente de "Ocidente", escondia-se um rancor bem mais circunstanciado em relação a um pai exigente demais, uma esposa adúltera ou um chefe canalha... Era óbvio que, a despeito das palavras de ordem cheias de um fogo sagrado e altruísta, aquelas pessoas não tinham raiva do Ocidente por causa do que o Ocidente havia feito com os bengaleses, mas pelo que o Ocidente havia feito com elas mesmas, fazendo-as fugir para aquele piolhentíssimo lugar para se ocuparem dos bengaleses. Era por isso que o ódio delas em relação ao Ocidente não era menos podre do que o seu amor pelos bengaleses.

Pelo menos Filippo não tinha nenhuma dificuldade em admitir que havia sido levado até ali por um pretexto. Ele estava tentando fugir da monotonia e da hipocondria. Só isso. Desempenhar tarefas repetitivas em lugares desconfortáveis: eis a estratégia que a vida militar havia lhe ensinado para não pensar obsessivamente na doença que, segundo os seus cálculos paranoicos, estava prestes a matá-lo.

Pois bem, havia um lugar mais desconfortável do que Dacca e um trabalho mais monótono do que aquele?

Alguém poderia objetar e dizer que entrar para a equipe de médicos empenhados em debelar a malária em Bangladesh não era exatamente o máximo para um hipocondríaco crônico. Mas, por acaso, Filippo pertencia à categoria de hipocondríacos que não fazem nada para prevenir as doenças, preferindo, vez por outra, autodiagnosticar alguma enfermidade em estado avançado.

– Filippo, não se brinca com napalm – advertiu Elodie.

– Quem disse?

– E, afinal, por que você fala da sua vida militar sempre com tanta paixão?

– É exatamente o que eu estava explicando.

– A verdade é que você quer nos provocar. Gozar da nossa cara. Submeter a duras penas os nervos do nosso inflexível posto avançado pacifista. Mas, por favor, acredite quando digo que, no seu exercício, não há nada de original nem de heroico. O cinismo, ao contrário do que vocês, cínicos, pensam, é a prática mais fácil do mundo.

– O problema de vocês, aqui dentro, é racionalizar demais. Vocês sempre estão explicando tudo. Como se, por trás de todas as coisas, sempre houvesse outra. Vocês não dão crédito algum às superfícies.

– Pode ser. De fato, acho que você dá mais importância à forma do que imagina. Se não, não teria trazido apenas calças camufladas.

– Me parecem adequadas para este lugar.

– Não há nada mais inadequado para este lugar do que algo que faça alusão à carreira militar. É incrível você não perceber que a sua antirretórica pacifista é uma forma de retórica.

Filippo gostou de Elodie desde o primeiro dia. Embora se tratasse de uma das mais exaltadas, havia algo de cristalino na sua intransigência. Ela parecia completamente imune ao turvo narcisismo do cooperador humanitário médio. Para ela, fazer aquilo era mais necessário do que útil ou correto: era como beber, comer, ir ao banheiro.

Com pouco mais de cinquenta anos, ela ocupava um papel de destaque na organização, era a inspiradora do programa VAMOS ACABAR COM A MALÁRIA EM BANGLADESH!, assim como também havia idealizado o programa UM CHUTE NA DESNUTRIÇÃO INFANTIL NO CONGO! Elodie adorava pontos de exclamação. Através daquele sinal infantil de pontuação, expressava o seu otimismo e a sua belicosidade.

Foram os seus pontos de exclamação interiores que lhe fizeram companhia durante missões em lugares mil vezes mais perigosos do que aquele (Darfur, Congo, só para citar alguns). Mas, ao contrário de tantos outros colegas, sempre prontos a se gabar das arriscadas aventuras das quais foram os intrépidos protagonistas, Elodie tinha um prazer masoquista em jogar na cara dos outros os seus fracassos, todas as coisas que ela não havia conseguido fazer nem mudar. Talvez porque aquilo não fosse um parêntese na sua vida. Aquela era a sua vida havia muito tempo. E, provavelmente, continuaria a ser para sempre.

Ficar ali, em um canto do grande refeitório onde eram consumidas as refeições noturnas, sorvendo avidamente aquela sopa rala à base de arroz, frango e legumes, recitando pela enésima vez a lista dos motivos daquela sua escolha era uma das excitantes diversões de Dacca by night. Na terceira noite, Filippo já estava com alergia a todas aquelas explicações e determinações. A não ser que o pretensioso vanilóquio não enveredasse por caminhos impérvios. Aí sim é que a coisa ficava divertida.

Como estava acontecendo naquele momento com Elodie, que decidiu repreendê-lo por causa do seu ostentado cinismo e do seu totalmente presumido militarismo. E ele havia alegremente aceitado o desafio, fornecendo uma confissão honesta. Havia posto todas as cartas na mesa: atacou com a mesma fúria de Rachel quando ele contou que largaria a especialização em doenças infecciosas para se inscrever no curso para oficiais. Explicou a Elodie como havia sido massacrante para ele se formar e como a simples ideia de estar em meio a livros, notas, registros e catedráticos que trajavam ternos cinza o deixava enjoado. E, sobretudo, falou do seu medo de adoecer. Foi então que mencionou a experiência militar: o momento mais luminoso da sua vida. E era exatamente aquela parte da confissão que não agradou Elodie. Mas também era possível ver que, com o avanço da discussão, algo entre eles estava derretendo.

Filippo e Elodie já haviam ido para a cama juntos uma dezena de vezes desde que ele chegara ali. Nada de mais, certas promiscuidades estavam na ordem do dia. Foi Filippo que tentou. Meu Deus, como ele gostava daquelas garotas envelhecidas! Preferia muito mais elas às suas coetâneas (na época, ele havia acabado de completar trinta anos), para não falar das insuportáveis garotinhas recém-saídas da adolescência com a presunção de ter inventado a xoxota. Filippo gostava de mulheres como Elodie porque elas pareciam acreditar que não mereciam mais o amor. Que o consideravam uma espécie de prêmio tardio. O melhor era que se entregavam completamente a você e, ao mesmo tempo, ficavam comovidas com a sua generosidade.

Os cabelos de Elodie haviam deixado de ser louros já fazia um bom tempo, a sua pele não tinha mais cheiro de abricó e baunilha desde que os Beatles haviam se separado. Todavia, quando se soltava, era possível ver perfeitamente a tímida e miúda garotinha proveniente de uma boa família de Bordeaux, filha de um catolicíssimo produtor de vinhos de alta qualidade. Assim como era possível ver todos os costumes familiares que ela tivera de trair para construir para si mesma aquela existência alternativa, da qual certamente sua mãe, se é que ainda existia, não se orgulhava nem um pouco. Elodie não se casou. Não teve filhos. Elodie era total e provocativamente abstêmia. Havia quase trinta anos que lutava por crianças doentes que não eram suas. E só Deus sabe como ela sabia lidar com as crianças. Era como se toda a sua aspereza reservada aos adultos desaparecesse na presença de uma criança carente para abrir espaço para uma ternura nada açucarada.

E havia algo de heroico em tudo isso. Pelo menos é o que Filippo pensava. Um heroísmo que, quando ela ficava ali divagando contra os ocidentais, diluía-se de uma maneira irreversível. Mas que, quando ela trepava, parecia ressurgir das águas e revelar toda a sua poesia. Ali estavam os pontos fracos de uma combatente. Os abandonos de um ser inflexível. O pudor infantil de uma mulher que, enquanto se despe, faz de tudo para que você não perceba quanto ela se envergonha das estrias e da cor desbotada dos pelos pubianos. Se ela soubesse como cada detalhe é irresistível para o seu estranho parceiro ocasional... Se ele conseguisse explicar isso a ela... Porém, o prazer estava justamente nisso: em tudo o que ela desconhecia do próprio charme.

Protegidos pelo mosquiteiro sujo que havia defendido Elodie de miríades de insetos no curso das suas missões, mandaram ver a noite inteira. Sem se poupar. E repetiram a experiência nos dias seguintes, cada vez com mais arrebatamento. Mais, mais e mais. Até que a Filippo aconteceu algo desagradável: apaixonou-se. Ele não acreditava que aquilo pudesse acontecer. Justamente porque nunca havia acontecido. E, se não acontece nos primeiros trinta anos da sua vida, você tende a se convencer de que não poderá nunca acontecer.

Ele sempre havia considerado grotescos os homens que enlouquecem por uma mulher, levando em consideração que o mundo, na sua esplêndida prodigalidade, não para de desenfornar recém-nascidas destinadas a se tornarem, em poucos lustros, criaturas encantadoras. E agora, aos trinta anos, via-se enredado em uma história viscosa que o levava a repudiar a sua inclinação à multiplicidade e, ao mesmo tempo, fazia com que ele divisasse o significado de um termo que, para ele, sempre fora abstruso: "eternidade".

De repente, Filippo se vê no papel de marido. De repente, a sua cotidianidade com uma mulher parece uma verdadeira bênção. Intimamente, começa a imaginar a vida com Elodie: atirados de um lugar degradado do planeta para outro, ocupando-se da saúde dos filhos dos outros. É um cenário mental que deveria angustiá-lo. Todavia, o exalta. Ele não quer nada mais, apenas dividir a sua vida de colaborador humanitário com aquela mulher. Quer colaborar com ela vinte e quatro horas por dia. De dia, quer admirá-la como Madre Teresa de Calcutá, de noite, fodê-la como se fosse uma estrela de filmes pornô! Sente que essa vida resolverá todos os seus problemas. Que não pensará mais em doença e morte. Que Elodie Claudel o salvará.

Foram meses lindos. Comoventes em sua monotonia. Ser feliz no lugar mais desgraçado da Terra. Será que o segredo era esse?

Mas, é claro, o destino tinha outros projetos. Ou talvez o destino não tenha nada a ver com isso. Talvez o problema deva ser procurado no que Elodie, aquela grande oradora, preferia não falar. No seu ódio absurdo em relação à felicidade. Na sua incapacidade de viver sem fazer algum gesto extremo que envolvesse o uso de um gigantesco ponto de exclamação!

Faltavam poucas horas para o oitavo mês de Filippo em Dacca quando Elodie injetou em si mesma uma dose letal de um medicamento antimalária. Sim, até para morrer ela escolheu um método higiênico. E não só isso, como boa chefe de projeto-amante-mamãezinha putativa, empenhou-se misericordiosamente para que Filippo não estivesse por perto. Por isso, esperou que ele partisse em uma missão de uma semana no interior do país, uma missão para a qual ela mesma o designara.

E é necessário dizer que Filippo não apreciou nem um pouco esse delicado escrúpulo. Será que Elodie achou que bastava ficar longe dos olhos do seu concubino para que ele não se sentisse transtornado pelo suicídio da bem-amada? Um cálculo imprudente. Era como acreditar que, se você atirar em alguém que está usando um belo terno risca de giz cinza no lugar de uma camiseta vulgar, a vítima ficará grata. Mas por que esperar um gesto sensato de alguém prestes a se suicidar?

Com certeza, ficar aqui elucubrando sobre os motivos que levaram Elodie a se matar envolveria o recurso a um aborrecidíssimo mostruário de inferências póstumas. Tudo o que há para se saber a respeito de um suicídio está contido no ato em si. O resto é folclore romântico. O ponto fundamental é que Filippo, durante a sua excursão humanitária, teve tempo de acrescentar à coleção de sacos pretos também aquele que abrigava os restos da única mulher que havia amado. Agora, ele tinha um novo saco preto e um novo cadáver nos quais pensar nos momentos de desespero. Depois de Federica, depois do pai, agora também Elodie Claudel. É necessário dizer que essa última, ao contrário dos predecessores, deixou para ele um monte de histórias comoventes para serem usadas em graphic novels, caso algum dia ele resolvesse produzir uma.

É, sim, porque, correndo o risco de desiludir os milhões de fãs de Filippo Pontecorvo, não posso deixar de dizer que a maior parte das aventuras que o autor atribui a si próprio em *Herodes* é mercadoria de segunda mão. E se, pelo menos em matéria de copyright, houvesse justiça, Filippo deveria dividir os seus conspícuos direitos autorais com o fantasma de Elodie ou então destinar beneficentemente uma parte a todas as crianças das quais, depois de morta, ela não pôde se ocupar.

De qualquer maneira, o que mais importa para nós é que, poucas semanas após voltar de Bangladesh, na casa da sua infância, no reino encantado de Rachel, Filippo voltou a flertar com o pensamento da morte iminente. E a dividir igualmente o seu tempo entre cardiologistas e putas.

Foi o encontro com Anna que deu uma nova e imprevista guinada na sua vida. Filippo logo percebeu que Anna era exatamente o contrário de Elodie. Da mesma maneira a primeira parecia ter se fechado em si mesma desde o início da vida, a segunda havia tentado com todo o fervor de que era capaz estender-se em direção a algo que não lhe dissesse respeito pessoalmente, à custa de aniquilar-se. Tal diferença entre as duas mulheres da sua vida era a garantia necessária a Filippo para escolher Anna sem temer que um quarto saco preto fosse preenchido. Era mais que provável que Anna nunca se mataria. Ela falava com frequência exagerada de suicídio para pensar seriamente a respeito. Nesse sentido, era exatamente igual a ele.

A morte de Elodie e o casamento com Anna encerraram a parte aventureira da sua existência. O que a vida militar havia lhe dado foi tirado pela experiência de colaborador humanitário.

Agora, nada mais restava além de se concentrar honestamente em seu próprio egoísmo. O que significava retomar a carreira de doente imaginário. Viver ao lado do espectro de um saco preto já pronto para ele, em algum lugar.

E era o que ele havia feito antes de se tornar, por puro acaso, uma celebridade.

Mas agora que a hipótese da sua morte iminente não era mais um fantasma continuamente evocado pela neurose e pontualmente desmentido por médicos impacientes, agora que Filippo havia conquistado em campo uma dignidade extraordinária em virtude da condenação à morte que pendia sobre a sua cabeça – fazendo-o entrar no exclusivíssimo clube dos dead-man-walking-de-sucesso – agora que, dando crédito aos meios de informação, havia gente enfurecida decidida a degolá-lo mesmo sem conhecê-lo pessoalmente... agora, como se sentia o interessado?

Bem, melhor do que estava disposto a confessar, até a si mesmo. A morte não era mais a pior coisa que podia acontecer com ele. Muito, mas muito pior seria perder o que ele havia obtido nos últimos meses. Ele não era tão hipócrita a ponto de não ver a relação indissolúvel entre uma vida sobrecarregada de honras e uma condenação à morte. Talvez por isso, àquela altura, o disparo de um revólver que pusesse fim aos seus dias e o fragor dos aplausos que ele não parava de receber – separados pela nebulosa linha que divide o pesadelo do sonho – tinham para ele quase o mesmo som.

Onde tinha ido parar a sabedoria? O espirituoso fatalismo com o qual ele sempre aceitara a ideia de ser um fracassado? Quem sabe o seu *savoir-faire* tivesse sido devorado pelas ovações? Então, é verdade que nenhuma droga causa mais dependência do que a celebridade. Que a euforia de ver o seu rosto na capa de uma revista é muito menos poderosa do que a dor de descobrir, uma semana depois, que aquela mesma revista foi infiel a você, dedicando a capa a outra pessoa.

É assim que Filippo cria a receita para perpetuar o estado de graça: a morte é o segredo. Isso mesmo, o risco de ser assassinado revela-se o melhor seguro de vida que ele e a sua celebridade conseguiram contratar. Basta isso para lançar sobre a questão morte uma luz decididamente benévola. Agora, no fim do túnel, não é mais um saco preto que está à sua espera, mas festivas cascatas de flores, o carpir de prantos incessantes, o reconfortante corolário do pesar público, intermináveis transmissões ao vivo na TV.

E, por acaso, não era apenas para aliviar a sensação de morrer sozinho que Filippo, no ápice das crises hipocondríacas, ia enfiar o focinho na cama da mãe, como um cãozinho assustado durante um temporal? E, por acaso, não era esse o motivo pelo qual naquele momento – em vista de um possível martírio – a morte adquiria aos seus olhos um inimaginável prestígio? Era como se finalmente Filippo tivesse descoberto que havia uma coisa bem mais terrível do que a morte: a irrelevância social.

Meu Deus, como era possível se afogar em certas elucubrações!

Depois de ter se revirado por muito tempo na cama do Carlton Baglioni de Milão, Filippo estava se convencendo de que só um café poderia afastar certos pensamentos megalômanos. Mas temia tanto acordar a jovem que dormia ao seu lado, da qual mal lembrava o nome, que não ousava se mexer.

O quarto havia sido oferecido pela Bocconi. Devido à triunfal acolhida recebida no auditório, perguntaram se ele não queria ministrar, naquela nesga de final do semestre, um pequeno seminário sobre um assunto de sua escolha. Foi exatamente isso que eles disseram: "um assunto de sua escolha".

Os estudantes ficariam muito entusiasmados e, detalhe nada desprezível, a remuneração seria descomunal. Na hora, Filippo hesitou.

Eles realmente estavam propondo que ele desse um curso? A que título? O que ele tinha a ensinar? Como poderia chamar o seu seminário?

A arte de atrair a própria morte.

Curso acelerado de fornicação aplicada.

Como viver à custa de uma mulher rica e neurótica.

Como emputecer os extremistas desenhando.

Hipocrisia e Ressentimento.

Esses eram os únicos "assuntos de sua escolha" que passavam pela sua cabeça.

Não fazia nenhum sentido. Talvez, exatamente por isso, Filippo tivesse aceitado: para obedecer à insensatez dadaísta que, já havia algum tempo, inspirava cada um dos seus gestos. O fato de alguém lhe confiar um seminário indicava que a instrução universitária, pelo menos na Itália, estava realmente na última lona. E, levando em consideração quanto havia sofrido como estudante, ficava especialmente feliz em dar a sua contribuição ao golpe de misericórdia que estava prestes a ser infligido a uma instituição que o apoiara tão pouco. E também a perspectiva de pontificar diante de todas aquelas garotinhas esnobes (botas de bico fino, jeans justos, bolsinhas Louis Vuitton) o deixava com água na boca.

A poucos dias do início do seminário, ele podia se declarar satisfeito com o seu currículo acadêmico novinho em folha. Depois de apenas duas semanas de ensino, um punhado de alunas já haviam visitado o seu quarto de hotel. Àquela altura, já havia adquirido prática na arte de levar para a cama as suas admiradoras. E, exatamente por causa desse know-how, podia dizer que a pior coisa era quando a admiradora da vez não caía fora logo depois do ato.

O despertar era constrangedor. Ainda mais se Filippo era o primeiro a abrir os olhos. Nesse caso, era realmente difícil manter ao largo a impaciência: a malograda fissura por cafeína inspirava-lhe pensamentos homicidas.

Exatamente como estava acontecendo naquela manhã de abril.

Talvez devesse acordá-la. Ou talvez a solução mais indolor fosse chamar o serviço de quarto e pedir dois espressos que teriam preenchido aquele vazio patológico. Precisava pedir para ela também? Ela tem cara de quem bebe chá de manhã. Muito bem, pediria um chá. Filippo, contente com a própria intuição, pegou o fone, apertou a tecla certa e esperou em vão que alguém respondesse. Em seguida, desligou. Cada vez mais exasperado, pensou que a melhor coisa seria vestir algo e descer para tomar o café da manhã.

E se, durante a sua ausência, Anna ligasse?

Só faltava que a bela adormecida, pega desprevenida, atendesse o telefone: aí, sim, aconteceria uma bela confusão. O ciúme de Anna nos últimos tempos havia superado os níveis de segurança. E justamente por estar disposto a reconhecer que as paranoias da mulher eram perfeitamente adequadas ao número de traições infligidas, Filippo achava no mínimo imprudente oferecer uma prova tão irrefutável da própria infidelidade.

Quando já estava a ponto de se desesperar, ouviu, vindo do outro lado da cama, o "Bom-dia" mais fraco e submisso que alguém jamais tivesse lhe dirigido.

Já na noite anterior, ele havia notado que aquela garota não correspondia em quase nada ao perfil emotivo das suas admiradoras. Não pertencia nem à categoria das passionárias amargas e raivosas e muito menos à categoria das senhoras desocupadas em busca de uma distração. Não havia fogo algum nela. E nenhuma curiosidade. Evidentemente, não o idolatrava. A única coisa certeira é que era atraente daquela maneira sofisticada que não o atraía de forma alguma.

E o fato de acordar ao lado de uma garota que não o idolatrava e não o atraía tornava todo aquele suplício ainda mais constrangedor.

– Bom-dia – respondeu, tirando o charuto dos lábios.

– Você não estava me olhando, não é?

– Por que deveria?

– Porque senti que você estava acordado e fiquei com medo que você estivesse me olhando.

– De fato, eu estava acordado. Mas não conseguia pensar em outra coisa senão um café.

– Por favor, diga que eu não estava roncando.

– Fique tranquila, você não estava roncando.

– Ainda bem. Roncar é tão constrangedor... É a única coisa que uma mulher não consegue controlar.

– Se é por isso, nem um homem. E não me desagradam as mulheres que roncam.

– Então, eu estava roncando?

– Não foi o que eu disse. Eu disse que, caso você tivesse roncado, não teria me desagradado.

Filippo ficou muito descontente por tê-la tranquilizado com um assunto tão esquisito, assim como não gostou de ter usado a conjunção "caso". Mas consolou-se logo ao pensar que ela é que o tinha arrastado para um terreno surreal, induzindo-o a um rebuscamento insensato.

– Posso pedir uma coisa? – disse ela.

– Fique à vontade – respondeu ele, tentando parecer desenvolto.

– Posso pedir para você sair do quarto?

E agora essa... Como ela ousava expulsá-lo do quarto generosamente oferecido pelo reitor da Bocconi?

– Por que você está me pedindo isso?

– Tenho problemas para me vestir na frente dos outros.

"Mas para se despir, não", Filippo gostaria de ter retrucado. Mas se controlou, e não apenas porque o comentário teria soado inqualificavelmente trivial, mas também porque resultaria infiel à realidade dos fatos: fazer com que ela se despisse foi uma verdadeira empreitada. E mesmo quando conseguiu e a viu na cama, continuou a ter a absurda desconfiança de que aquela nudez fosse apenas um sutil disfarce. Ela, por sua vez, comportou-se logo como uma infiltrada: fisgou-o no balcão do bar do hotel (que banalidade!) enquanto ele tomava o terceiro Lagavulin da noitada. Perguntou se ele se lembrava dela e Filippo respondeu que se lembrava um pouco (e aquele "um pouco" soou como uma meia mentira).

Enquanto a difícil conversa entre os dois acontecia, ele se concentrou em sua pele delicadíssima e suave, com um carisma médio-oriental. Talvez a Al-Qaeda a tivesse contratado para matá-lo. Um pensamento que o acompanhou – junto com a garota, aliás – até o quarto. Ao fazê-la entrar, cada vez mais tomado por delírios alcoólicos, Filippo se perguntou se por acaso ela não podia ser uma daquelas gatinhas infiéis que, durante uma fabulosa cópula, tentam matar James Bond com uma cobra venenosa ou uma faca escondida na jarreteira.

O problema é que a cópula não foi nem um pouco fabulosa. Aliás, pensando bem, a experiência sexual que ela lhe proporcionou revelara-se quase tão desagradável quanto uma tentativa de homicídio. Ele achava que nunca havia se deparado com uma mulher tão despreparada. E tudo ficava ainda mais estranho porque foi ela que se colocou naquela situação. Foi ela que apareceu na toca do lobo. A desculpa que ela deu para justificar a sua presença no bar do hotel às onze da noite – uma amiga havia lhe dado um bolo – era simplesmente ridícula. Ela estava ali por causa dele. Quanto a isso, não havia dúvida. Mas por quê? Porque antes você vem se entregar e, depois, se comporta com tanta relutância? E por que, uma vez terminada a penosa prática, você não cai fora logo? Por que você impõe a sua presença durante a noite toda para, de manhã, expulsar o proprietário legítimo do quarto?

– Tudo bem – Filippo ouviu sair da própria boca. – Enquanto isso, vou tomar um café. A propósito, devo pedir algo para você? Um chá?

– Não, obrigada. Não gosto de chá. A gente se vê lá embaixo. Passo para me despedir.

– Uma última coisa: não atenda o telefone. Por motivo algum no mundo.

– Você disse uma coisa horrível! – observou ela com tom de reprovação.

O terraço aberto sobre um jardim perfumado era um bom lugar para tomar o café da manhã. E, embora estivesse começando a ficar farto da vida em hotéis (como um astro pop em turnê), Filippo tinha de admitir que, naquela manhã, não teria trocado uma vírgula. Milão parecia ter reservado para os seus cidadãos trabalhadores um daqueles dias indecisos de primavera em que o sol chega a um acordo precário com uma garoa leve e nem um pouco desagradável. Ele estava contente de ficar ali, sentado em uma mesa solitária de frente para o jardim, com a cara enfiada nos jornais em busca de alguém que tivesse achado uma maneira de elogiá-lo publicamente (teria se contentado também com algum detrator). A certa altura, encontrou, em um jornal de direita, uma entrevista com um especialista em questões islâmicas (existem aos montes por aí) que explicava tim-tim por tim-tim por que Filippo havia sido desrespeitoso.

De vez em quando, ele sorvia da grande xícara o café americano que mandou servir logo depois dos dois espressos de praxe. Depois, dava uma olhada em direção à porta de entrada da sala, esperando que a bela adormecida se materializasse. Não via a hora de levar educadamente a termo o epílogo do decepcionante filme em que ambos foram coprotagonistas.

Ela, como em um roteiro, fazia-se esperar.

A sala não estava cheia. Havia um casalzinho de russos cuja diferença de idade era no mínimo perturbadora. Filippo se perguntou se, contanto que ninguém o matasse antes do tempo, também teria aquele fim: um velho babão que toma café da manhã com valquírias cada vez mais jovens e indolentes. Bem, a ideia não o desagradou: melhor do que ser degolado! Havia um grupinho de mulheres árabes famintas, a julgar pelos alimentos que enfiavam embaixo do véu. E também havia um homem de negócios grisalho que lia o *Financial Times* com a mesma avidez com que uma *teenager* devora *O pequeno príncipe.*

Esse era o grupinho social ao qual pertencia?, Filippo se perguntou com injustificada autocomiseração. Passara diretamente do clube dos desgraçados à sala do poder? Parecia que sim. As pessoas normais não levavam uma vida daquele tipo. Não viviam em um hotel. Não podiam dispor dos próprios dias com tanta suavidade. As pessoas normais, àquela hora, não estavam ali paradas, elucubrando sobre o que as pessoas normais fazem.

Depois de algum tempo, começou a perder a paciência. Pensou com rancor na bela adormecida que, tomada por sabe-se lá qual cisma neurótica, o expulsara do quarto. Garantindo que logo se uniria a ele.

Meia hora havia se passado e nada. Filippo esperaria mais três minutos, depois, subiria para resolver a questão. Mesmo porque, naquele ínterim, o frenético desejo de café que havia marcado o início do dia fora substituído por uma vontade irresistível de enfiar-se debaixo do chuveiro. Repentinamente, sentia-se sujo e deprimido. Mas, quando a água quente tivesse levado embora a sujeira, a depressão também teria os minutos contados. A fama o transformara em um indivíduo extremamente irritável. Bastava uma coisinha de nada para estragar o seu humor. Devia ser por isso que ele não aguentava mais esperar. A garota estava submetendo a sua paciência a uma dura prova.

De repente, talvez excitado pela cafeína, ele achou que havia entendido por que os jogadores de futebol no auge da carreira têm uma queda por putas; por que homens jovens, cheios de dinheiro e oportunidades, em vez de lançar mão de fontes ilimitadas de charme, preferem desembolsar uma bolada para ter o que poderiam obter grátis.

As putas não têm neuroses ou, pelo menos, são pagas para não levá-las para o lugar de trabalho. As putas não mandam quinze SMS para dizer como se sentiram bem e como ficariam contentes em ver você novamente o quanto antes. Nenhuma puta, nem mesmo submetida ao maior estresse, ameaçaria ligar para a sua mulher. Não, as putas não fazem certas ameaças indecentes. As putas são portadoras de uma sabedoria milenar. De uma imperturbabilidade bíblica. As putas, em suma, são as únicas mulheres que não erram nunca.

Pena que, àquela altura, já lhe fossem proibidas. Justo ele, que as teria usado de maneira muito higiênica. Mas uma das coisas que você não podia fazer caso se chamasse Filippo Pontecorvo era pagar uma bela mulher para satisfazê-lo. Ninguém o perdoaria.

Filippo percebeu tal fato na semana anterior, durante um telefonema a Piero Benvenuti, o seu agente. Que, mais ofegante do que de costume, acusou-o de ter armado uma confusão da qual não sabia como tirá-lo.

– Calma, Piero, diga o que está acontecendo.

– Acabei de receber um telefonema de uma espécie de paparazzo. Um sujeitinho duvidoso.

– E...?

– Diz que tem fotos comprometedoras que dizem respeito a você.

– Infelizmente, receio que o seu sujeitinho duvidoso tenha feito uma ameaça vazia – respondeu Filippo. – Há um bom tempo que não faço nada verdadeiramente comprometedor – acrescentou com tom nostálgico.

– Por favor, Filippo, a coisa é séria.

Uma coisa séria? É mesmo? Como podia ser séria a foto de um paparazzo?

Havia algo patológico no modo como o comportamento de Piero havia mudado nos últimos tempos. O orgulho por ter desempenhado um papel determinante no sucesso planetário de *Herodes* era tão grande a ponto de tê-lo induzido a interromper compromissos profissionais com "artistas" que, a seu ver, não mereciam pertencer à mesma escudeira de Filippo Pontecorvo. Se dependesse de Piero, ele se ocuparia exclusivamente da sua joia. E, desde que a história das ameaças de morte se tornara de domínio público, o seu desejo de defender a respeitabilidade de Filippo havia assumido as características ridículas de uma obsessão. Era como se Piero – apesar de ter conhecido o seu futuro agenciado quando ele era nada mais do que o excêntrico marido mantido por uma atrizinha – tivesse aderido à convicção decididamente indigesta de que Filippo era uma espécie de herói nacional: uma mistura de Valentino Rossi e Luciano Pavarotti acrescida de uma retidão moral da qual nem mesmo Mazzini poderia ter se vangloriado.

– Você por acaso lembra se fez xixi na rua recentemente?

– Que diabos de pergunta é essa?

– Uma pergunta fundamental.

– Sei lá... Eu seria hipócrita se dissesse que é algo que não gosto de fazer... Você já experimentou, Piero, mijar em um gramado debaixo de um céu estrelado? Eu e Semi fazíamos sempre quando criança. Quando mamãe nos dizia que devíamos ir para a cama, escovar os dentes e fazer xixi, íamos até o jardim, botávamos o negócio para fora e mandávamos ver na grama. Uma curva dourada e perfeita. Você não imagina que maravilha era o vapor que subia. Que espetáculo!

– Não estou falando das perversões infantis que você compartilhava com o seu irmão. Mas de uma mijada entre dois carros em uma rua de Roma.

– Eu já disse: pode ser. Geralmente, se posso escolher entre o ar livre e um fétido banheiro público, não hesito.

Filippo entendeu pelo silêncio do outro lado da linha que Piero não tinha gostado nada do que acabara de ouvir.

– Então, a situação é ainda mais séria do que eu imaginava.

– Você quer me dizer que diabos está acontecendo?

– Esse sujeito diz que flagrou você mijando entre dois carros em uma rua de Prati.

– Então, além de me proteger de algum beduíno que quer me degolar, também tenho de tomar cuidado com um pervertido que faz um editorial fotográfico enquanto mijo?

– Estou surpreso por você só ter entendido agora – comentou Piero com tristeza, não podendo esconder a sua reprovação.

Mas, é claro, os mártires não mijam. Ou, pelo menos, não o fazem em público. Os mártires não podem se deixar fotografar com o pau de fora. O manual do bom-tom do mártir provecto não contempla certos deploráveis abandonos à fisiologia.

O que o agente inventou para evitar que as fotos do mijão solitário fossem parar em alguma revista escandalosa, Filippo não sabia. Nem lhe interessava saber. Conhecendo-o, era plausível que ele tivesse cedido à chantagem do paparazzo, sacrificando-se para tirar do mercado as fotos indecentes.

A lição aprendida graças àquela esquálida desventura era simples: pessoas como Piero (e havia uma infinidade delas) esperavam de Filippo Pontecorvo uma determinada postura. E tal postura, infelizmente, não previa o convívio habitual com putas. Não, eles certamente não o perdoariam.

– Você estava aqui? Eu só queria me despedir – disse a bela adormecida, pegando-o de surpresa. Filippo, distraído, girou o tronco na sua direção e a viu com a mão estendida, pose típica de quem quer se despedir.

– Não quer se sentar comigo? – perguntou ele.

E não era uma cortesia. A garota à sua frente não poderia estar mais em forma. Não foi por acaso que, para olhá-la, o homem de negócios sacrificou até a leitura do *Financial Times* (uma honra que ele não havia concedido ao garçom que continuava a encher a sua xícara de café).

Filippo teve de concordar com ele que, vista àquela hora da manhã, a bela adormecida realmente causava uma impressão encantadora. Se estivesse usando uma gravata, a semelhança com a sublime Annie Hall seria perfeita. Uma Annie Hall médio-oriental, com cabelos corvinos e pele finíssima, mas, de qualquer maneira, uma Annie Hall com tudo o que tem direito: não menos desajeitadamente espirituosa e fascinante do que a original.

– Infelizmente, preciso ir para casa estudar – respondeu. – Foi legal – acrescentou com o mesmo tom mecânico de quem está recitando a fala batida de um velho filme.

– Imagine! – respondeu Filippo um pouco mordido.

Enquanto a garota saía de cena, Filippo notou que ela havia ganhado um novo admirador. E era só avaliar a sua expressão atenta para entender que, como juiz imparcial que era, o russo dera a nota máxima ao traseiro da bela adormecida. Filippo se arrependeu de não ter dado mais chances àquela bundinha que se afastava rapidamente.

Estranho, mas, pela primeira vez desde que havia se tornado um libertino em série, Filippo teve o instinto de pegar o celular e escrever ao exemplar feminino do qual acabara de se despedir: "Sim, você tem razão, foi legal." Esse impulso certamente não foi reprimido pelo temor de dizer uma mentira – na verdade, havia sido tudo, menos "legal" –, mas sim pela lembrança do efeito patético produzido por aquele tipo de SMS quando era ele que os recebia.

Depois do almoço, saiu para dar aula. Tinha consigo a indefectível sacola militar semivazia. Da universidade, sairia correndo para o aeroporto para pegar o primeiro avião com destino a Roma. Havia prometido a Rachel que, daquela vez, teria conseguido levar Anna também ao jantar de Pessach programado para a noite do dia seguinte em Olgiata. Filippo sabia que, para manter a promessa, teria de se dedicar a uma dolorosa obra de convencimento. Nos últimos dois anos, Anna deserdara todas as festas realizadas na casa Pontecorvo e Rachel havia ficado mal todas as vezes. Para ela, era importante que toda a tribo se reunisse pelo menos nas festas. Ela pedia que os filhos e as noras comparecessem porque acreditava fervorosamente que uma parte fundamental do judaísmo deles consistia em se reunir de vez em quando para jantar. Apagar a TV e acender as velas. Esse, para ela, era o significado de ser judeu. E talvez ela não estivesse totalmente enganada.

Embora nunca tivesse se dado muito bem com aquela nora difícil, Rachel não gostava que Anna tivesse começado a fazer caprichos. Sequer conseguia imaginar quais eram os motivos para aquela mudança de comportamento. Ainda mais porque, no início da sua relação com Filippo, Anna havia aderido entusiasticamente às festividades hebraicas na casa Pontecorvo. E também nos primeiros anos de casamento. O que mudara desde então?

Rachel não ousava fazer essa pergunta explicitamente ao filho, mas, com a chegada de cada festividade, limitava-se a ligar para Filippo com mais frequência do que de costume e perguntar, sorrateiramente, com tom calculadamente desinteressado, se Anna estava de bom humor.

Aquele ano, Filippo estava determinado a convencê-la. Mesmo porque ele, ao contrário de Rachel, sabia perfeitamente o que passava pela cabeça da sua estranha mulherzinha. Anna não havia digerido a conversão ao judaísmo de Silvia. Quando ela entrou na casa Pontecorvo pela primeira vez, Silvia já estava lá havia vários anos. Devido ao seu patológico espírito competitivo, foi inevitável que Anna nutrisse sentimentos imediatos de hostilidade em relação a uma garota que havia chegado antes dela a algum lugar. Não gostando de papéis de coprotagonista, jurou que acabaria com ela. Antes de mais nada, começou a falar mal do relacionamento quase filial que existia entre ela e Rachel. Não era normal. Algumas ligações mórbidas eram concebíveis apenas entre consanguíneos.

– Não vejo por que você tem raiva de Silvia só por ela gostar tanto da minha mãe – respondia Filippo, irritado, toda vez que Anna jogava em cima dele o seu vergonhoso rancor em relação à suposta rival.

– Não tenho raiva de ninguém. Só digo que não é normal.

– É realmente incrível que logo você queira distribuir patentes de normalidade.

– Vejo hipocrisia naquilo.

– Silvia não me parece nada hipócrita. É apenas uma mulher que tem muitas lembranças ruins. É órfã de mãe, tem um pai terrível. Agarrou-se à velha, não vejo por que você deve encher o saco dela. Não vejo por que você deve sempre agir em relação aos outros como se eles estivessem prejudicando você.

Esse tipo de conversa acontecia o tempo todo. Acabava sempre com Filippo se acalorando e dizendo coisas fustigantes e Anna não encontrando nada melhor para fazer do que insultá-lo. O motivo para ele defender com unhas e dentes a futura cunhada dos ataques imotivados da mulher era porque ele gostava daquela garota. Sempre gostou. Ela era gentil, leal, cheia de vida. Filippo não poderia ter esperado nada melhor, considerando que Semi, em matéria de garotas, havia aprontado várias confusões. Receou que o irmão caçula, contanto que não se deparasse com outra psicopata, estivesse destinado a acabar nas garras de uma daquelas lourinhas indolentes que a boa sociedade romana ou milanesa desenforna com excessiva generosidade. Estava contente por ter sido desmentido. Ele gostava do que Semi havia construído com Silvia e apreciava a relação de carinhoso respeito que Silvia soubera instaurar com uma senhora reservada como Rachel.

Também recentemente, depois do sucesso de *Herodes*, Silvia se distinguiu da maior parte dos seus velhos amigos pela capacidade de alegrar-se sem nenhum freio nem segundas intenções malévolas. Não houve ocasião pública em que ela não estivesse na primeira fila (mesmo quando Semi não podia comparecer) para homenageá-lo e apoiá-lo. O primeiro SMS que Filippo recebia depois de ter se exibido em algum programa de televisão de grande audiência era sempre de Silvia. E ela sabia ser muito encorajante: "Você foi fantástico!", "Hoje, o dr. Pontecorvo estava realmente em forma", "Você os arrasou", "Temos orgulho de você", "Eu e Rachel vimos vocês juntas. Ela não parava de se levantar e ir até a cozinha toda nervosa".

Se tinha uma coisa que, nos últimos tempos, Filippo adorava fazer quando Semi estava em Roma durante o fim de semana era convidá-lo, junto com Silvia, para jantar. Geralmente, eles chegavam com uma hora de antecedência e Silvia ajudava Filippo a cozinhar. E, enquanto trocavam receitas como duas velhas donas de casa, Silvia falava de todas as suas colegas – charmosas advogadas – que babavam por ele e cobriam-na de perguntas acerca de como era ao vivo aquele bonitão, o tal Filippo Pontecorvo.

Sim, Filippo adorava Silvia e não suportava a ideia de que Anna não a tolerasse.

Tinha certeza de que, entre os motivos que levaram Anna a aceitar a sua proposta de casamento, embora ela sempre tivesse dito que nunca se casaria (por excesso de fidelidade à figura paterna), estava também o desejo de conquistar uma vantagem, por assim dizer legal, em relação à sua rival. Era evidente que Anna estava almejando se tornar uma Pontecorvo no modo institucional ainda negado a Silvia, superando-a dessa maneira. Era normal que, uma vez obtido o resultado, ela tivesse se aquietado por algum tempo. Pelo menos até Filippo revelar que Silvia decidira se converter.

– Pronto, está vendo? Eu sabia! A víbora de sempre se insinua.

– E eu sabia que não devia ter contado a você.

– A verdade é que, se a sua mãe pedisse, ela se jogaria em um fosso.

– Bem, de fato, a conversão me parece um excesso de zelo... mas você sabe como ela é: sempre exuberante e entusiasmada.

– O que você chama de exuberância eu chamo de prostituição. Prostituição afetiva!

– Que conceitos grandiosos!

– Você não me disse sempre que é impossível se converter?

Acho que nunca disse isso. Talvez eu tenha dito que é terrivelmente difícil. E, de fato, não é garantido que Silvia consiga. Então, você está cogitando a hipótese?

– Imagine! Não gosto de certas artimanhas.

Estava na cara que o desejo de se converter de Silvia havia sido um duro golpe para Anna. Assim como era evidente que era por aquele motivo que, havia dois anos, ela dava desculpas esfarrapadas para não ir aos jantares de Pessach organizados pela sogra. A ideia de ser obrigada a apoiar serenamente o fervor religioso de Silvia, além da sua específica competência culinária, era mais forte do que a exígua tolerância de Anna.

Mas, naquele ano, Filippo estava pondo certa fé na própria ascendência sobre a mulher. Era inegável que, havia algum tempo, Anna estivesse se mostrando mais solícita em relação a ele. O medo de perdê-lo a tornara mais condescendente. Filippo contava com isso. Mas também sabia que deveria ter iniciado a amolecê-la pelo menos um dia antes. Por isso voltaria a Roma naquela noite.

A aula correu muito bem. Depois dos embaraços dos primeiros dias, agora ele se sentia perfeitamente à vontade na sala de aula. Havia entendido que, para dar uma boa aula na universidade, é necessário recorrer a uma técnica televisiva. Despir-se, ser espontâneo, dar a ideia de que suas palavras estão jorrando de dentro e não fedem a comida pré-cozida. Era melhor substituir o bloco de anotações com pausas meditativas e olhos perdidos no vazio. Quanto aos assuntos, a universidade já era um lugar frívolo demais para exigir conteúdos razoáveis e circunstanciados.

Em seguida, tomou um táxi para Linate. Ali, no aeroporto, na fila do controle de segurança, notou que uma senhora de idade avançada à sua frente não apenas o tinha reconhecido, mas o estava fitando com apreensão. E não ficou surpreso. Havia semanas que as ameaças de morte dirigidas a ele viraram notícia nos jornais e na televisão. O risco de ser assassinado de uma hora para outra tinha dado um impulso suplementar à sua notoriedade. Era possível dizer que ele era o homem do momento. O que ofereceu aos seus admiradores um novo pretexto para idolatrá-lo e, aos seus detratores, um novo instrumento para colocá-lo no banco dos réus. O que Filippo Pontecorvo havia feito de tão arriscado – perguntavam-se aqueles desconfiados inveterados – para obter a patente de mártir? E por que quem queria matá-lo, em vez de agir, só ficava acrescentando proclamações a outras proclamações? Esses magos da desconfiança estavam crentes de que se tratava da enésima patacoada posta em circulação por um marketing enlouquecido e genial. E, em alguns momentos, a ideia de que alguém quisesse realmente tirá-lo do jogo parecia-lhes tão absurda que até mesmo Filippo era levado a acreditar naquilo.

Contudo, uma coisa era certa: aquela senhora ali tinha outra opinião. Sem dúvida, estava persuadida de que estava na frente de um sujeito que corria um grande risco. Por isso, dirigia-lhe as mesmas olhadas furtivas que, nos meses após o 11 de Setembro, poderia ter lançado a um esquivo garoto muçulmano na fila do check-in.

Filippo gostaria de tranquilizá-la. Dizer para ela ficar calma: até mesmo ele estava cada vez mais convencido de que a história da condenação à morte não tinha fundamento algum. Mas, infelizmente, não dispunha de dados muito mais precisos a respeito do que os de um atento leitor de jornais. Boatos, ilações, bastidores... A habitual e indigesta conversa fiada midiática. Tudo bem, na semana seguinte, teria um encontro com alguns graúdos do Ministério do Interior. Esperava pelo menos que revelassem, com dados em mãos, a magnitude do risco. Mas, se a situação era tão grave quanto Filippo continuava a ler nos jornais e como dera a entender um agente do serviço secreto com o qual estava em contato, por que esperar? Por que não agir logo? No fundo, a senhora tinha razão. Por que esse perigo ambulante não é tirado de circulação? Por que não o escondem em algum lugar?

Todavia, Filippo, por uma vez na vida, estava contente da inadimplência das instituições. Não queria outra coisa senão alguns dias a mais para refletir sobre o futuro. A hipótese de ganhar uma escolta não era menos terrível do que a ideia de sumir, sendo inserido em uma espécie de programa de proteção a testemunhas (em um local X, com nome falso, sem nunca mais poder ver os entes queridos). Ambas as soluções pareciam-lhe um transtorno. Por isso, preferia não pensar a respeito, gozar aqueles que poderiam ser os seus últimos dias de liberdade.

Havia sempre algo de comovente na aterrissagem no aeroporto de Fiumicino logo após o pôr do sol. Os néons, os policiais indolentes, as paredes rachadas, a atmosfera de úmida deterioração em que languescia uma cidade subtropical.

Ao entrar no táxi que o levaria para casa depois de várias semanas de ausência, Filippo se sentiu dominado pelo cansaço. Não via a hora de tomar um banho e ir para a cama. De ver Anna, de tocá-la. Sentia-se como se estivesse acordado havia um ano inteiro. Deslocar-se continuamente, passar de um hotel a outro era divertido, mas, no longo prazo, era sobretudo extenuante.

Se havia uma coisa em que ele e Semi eram iguais era a compulsão pelas viagens. Os irmãos Pontecorvo estavam sempre em trânsito. Semi havia ido embora de Roma assim que possível. Filippo, embora continuando a viver na cidade, aproveitou todas as oportunidades propícias para deixá-la. Perguntou a si mesmo se tal nomadismo não era uma maneira para continuar a fugir do que acontecera ao pai tantos anos antes.

Para Semi, sem dúvida foi. Roma, a despeito das aparências, era uma cidade perigosa. Ainda mais para quem provinha de um ambiente como o deles: privilegiado, asfixiante, feroz! Filippo se orgulhava de ter batido nos babacas que tomaram algumas liberdades excessivas com o irmão. Mas tinha certeza de que Roma dera a Semi uma quantidade inaudita de situações constrangedoras das quais fora impossível defendê-lo. E tratava-se de uma daquelas coisas em que Filippo não conseguia pensar sem ficar com raiva.

Todavia, apesar das lembranças horrendas, era muito bom estar em Roma. Ainda mais porque havia o risco de aquele ser o seu último jantar de Pessach em casa, com os seus (a última refeição do condenado?). Era importante que tudo parecesse o mais normal possível. Rachel o encarregara de preparar a massa para as *pizzarelle* ao mel, uma iguaria pascal muito em voga na casa Pontecorvo. Deixou-lhe uma mensagem na secretária eletrônica dizendo que, em casa, encontraria os ingredientes necessários: pães ázimos, ovos, pinhões, mel, óleo. Aquela mesma mensagem na secretária eletrônica terminava assim: "Ligue para o seu irmão. Receio que ele esteja com problemas."

Filippo só se lembrou agora das palavras de Rachel. Olhou o relógio. Eram quase oito e meia. Havia tempo para ligar para Semi. Que problemas ele podia ter? Será que o seu emprego estava em perigo ou se tratava da organização do casamento? Àquela altura, faltava pouco para as núpcias. A última vez que Filippo falou com ele, Semi disse que estava começando a se cansar da fúria organizadora de Silvia. Que não aguentava mais ouvir falar de lembrancinhas, decorações florais, catering, provas de roupas e toda aquela merda nupcial.

Filippo pensou que ele e Semi deveriam ter se encontrado quase um mês antes. Semi prometera que iria vê-lo no auditório da Bocconi e que, depois, os dois jantariam juntos. Mas não apareceu nem deu notícias. Filippo tentou ligar para o celular do irmão logo depois do evento, mas, sabe-se lá por que, o irmão não atendeu. Nos dias seguintes, sufocado por outros compromissos, ele se esqueceu daquele fato. E Semi não deu mais sinal de vida. Uma coisa realmente estranha: até quando o irmão estava nos Estados Unidos, eles se falavam quase todos os dias. Obviamente, Rachel tinha razão: Semi estava com algum problema. Durante o último telefonema entre os dois, Semi disse que estava em apuros. E que falaria a respeito durante o jantar.

Repensando no assunto, Filippo sentiu o peso de uma culpa retrospectiva. A ideia de ter menosprezado Samuel e o seu pedido de ajuda lhe parecia intolerável. Poderia remediar naquele momento. Mas não estava a fim. Sentia-se terrivelmente cansado. Porém, pensou que deveria fazer alguma gentileza para Semi. Então, passou-lhe pela cabeça que Semi também conhecia a garota com quem ele havia passado a noite anterior. E, como de uns tempos para cá ele gostava de enviar ao irmão mensagens com notas para as suas últimas conquistas, achou que seria simpático não abrir uma exceção justamente com aquela garota.

Tinha certeza de que o irmão teria gostado.

Semi estava entrando em um restaurante – provavelmente Silvia e um casal de amigos já o estavam esperando havia algum tempo – quando recebeu a mensagem do irmão, que dizia não apenas que tinha levado para a cama a mesma garota com a qual Semi mantinha uma relação clandestina, mas também que a garota em questão, como parceira sexual (pelo menos segundo os severos padrões filippescos) não merecia no seu boletim mais do que um mísero ponto de exclamação.

Tratava-se de um daqueles restaurantes da nova geração nos quais a cozinha não é mais um lugar a ser escondido, mas a verdadeira atração para a contemplação admirada dos clientes. Evidentemente, os proprietários, por excesso de zelo ou para satisfazer o narcisismo desmedido do chef, exageraram. A única parte visível do local era justamente a cozinha, colocada bem no centro: do outro lado das resplandecentes vidraças, o famoso chef, auxiliado pela equipe, nem parecia um cozinheiro, mas um astronauta da Nasa às voltas com um delicado exercício em uma câmara descontaminada e despressurizada.

Por outro lado, os clientes mal se distinguiam por causa das fracas luzes das velas sobre as mesas. Por isso, Samuel teve tanta dificuldade para encontrá-los.

– Ah, aí está o Semi – disse a namorada do amigo.

– O que aconteceu? – perguntou Silvia levemente alarmada.

Em um primeiro momento, Semi não entendeu se a pergunta se referia ao seu conspícuo atraso para chegar ao compromisso ou a algo

FILI CELL
LUDOVICA GIACOMETTI !

em seu aspecto que exprimia o estado derrelito em que se encontrava e a crise de ansiedade causada pelo SMS do irmão.

– Desculpem, mas estou vindo de um compromisso complicado – disse Semi, esperando, com essa frase genérica, aplacar todas as curiosidades dos presentes.

– Não se preocupe, meu velho – disse Luciano em tom conciliador e fazendo com a taça um gesto de brinde.

"Meu velho" era o bordão preferido de Luciano. Não dava para saber se ele o havia tirado de *O Grande Gatsby* ou de algum filme dos anos 50. O dado certeiro é que ocupava um lugar de prestígio no jargão daquele quase quarentão mimado e pretensioso.

– Onde fica o banheiro? – perguntou Semi a Silvia.

Silvia indicou uma porta do outro lado do restaurante.

– Já volto – disse Semi cada vez mais confuso.

– Seja rápido. Estamos com fome, meu velho.

Até o banheiro era em estilo neorromântico. As poderosas placas de quartzo negro que cobriam a parede exaltavam a forma circular do espelho delimitado por uma resplandecente moldura dourada. Semi fechou a porta e sentou-se na privada.

Então, é isso que as pessoas sentem quando dizem que o coração está prestes a explodir. Essa agulha incandescente que penetra no esterno. Semi notou que, desde que entrara no restaurante, continuava a apertar em seu punho o celular. Olhou de novo para a tela e, embora já soubesse o que encontraria escrito ali, sentiu mesmo assim um assombro e uma dor ainda mais lancinantes, se possível.

Era como se, só naquele momento, depois de alguns minutos de decantação, estivesse se conscientizando de que o pesadelo que havia marcado todo o curso da sua existência estava se reapresentando na sua frente sob uma forma ligeiramente diferente. Era como se tudo voltasse a avançar exatamente a partir do ponto em que havia parado um quarto de século antes. Só a tecnologia havia mudado: o estado de espírito era exatamente o mesmo. Semi tinha treze anos quando um sujeito na TV anunciou para todo o mundo que Camilla, a sua namoradinha, trocava cartas equívocas com Leo, o seu pai. E, agora, às vésperas de seus trinta e oito anos, eis que o irmão, por meio de um SMS, o informava de que havia acabado de comer Ludovica, a sua Ludovica.

Toda a sua vida adquiria uma espécie de lógica geométrica: não passava de um segmento delimitado por aqueles dois pontos fixos e ameaçadores. O episódio A e o episódio B. Tudo o que estava no meio – os pontos que separavam A de B – não tinha sentido algum. Até as penosas preocupações dos últimos tempos perderam, de um momento para outro, toda a importância. Havia pelo menos um dado positivo: a enormidade de um único evento que faz com que você relativize todos os outros.

Semi chegou tarde ao restaurante porque o gerente do banco que, um tempo atrás, concedera-lhe um vultoso empréstimo demorou mais do que deveria para reafirmar que a sua situação era muito grave: se Semi não começasse a pagar os juros com regularidade, o banco teria de iniciar os procedimentos para executar a hipoteca do apartamento. Justo o apartamento em obras para o qual Semi e Silvia deveriam se mudar depois do casamento. Pois bem, até um problema desse tipo virava fumaça.

Em suma, o que ele devia fazer? Ligar para Filippo, fazer um escândalo apocalíptico? Ou então não era para ele que devia ligar, mas para Ludovica? Deve ter sido ela que tomou a iniciativa, talvez para se vingar, da maneira mais monstruosa, de tudo o que Semi a estava fazendo passar. Não, não fazia sentido algum ligar nem para um nem para outro. Aliás, aquela ideia pareceu a Semi tão irracional quanto ir até a tumba do pai e começar a interrogar o cadáver sobre o que havia passado na sua mente para que ele tivesse respondido às cartas afetuosas de Camilla. Tão insensata (e não é que ele não tivesse sentido a tentação) quanto tentar localizar Camilla depois de vinte e cinco anos sem a ver para fazer o que não tivera coragem de fazer na época: tomar satisfação, sem tantas reservas, em relação ao seu comportamento indecorosamente audaz.

Por uma espécie de coação nervosa, tirou da carteira um documento que guardava ali havia algum tempo. Era uma folha quadriculada que, para ficar mais bem conservada, ele havia plastificado. Semi podia se separar de tudo, menos daquela folha. Embora conhecesse o conteúdo de cor, começou a lê-la em voz alta. Porque sabia que não havia nada – nem mesmo o adorado Pasaden – capaz de lhe proporcionar o mesmo conforto que a leitura em voz alta daquela carta. A grafia infantil, o estilo incerto e o conteúdo trivial faziam com que ele se sentisse melhor. Como se aquela missiva, na sua intrínseca perversão, representasse a garantia de que o fundo do poço já havia sido tocado.

Semi se lembrava perfeitamente da circunstância em que aquela carta havia aparecido. Ele tinha vinte anos. Já estudava em Milão havia dois anos e estava em Roma para as férias de Natal. Faltavam poucos dias para o fim do ano. Chovera o dia inteiro. O jardim estava brilhante como uma floresta pluvial. Ele e Filippo haviam brincado durante horas de Super Mario Kart no Nintendo. Agora, Filippo estava apoiando sobre as brasas da lareira acesa as castanhas com que um paciente presenteara Rachel. Semi havia perguntado à mãe se, por acaso, ela não sabia onde tinha ido parar o seu colete acolchoado; ele queria levá-lo para Milão. Rachel respondeu que não tinha a menor ideia, mas que ele podia dar uma olhada no sótão da casa, onde, sabiamente acomodadas em sacos plásticos, as roupas esperavam a chegada da estação propícia para serem usadas. Semi, então, subiu até lá. Abriu todos os armários. Nada, nem sinal do colete. Até notar que, escondido atrás de um monte de cadeiras empilhadas, havia outro armário. Quem sabe, talvez lá. Semi ficou manuseando por um tempo uma fechadura defeituosa e, por fim, conseguiu fazer com que uma das duas portas cedesse.

Eu adoraria dizer que, então, com o armário aberto, um cheiro sinistro e misterioso o invadiu, arrastando-o até os confins de outra dimensão espaço-temporal. Gostaria de dizer que Semi, acometido por uma lufada mágica proveniente do País das Maravilhas do passado, sentiu, por um instante, que havia triunfado sobre o tempo e a morte. Mas detesto dizer bobagens a vocês. A verdade, por mais prosaica que possa parecer, é que Semi teve de remexer bastante lá dentro antes de se dar conta que o mal-ajambrado armário guardava o vestuário de Leo. Exatamente: todas as roupas de Leo estavam empilhadas ali. Então, sempre estiveram ali? Então, Rachel não as havia jogado fora nem dado? Então, Rachel não conseguiu se livrar de tudo aquilo? Semi ficou feliz por ter encontrado um minúsculo furo na couraça de inflexibilidade que a mãe parecia usar sem pose.

Uma força qualquer – essa, sim, realmente misteriosa – fez com que ele tirasse os paletós do velho esconderijo e os provasse um depois do outro. Velhos risca de giz, velhos tweeds, velhos blazers. Que cortes maravilhosos, que tecidos macios! Samuel ficou orgulhoso porque os paletós caíam-lhe como uma luva. A última vez que, de brincadeira, havia vestido um deles, Leo ainda estava vivo. Semi recordou a sensação ridícula de nadar dentro de uma peça de vestuário que não é sua. Mas, naquele momento, aqueles paletós pertenciam-lhe, e como! Se não fosse pelas mangas compridas demais, pareceriam feitos sob medida para ele. Alguma coisa, então, havia acontecido naqueles anos? Claro, naqueles dez anos, ele havia alcançado o pai. Era isso que havia acontecido. O pai ficara parado e ele o alcançara. Os dois eram, então, dois irmãos gêmeos. E, nisso, havia algo assustador e comovente ao mesmo tempo. Era como se, agora que a sua estrutura física era igual à do pai, ele estivesse pronto a entender todas as fragilidades de um homem que, na época, parecia um gigante aos seus olhos.

Enquanto desfilava como um modelo na frente do espelho preso na parte interna da porta do armário, Semi, enfiando uma mão no bolso, sentiu um pedaço de papel. Por mais que estivesse preparado para tudo – podia se tratar de qualquer coisa: um recibo, uma velha receita, uma anotação para um dos seus artigos –, Semi não havia levado em consideração que o documento que estava tirando do bolso poderia ter para ele uma importância tão capital. Reconheceu instantaneamente a grafia: Leo Pontecorvo não havia sido o único homem da família a receber cartas de certa senhorita.

Roma, 3 de fevereiro de 1986

Caro Príncipe,

Sou ou não a sua Princesa? Afinal, se eu sou a sua Princesa, como você me disse daquela vez, então, não entendo por que você não quer me beijar. As minhas amigas trocam beijos com os namorados. E eu também beijo Semi. Gosto do jeito como ele beija. Mas não quero que me toque. Ele tenta o tempo todo, mas eu digo NÃO!!! Sou SUA, acho. SUA quer dizer TUA. Se sou a sua Princesa, então, você deve me beijar. Por toda parte. Quero fazer tudo com você, mon ange. Não sei por que você não quer. Na classificação da minha turma, estou em terceiro lugar.

Michelle diz que todos os garotos me beijariam. E pode até ser que eu o faça. Não sou uma criança. Enquanto isso, sei que a primeira vez será com você. E acho que você também sabe, embora diga que não. Você me disse que não devo falar a seu respeito com as minhas amigas nem com outras pessoas. Acho que não vou conseguir ficar calada por muito mais tempo. Sei que você não ama mais a sua mulher. Você não gosta dela. Vejo que você me observa com outros olhos.

Por favor, Leo, MON AMOUR, não me faça esperar.

SUA para sempre na alma.

Camilla.

Aquela era a carta que, revelada no momento certo, poderia ter inocentado Leo Pontecorvo da acusação mais infame: ter molestado sexualmente a namorada do filho. A carta mostrava inequivocamente qual dos dois era o verdadeiro molestador. A carta deixava claro que Leo havia sido alvo, desde o início, de uma verdadeira manipulação persecutória orquestrada por uma putinha sem escrúpulos nem coração. Infelizmente, ninguém naquela época teve a capacidade, e muito menos o interesse, de recuperar o precioso achado e colocá-lo embaixo do nariz da opinião pública. Era mais que provável que houvesse várias outras cartas daquele tipo em circulação, o que tornava ainda mais misterioso o motivo para Leo não ter encontrado a força para reivindicar com voz estentórea a própria inocência.

Por que se deixar massacrar? Por que permitir que a sua família afunde com você? Por que não sentir sequer a exigência de falar com o filho ao qual você causou uma injustiça tão incrível e tentar demonstrar para ele que aquela história não é tão grave quanto parece?

A partir de certo ponto da sua vida, Semi parou de fazer questionamentos desse tipo. Depois que encontrou a carta, não teve mais nenhuma importância o que o pai tinha feito ou não por ele. O que mais importava era que aquela carta tivesse chegado às suas mãos da maneira mais rocambolesca, revelando que tudo o que havia acontecido obedecia a uma lógica. Malvada, é claro, mas, no final das contas, nada insensata.

A carta lhe proporcionava uma imagem totalmente inédita do pai. Se, nos primeiros treze anos da vida de Semi, ele havia sido um herói, se, depois do acontecido, ele havia assumido as incongruentes feições de um estuprador em série, naquele momento, graças àquela carta, Leo adquiriu o seu aspecto definitivo, certamente o mais provável: fora um homem desesperadamente fraco, e era absurdo culpá-lo por isso. Parar de culpabilizar o pai foi para Semi um enorme alívio.

A única coisa que, depois de ter encontrado a carta, ele não conseguiu fazer foi mostrá-la para a mãe e para o irmão.

Talvez porque visse mais contras do que prós.

De que teria servido? Ninguém jamais teve a boa vontade de abordar o assunto com ele. A mãe havia reagido com muita dureza. Quanto a Filippo, Semi se lembrava de tê-lo flagrado uma vez, durante aqueles dias horrorosos, passando algumas folhas por baixo da porta do porão em que o pai havia se escondido. Enfim, o comportamento dos dois havia sido estranho demais para que ele sentisse vontade de compartilhar com eles o precioso achado.

De qualquer maneira, por segurança, fotocopiou a carta. Em seguida, plastificou o original. E, por fim, a enfiou na carteira.

Agora, ali estava ela, no lugar habitual. Sempre presente. E vale dizer que, em um banheiro neorromântico mal iluminado, cumpre a sua bendita função. Embora Semi não demore muito para entender que, daquela vez, o seu amuleto não servirá de nada. Esse é um novo jogo. Que precisaria de um exorcismo novo em folha.

De que serve a benemérita folha plastificada que inocenta o pai do crime de que foi acusado vinte e cinco anos antes se, agora, o culpado a inocentar é outro? É assim que a mensagem de Filippo aniquila para sempre a carta de Camilla. A imagem do irmão mais velho que come a única garota que Semi amou (sim, agora ele pode dizê-lo) inaugura uma nova temporada de sofrimento: é como se alguém tivesse fincado no terreno baldio da neurose de Samuel Pontecorvo uma nova e indestrutível pedra miliar.

Como costuma acontecer com quem vivencia de repente na própria pele o martírio do ciúme, Semi começa a reconsiderar qualquer elemento do passado recente através da lente de aumento do desespero retrospectivo. E, como o cérebro submetido a algum estresse, revela sempre um formidável talento para trazer à tona a lembrança mais dolorosamente adequada às circunstâncias, eis que Semi pensa novamente no discurso surreal feito por Ludovica sobre a arte de pagar boquete em um rapaz circuncidado. É claro que não é ele o rapaz circuncidado de quem ela se ocupou. Assim como é óbvio que o circuncidado que colheu os frutos de toda aquela acadêmica abnegação foi o mais errado de todos os circuncidados em circulação. Mas a coisa mais evidente de todas é a imagem de Ludovica que proporciona prazer a Filippo. Trata-se de uma evidência insuportável. Contudo, Semi não é capaz de culpar aqueles dois, que, pelo menos no espaço sideral da sua imaginação, continuam a se divertir.

Não vê a hora de culpar a si mesmo. Precisa encontrar nos próprios atos um sentido para o que aconteceu. Então, pensa novamente nas coisas horríveis que disse a ela em uma das últimas vezes. No bar dos primeiros encontros, sentados a uma mesa apartada, não achou nada melhor para fazer a não ser dirigir-lhe uma acusação ridícula e evasiva: ela despreza Silvia e isso é algo que ele não consegue perdoar.

– Mas por que você está dizendo isso? – Ludovica pergunta estarrecida.

– É uma coisa que eu sinto, que vejo e que não me agrada nem um pouco – responde ele com a voz de um paranoico que acha que sabe muita coisa.

– Mas se eu nunca disse nada a você! Nunca falo dela. Como você pode me dizer isso? Você jogou na minha cara que vai se casar. Outro dia, até começou a brincar sobre as lembrancinhas que vocês escolheram. E eu, calada. Não disse nada. Nem fiz que você notasse a sua maldade. Sei que tem alguma coisa que não está funcionando. Que você não está feliz. Fico aterrorizada com a possibilidade de você querer me deixar. E, para impedir que você faça isso, aceitei até esta situação surreal. Imagine se eu chegasse e dissesse que vou me casar com Marco, se eu pedisse a você um conselho para a lua de mel...

– Não estou falando disso.

– Então, do que você está falando?

– Não suporto o ar de superioridade com que você fala da Silvia. Como se você achasse que ela não está à sua altura ou à minha.

– Mas eu nunca falo dela. Nunca. Por que você está me dizendo isso, Semi, se eu nunca falo a respeito?

– Saiba que Silvia não vale menos do que você. Entendeu o que eu estou dizendo? Silvia não vale menos do que você!

E, a essa altura, Ludovica, por causa dos soluços, não consegue mais articular nenhuma palavra. E por que deveria fazê-lo, se a acusação de Semi é tão manifestamente falsa?

O problema de homens como Samuel Pontecorvo é que eles não conseguem evitar de se rodear de mulheres muito mais espertas do que eles. E o problema ainda maior é que os homens como Samuel Pontecorvo são os primeiros a ter consciência dessa irrefutável inferioridade.

O comportamento de Ludovica em relação a Silvia sempre foi simplesmente impecável. E, por um instante, enquanto Ludovica está ali chorando, Semi pergunta a si mesmo se a questão não é exatamente essa: ele a repreende por não ter motivo algum para repreendê-la. Repreende-a por não ter reagido à notícia do seu casamento com Silvia com o devido desespero. Repreende a sua educação e a sua inermidade. Repreende-a por não ter alegado direitos. É verdade que, no início da relação, Ludovica mostrou em relação à rival um interesse mórbido. Mas, depois de certo tempo, vendo que Semi se irritava, parou de fazer perguntas. E, desde então, com a infantil teimosia que a distingue, manteve a linha. Esse comportamento submisso também foi inspirado pela severidade e reserva de Semi. Ele deu-lhe a entender em todas as ocasiões possíveis que o que há entre eles, por mais profundo e mórbido que seja, não poderá – e, quando digo nunca, é nunca – pôr em discussão o que ele construiu com Silvia. Silvia é insubstituível. Isso é algo que Ludovica deve pôr na cabeça. E de fato, ela o fez com tanta diligência a ponto de abrir mão do seu interesse pelo capítulo Silvia. E esse é o motivo para ela não ter reagido à notícia do casamento de Semi com o desespero que ele esperava e, de certa maneira, auspiciava.

É pensando novamente no escândalo insensato (e, ainda por cima, frígido) que ele ousou fazer daquela vez, repensando nas lágrimas de Ludovica, na sua demonstração de inermidade, que Semi entende aquilo que, até alguns momentos antes, parecia-lhe incrível.

Qual vingança seria melhor para Ludovica do que ir para a cama com Filippo?

Quando Semi voltou para a mesa, Luciano, por puro azar, estava pedindo a Silvia informações sobre Filippo e sobre as ameaças de morte. Nada de estranho: Luciano era o ser mais involuntariamente inoportuno que Semi conhecia.

Era o típico sujeito que dizia, fingindo convicção, que *Pulp Fiction* era o pior filme de Tarantino ("*Cães de Aluguel* e *Jackie Brown* são mil vezes melhores"). O típico sujeito que, enquanto você se preparava para dar a primeira voluptuosa mordida em um Big Mac, dizia na cara de pau que o Double Whopper do Burger King era muito superior. Luciano era o típico sujeito para o qual a notícia de um atentado em uma discoteca de Tel-Aviv em que uma dúzia de adolescentes havia sido trucidada era um ótimo pretexto para discursar sobre a política imperialista de Israel.

Luciano nunca dava o braço a torcer. O que ele mais gostava era polemizar e apontar seus erros. Se você sugeria um filme, ele o via imediatamente só para poder exprimir o quanto antes a sua decepção em relação a uma obra tão medíocre, deplorando, de passagem, a sua falta de gosto. Causar constrangimento com o seu ar de cê-dê-efe era o objetivo da sua vida. Talvez porque não tivesse lá muitos objetivos. Além de se formar em Letras, em uma disciplina obscura que pretendia juntar linguística e informática, Luciano nunca havia feito nada de realmente produtivo. O esforço máximo por ele envidado havia sido assinar a pilha de certidões que faziam dele um dos órfãos mais ricos em circulação.

Desde que o pequeno Cessna no qual seus pais inspecionavam uma fração de savana no Quênia setentrional estolou e caiu, Luciano geria com extrema prudência o patrimônio imobiliário herdado daqueles azarados aventureiros. Poupar era uma das outras coisas que ele fazia bem. Com uma única exceção: a gastronomia. Nisso, ele não economizava. Considerava-se um descobridor de chefs. Era por causa de homens como Luciano que a *nouvelle vague* da cozinha italiana dos anos 2000 teve a possibilidade de se exprimir com tanta desenvoltura. Como bom gastrônomo diletante, Luciano se considerava um verdadeiro especialista em vinhos. Pena que, para mostrar aos outros e a si mesmo como eram sólidas as suas convicções em termos e enologia, ele tivesse o vício de devolver, pelo menos duas vezes consecutivas, as garrafas de vinho que lhe serviam. Como se, por um estranho capricho da sorte, a garrafa certa fosse sempre a terceira, nunca a primeira ou a segunda.

Tudo isso para dizer que não era uma surpresa Luciano ter insistido para levá-los ao Carillon, um restaurante muito comentado e que parecia prometer o tipo de sangria financeira da qual Semi, segundo as palavras do gerente do seu banco, deveria abrir mão. Assim como não era estranho que Luciano tivesse acabado de devolver a segunda garrafa de vinho definindo-a "óleo para motores". Mas a coisa menos estranha de todas era que Luciano – considerando-se o seu diabólico timing na escolha do assunto mais apropriado – estivesse pedindo informações sobre o único indivíduo no mundo do qual Semi não queria saber.

– Não sabemos muito – estava dizendo Silvia. – Falei com Anna ontem de manhã. Estava muito preocupada. Mas não é um bom parâmetro. Ela está sempre preocupada. De qualquer forma, veremos provavelmente Filippo amanhã à noite, no jantar na casa da minha sogra.

– Ah, você já a chama de "minha sogra"? – perguntou Giada.

– Não conte com o ovo no cu da galinha! – comentou desagradavelmente Luciano.

– E se fizéssemos o pedido? – interveio Semi com o mesmo tom com que poderia ter dito: "Estou aqui há poucos segundos e vocês já encheram meu saco."

– Algum problema? – sussurrou Silvia, apoiando a mão sobre o seu antebraço.

– Está tudo bem – respondeu Semi e fez um esforço para não se furtar claramente àquela carícia.

Semi deu uma olhada no celular, que, sabe-se lá por que, ainda estava na sua mão.

– Bem, eles têm pratos fabulosos que vocês precisam experimentar de qualquer maneira – disse Luciano enquanto o sommelier abria aterrorizado a terceira garrafa.

– Tipo? – perguntou Semi sem muito interesse, achando inconcebível a simples ideia de que alguém no mundo pudesse ter apetite.

– Antes de mais nada, os ravioletti com recheio de carbonara e speck – exortou Luciano com a cabeça enfiada no cardápio. – Mas, sobretudo, a seguinte obra-prima: toucinho de leitão sobre um leito de vieiras ao pesto de cebolas roxas de Tropea.

– Ok, vou experimentar esse – disse Semi, dando a impressão de não ter ouvido nada mais além da palavra "toucinho".

– Senhor, acho que agora está bom! – disse o sommelier, dirigindo-se a Luciano. – Posso? – acrescentou logo em seguida.

Luciano, então, exibiu-se no minueto do perfeito entendedor: fazendo oscilar a taça, aproximando-a para sentir o bouquet, afastando-a para o teste cromático, molhando as gengivas com um gole. E, por fim, atribuindo a um sinal de anuência não muito enfático a resposta positiva.

O sommelier, decididamente aliviado, serviu todos, a começar pelas moças.

– Querido, você acha prudente? – sussurrou Silvia a Semi.

– Você sabe que detesto quando você fala no meu ouvido!

– Desculpe.

– Não, eu é que peço desculpas. Tive um dia... O que você estava dizendo?

– O leitão. Você acha prudente? – articulou bem Silvia. Embora fizesse de tudo para não demonstrar, ficara ofendida. Detestava que ele a tratasse daquela maneira na frente de Luciano e Giada.

– Qual é o problema do leitão? – perguntou Luciano.

– Pergunte a Betsabá – disse Samuel.

– Quem é Betsabá? – perguntou Giada. A conversa estava se tornando realmente difícil demais para ela.

Giada não sabia nada de Betsabá, assim como desconhecia as proibições alimentares impostas pela *kashrut*,[8] ou seja, o conjunto de normas que Silvia, tendo enveredado pelo árduo caminho rumo ao judaísmo, decidiu levar realmente a sério e que proibiam tanto o leitão quanto as vieiras, para não falar da carbonara...

Semi teve alguns problemas para se adaptar, por puro espírito de solidariedade, às proibições alimentares respeitadas, havia mais de dois anos, por sua namorada com toda a intransigência de que ela era capaz. Todavia, como eles só se viam nos finais de semana, esforçava-se para agradá-la. Para ela, a coisa já era tão difícil que ele não queria causar mais obstáculos. Mas, naquele instante, a devoção absoluta de Anna a regras absurdas – que, aliás, nada tinham a ver com

[8] Norma bíblica e rabínica sobre a pureza dos alimentos permitidos, o modo de cozinhá-los e servi-los. (N.A)

ela, mas revelavam sua determinação em entrar pela porta da frente no clã dos Pontecorvo – pareceu a Semi simplesmente intolerável.

– Betsabá é a mulher do rei Davi – explicou o pedantíssimo Luciano. – Uma belezoca que perdeu o primeiro marido e o filho por causa dos caprichos do Onipotente.

– Não estou entendendo nada – protestou Giada.

Dessa vez, foi Semi que acariciou Silvia e ela que fez de tudo para não retirar a mão.

Quando chegou a hora de fazer o pedido, Semi mudou para algo pretensioso em que o vinagre balsâmico reinava supremo. E só porque, naquele momento, não havia nada de que ele precisasse mais do que um bálsamo para aplacar uma ferida gigantesca.

– Péssima escolha, meu velho – foi a sentença de Luciano.

– E vocês já decidiram a viagem de lua de mel? – perguntou Giada logo depois de ter pedido o prato de sempre à base de arroz, verduras cozidas e peixe cru que tanto exasperava o seu namorado.

– Estamos avaliando diversas opções – respondeu evasivamente Silvia.

– Mas, me desculpe, como é possível? Só faltam dois meses e vocês ainda não sabem...

– Se Semi não se decide a...

– Não, não fique com raiva de mim.

– Já faz pelo menos um mês que entreguei a você os folhetos do México e você sequer se dignou...

– E faz pelo menos três meses que repito que, ao México, não vou! Detesto tudo o que é tex-mex, Zorro, Pancho Villa e Zapata.

– Sobre o tex-mex, você está enganado. Sobre Zorro, estou de acordo – intrometeu-se Luciano.

– Eu disse que queria um lugar frio – continuou Semi, ignorando o amigo –, mas você cismou com o México porque o seu chefe não fala de outra coisa...

– É verdade, eu gostaria de ir ao México. Mas não disse que *faço questão* de ir ao México. Só pedi para você dar uma olhada nos folhetos.

– Por favor, Silvia, não fale comigo como se não estivéssemos juntos há uma vida!

– E o que isso tem a ver?

– Muito. Sei que, quando você põe uma coisa na cabeça...

– O que acontece quando ponho uma coisa na cabeça?

– Você não cede. De tanto ficar com a minha mãe, você se tornou igual a ela. Vence sempre o adversário pelo cansaço.

– Então, você seria o adversário?

– Você entendeu muito bem o que eu quis dizer. De qualquer maneira, não faz a menor diferença. Você quer ir ao México? Então, vamos ao México. Não estou nem aí.

– Por que você precisa dizer que não está nem aí? É a nossa viagem de lua de mel.

– Já fizemos centenas de viagens.

– Mas essa é diferente.

– Por que é diferente?

– Porque é a nossa viagem de lua de mel. Por isso!

– Você sabe me explicar – disse Semi dirigindo-se diretamente a Luciano – por que, para as mulheres, a questão é sempre simbólica? Você diz que não se importa com o destino da viagem de lua de mel e elas entendem que você não se importa com elas! Você também não acha que isso é desanimador?

– Acho que, na mente de Giada, não há espaço suficiente para uma coisa tão grande quanto um símbolo – sentenciou Luciano.

– Isso é o que você diz, seu cretino. Minha mente está cheia de símbolos – respondeu Giada, mordida.

– Você está procurando briga desde que chegou – queixou-se mais uma vez Silvia em voz baixa.

Semi lançou outro olhar para o celular.

– E por que você continua a olhar esse maldito telefone?

Sim, por que não parava de fazer aquilo? Por que não conseguia se separar daquele aparelho? O que mais podia lhe dizer aquele celular de tão fundamental? O que ele esperava, que a mensagem de Filippo desaparecesse milagrosamente? Ou que chegasse outra retificando a precedente? Ou talvez não! Talvez ele não precisasse de outra mensagem de Filippo, mas de um SMS de Ludovica. Sim, é isso que ele estava esperando: que ela mandasse uma mensagem para lhe entregar em uma bandeja de prata a possibilidade de responder prontamente: "Sei de tudo."

Por outro lado, esperar que Ludovica ficasse transtornada com a notícia de que ele sabia de tudo era tão irracional quanto esperar que ela escrevesse. Fazia uma semana que ela não dava sinal de vida. Eles nunca haviam ficado tanto tempo sem se falar. Mas Semi, pelo menos até a mensagem do irmão, não havia se preocupado. Aquele silêncio dependia dele, afinal de contas. Foi ele que deu o bolo em Ludovica da última vez. Foi ele que não respondeu a uma mensagem dela. Por que não havia respondido? Por nenhum motivo. Pelo simples prazer de não responder. Pelo prazer de ser grosseiro. Para reafirmar a própria superioridade. A volúpia do poder. Adorava provocá-la, testá-la. Ele gostava que ela se sujeitasse às intemperanças de um homem tão complicado. Estava tão convencido da dedicação de Ludovica a ponto de ter certeza de que ela, depois de ter bancado a ofendida por um tempo, teria se humilhado chamando-o de volta.

Até aquele dia, pelo menos, as coisas sempre haviam funcionado assim entre eles.

Quando ele havia começado a cultivar a patética ilusão de que era insubstituível? Só essa suposição podia tê-lo levado a maltratá-la tanto. Será possível que só naquele momento, revendo a questão, ele estivesse entendendo quantas havia aprontado? O casamento iminente com Silvia era apenas o mais evidente, e certamente não o mais maldoso, dos insultos. Ele sequer saberia elencar as ocasiões em que disse a Ludovica para não se iludir, pois a relação deles acabaria e ele nunca poderia deixar Silvia. Depois, tomou gosto em ofender o seu estilo de vida. Dizia que ela era uma esnobe, uma garotinha mimada e que não chegava a lugar nenhum.

Da última vez que se viram na infernal viela de sempre, a poucas centenas de metros do apart-hotel, ela perguntara:

– Por que você me odeia?

Haviam acabado de sair de uma das suas sessões de onanismo compartilhado quando ela disparou essa pergunta imprevista. Semi ainda estava cheio de gratidão pelo que ela havia lhe proporcionado e permitido fazer. Talvez por isso a sua pergunta à queima-roupa o tenha enchido de ternura, fazendo-o sorrir.

– Estamos sendo melodramáticos hoje.

– Não, vamos, responda. Já entendi tudo. Por que você me odeia?

– Minha pequena, o que você está dizendo? Acho que nunca venerei você tanto como neste momento.

– Talvez, agora, sim. Mas, geralmente, você me odeia.

– Claro que não odeio você. Sou apenas um pouco áspero.

E o fato é que, naquele momento, enquanto pronunciava aquelas palavras sensatas, ainda sob o efeito do prazer que ela soubera lhe proporcionar, ele estava convencido da própria boa-fé. Acreditava piamente na pureza dos sentimentos que o amarravam a Ludovica.

Só agora, pensando em tudo aquilo novamente uma semana mais tarde, depois de ter recebido a mais chocante de todas as notícias, Semi percebeu como ela tinha razão. Era verdade mesmo: ele a odiava. Sempre a odiou. A ponto de ter a impressão de que o amor e o ódio dentro dele tivessem se manifestado em uníssono. Como se cada um tirasse forças da interdependência recíproca. E era realmente estranho, pois ela, pelo menos até algumas horas antes, nunca havia feito nada para suscitar aquele ódio.

Então, por que ele a odiou desde o princípio?

Talvez porque ela fosse exatamente o que parecia: uma jovem, bela e despreocupada herdeira que faz de tudo para disfarçar a própria situação. Sim, talvez Semi a odiasse por causa do seu apuradíssimo *understatement*. Ou talvez porque a sua infância elegíaca não havia sido rompida em duas, como a de Samuel, por uma história sórdida e esquálida. Ou talvez Semi, em sua obtusa santimônia herdada de Rachel, não perdoava o fato de Ludovica tê-lo arrancado, ao menos sentimentalmente, de Silvia, uma moça muito mais merecedora do que ela e que havia sofrido tanto quanto ele. Sim, talvez ele não perdoasse Ludovica por tê-lo transformado em um homem injusto e egoísta. Ou talvez não a perdoasse por ter lhe mostrado que o sexo com uma parceira que tem os mesmos gostos solitários que você pode ser arrebatador. Ou, a propósito de sexo, talvez ele, tendo afirmado várias vezes que nada lhe daria maior satisfação, não conseguisse perdoar o fato de ela não querer acolhê-lo em sua boca.

Foi assim que, de repente, diante de Silvia, de um velho amigo de escola e da sua futilíssima namorada, Samuel tomou consciência de que, em todo aquele tempo, suas ações induziram Ludovica a realizar um ato desvairado à altura do ódio que ele sempre havia sentido por ela.

E Ludovica, como uma garota hábil e conscienciosa, não o decepcionou.

Foi mais ou menos à altura do terceiro uísque que Giada conduziu novamente a cada vez mais languescente conversa para um campo minado: queria saber tudo da cerimônia nupcial.

– Vamos nos casar na sinagoga – atalhou Semi.

E, ao se ouvir explicando àquela pobre de espírito no que consistia o rito, teve uma estranha sensação de incongruência. Era realmente ele o sujeito que, dali a apenas dois meses, usaria um fraque e um quipá[9] e iria a um lugar no qual não punha os pés de bom grado, o templo, para se casar com uma mulher com a qual não fazia sexo havia um século? Era realmente ele o sujeito que faria algo tão desatinado assim depois de ter mandado para a cucuia trabalho, respeitabilidade e a ligação com o irmão mais velho e com a única mulher que amou?

Depois de todo o álcool que Luciano o fizera ingerir, Semi via sobretudo o lado cômico da situação. O que mais era a perspectiva de um casamento infeliz e sem sexo – um casamento sem um fundo romântico adequado – senão a perspectiva de um matrimônio como tantos outros?

– E, se agora você é judia, sua filha também será judia? – perguntou Giada impávida.

[9] Solidéu usado pelos judeus nas cerimônias religiosas. (N.A.)

– Como você sabe que será uma filha? – admoestou-a Luciano, que estava passando da parcial para a total embriaguez.

– Sinto que será uma menina! – respondeu ela com ar de devaneio.

Nem Samuel nem Silvia sabiam qual era o sobrenome de Giada. Talvez porque, como quase tudo relacionado a ela, não tinha lá muita importância. A coisa mais interessante a se saber a seu respeito era que, mais ou menos três anos antes, com uma ofensiva repentina, ela havia se mudado – com o seu guarda-roupa na moda – para o quartel-general de Luciano em Via Giulia: uma casa grande, escura, cheia de cabeças de girafas empalhadas e de meios-bustos antigos. Desde então, a única atividade a que Giada se dedicou foi fingir procurar trabalho. E era necessário reconhecer que, naquela profissão, ela não tinha rivais.

Vendo-a de longe, você poderia dizer que era uma boazuda: um metro e setenta e cinco de manteiga e algodão-doce. Graças a um curioso fenômeno, porém, quanto mais você se aproximava, mais ela desvanecia no casulo da própria desbotada irrelevância. Voltava a existir apenas quando abria a boca: talvez porque a futilidade era tanta a ponto de assemelhá-la à dondoca de um chefão do crime de Chicago em um filme de gângsteres de terceira categoria. Ou talvez porque a voz cacarejante se parecesse perigosamente com a de Sandra Milo.

O motivo para Silvia e Semi, quando ele passava por Roma, jantarem com um casal tão chato – embora, a seu modo, bem combinado – dependia da exigência, presente em cada um de nós, de frequentar indivíduos em relação aos quais nos sentimos superiores. Uma das coisas que Semi e Silvia mais gostavam de fazer era voltar para casa, depois de jantar com Luciano e Giada, e falar mal dos amigos com quem haviam acabado de passar uma noite desagradável. Isso, sim, fazia com que se sentissem melhores.

No entanto, Semi gostava de Luciano. Ele fora seu colega de carteira desde os tempos do ginásio. Jantava com ele com o mesmo espírito com que podemos sentir vontade de voltar a ver a casa em que nascemos, embora sempre a tenhamos achado horrenda. No que diz respeito a Giada, como todas as pessoas totalmente insossas, ela tinha a qualidade de não ser esnobe. E, além disso, quando se aventurava em escalafobéticas elucubrações sobre astrologia, assunto do qual se considerava uma especialista, ela até sabia ser simpática.

A verdade é que Semi achou estranho que logo ela – a superaficionada por horóscopos! – o tenha colocado diante da questão filhos: um assunto importantíssimo no qual ele nunca havia pensado. A verdade é que, talvez por causa da natureza casta daquele relacionamento, Semi e Silvia nunca haviam fantasiado, como acontece com a maior parte dos casais às vésperas do casamento, sobre a futura prole. Devia ser esse o motivo para o discurso de Giada os estar deixando constrangidos a ponto de não conseguirem se olhar.

– Enfim, a menina será judia ou não? – perguntou Giada cada vez mais impaciente.

– Imagino que sim – respondeu Semi com tom duvidoso. E estava claro, pelo menos para ele, que a dúvida não se referia apenas a algo dispensável como a identidade religiosa da nascitura, mas envolvia algo fundamental como a sua própria existência.

Ter um filho com Silvia?

Como, se ele não conseguia tocá-la?

Conhecia pelo menos três casais que tinham problemas para procriar, mas, pelo menos, podiam contar com uma vida sexual decente. Ele e Silvia deveriam recorrer à ajuda do espírito santo!

E, além do mero fato técnico, ele, conscientemente, sentia dentro de si a escandalosa motivação que nos leva a gerar? O que ele poderia prometer ao ignaro nascituro? Uma vida como a sua? Deus nos livre e guarde! Pensando bem, a única coisa que ele poderia garantir à criança era um pai como ele (além do mais, à beira da bancarrota), um tipo como Filippo (a um passo da loucura) e uma avó como Rachel. E, vamos e convenhamos, essa não era uma perspectiva das mais atraentes. Assim como também não o era compartilhar o patrimônio genético de um medroso como Leo.

Não, a melhor coisa que podia acontecer ao nascituro seria voltar para o banco dos reservas e deixar a vez para algum outro fedelho à espera de uma estreia.

– Mas ela deve fazer uma espécie de batismo para se tornar judia?

Sempre Giada, naturalmente.

– Não, nada do gênero – respondeu lapidar Silvia. Parecia furiosa.

– Acho que não quero filhos – disse Semi com o mesmo tom com que poderia ter dito: “Este ano, não estou a fim de viajar na Páscoa.”

– Você acha que este é o momento certo para dizer certas coisas?

– Por que não?

– Depois de tudo o que você bebeu?

– Estou perfeitamente bem. Nunca me senti tão lúcido. E, exatamente porque estou me sentindo assim, posso dizer que acho que não quero filhos.

– Talvez seja um assunto para abordarmos em particular. Um assunto sério, com o qual não devemos brincar em um ambiente social... Desculpem, não é nada com vocês.

– Não vejo o que há de sério em um filho que ainda não existe.

– Mesmo que o filho em questão seja o nosso?

Ela estava prestes a cair em prantos.

– Talvez, Silvia, a minha opinião não interesse. Pena que, desta vez, trata-se de um assunto no qual a minha opinião é determinante. Uma daquelas coisas sobre a qual terei de ser consultado.

– Afinal de contas, qual é o problema? Aconteceu alguma coisa que você não quer me contar? Por que você está falando a esmo? E quais seriam as coisas sobre as quais não consultei você?

– Você realmente está me perguntando? É uma loucura, faz pelo menos um ano que você não me consulta a respeito de nada. Até parece que não está prestes a se casar comigo. Parece que você está para se casar com a minha mãe.

– A sua mãe? O que a sua mãe tem a ver com isso?

– Bem, vocês se encontraram, não? São farinha do mesmo saco. Manipuladoras experientes. Duas passivas-agressivas de primeira. Vivem bancando as santas, as disponíveis. Mas, no final, todo mundo faz o que vocês querem. É genial o modo como me excluíram do meu próprio casamento! A partir de certo momento, vocês se esqueceram da minha existência. Totalmente ocupadas com o fervor organizacional, vocês não viam a hora de me pôr diante do fato consumado: o número de convidados, a cor das toalhas de mesa, o menu, as flores...

– Achei que você não desse a mínima. Fiquei até mal com isso. Nunca vi você tão indiferente, cínico, sarcástico... Não reconheço mais você. Faz meses que você está diferente. Sempre descontente e irritadiço. Você nos disse que estava com problemas no trabalho. Não queríamos perturbar.

– Você está se ouvindo? Já está falando só na primeira pessoa do plural. É como se você e minha mãe tivessem formado uma confraria.

– Achei que você gostava. Você sempre me disse que adorava o meu relacionamento com a sua mãe. Que não suporta o modo como Anna a trata!

– Isso não é mais um relacionamento. É um plágio. Você fala como ela, pensa como ela, se veste como ela. Até se converteu. E, agora, assumiu até os seus comportamentos dissimulados.

– Posso saber de quais comportamentos dissimulados você está falando?

– Essa história dos filhos.

– Mas eu não disse nada! Foi Giada que puxou esse assunto. Foi você que disse que não quer filhos; assim, como se fosse uma bobagem, sem conversarmos antes a respeito.

– E você, em vez de retrucar, logo me intimou a calar o bico. Como se faz com uma criança tola.

– Achei que não era o momento certo para...

– Afinal, você já aprendeu a lição da Grande Irmã. Conhece a arte de me induzir a fazer o que não quero.

– Diga uma única coisa que obriguei você a fazer, Semi. Por favor, apenas uma.

– Eu poderia começar pelo final. Por exemplo, esse casamento.

É incrível, ele a está deixando. Na frente de Luciano e Giada, depois do terceiro uísque, a poucos passos do altar. Está dizendo a verdade depois de ter mentido durante todos aqueles anos. E, para isso, Semi a está culpando por algo cuja culpa ele deveria atribuir a si mesmo. Foi ele que mentiu. Não foi ela que o enganou: foi ele que sempre se sentiu no dever de agradá-la. E tudo por causa de uma noção doentia de compromisso e de dever. Tudo por causa do seu terror de decepcionar as pessoas amadas. Tudo para estar à altura de algo que, no final das contas, não é assim tão importante.

Não é por acaso que ele reuniu a coragem para revelar o que pensa no momento em que a sua vida foi por água abaixo. Agora que Ludovica o traiu com Filippo, agora que o sócio lhe deu o bilhete azul, agora que o gerente do banco o colocou diante das próprias responsabilidades, Semi se sente autorizado a mandar às favas o casamento. Esse também é um comportamento perverso. A ideia de que o preço a pagar pelo sofrimento infligido aos outros é o seu próprio sofrimento é uma forma de puritanismo absolutamente asqueroso. Uma hipocrisia das mais indecorosas. Semi teria causado muito menos danos se tivesse dito a Silvia o que achava pelo menos um ano antes. Se tivesse explicado: "Meu amor, adoro você, mas está na cara que, entre nós, as coisas não funcionam. Entre nós, elas nunca poderão funcionar." Porém, fingiu que não podia viver sem ela. E, não contente, fez de tudo para convencer tanto a ela quanto a outra. E, no final, ele mesmo acabou acreditando. E tudo isso para quê? Para terminar com a noiva em um restaurante na frente de Luciano e Giada, os mais desprezíveis dos seus amigos, cuja união, improvisadamente, parece muito mais honesta e digna do que a grotesca encenação à qual Semi submeteu Silvia e à qual Silvia, por sua vez, se deixou submeter.

Quando Silvia, em prantos, saiu correndo do restaurante, Semi se sentiu tentado a segui-la. Ele sabia que, se o fizesse, se cedesse mais uma vez à tentação do atalho emocional da piedade, nada mudaria. Intuiu que, dadas as circunstâncias, a única esperança de ser honesto, ao menos uma vez, residia na inação.

Também por isso Semi preferiu não se mexer.

Estacionando o carro na frente do portão da casa de Olgiata, Filippo estava incerto sobre o estado do próprio humor. Tentava, geralmente, ancorar-se nos elementos tranquilizadores: a despeito do que dissera poucas horas antes, não sem sisudez, a uma entrevistadora argentina, não era nada ruim ser Filippo Pontecorvo. Mas, sobretudo, alentava-o muito a ideia de que, em poucos minutos, veria novamente Rachel e Semi. Só agora percebia como havia sentido a falta deles. Além do mais, estava levando consigo a massa das pizzarelle de Páscoa: nada mais relaxante do que ficar no fogão fritando alguma coisa.

Uma pena todo o resto. Quanto mais se aproximava o compromisso de quinta-feira com a delegação do Ministério do Interior, mais ele sentia que a própria vida, justo agora que ele havia alcançado um invejável padrão de bem-estar emotivo, corria o risco de naufragar no absurdo. É verdade, Filippo havia decidido não pensar a respeito. Nos últimos dias, continuou a repetir que, devido à toxicidade, dois eram os pensamentos a serem abolidos.

Primeiro: não pensar no que os burocratas do Ministério o obrigariam a fazer.

Segundo: não pensar que, de um momento para outro, alguém poderia matá-lo.

Pelo menos até a noite anterior, quando pôs os pés em casa, Filippo conseguiu vigiar a própria tranquilidade.

Depois, o delírio.

Que tolo! Como podia o marido de Anna Cavalieri esperar um pouco de solidariedade conjugal?

Ele voltou com a sólida intenção de convencer Anna a não fazer birra e participar do Seder de Pessach. Encontrou-a de regata e calcinhas, o telefone sem fio grudado no ouvido, caminhando pela casa. Devia se tratar do enésimo telefonema diário para o pai. Estava claro que os dois estavam falando mal dele. Filippo teve essa certeza quando a mulher sussurrou:

– Ele chegou. Ligo depois.

A longa prática conjugal ensinara-lhe que os casamentos obedecem a leis não muito diferentes das que regulam uma briga qualquer em um bar: quem bate primeiro bate duas vezes. Em circunstâncias normais, antecipando-se a ela, Filippo a teria apostrofado sarcasticamente. Mas, como estava decidido a se comportar da maneira mais inócua possível, disse simplesmente:

– Sim, minha pequena, aqui estou eu.

Anna olhou-o como se ele fosse um assassino. Pego de surpresa por aquele olhar, Filippo tentou desconversar.

– Tive uma ideia. Que tal se fôssemos comer fora? Estou um pouco cansado, mas faz muito tempo que a gente não sai.

– Não estou a fim.

– Tudo bem, então a gente come alguma coisa em casa. Eu cozinho.

Anna correu para a cozinha, como se tivesse reencontrado as próprias energias. Começou a remexer nas portas e gavetas. Filippo, caminhando devagar, demorou um pouco a alcançá-la. Lá estava ela, tirando dos armários e da geladeira alimentos de todo tipo. E sem ímpeto, aliás, de uma maneira imperturbavelmente metódica, apoiava-os sobre a bancada de que Filippo tanto gostava.

A cena não era das mais tranquilizadoras.

– Posso saber o que deu em você?

– Comida, comida, comida. É a única coisa em que você pensa. Comer aqui, comer ali. Você está sempre pensando em comer.

– Eu só queria ser gentil. E, de qualquer maneira, está na hora do jantar.

– Aqui está, toda a comida que você quiser. Fiz uma compra enorme nos últimos dias. Todas as vezes que você me dizia que voltaria, eu ia fazer compras. Todas as vezes que você mentia dizendo que pegaria o primeiro avião, eu, para festejar, ia comprar alguma coisa para você.

– Ainda essa história? Já expliquei. A culpa não foi minha. Me pediram para ficar em Milão por causa de uma coisa importante. E, de qualquer maneira, sempre avisei em tempo. E que carinho repentino é esse? Quando eu não levantava a bunda do sofá, você dizia que não aguentava mais me ter por perto. Agora, que estou longe com frequência, você gostaria que eu ficasse em casa. Você não acha que está na hora de assumir uma posição clara em relação à minha assiduidade doméstica?

– E quem pediu alguma coisa a você? Você disse que queria comer? Então, olhe aqui.

– Eu não disse que queria comer. Tudo bem, esqueça... E não sou eu que tenho problemas alimentares.

– Essa sua mania de se empanzinar certamente não é mais sadia do que a minha sobriedade.

– Pode chamar de "sobriedade", se quiser, se é nisso que você quer acreditar. Mas por que você está se comportando de uma maneira ainda mais esquisita do que de costume?

– Porque estou mal.

Por um instante, Filippo esperou que ela estivesse preocupada com ele, com a sua incolumidade.

– Por quê?

– Por causa de um monte de coisas.

– Diga pelo menos uma.

Estava cada vez mais esperançoso.

– O dr. Stefani disse que seria melhor se eu voltasse a tomar carbamazepina e lítio.

Filippo sentou-se decepcionado.

– Assim direto? Os dois juntos?

– Diz que tomar os dois juntos pode dar resultados surpreendentes.

– Em que sentido?

– Não durmo mais, Filippo. Você não sabe o que significa não dormir durante dias a fio. Uma hora, no máximo duas, a cada noite. Não é uma coisa humana. Para não falar dos pensamentos. A minha mente viaja a mil por hora. Corre como uma louca. E, outro dia no banheiro, enquanto estava tomando uma chuveirada, ouvi distintamente alguém que falava comigo. Levei o maior susto. Me virei e não tinha ninguém. Depois, reconheci quem era. Era a mesma voz que, quando eu tinha onze anos, me aconselhou a pular da janela... Nem quero pensar na sugestão que ela pode me dar desta vez.

– O que mais diz Stefani?

– Que, se continuar assim, será melhor me internar. Mas não quero ser internada. Eu não suportaria. É muito constrangedor. Pior, é assustador! Aquele cheiro. É uma coisa que eu não conseguiria aguentar. O cheiro de refeitório e de verduras cozidas. No manicômio, não fazem outra coisa a não ser cozinhar verduras.

– Não o chame de manicômio!

– Desde quando você se tornou hipócrita também?

– Não é hipocrisia. É uma questão de correção lexical.

– E qual é o termo exato para definir um lugar horrendo onde trancafiam os loucos?

Por que uma parte de Filippo não acreditava naquilo tudo? Por que, embora no rosto de Anna o mal-estar tivesse assumido uma angulosa plasticidade – ele não conseguia acreditar totalmente na sua boa-fé? Estava tão poluído a ponto de não conseguir mais sentir um pouco de ternura (e sequer uma gota de piedade) em relação ao desconforto da mulher amada? Filippo sabia que deveria fazer alguma coisa para aliviá-lo. Infelizmente, ele não gostava nem um pouco do tom chantagista usado para que tudo aquilo fosse jogado na sua cara, nem da tentativa de culpabilizá-lo. O ódio das pessoas doentes em relação às sãs era algo que Filippo, vindo de uma família de médicos e tendo, a seu tempo, exercitado a profissão, entendia perfeitamente. Mas, exatamente por entendê-lo tão bem, não conseguia aceitá-lo na sua mulher. O fato de a dor inspirar-lhe todas as vezes pensamentos malévolos era totalmente natural. O fato de a dor torná-la mesquinha obedecia à mais atávica das leis humanas, mas isso não significava que Filippo devia aceitar serenamente o peso de tanta tacanhice.

Talvez a ansiedade para salvaguardar a integridade do seu desencanto devesse aconselhar a Filippo um elegante distanciamento, mas ele estava farto daquilo também: de que servia tal refinamento intelectual? No fundo do seu coração, desagradava-lhe muito o comportamento assumido pela mulher no último ano. Ela não ter ficado realmente contente com o sucesso do marido até dá para engolir, mas, o fato de, naquele momento, movida por seu rancor, ela não nutrir interesse algum pelas ameaças de morte dirigidas a ele... bem, isso era inaceitável. E o indignava.

Todavia, ele precisava controlar o seu instinto de dizer coisas desagradáveis. Não devia se esquecer de que a finalidade daquela conversa era convencê-la a participar do Seder. Por isso, devia contê-la com ternura e lançar novamente a ideia com cautela.

– Não importa, amor. Prometo que você não vai parar novamente naquele lugar horrível.

– E como você pode me prometer isso? Diga. Como? Ficando longe semanas, alimentando um narcisismo que já deveria estar saciado há algum tempo?

Mais uma vez, Filippo optou por não seguir a mulher naquele terreno íngreme.

– Mas, exatamente por não querermos que a situação degringole, não seria o caso de dar atenção ao médico e tomar esses remédios pelo menos por algum tempo?

– Está vendo como você é superficial? Não são remédios que você pode tomar e largar assim. Quando você decide tomá-los, precisa seguir o tratamento por um bom tempo.

– Então, nós o seguiremos.

– Você faz a mesma coisa que o Stefani. Fica falando na primeira pessoa do plural. Como se, assim, vocês estivessem prontos para compartilhar o meu destino. Mas, na verdade, eu é que vou tomar aquelas pílulas. Para vocês, é fácil. Vocês dão os comprimidinhos para a maluca e acham que tudo se endireita. Não é tão simples assim.

– Não estou dizendo que é simples. Mas se não existem alternativas...

– Os remédios não resolvem nada. São uma merda. Me fazem engordar e me impedem de trabalhar.

– Isso não é verdade. Quando nos conhecemos, você já tomava carbamazepina e era magra, bonita e incansável.

– O que você sabe do suplício de ler um roteiro vinte vezes porque não consegue se lembrar de uma fala sequer. E pensar que, quando estou limpa, tenho uma memória perfeita!

– O que o seu pai diz?

– E o que me pai tem a ver com isso?

– Era com ele que você estava falando, não? O que ele acha dessa situação?

– O que ele deve pensar, coitado? Está aterrorizado. Me perguntou se não é o caso, já que você nunca está em casa e me deixa sempre sozinha, de eu ir para a casa dele. Assim, ele pode pelo menos ficar de olho em mim.

Filippo sabia que o sogro nunca teria falado dele naqueles termos. Nunca o teria culpado por uma ausência que dependia de necessidades profissionais. Filippo tinha certeza de que Anna é que havia se queixado com o pai das reiteradas ausências do marido. Pôr na boca dos outros os próprios pensamentos para conferir-lhes uma desinteressada respeitabilidade era um dos expedientes dialéticos preferidos de Anna.

– Não me parece uma má ideia.

– Claro que você gosta. Assim, pela enésima vez, haverá alguém para livrar você de um dever.

– E o que você quer dizer com isso?

– Exatamente o que eu disse.

– Nem vou responder.

– Pode me mostrar o seu celular, por favor?

– O quê?

– Pedi para ver o seu celular. E até disse "por favor".

– Não vejo o porquê.

– Quero inspecionar as suas ligações, as suas mensagens. Geralmente, eu o faria escondido. Você é tão distraído que nem percebe. Mas, desta vez, quero jogar limpo. Você merece uma oportunidade. Vamos, me mostre o celular.

– Nunca pensei!

– Vamos, se você não tem nada a esconder, então, me deixe dar uma olhada.

– Não tenho nada a esconder? Eu não sou um réu.

– Eu sabia!

– Sabia o quê?

– Podia ter apostado!

– Posso saber do que você está falando?

– Que decepção! Que nojo!

– Então? Teria apostado no quê?

– Você é um babaca mesmo.

Foi mais ou menos nesse momento, depois de ser afrontado daquela maneira, que Filippo entendeu que, pelo terceiro ano consecutivo, sua mulher teria deserdado o jantar de Páscoa na casa da sogra. E foi então que ele se conformou.

Agora, pensando bem, ele estava contente. Sentia-se sempre constrangido quando a mãe e a mulher estavam no mesmo cômodo. A imprevisibilidade de Anna misturada com a suscetibilidade de Rachel era nitroglicerina. Melhor mantê-las a uma distância segura uma da outra.

Em Olgiata, em comparação com a cidade, a temperatura era sempre dois ou três graus mais baixa. Nas noites de primavera como aquela, a sensação era de estar em uma estufa tão vasta e labiríntica que era impossível estabelecer os confinas.

Filippo viu somente o carro de Semi. Era estranho que ninguém tivesse chegado ainda. O Seder de Pessach era a ocasião para Rachel reunir à sua volta os parentes que ela nunca via: durante uma noite, a casa Pontecorvo se transformava em um asilo judaico-romano que Filippo achava extremamente divertido e do qual Semi, por sua vez, morria de vergonha. O comportamento do irmão parecia-lhe realmente tolo. Como não sentir afeto pela tia Vera? A voz rouca e lamentosa daquela matrona quase nonagenária; os seus achaques, tão antigos e sedimentados a ponto de fazer com que você suspeitasse que remontassem ao tempo de Moisés; para não falar da maneira meiga com que apoiava a mão na sua cabeça para abençoá-lo. Para ele, tudo isso compensava a falta de boas maneiras que tanto humilhava o irmão.

De qualquer maneira, onde estava a tia Vera? Onde estavam todos?

Filippo tocou a campainha. Ninguém foi abrir a porta. Tocou mais duas ou três vezes, de maneira sempre mais prolongada. Nada ainda. Então, toda a paranoia que nos últimos dias ele havia tentado manter ao largo foi descarregada em seu corpo com o ímpeto de um maremoto. Ligou para Rachel e, depois, para o irmão. O celular de Rachel estava desligado, o de Semi tocou algumas vezes sem resposta para, em seguida, abrir espaço para uma irritante secretária eletrônica.

A noite ter ido por água abaixo já era em si bastante alarmante, mas o fato de não o terem avisado era no mínimo ameaçador. Filippo sentiu, ao mesmo tempo, falta de ar e de firmeza nas pernas. Percorreu o perímetro da casa com uma corridinha nervosa.

Nos fundos, a porta-balcão que dava para o salão estava aberta, a luz acesa. Filippo entrou com circunspecção, como se não estivesse na casa da mãe, mas na de um desconhecido.

– Tem alguém aí? Tem alguém aí? – continuava a repetir, como se não conseguisse dizer outra coisa. A voz saía tão fraca dos seus lábios que, mesmo se o alguém em questão estivesse por perto, teria dificuldade em ouvi-la. Era evidente que o salão havia suportado recentemente o estresse da faxina pascal. Havia sido não apenas lustrado, mas também privado das cortinas e tapetes, que reapareceriam no próximo outono. Talvez por isso a sensação de nudez que Filippo sentiu invadi-lo sorrateiramente.

A mesa da sala de jantar estava impecavelmente posta: toalha de Flandres cor de pérola, serviço de porcelana, sousplats folheados à prata, pares de taças, candelabros. Sobre o carrinho de serviço, uma velha cópia da Hagadá,[10] sobre a qual ainda pairava a vergonha que Filippo sentiu da primeira vez que teve de ler um trecho em hebraico diante da parentada reunida. A sua dislexia tornara toda a operação um suplício para a sua boca, para a sua dignidade e para os ouvidos dos presentes. Tanto que, no quarto erro consecutivo, ele foi tomado por um ataque de cólera e se escondeu no quarto. Desde então, se recusava a ler. Preferia deixar a incumbência para o irmão que, levando jeito para qualquer coisa, desempenhava com sucesso também aquela função.

Cada vez mais ofegante, Filippo inspecionou a casa sem encontrar ninguém. Enquanto isso, continuava a ligar para o irmão. Desesperado, voltou para a cozinha. Acendeu a luz. E notou a enésima incongruência: não havia cheiro de comida. Filippo estava apoiando sobre a mesa o recipiente com a massa das pizzarelle quando foi atraído por uma luz: vinha de trás da porta fechada ao sopé da escada que conduzia ao porão. Ao abri-la, ouviu a voz irritada da mãe que provinha do lugar onde, antigamente, ficava a sala de recreação do pai e que, de repente, havia se transformado primeiro na sua prisão e, por fim, no seu patíbulo. Fazia mais ou menos vinte anos que Rachel a havia transformado no seu consultório. O motivo de uma logística tão sacrílega era incompreensível, pelo menos para os filhos. Talvez a estapafúrdia reestruturação daquele cômodo fosse um índice tanto da ansiedade de Rachel para pôr fim à história do marido quanto da sua incapacidade de fazê-lo.

Mesmo sem admitir, Filippo e Semi sempre se sentiam pouco à vontade quando iam ver a mãe lá embaixo. Na verdade, Filippo não

---

[10] "Narração." Especificamente, o termo indica o livro que contém a narração do êxodo dos judeus do Egito, que é lido durante o Seder. (N.A.)

ficou nem um pouco surpreso pelo fato de a voz alterada de Rachel estar vindo justamente dali, do palco submerso da hipocrisia que havia mais de vinte anos os envolvia.

Estava na hora de ir ao teatro.

O espetáculo a que se podia assistir da estreita fresta oferecida pela porta entreaberta do porão era menos atraente do que Filippo havia esperado. Do lugar na primeira fila de que dispunha, a única coisa que Filippo conseguia ver eram as mãos de Rachel. Gesticulavam no mesmo ritmo das cadências angustiadas da voz. Estava falando com grande agitação de algo que havia sido anulado. E Filippo, em um primeiro momento, se perguntou se por acaso ela não estivesse fazendo uma alusão ao Seder daquela noite. Mas por que tanto desespero por um Seder frustrado? E o que o irmão tinha a ver com aquilo? Onde estava Silvia? Por que ela não estava onde Filippo esperava encontrá-la: na cozinha, alegremente ocupada com os pratos da Páscoa?

Agora, Rachel estava falando de dinheiro. De muito dinheiro jogado fora. Será que um Seder custava tanto assim? Dava para perceber que o dinheiro era apenas um pretexto. Tanto que, a certa altura, foi ela mesmo que esclareceu tudo:

– Vivemos jogando fora tanto dinheiro que não vai ser isso que vai nos arruinar. É todo o resto, todo o resto que não consigo entender.

– O que você não entende, mamãe? – perguntou Samuel impassível.

Filippo não conseguia vê-lo. Mas isso não era um problema: a voz revelava todas as informações de que precisava. Havia sarcasmo e exasperação naquela voz. Filippo tinha certeza de que não estava enganado.

– Não entendo como você pode ter dado para trás a esta altura.

– E quando eu o deveria ter feito?

– Antes. Muito antes. Há muito tempo.

– E suponhamos que eu tenha percebido muito tarde. Suponhamos que eu só tenha me dado conta ontem. O que deveria ter feito, continuar a perpetuar o erro só porque era tarde demais? Viver um erro para sempre?

– Como você sabe que se trata de um erro? Se por tanto tempo não foi um erro, por que agora você tem tanta certeza? As coisas devem ser trabalhadas, você não pode jogar tudo para o alto por causa de um capricho.

– Um capricho? Como você ousa dizer que é um capricho? O que você sabe sobre o que aconteceu? O que sabe sobre mim? Como se dá ao direito de julgar, cacete?

Semi estava realmente enfurecido. E Filippo não estava acreditando nos próprios ouvidos. Custava a reconhecer o irmão. Não, ele não era do tipo que perdia as estribeiras. Sobretudo com Rachel, era sempre condescendente. Ouvi-lo berrar daquela maneira com a mãe, ouvi-lo recorrer a palavrões na presença dela, contra ela, o impressionava muito. Havia uma agressividade inaudita em Semi. A típica agressividade de quem explode depois de ter se segurado por tempo demais.

– Intuí que é um capricho pelo que Silvia me disse. Liguei para ela esta manhã. Quando atendeu, estava chorando.

– E por que você ligou para ela, mamãe? Posso saber por que você ligou para ela?

– Porque tínhamos combinado. Eu ligaria para ela hoje de manhã para lembrá-la de passar para pegar o cordeiro no açougue.

– Mas é claro. Motivos práticos. Organização. Logística. As suas palavras de ordem. Para você não existe mais nada.

– Desculpe, mas como eu podia imaginar que logo hoje não deveria ter ligado para ela se era o que nós tínhamos combinado? Liguei. Logo percebi que ela estava perturbada. Estava se esforçando para não chorar. Estava fazendo de tudo para não me contar.

– E você arrancou a verdade dela. Porque você sempre precisa saber de tudo. Não é verdade? Você deve sempre exercer o controle...

– O que você teria feito no meu lugar? Você precisava ouvir a voz dela...

– É exatamente essa a questão, mamãe. Eu não *quero* estar no seu lugar e você *não deve* estar no meu. Toda essa confusão, mamãe. É isso que me deixa puto.

– Não distorça os fatos. Não estamos falando disso.

– Estamos, sim. É exatamente disso que eu estou falando. A sua capacidade de nos manipular. O seu jeito de nos manter sempre na coleira. As chantagens, as suas chantagens implícitas...

– Sabe qual é o meu problema? Não entendo o que você está dizendo. Não entendo. Sou burra demais. Burra demais para você. Burra demais para o seu irmão. Ou ignorante demais.

– E pare também com essa história de que você não entende! Pare de bancar a sonsa. Entendo que é uma técnica que, ao longo dos anos, deu os seus frutos, mas agora chega!

– Se erro tudo, por que estamos conversando?

– Não sei. Só sei que, hoje de manhã, eu ligo e você me responde de má vontade. Pergunto a que hora devo chegar e você me diz que não sabe se o Seder vai acontecer. Peço explicações e você se fecha no seu mutismo de sempre.

– Está vendo? Se eu falo, estou errada; se não falo, estou errada... Vou repetir: quando você me ligou, eu tinha acabado de falar com Silvia. Com muito esforço, consegui que ela me contasse o que tinha acontecido ontem à noite. Eu estava transtornada.

– Então, vejamos: o que aconteceu ontem à noite?

– Não sei. Eu não estava lá. Silvia me disse que tudo tinha acabado. Que o casamento tinha ido por água abaixo. Que você terminou tudo na frente daquele seu amigo... E que amigo...

– E mesmo que tivesse acontecido assim, o que você tem a ver com essa história? E por que você cancelou o Seder? E como ousa julgar os meus amigos?

– Eu? Nada. Não tenho nada a ver com isso. E não é verdade que cancelei o Seder. Foi só um momento, exatamente quando você me ligou, mas depois passou. Depois, pensei que podíamos fazer uma coisa mais íntima, eu e os meus filhos. Por isso liguei só para a tia Vera e para os outros para dizer que não podia recebê-los, que eu não estava me sentindo bem. Não liguei para o seu irmão. Aliás, que estranho, ele já devia ter chegado há um tempo. Ele não muda nunca...

– Responda à minha pergunta, mamãe! Por qual motivo você se intromete em algo que não lhe diz respeito?

– Não estou me intrometendo. Garanto que não quero me intrometer. No fundo, isto não é se intrometer. Já que estamos organizando o casamento há meses, já que deveria acontecer aqui, já que nos últimos tempos tenho saído dia sim dia não com Silvia para escolher o vestido de noiva, as flores, as lembrancinhas e todo o resto, achei que eu tivesse o direito de perguntar se, no final das contas, esse casamento vai acontecer ou não. Nada mais, só isso.

– E depois sou eu que invento as coisas... Não era isso que você queria fazer, mamãe.

– Era isso, sim. Foi você que me agrediu.

– Não foi bem assim.

– Então, me diga o que eu queria fazer.

– Claro que digo. Fiquei tempo demais sem dizer. E talvez todos os nossos problemas tenham surgido porque, até agora, eu nunca consegui dizer. Você fez o que melhor sabe fazer: culpar em silêncio. Essa é a sua especialidade. Do alto do seu primado moral sobre todos nós, você só fica julgando e culpando em silêncio. Não é por maldade, talvez nem de propósito, mas você certamente o faz com extremo requinte. Você nos julga. E nós nunca estamos à sua altura.

– O que você está dizendo? Eu não julgo ninguém.

– Julga, sim. Foi só você ouvir Silvia três segundos ao telefone para me julgar fraco, irresponsável, um sujeito que não cumpre com a palavra dada, o típico homem Pontecorvo que causa sofrimento ao próximo com a sua covardia e indolência, com a sua frivolidade e hedonismo... E, de fato, quando liguei, foi assim que você me tratou. Como alguém com quem não é mais interessante falar. Você deveria ter me confrontado, mas me julgou.

– O que você está dizendo, meu amor? Que besteiras são essas? Por que está dizendo essas coisas? Já expliquei o que aconteceu. Você me ligou e eu estava nervosa, só isso. Eu não julgo ninguém. Me sinto muito inferior, como eu poderia julgar vocês? Nunca fiz isso.

– Você sempre fez, mamãe! É assustador que você seja a única a não perceber.

– Por favor, dê um exemplo. Um só.

– O PAPAI! Aí está o meu exemplo.

O irmão ter pronunciado a palavra “papai” na frente da mãe era um fato tão inaudito que Filippo precisou se sentar no degrau.

O silêncio que se seguiu foi a coisa mais assombrosa que podia acontecer. Sim, Filippo achava mais provável que a terra se abrisse e engolisse todos. Ou que labaredas fulminantes vindas do céu agarrassem Semi pelo colarinho e o triturassem. Pelo que ele sabia, era a primeira vez depois de tantos anos que Leo era publicamente evocado naquela casa. A greve do silêncio em relação ao fantasma daquele homem dócil parecia ainda mais longa agora que havia sido furada pelo mais acalorado pelego.

– Não sei do que você está falando – disse Rachel com um tom tão gélido que Filippo sentiu arrepios. – Não vejo por que eu deveria falar de certas coisas com você – acrescentou.

– Porque é justamente comigo que seria correto falar! Porque ninguém mais do que eu está envolvido nessa história. Porque o fato de não falar a respeito só produziu desastres.

– Estou preocupada com o seu irmão. Vou ver se ele já chegou.

– Não, fique aqui. Estamos conversando. Desta vez, você não vai me impedir de falar da única coisa que me interessa. Chega de silêncio. Chega! Entendeu, mamãe? Chega da sua lei do silêncio, chega do seu regime de terror... Chega!

A essa altura, Filippo viu o irmão. Semi, de fato, havia se atirado em cima de Rachel, empurrando-a para trás o suficiente para permitir que Filippo visse ambos. Semi estava usando só uma camisa e um jeans, estava com o rosto congestionado. Agarrou as mãos de Rachel com a firme intenção de mantê-la ali, de não deixá-la escapar. Se não fosse Samuel Pontecorvo que estivesse fazendo isso, Filippo poderia até recear que aquele bruto machucasse sua mãe.

– Nós o matamos, mamãe – atacou o bruto com a voz incerta de quem se envergonha ao pronunciar frases enfáticas demais. – É uma coisa incrível, mas nós o matamos. E você sabe, sempre soube, disso.

– Não diga isso – murmurava Rachel, tentando libertar-se das mãos do filho, mas sem convicção alguma.

– Acabamos com a vida dele. Nós o deixamos aqui embaixo, sozinho. Durante todos aqueles meses. E ele não tinha nada a ver com aquilo. Eu sei que ele não tinha nada a ver, tenho provas.

– Por favor, me deixe em paz.

Agora, a voz de Rachel não estava mais fria. Estava entristecida.

– Não, mamãe, precisamos falar a respeito. Nem sempre o "não falar" é a coisa certa. Às vezes, é necessário falar. Não faz mais sentido ficarmos calados. Não faz mais nenhum sentido.

– Quero subir para ver se o seu irmão chegou. Ele deve estar preocupado por não nos encontrar.

– Você sabe qual é a última imagem que tenho do meu pai? Sabe?

– Não, não sei e não me interessa.

– Ele estava no quarto de vocês. Imagine a minha surpresa. Ele já estava morando aqui embaixo havia um bom tempo. Subiu, coitado, como um ladrão, sabe-se lá por qual motivo. Fiz essa pergunta a mim mesmo milhares de vezes. Talvez sentisse falta do andar de cima. Talvez quisesse saber se o andar de cima ainda existia. Talvez, se você vivesse aqui embaixo todo aquele tempo, começasse a suspeitar que o andar de cima não existia mais. E, provavelmente, naquele dia, ele achava que não havia ninguém lá em cima. Mas eu estava lá. Eu estava estudando e ouvi um barulho no quarto de vocês. Fiquei assustado. Eu sabia que você não estava em casa. Nem Filippo. Era o dia de folga da Telma. Eu tinha ficado em casa sozinho. Fui espiar. E ele estava lá, mamãe. Por pouco, não tive uma síncope. A sua barba estava comprida. Eu nunca o tinha visto com a barba comprida. E sabe o que ele estava fazendo? Sabe? A coisa mais monstruosa que um filho pode imaginar. Estava ali se masturbando. Eu nunca esperaria ver um espetáculo tão horrível e patético. Seu pai emaciado e envelhecido que bate uma punheta no quarto da sua mãe. Você entende o que estou dizendo?

– Por que você está dizendo essas coisas? Por que você me detesta tanto?

A voz de Rachel era a de um passarinho. Imperceptível.

"Agora chega!", foi o que Filippo pensou ao escancarar a porta, crente que, se o irmão havia superado a barreira do som com as suas palavras, cabia a ele iniciar uma drástica manobra de desaceleração.

Quando sentiu alguém agarrá-lo por trás e desprendê-lo da mãe, cujos pulsos ele se obstinava a apertar, Semi estava esperando qualquer coisa, menos que o artífice de um gesto tão resoluto fosse o irmão. Mesmo que, depois do primeiro momento de surpresa, Semi tenha percebido naquele aperto algo de familiar (para ser mais preciso, uma familiaridade remota).

É necessário especificar que Semi sempre sentiu um medo físico de Filippo. Talvez porque os seus músculos abdominais guardassem a lembrança ardente das porradas da infância, dos quais sempre saíam doloridos. Teria sido difícil estabelecer se o primado pugilístico de Filippo dependia dos dois anos que os separavam, da sua corpulência ou, muito mais simplesmente, das suas motivações. O fato é que o irmão mais velho parecia ter construído o próprio poder sobre a explosiva reatividade dos músculos e a natureza peremptória e brutal do próprio sarcasmo. Embora Semi, graças ao invejável ecletismo, tivesse se destacado em outras frentes, distinguindo-se muito mais do que o irmão, os dois nunca questionaram quem, dentre eles, era o cavaleiro e quem era o escudeiro.

Além disso, é necessário acrescentar que, hoje em dia, a violência física é decididamente desvalorizada. Não se leva em conta a inexpugnável influência que ela exerce sobre os indivíduos, sobretudo quando ainda se debatem na idade do bronze da primeira infância. Mas, nas mentes dos irmãos Pontecorvo, a violência não havia cessado de ocupar o mesmo lugar de honra que poderia ter ocupado na mente de um cavernícola munido de uma clava e da pele de um animal.

Por isso, Semi, depois de um momento de atordoamento, sujeitou-se completamente à vontade de Filippo.

– Agora, chega. Eu disse "chega"! Fique parado aqui – continuava a intimar-lhe Filippo, empurrando-o para o sofá de couro preto no qual geralmente se sentavam os pacientes de Rachel aguardando a consulta.

Semi estava com a mão na carteira enfiada no bolso de trás do jeans, onde estava guardada a relíquia mais preciosa: a versão plastificada da carta que inocentava Leo. Só Deus sabe a tentação que Semi sentiu de jogar na cara da mãe o irrefutável achado que teria despedaçado um castelo acusatório que estava prestes a completar vinte e cinco anos. Mas, percebendo que não havia tirado a mão dali em nenhum momento, Semi se deu conta de que não tinha mais nenhuma vontade de mostrar o seu segredo à mãe e ao irmão.

Dizem que a melhor maneira para nos libertarmos do sapo que nos sufoca é cuspi-lo. Dizem que não há nada mais desmistificador do que a pura e singela expressão. Fale e, um segundo mais tarde, você vai se sentir melhor. Abra-se e você se sentirá como uma bomba.

Quem sabe, talvez normalmente seja verdade. Semi logo entendeu que, com ele, o joguinho não havia funcionado: o sapo que continuava a pular de um lado para outro da sala o exasperava como nunca. Sim, o peso do evento que se abateu sobre a sua família na fatídica noite de 13 de julho de 1986 nunca fora tão oprimente. Agora que ele havia acusado a si mesmo e a mãe de ter provocado a morte de Leo, sem poupar nenhum detalhe repugnante, agora que tinha consciência de tê-lo feito na presença dos ouvidos furtivos do irmão mais velho, Semi sentia um desejo ardente de desaparecer da face da Terra. O farrapo de lucidez restante sugeria-lhe como era justo que tudo terminasse na sala onde havia começado. Que aí, e não em outro lugar, se consumasse o último ato. Pena que ele não estivesse em condições de desfrutar do espetáculo.

Foi Filippo quem se ocupou de reavivá-lo (o espetáculo), começando a invectivar contra os dois adversários.

– Vocês estão loucos? Surtaram?

O fato de Filippo ousar dar lhe uma lição e interpretar o papel do sábio pareceu a Semi um descaramento insuportável.

– Muito bem, nos ilumine com a sua sabedoria!

– Não me parece o caso de ser sarcástico.

– Ah, desculpe, é verdade, eu estava me esquecendo: todo o sarcasmo da família é um direito exclusivo seu.

– Escute aqui, seu babaca, abaixe a crista. Eu não tenho nada a ver com essa história. Só sei que chego aqui, encontro tudo às escuras, não vejo nem um carro, toco a campainha e ninguém abre a porta, vou à cozinha e parece que ninguém a usa há um século e, no final, encontro vocês dois se esgoelando justamente a respeito de...

– A respeito do quê? Vamos, diga. Você não tem coragem para dizer.

– Não me falta nenhuma coragem. Obviamente, eu tenho só um pouco mais de respeito do que você pela suscetibilidade da mamãe.

– Mas, claro, porque esse é um problema da mamãe. Eu não tenho nada a ver com isso. Sou apenas um transeunte, um espectador.

Então, é por isso que, aqui dentro, ninguém fala a respeito, nunca falou. Agora estou entendendo tudo. É por isso: porque é uma história que diz respeito à mamãe. E veja só quem está falando de consideração. Então, é verdade mesmo que você mudou. É verdade o que dizem por aí: que você é um grande homem, um filantropo corajoso. Então, eu sempre estive enganado: você não é apenas um parasita que cuida da própria vida desde que nasceu. Que nunca está disponível. Que nunca faz nada pelo outros. Vi você no palco da Bocconi. Um verdadeiro espetáculo. Todos aqueles dados sobre as crianças de Dresden. Era realmente tocante. Embora me passasse pela mente: mas por que esse charlatão se preocupa tanto com as crianças de Dresden se sempre cagou e andou para todo o resto? Como pode o indivíduo mais egocêntrico e narcisista do mundo se passar pelo mais compassivo? Existe realmente alguma coisa de errado no mundo. As coisas acontecem exatamente ao contrário de como deveriam acontecer.

– Ah, então é por isso que você não me esperou? E eu achava que você nem tivesse ido. Mas você foi e, depois, caiu fora. Entendo, o seu rigor moral não permitia que você jantasse com este pregador hipócrita, a sua exigência de autenticidade protestava. É bom saber que o seu irmão tem a mesma opinião que os seus piores detratores.

– Os detratores? Os detratores?! Você se dá conta de que não sabe fazer outra coisa além de falar dos seus detratores? Sabia que ter detratores é um grande privilégio? Sabia que você é a única pessoa que conheço que pode se gabar de ter uma falange de detratores? E, por isso, eu deveria sentir pena de você ou respeitar o que você faz? Me diga uma coisa: o motivo para você ficar falando sobre as crianças de Dresden – das quais, se não me engano, você não sabe nada... é se redimir aos olhos dos seus detratores?

– Por acaso, os mais emputecidos dos meus inimigos querem acabar com a minha raça. Mas isso parece ser do interesse de todos, menos da minha mulher e do meu irmão.

– Talvez porque a sua mulher e o seu irmão conheçam você.

– Ou talvez porque os sentimentos deles em relação a mim não são claros?

– Não são claros? E por que não são claros? Vamos, fale...

– Não sei, fale você. Qual é o problema, Samuel? O que está pegando?

– O que você quer insinuar? Que sou invejoso? Esse é o seu diagnóstico? O irmão olho-grande? A vingança de Caim? Bem, preciso dizer que me pareço tanto com Caim quanto você com Abel. Não sei, talvez você tenha razão. Talvez seja verdade, um pouco de inveja existe, é humano. Fiquei muito contente, no início. Meu Deus, como fiquei orgulhoso! Mas, depois, vi você mudar. Eu não acreditava em todas aquelas babaquices que dizem que o sucesso muda as pessoas. Mas, depois, vi você, vi o egocentrismo se transformar em paranoia, a ironia abrir espaço para a pretensão... Vi algo que eu achava que nunca veria: meu irmão que se leva a sério. Meu irmão bancando o fodão e dando uma de importante. Àquela altura, junto com a decepção, também senti um pouco de inveja. Uma coisa realmente estranha: invejar um irmão que você não reconhece. Mas eu fiz de tudo para afastar esse sentimento. Fiquei repetindo para mim mesmo: "Porra, aquele é o Filippo. A única pessoa no mundo com a qual você compartilha alguma coisa. Os mesmos pais, as mesmas lembranças, a mesma infância de conto de fadas, a mesma adolescência de merda... É ele. É a pessoa mais importante da sua vida. Ele fez por você o que seu pai não soube fazer. Ele dava porrada em todo mundo que sacaneava você, sempre foi o seu protetor..." Quanto mais eu repetia isso para mim mesmo, mais a sua personalidade se transformava. Você entende que eu sei tudo sobre a sua vida e você não sabe nada sobre a minha? Que eu conheço todo o risco que você está correndo, porque leio nos jornais, e você não sabe o risco que eu estou correndo porque os jornais não dão a mínima para mim?

– Se você tivesse feito o esforço de me esperar aquela noite na Bocconi...

– Era tarde, Filippo. Já era tarde demais. Tanto para mim quanto para você. Já fazia um tempo que eu estava atrás de você. Mas, toda vez que eu tentava conversar, você não conseguia fazer outra coisa senão falar de si mesmo. "Ganhei um prêmio aqui, ganhei um prêmio ali." "Parece que a Pixar quer produzir o meu próximo filme." "No Japão, *Herodes* é campeão de bilheteria." Ostentação, só um monte de ostentação. E, enquanto isso, minha vida desmoronava.

Em qualquer outra circunstância, Rachel não teria conseguido deixar de intervir. Mas tudo aquilo a que ela estava assistindo era tão assustador que o seu corpo parecia estar sendo agitado por dois impulsos iguais e contrários: um passo para a frente e outro para trás. Só uma vez na sua vida ela havia demonstrado a mesma indecisão: quando a televisão a informou de que seu marido não era mais seu marido. Agora, da mesma maneira, ela não tinha mais certeza de que aqueles eram seus filhos.

– Você deveria me agradecer, Samuel – estava dizendo Filippo. – Estou falando sério. Dei a você um ótimo pretexto para dar uma de vítima. Entreguei de bandeja para você o papel que mais combina com você: o da vítima sacrifical. Um animal no matadouro. É por isso que você sempre fez tudo certinho, não? Por que você sempre foi tão irrepreensível, por que se saía tão bem na escola? Por que você quase se casou com a mulher certa e, depois, demorou tanto para deixá-la?

Para estar à altura do papel de vítima sacrifical. Porque a vítima é sempre inocente. Porque a vítima deve ser imaculada. Mas, agora, você se descobre insatisfeito. Agora que o irmão devasso obtém tudo aquilo que você sempre sonhou, você se lembra de como a vida é injusta. Agora que o martírio está em ação, você se lamenta porque ninguém está disposto a reconhecer o seu papel de mártir. Aliás, todos ficam comovidos com o martírio do irmão carrasco. Diga que é isso que você não consegue engolir. Diga, diga! Vamos, admita e encerramos o assunto aqui!

– Você trepou com ela, Filippo!

– Com quem?

– Com ela. Você trepou com ela. Não consigo acreditar.

– Não sei de qual "ela" você está falando.

– Ela, logo ela, a única, porra! É absurdo, você ousou até dar uma nota. Você a comeu e, depois, deu uma nota. E, ainda insatisfeito, você sentiu a necessidade de me comunicar tanto uma coisa quanto a outra. É o fim da picada.

– Você quer me explicar...

– Explicar o quê? O mundo inteiro acusou injustamente meu pai de ter trepado com uma garotinha que eu não amava. E a ironia é que se trata do mesmo mundo que agora não faz outra coisa a não ser prestar homenagens ao irmão que trepou com a única garota que eu algum dia amei.

– Continuo a não entender do que você está falando...

– Esqueça. Talvez isso seja o pior de tudo. O pior é que vocês não sabem do que eu estou falando. Nem você nem essa outra hipócrita aqui.

E, ao dizê-lo, Semi indicou Rachel, que ainda estava ali parada em um canto, olhando para o chão como uma garota de escola.

– Essa é a verdadeira sacanagem – recomeçou com gana. – Vocês não sabem do que eu estou falando. Antes, vocês mataram papai, agora, estão deixando que eu me afogue.

Naquele momento, Semi sentiu as energias se esvaindo. Não tinha mais vontade de lutar. Estava exausto. Havia quanto tempo que não dormia? Que não fazia uma refeição regular? Que não ia ao banheiro com um pouco de satisfação? Traído pela fisiologia, como por todo o resto.

Mais uma vez, se arrependeu de ter desnudado o próprio coração. Não entendia se tal nudez exibida era mais deforme ou mais patética. Certamente, parecia inútil. Devia haver uma lição no fato de todas as palavras amontoadas uma sobre as outras naquela noite não soarem mais eloquentes do que o silêncio em que ele sempre vivera. O azar era que ele não conseguia captá-la.

Por sorte, o irmão estava ali. O astro adorado pelas multidões. Ele sim ainda estava cheio de energia. Dava a impressão de ter escutado mais do que desejava e de ter expressado muito menos do que gostaria.

– É do papai que você quer falar? Coragem, falemos dele – disse em tom de desafio.

– Olhe, não me interessa... Estou cansado.

– Vamos falar daquele covarde, daquele frouxo. Ele não tinha nada a ver com aquela história? Então, poderia ter nos dito. Poderia ter nos defendido do que estava acontecendo. Você não acha que esse era o dever de um adulto? Mas que nada, o grande doutor não suja as mãos. O luminar é um homem educado e delicado. Não faz outra coisa a não ser trancar-se no porão e deixar-se massacrar. Você diz que ele não fez nada? Que ele não cometeu nenhum crime? Talvez você tenha razão. Talvez, até aquele momento, ele não tivesse feito nada de mal. Quem sabe, então, ele não tenha cometido o crime depois. O crime de não se defender, o crime de não nos defender, o crime de pensar só em si mesmo e não na sua família...

Naquele instante, Semi entendeu o que lhe desagradava no irmão. O que sempre havia lhe desagradado, desde que eles eram pequenos: aquela mistura de tendenciosidade e impudência.

Seria necessária uma lei para impedir que as pessoas fossem tão longe na mistificação. Afinal de contas, os fatos têm uma relevância, um peso específico. Não é possível atropelá-los a bel-prazer, por causa de frívolas exigências dialéticas. Não dar peso às palavras é um joguinho perigoso. E ainda pior é se apaixonar por seus sons e pela sua capacidade de desmentir a verdade, à custa de traí-las.

Confundir a vítima com o algoz era um exercício retórico de tal desonestidade, de tal ferocidade, que Semi não podia acreditar que o irmão estivesse se entregando a esse artifício com tanto cinismo. Será que Filippo estava indo tão longe assim? Claro que era possível. Ou melhor, ele estava indo muito, muito mais longe.

– Agora, estou entendendo – continuou Filippo impávido. – Estou entendendo por que você faz de tudo para se parecer com ele. Por que você sempre se esforçou ao máximo para ser igual ao papai. Olhe só para você: as mesmas ambições, as mesmas boas maneiras, as mesmas roupas alinhadas, até o mesmo penteado. Nunca vi um esforço tão ridículo para tentar se parecer com a pessoa que devastou a sua vida. Talvez essa síndrome tenha um nome, Semi. Certamente, explica tudo. Obviamente, a semelhança é funcional para o projeto. É indispensável ser igual a ele para repercorrer os seus passos. A intenção é clara. Perversa, mas clara. Se você não fosse um homem tão certinho como ele, o seu martírio não seria digno do martírio dele.

Enquanto ia na direção de Filippo para tentar, a qualquer custo, tapar a sua boca, Semi se perguntou se aquele gesto irrefletido estava sendo ditado pelo desejo de não escutar até o fim a coisa mais certa, ou a mais errada, que alguém já lhe dissera.

– Pelo amor de Deus, chega! Por favor, chega.

A voz de Rachel não se parecia em nada com a voz de uma mãe. Samuel nunca a ouvira tão submissa e suplicante. Durante todo aquele tempo, ela havia ficado ali, com a cabeça baixa, escutando os filhos que se trucidavam.

– Tudo o que eu fiz foi para não ver isso. Para não ver vocês assim. Fiz uma escolha que, para vocês, pode parecer incompreensível e cruel porque achei que fosse a única maneira de proteger vocês dois. E a coisa mais absurda é que eu tinha certeza de que só Leo poderia ter me entendido. Que só ele teria ficado do meu lado.

Por mais que soassem incríveis aos ouvidos de Rachel, as suas próprias palavras eram certamente menos assombrosas do que ouvir a sua voz pronunciando o nome de Leo. Tratava-se de um milagre tão perturbador quanto assistir à ressurreição de Leo.

– O pai de vocês... – recomeçou Rachel e parou novamente, como se prosseguir estivesse acima das suas forças. Depois, talvez para dar conta da impossibilidade de vencer a batalha contra a sua eterna lei do silêncio, Rachel se curvou para a frente e emitiu um leve e contido soluço.

Embora fosse o único naquela sala que não tinha estudado Medicina, Semi entendeu que o esgar de dor da mãe e a mão direita levada ao braço esquerdo tinham um significado irrefutavelmente claro.

Correu logo até ela. Pôs a mão sobre o seu pulso com toda a delicadeza de que era capaz, como se estivesse com medo de tocá-la.

– Mamãe, mamãe, o que está acontecendo? Você não está se sentindo bem?

Depois, lançou um olhar para o irmão médico, procurando nos seus olhos uma migalha de conforto. Enxergou o mesmo pânico e, sobretudo, a mesma prece desesperada e suplicante: não, Rachel não devia morrer ali. Não naquele momento. Não daquela maneira. Não enquanto eles brigavam. Não no lugar onde Leo havia morrido. Um dos pais, sim; os dois, não. Era demais. Demais até para os Pontecorvo.

INSEPARÁVEIS

Pelo menos uma vez a prece de Filippo e Samuel foi misericordiosamente ouvida: de fato, passaram-se cinco anos antes que Rachel morresse. E, quando foi o momento, ela o fez da maneira que lhe era mais congenial: em uma sexta-feira de um dezembro qualquer.

Coube a Samuel – que no último quinquênio morou com ela na velha casa de Olgiata – a ingrata tarefa de encontrá-la uma manhã. Estava ali, na cama, assustadoramente inerme.

Nas horas seguintes, Semi pôde constatar como, até daquele lugar para o qual acabara de se mudar, Rachel continuava a exercitar o seu benéfico influxo simplificando a sua tarefa. Na primeira gaveta da cômoda, no quarto da mãe, Samuel achou um envelope cor de mostarda sobre a qual estava escrito um enigmático

PARA DEPOIS.

Semi o abriu, aterrorizado pela ideia de achar ali sabe-se lá que desconcertante revelação. A única coisa que encontrou foi um impecável programa funerário: estava tudo ali dentro, as instruções eram tão minuciosas que foi suficiente dar dois telefonemas para que um trâmite bastante complexo fosse acionado. Talvez Samuel pudesse ter se perguntado se aquele favor extremo feito pela mãe era a maneira de Rachel Pontecorvo confirmar pela última vez o primado das instâncias burocráticas em relação a qualquer impulso emotivo; ou se, pelo contrário, ela fazia questão de reafirmar uma implacável desconfiança em relação ao pragmatismo dos homens em geral, e daqueles da sua família em especial. Claro, Samuel poderia ter feito essa pergunta a si mesmo, e mais outras mil. Mas, daquela vez, optou prudentemente por ficar ao largo de certos questionamentos incômodos. Liquidou toda a questão com simplicidade. Concluiu, não sem alívio, que Rachel Spizzichino era somente o produto do que lhe fora inculcado. Desde a morte da mãe e da irmã mais velha, Rachel teve de cuidar em tempo integral do pai. E, embora desde então tivesse feito um monte de coisas boas (formatura, casamento, filhos, profissão), não conseguiu se emancipar da ideia de que a tarefa que o Onipotente e a História atrelaram-lhe se esgotava no obstinado socorro aos homens da sua vida.

Quando, seguindo as instruções maternas, Samuel foi ao cemitério para cuidar dos procedimentos relativos ao sepultamento, foi recebido por um senhor decrépito – um tal Tobia Di Nepi – em um escritoriozinho gélido e bagunçado. A assiduidade com a morte daquele velhinho era tanta a ponto de dar a impressão que o seu corpo, emaciado de maneira aflitiva, já estivesse pronto para ser enterrado.

– Que mulher, a sua mãe!

De início, Semi pensou que aquele fosse o comentário-padrão reservado por Tobia Di Nepi a todos os filhos desorientados que o procuravam para resolver penosas incumbências funerárias. E que, na verdade, a única coisa que o sujeito podia intuir sobre Rachel era que devia se tratar da única mãe judia que havia deixado órfão um fedelho velho demais. Por isso, Semi não deu grande importância àquelas palavras. Provavelmente faziam parte da visita guiada que Tobia estava preparando enquanto o escoltava pelos floridos dédalos do cemitério até a tumba dos Pontecorvo. Uma tumba que fazia séculos que Semi não via. Ficou bastante surpreso pela mãe ter escolhido passar a eternidade com aqueles Pontecorvo com os quais, a partir de certo momento da sua vida, rompeu todas as ligações. Porém, também daquela vez, Samuel preferiu não fazer a si mesmo perguntas difíceis demais.

As sebes, que delimitavam os espaços vazios na frente das tumbas, estavam tão vermelhas e cuidadas que lembravam os penteados, recém-saídos do cabeleireiro, das viúvas que visitam os maridos falecidos.

A tumba estava ali. Quase todos estavam lá dentro. Leo e também aqueles que o precederam. Mais algumas horas e Rachel também seria acomodada ali. Pelo que Tobia Di Nepi havia dito, depois de Rachel, só sobraria mais uma vaga. O que significava que um dos dois irmãos Pontecorvo passaria a eternidade em algum outro lugar, em sóbria solidão.

A capela deixava intuir duas coisas acerca da identidade de quem, a seu tempo, a mandara construir: primeiro, que se tratava de um megalomaníaco; segundo, que tinha um fraco pelo neoclassicismo.

– Está vendo como está arrumada? Sua mãe fazia questão.

Pelo que Semi sabia, Rachel nunca havia cuidado daquela tumba. Muito provavelmente, as ótimas condições em que se encontrava dependiam da dedicação de algum outro Pontecorvo, talvez do filho do primo de Leo, cujo pai também estava sepultado no mesmo lugar.

Todavia, Semi não respondeu. Estava com vontade de qualquer coisa, menos de polemizar com aquela espécie de coveiro quase nonagenário.

– Perdão, doutor, mas não consigo acreditar que logo a sua mãe... Imagine, estava falando ontem com a minha irmã, logo após ter recebido a notícia: não me lembro de uma única terça-feira nos últimos trinta anos em que a sra. Pontecorvo não tenha nos visitado.

– Olhe, acho que está acontecendo um equívoco – disse Semi irritado. – Temo que o senhor esteja confundindo a minha mãe com outra pessoa. Não me parece que ela frequentava nem este nem qualquer outro cemitério.

– Um equívoco? Confusão? Mas o que o senhor está dizendo, doutor? A sra. Pontecorvo... Juro que...

Semi não precisou escutar mais nada para entender que a única pessoa que, pela enésima vez, omitira-lhe a verdade era aquela que acabara de morrer.

Foi assim que Semi descobriu que a mãe era uma habituée do cemitério. E entendeu que isso não tinha nada de estranho. Era bem típico dela. Semi se sentiu humilhado por aquele Tobia Di Nepi saber mais sobre a sua mãe do que ele mesmo. Ou, pelo menos, conhecesse a coisa mais importante: nos últimos trinta anos, Rachel nunca havia faltado ao encontro semanal com Leo. Eis o segredo da sua mãe. A enésima loucura.

Na véspera do funeral, Semi não pregou os olhos. E não porque estivesse oprimido e obcecado pelo pensamento de que, no quarto ao lado, o cadáver de Rachel estava sendo velado pelas primas. Os homens morrem muito mais lentamente do que seus corpos. A mente tem um pouco de dificuldade para aceitar a ideia de que alguém cuja presença você considera a coisa mais natural do mundo, de repente, não existe mais. Por isso, o encontro com a morte da sua mãe acontece quando você menos está esperando, muito tempo depois da extinção do seu organismo.

Pois bem, naquela noite, Semi, ainda incapaz de acreditar que Rachel não existia mais, não conseguia ficar desesperado da maneira plena que o afeto e a conveniência deveriam lhe impor.

O motivo para ele continuar a se virar de um lado para outro na cama era porque não sabia se Filippo, no dia seguinte, participaria do funeral. Nas instruções deixadas pela mãe, havia um capítulo inteiro dedicado às operações a serem realizadas para localizar Filippo. Era necessário ligar para um número de telefone: pertencia ao sujeito do Ministério do Interior que, em todos aqueles anos, havia servido de intermediário entre Filippo e a família. Era só deixar uma mensagem na secretária eletrônica e esperar um retorno. Semi se ateve às diretrizes. Embora tivesse sido terrível dizer a uma secretária eletrônica que Rachel acabara de morrer, pior ainda tinha sido esperar, em vão aliás, um telefonema de retorno.

Samuel não via Filippo desde a noite de Pessach de cinco anos antes, na qual os dois irmãos, se Rachel não tivesse se sentido mal, teriam saído no braço.

Dois dias depois do clamoroso *showdown*, Filippo finalmente foi se encontrar com os 007 do Ministério do Interior. Que, primeiro, fizeram-no ouvir no original e, em seguida, ler traduzidas, as interceptações de um grupelho de fundamentalistas que, com certo afã, discutiam a estratégia melhor para matá-lo.

Depois, disseram que ele só tinha duas opções difíceis: render-se a uma vida com escolta permanente (com todas as complicações prático-logísticas que isso acarretaria) ou entrar em um programa de proteção a testemunhas.

Com muita dificuldade, Filippo conseguiu convencer Anna – que por nada no mundo gostaria de cortar todas as relações com o pai – que a melhor maneira para reconstruir uma vida tolerável era escolher a segunda opção, a mais drástica.

Assim, da noite para o dia, Filippo Pontecorvo se autoexcluiu do convívio civil. Mas, antes de fazê-lo, anunciou, em uma entrevista ao *Le Monde*, que a sua carreira se encerrava ali, que não faria nenhum outro filme, que o seu parêntese artístico havia sido, justamente, um parêntese. Depois, desapareceu. Ninguém nunca mais o viu nem ouviu. Um dia, deu sinal de vida com uma arguta e descompromissada vinheta publicada na *New Yorker* (o tema era o amor filial). Depois disso, afundou novamente na escuridão. Fazendo mais uma vez o lance certo do ponto de vista promocional, Filippo saiu de cena exatamente quando as pessoas iniciaram a se cansar dele. Dessa maneira, violentando uma natureza irremediavelmente fátua, transformou a si mesmo em uma lenda. Sim, escolher a ausência foi o último golpe genial.

Rachel era a única que tinha o privilégio de falar ocasionalmente ao telefone com o seu primogênito. O trâmite era complicado, mas proporcionava alguma satisfação.

Semi, que depois da derrocada financeira voltou para a casa da sua infância, preferia não perguntar nada sobre o irmão. Deixava que fosse a mãe a comunicar as magras informações de que dispunha acerca da nova vida de Filippo. Para Semi, não fazer perguntas a Rachel a respeito do irmão era uma questão de honra. Uma vingança adequada para todos os anos em que ela o proibira tacitamente de falar de Leo.

A única coisa que Rachel desejava é que os filhos fizessem as pazes. Uma vez, preparou uma emboscada para os dois, fazendo com que fosse Semi a atender um telefonema de Filippo. Semi, ao ouvir a voz do irmão, por pouco não teve uma síncope. Mas conseguiu se controlar, pronunciou um decoroso "Espere um instante" e chamou a mãe. A partir de então, Rachel não usou mais de nenhuma artimanha.

Na manhã do funeral, Semi vestiu uma velha camisa cuja manga esquerda, segundo um costume judaico, deveria ser arrancada ao final do ritual fúnebre para dar início à semana de luto. Não que ele estivesse interessado em certas normas tribais, mas, também acerca desse ponto, as disposições póstumas de Rachel eram bastante rígidas.

Quando entrou no carro para ir com discreto adiantamento ao cemitério, a luz do dia ainda aparecia incerta no horizonte. Devia ter chovido muito à noite: a rua na frente da casa parecia a praia de um rio cujas águas haviam acabado de baixar. Em compensação, o brilho cor de pervinca do céu anunciava um daqueles dias de dezembro secos, azuis e frios como os olhos de uma heroína russa. Ao longo do trajeto, Semi concentrou a própria atenção no conspícuo sortimento de árvores de Natal colocado à disposição por um grande horto no cruzamento com a Via Trionfale. Alguns quilômetros mais à frente, notou uma jovem mãe que, no ponto de ônibus, apertava as mãozinhas dos dois filhos cheios de sono.

Poucas horas mais tarde, o espaço vazio na frente da tumba dos Pontecorvo estava repleto de gente. Os ritos procediam com calma e serenidade.

Semi sentiu uma grande emoção ao ver Silvia. Ao longo dos últimos anos, não se falaram mais. Semi sabia que ela e Rachel continuaram a se encontrar vez por outra e a se falar com frequência. Era normal que ela estivesse ali. Estava muito mais bonita do que Semi conseguia se lembrar. Tinha pouco mais de quarenta anos e cada centímetro quadrado do seu corpo dizia que, para ela, estava se abrindo o decênio da revanche. O belo homem grisalho e atlético ao seu lado tinha o aspecto compungido de um companheiro de vida que precisou se apoiar nos próprios sentimentos amorosos para participar de um evento constrangedor. No início do Kaddish,[11] Silvia caiu em prantos. Nada de estranho: Rachel e o judaísmo sempre foram para ela a mesma coisa. O companheiro a abraçou. Um gesto que não provocou ciúme algum em Semi, apenas um enorme alívio.

Foi mais ou menos então que dois carros – mais precisamente dois Lancia Thesis cinza dotados até de sirenes, apagadas porém –, avançando lentamente por uma rua lateral do cemitério, chegaram até a clareira, abrindo a multidão em duas como as bíblicas águas do Mar Vermelho.

Então, não houve dúvidas de que Filippo Pontecorvo saíra da plurianual clandestinidade para ir homenagear a mãe. Era a reviravolta que todos pareciam estar esperando desde o início do rito. Era plausível que, no meio da multidão, também houvesse alguns cronistas incógnitos. Certamente, era menos provável que houvesse um ímpio matador.

Da porta traseira do primeiro carro, saíram duas crianças tímidas, emburradas. Apesar de todos estarem aturdidos por aquela aparição imprevista, ninguém ficou mais perplexo do que Semi. Até porque o seu assombro parecia ter origens sobrenaturais. Por um segundo, de fato, ele teve a impressão de que – em uma sarcástica inversão das leis do tempo –, do Thesis cinza, tivessem decido Filippo e Rachel, ambos novamente com cinco anos de idade. Ao observar a menina,

---

[11] A oração fúnebre dos judeus. (N.A.)

lampejou diante dos olhos de Semi uma desgastada fotografia sépia da mãe quando pequena. Uma semelhança impressionante. Por outro lado, tendo passado a infância com o irmão, reconheceu no menininho que apertava a mão da irmã o Filippo de quarenta anos antes. Que absurdo! Semi receou quase desmaiar. Mas, quando atrás deles, viu descer do carro Filippo e Anna, entendeu que aquelas espetaculares semelhanças eram o costumeiro tributo dos cromossomos a si mesmos. A grande ilusão da perpetuidade genética.

O segundo golpe para Semi foram as costeletas agrisalhadas do irmão mais velho e aquele aspecto de campeão de boxe aposentado. Para a ocasião, Filippo havia vestido um velho paletó de veludo e uma gravata de lã; para ele, o máximo da elegância permitida. Parecia extenuado. Quando finalmente Semi encontrou o olhar de Filippo, percebeu em todo aquele azul uma nota de implorante desorientação. Anna, ao contrário, estava igual. Incapaz de envelhecer. Mas, diferentemente do que teria feito em outros tempos, não se exibiu em nenhuma representação para o público. Limitou-se a acariciar o pescoço do menino para convidá-lo a andar mais rápido. Filippo sacou da bolsa um quipá e o pôs sobre aquela cabecinha loura. Depois, foi até o irmão, postou-se ao seu lado, mas não ousou olhá-lo.

Então, Semi entendeu tudo. Entendeu que era indispensável a presença de Filippo para que ele finalmente se conscientizasse que Rachel não existia mais.

Essa é a última ilustração que incluo.

Confio que pelo menos você, leitor experiente, já tenha compreendido que, embora os desenhos disseminados ao longo do livro que você está prestes a concluir lembrem, como estilo, os de Filippo Pontecorvo, na verdade, foram executados pela mão incerta de um imitador. A mesma mão, aliás, que se deu ao trabalho de escrever esta história. E que, agora, sente certo constrangimento ao revelar a própria identidade.

Mas o que posso fazer? Está na hora de tirar a máscara, de aposentar a paródia deste narrador onisciente. É tempo de dizer o que talvez alguns de vocês já tenham intuído.

Sou o irmão dispensável, o irmão várias vezes traído, o caçula em todos os sentidos. Sou o mais eclético dos Pontecorvo. Aquele cheio de talentos e, portanto, sem nenhum talento. Sou o impotente, o fracassado, o impostor. E, posso garantir, falar de mim, de Samuel Pontecorvo, em terceira pessoa por tantas páginas foi menos constrangedor do que ter, a esta altura, de revelar a minha identidade. Por acaso eu tinha alternativas?

Consola-me saber que não tive recato algum ao escrever tudo o que eu sabia de mim mesmo; o problema é que tive de inventar tudo o que eu não sabia dos outros. E talvez eu tenha ousado porque a maior parte dos parentes que me dei ao trabalho de caluniar não existe mais. E, graças a Deus, Filippo – ou melhor, o único indivíduo que poderia refutar as minhas insinuações – não tem interesse algum em remexer no passado. Tenho certeza de que Filippo considera as lembranças o que elas de fato são: mercadoria vagabunda e supervalorizada. Coisa de gente rancorosa. Só os ressentidos nunca esquecem. O que me induz a julgar que não existe lá muita diferença entre esquecimento e misericórdia.

E eis por que, depois do funeral de Rachel, foi ele que quebrou o gelo:

– Então, bichinha?

– Então, aqui estamos nós.

Um civilíssimo uso judaico impõe que, depois de um funeral, lavemos as mãos e comamos algo. Foi Filippo que me propôs o bar

perto do cemitério de Verano para tomarmos um cappuccino e comermos um croissant.

Era estranho ver Filippo e Anna no papel de pais judiciosos que, para atravessar a rua, pegam as mãozinhas recalcitrantes dos filhos pequenos. Era estranho que Anna estivesse tão taciturna e Filippo, tão falador. Contou-me que morava na América do Sul havia algum tempo.

– Como um velho nazista – comentei.

– Algo do gênero – ele aprovou. – E você? O que está aprontando? – perguntou.

– Vamos deixar para lá.

Estávamos sentados em volta de uma mesinha havia alguns minutos. Eu tinha dificuldade para engolir o meu croissant enquanto Filippo já estava no segundo canudo com creme. ("Puta merda, eu estava com saudade disto.") Anna se aproximou, uma mão segurando a outra, como uma menina. Disse:

– Ela quer saber quem você é. Vamos, Giorgia, pergunte.

Depois de algumas hesitações, a pequena reuniu coragem para perguntar:

– Quem é você?

– Sou Samuel, o tio Samuel.

A resposta provavelmente não lhe agradou, já que, logo após tê-la ouvido, ela fugiu rumo ao irmãozinho que havia ficado perto da porta do bar. Um instante mais tarde, começaram a chamar insistentemente o pai:

– Papai... Papai... Papai...

O modo de Filippo não responder me lembrou a maneira como, antigamente, ele também não respondia a mim.

– Vamos, responda – intimei.

– O que foi?

Uma vez obtida a preciosa atenção paterna, as duas crianças se exibiram em um movimento sincronizado que reconheci imediatamente. Depois, em uníssono, gritaram:

– E, com vocês, os *Inseparáveis*!

FIM

Notas ao texto

Receio ter de justificar algumas licenças, a primeira de caráter cronológico. Na terceira parte, dois personagens vão ao cinema ver um filme. Estamos nos primeiros meses de 1985. Na verdade, o filme em questão foi lançado na Itália no ano seguinte.

Chegamos a uma questão mais delicada, inerente ao discurso feito por Filippo Pontecorvo, sempre na terceira parte, diante da calorosa plateia da Bocconi. Trata-se de uma citação quase literal de uma esplêndida conferência de W.G. Sebald, contida no volume *Storia naturale della distruzione* [*História natural da destruição*].

a.p.

Agradecimentos

O meu mais afetuoso agradecimento vai mais uma vez para Marilena Rossi pela plurianual paciência, pela perspicácia e pela paixão (e esperamos que pelo menos essa aliteração ela não mude).

Agradeço a Werther Dell'Edera por ter posto o seu talento à disposição do meu livro.

Agradeço a Francesco pelos seus anos no Citibank.

Agradeço a Ninni e Paolo por ter compartilhado comigo a sua experiência nos postos avançados da cooperação humanitária.

Agradeço a Simone por ter me fornecido a logística.

Agradeço a Chiara por ter me sugerido o título.

E, por fim, agradeço a Saverio, que acompanhou a redação deste romance (e do anterior) com entusiasmo e generosidade.

Leia também o primeiro volume do díptico
O Fogo Amigo das Lembranças

PERSEGUIÇÃO

Julho de 1986. Um palacete imerso no verde, às portas de Roma. Reunida em torno do jantar, uma belíssima família: Leo Pontecorvo, 48 anos, é oncologista pediátrico de fama internacional; Rachel, médica e mãe dedicada e exigente; Filippo e Samuel, dois filhos no limiar da adolescência. O telejornal das 20 horas serve de fundo a esse momento de intimidade quase perfeito, até que, justamente da TV, surge a notícia que mudará para sempre a vida de cada membro da família Pontecorvo.

Leo é acusado de um crime repugnante, e tal acusação projeta sobre si a sombra de um poderosíssimo refletor, que revela lacunas, passos em falso, hipocrisias, ou a simples indolência que lhe é característica no decorrer de sua existência. A atividade de médico-chefe, a retidão de professor, os detalhes de suas vidas íntima e social, tudo está prestes a ser posto em xeque pelos inimigos e pelos amigos de outrora, por jornalistas vorazes e magistrados detalhistas, assistentes espertalhões e advogados astutos, prisioneiros cruéis e carcereiros brutais... Assim, da noite para o dia, o professor Pontecorvo se vê transformado em objeto de censura pública: vítima de ódio, intriga, delação, calúnia, intimidação. Leo talvez até tivesse condições de suportar tudo isso: o que o aniquila é o silêncio da mulher e dos filhos. Serão eles os primeiros a não acreditar em sua inocência?

Com o olhar feroz mas sempre emocionalmente comprometido, com brio e agudeza psicológica, Piperno nos conta a história de um homem de sucesso que de repente chega ao acerto de contas com o narcisismo e com as fragilidades infantis que lhe são característicos; fala-nos sobre uma família, seus rituais, suas ternuras e seus tabus. Ao mesmo tempo, o autor investiga os mecanismos de nossa psique, a urgência coletiva por bodes expiatórios, as sutis mas pavorosas distorções geradas pela lente deformante da informação. *Perseguição*, cheio de personagens memoráveis, e, no entanto, percorrido pela linha monódica de um só lamento, põe em cena, em um palco angustiosamente semelhante às nossas casas, o drama atemporal e irredimível da justiça humana e de seus (inevitáveis?) erros.

Impressão e Acabamento: LIS Gráfica e Editora